De kleren die wij dragen

Vertaald door Wim Scherpenisse en Gerda Baardman

Linda Grant

De kleren die wij dragen

2009 Prometheus Amsterdam

Voor George Szirtes en Clarissa Upchurch

Oorspronkelijke titel *The Clothes on Their Backs*
© 2008 Linda Grant
© 2009 Nederlandse vertaling Uitgeverij Prometheus,
Wim Scherpenisse en Gerda Baardman
Omslagontwerp Jochem Ruijgrok
Foto omslag Martin Scott-Jupp
Foto auteur Peter Boer
www.uitgeverijprometheus.nl
ISBN 978 90 446 1364 3

'Maar dit is de ziel
Voor jou klaargelegd, kleren die opgloeien
In het donker, fel brandend als kooltjes'

GEORGE SZIRTES, uit 'Dressing'

Vanmorgen kwam ik voor het eerst sinds vele jaren langs de winkel in Seymour Street. Ik zag het trieste bordje in de etalage dat de opheffing aankondigde, en daarachter de rekken, halfleeg, alsof de jurken, jassen, blouses en truien 's nachts met wapperende lege mouwen de straat uit waren gevlucht.

Achter de toonbank stond Eunice, die met haar zilveren nagels haar blauwzwarte haarlakkapsel opduwde. Wat zag ze er oud uit, en troosteloos, met haar kin op haar borst.

Toen zag ik dat ze haar rug rechtte, zich in haar volle lengte verhief en haar kin met haar handpalm omhoogduwde. Met haar lippen vormde ze een paar woorden. *Flink zijn!*

In een impuls, een plotselinge steek van mededogen, stapte ik naar de deur. Ik ging naar binnen en rook meteen haar parfum dat de hele ruimte vulde, onmiskenbaar Eunice – Aquamarine van Revlon, *eau de nil* en goud.

'Jij!' riep ze uit. 'Vivien, ben je het echt? Na al die jaren!'

'Ja.'

'Zie je wel. Waarom heb ik je nooit eerder gezien?'

'Londen is erg groot,' zei ik.

'Als een vrouw niet gevonden wil worden, raak je haar spoor makkelijk kwijt, maar ik ben hier nooit weggeweest. Je wist waar je me kon vinden.'

'Ik was niet naar je op zoek, Eunice. Sorry.'

Jij bent nooit gaan kijken hoe het met Eunice ging? riep de stem van mijn oom in mijn hoofd. *Jij hebt haar in de steek gelaten als een hond, mijn Eunice! Had jij niet een keer langs kunnen gaan voor een paar handschoenen?*

'Ach ja,' antwoordde ze, 'dat is zo. Wij hadden elkaar ook niets te zeggen.' Ze keek me hooghartig aan, met haar neus in de lucht en haar schouders naar achteren. 'Hoe gaat het met je ouders?'

Haar schouders trokken het jasje strak en ze streek de dubbele plooien van haar rok glad. Drie vergulde knoopjes met ingegraveerde Franse lelies bij de gezwollen, licht sproetige polsen. Het gouden horloge herkende ik. Dat had ze van mijn oom gekregen. Een Omega, zijn lijfmerk, en het liep nog steeds, tikketikketik.

'Mijn vader is vorige week overleden.' Vreemd om zo in de verleden tijd over hem te praten, te bedenken dat ik die chagrijnige oude man nooit meer zou zien. Wat tussen ons onopgelost was, zou dat nu altijd blijven, tenzij we elkaar in *jene velt*, het hiernamaals, zouden weerzien.

'Ik heb hem maar één keer gezien en dat was geen genoegen, zoals je weet – maar je moeder was heel anders. Leeft zij nog?'

'Nee, die is zestien jaar geleden al gestorven.'

'Wat jammer. Dat was nog eens een echte dame. Treurig dat ze vóór haar tijd moest gaan. En die jongen? Kijk maar niet zo onschuldig, je weet best wie ik bedoel.'

Ja, dat wist ik nog. Een onverhoedse lach, scherpe tandjes, een sensuele mond, handen die sjekkies draaiden, rode canvas laarzen, donker stekelhaar. Zijn t-shirt. Zijn bewakerspet. Zijn aquarium. Maar ik herinnerde me vooral zijn geur en alles wat die betekende, en plotseling werden mijn aderen weer doorstroomd met het opwindende, verontrustende gevoel dat hij teweegbracht, een roodgloeiende golf beschamend erotisch verlangen.

De gloeiende vloedgolf zakte weer. 'Ik weet niet wat er van hem is geworden, hij moet nu achter in de veertig zijn.' Een restje verdriet bij de gedachte aan die spannende, sexy jongen als man van middelbare leeftijd, want afgezien van zijn toenmalige jeugd en alle bijbehorende lichamelijke opwinding was hij eigenlijk niets bijzonders.

'Je bent slordig, Vivien. Ook vroeger al, je bent niets veranderd.'

'Ach Eunice, wat weet jij nu van mij. Dat is bijna dertig jaar geleden. Je mag me alles aanwrijven wat je wilt, maar slordigheid! Nee, dat al helemaal niet.'

'Goed, goed, dat neem ik terug. Maar vertel eens, waar heb je al die tijd gezeten?'

'Een paar jaar in het buitenland, maar nu woon ik weer in Londen.'

'In dat appartement hier om de hoek?'

'Nee, natuurlijk niet. In de buurt van Regent's Park.'

Ze nam me van hoofd tot voeten op en ik begreep wat ze dacht – ik kleedde me niet als een vrouw uit de buurt van Regent's Park. Waar waren de parels, de Chanel-tas, de oorbellen met diamanten, de bontjas? Eunice wist precies wat rijke mensen 's morgens bij het opstaan aantrekken, want ze las alle bladen, maar ik ging zowat in lompen gehuld. Die spijkerbroek!

En ze zat niet voor niets al bijna haar hele leven in de mode, ze wist waar haar kansen lagen. Een welgestelde maar slecht geklede vrouw heeft alleen een handige verkoopster nodig. 'Zo zo,' zei ze, 'dus je wilde iets nieuws kopen? Ik heb wel iets in jouw maat. We hebben niet veel voorraad meer, want we moeten sluiten, maar ik kan je wel een koopje bezorgen.'

Ik glimlachte. Ik was wel de laatste aan wie je een mooie jurk zou aanbieden. Ik nam allang niet meer de moeite om in het voorbijgaan in etalageruiten naar mijn spiegelbeeld te kijken, en al helemaal niet om krimpend van gêne onder genadeloos licht voor een grote spiegel in een paskamer te gaan staan, en al deed ik dat wél, dan zou ik waarschijnlijk degene die ik dan zag niet herkennen. Wie was die onooglijke vrouw op de trap in de metro, dat mens met die rimpels om haar ogen, die kloofjes in haar handen, die verlepte hals, die spijkerbroek, die laarzen, dat leren jack? Die middelbare vrouw met dat geverfde haar en die grijze uitgroei bij de haarwortels die je op Oxford Circus bij het voetgangerslicht zag aarzelen tot ze kon oversteken?

De laatste tijd – een paar maanden, maar misschien ook wel langer – verwaarloosde ik mijn uiterlijk, ik dacht er niet eens meer aan hoe ik eruitzag, was ver afgedreven van degene die aandachtig in de spiegel keek met een mascaraborsteltje in de vaste hand, degene die zich bezighield met de vraag hoe anderen haar zagen.

Er zijn verzachtende omstandigheden. Dit is niet mijn echte zelf. Een jaar geleden, dertienenhalve maand om precies te zijn, is mijn man overleden, en daarna mijn vader. Al die dood gaat in je haar zitten, en in de plooien bij je neusvleugels, en in je kleren – het wordt een metaalachtige smaak achter in je mond. Mijn vader was stokoud, een tandeloze oude man in kamerjas met vlekken op zijn broek, maar mijn man had gespierde onderarmen met rossig glanzende haartjes en een forse nek waarvoor hij moeilijk een passende boord kon vinden. Hij zat vol leven, energie en humor en pakte alles aan, of hij er aanleg voor had of niet, en als het niet lukte maakte hij er grappen over. Alleen Vic zag kans op een golfbaan te verdwalen.

Twee keer was het me nu overkomen. Daar stond ik, halverwege mijn leven, net als toen aan het begin. Dezelfde parelgrijze horizon zonder onderscheidende kenmerken strekte zich weer voor me uit.

En uitgerekend vandaag, nu ik op weg was naar het appartement van mijn vader om te zorgen dat de boedelruimers er terechtkonden, stond een vrouw die ik bijna dertig jaar niet had gezien me van onder tot boven op te nemen; ze herinnerde zich mij als een meisje van begin twintig, dat toen inderdaad – die beschuldiging klopte – slordig was. En nieuwsgierig, vol hunkering en verlangen, passie, hoop, verontwaardiging, meningen en minachting. En natuurlijk ook heel stellig over alles wat je beslist niet moest aantrekken. Toch stond ik hier nu met mijn spijker-broek en mijn grijze haarwortels aan de groenzijden sjaal om mijn verlepte hals te plukken, want niemand keek meer zo naar me als Vic altijd had gedaan. En ondanks mijn stevige benen en de vetrol om mijn middel voelde ik me een schim, maar half aan-wezig.

Maar Eunice stond erom bekend dat ze alle vrouwen er op hun best liet uitzien, wat hun tekortkomingen ook waren, hetzij aangeboren, hetzij zelf veroorzaakt. 'Ik zal niet beweren dat je nog steeds het dunne meisje van vroeger bent, je bent een stuk voller geworden,' zei ze, 'maar kijk eens, dit heb ik voor je. Ik kan hem wel voor je afprijzen.'

De jurk die ze me aangaf was rood, de kleur van donkere wijn die tegen het licht wordt gehouden. Ik pakte hem aarzelend aan, voelde de stof tussen duim en wijsvinger en hield hem toen te-gen me aan. Ik snapte het niet helemaal. Ik zag niet hoe ik daar-in zou moeten passen.

'Aan het hangertje lijkt het niks,' zei ze, 'maar pas hem maar eens, dan zie je het wel. Hij is precies goed voor jouw teint en je donkere haar, en als je hem om je middel vastmaakt, duwt hij je boezem op. Het is een wikkeljurk. Nog nooit gezien? Ze zijn heel erg in. En hij is van zijden jersey, dus hij doet ook nog wonderen voor je achterste, dat zul je zien. Trek maar eens aan!'

Ik kleed me 's morgens haastig aan en ik neem nog maar zel-den de moeite me op te maken, ik doe alleen wat lippenbalsem op om te voorkomen dat ik kloofjes krijg. Mijn dochters brengen allerlei wondercrèmes voor me mee waar ze in een blad over hebben gelezen, en ze hebben gespaard om me een verwen-weekend aan te bieden, maar ik heb me er nog niet toe kunnen zetten een afspraak te maken. Het zijn lieve meiden: ze hebben meer zelfvertrouwen en zijn warmer en meer recht door zee dan ikzelf op hun leeftijd; dat hebben ze aan hun vader te danken, en ook aan het feit dat ze het product van een goed (hoewel verre van volmaakt) huwelijk zijn. Ze hebben allebei zijn lichte teint, zijn rossige haar en zijn blozende wangen, met kuiltjes als ze lachen.

'Jullie gaan sluiten,' zei ik; ik keek om me heen en probeerde me te herinneren hoe het er hier in de glorietijd uitzag, in de jaren zeventig, toen ik hier voor het laatst was; het leek niet zoveel anders dan toen. Misschien was de kleur van de muren en de vloerbedekking niet meer helemaal dezelfde, maar eerlijk gezegd was ikzelf meer veranderd dan de winkel.

'Ja, na al die jaren is mevrouw Post, de eigenares, overleden, en haar dochter Carolyn heeft de winkel overgenomen, maar dat is geen verkoopster, ze heeft het niet in de vingers, en de dames die hier vroeger kwamen, mijn trouwe klanten – mevrouw Cohen, mevrouw Frame, lady Parker met die borstprothese na haar operatie – ik herinner ze me allemaal, maar die komen niet meer, die gaan de deur niet meer uit. Dat vind ik geen excuus. Kijk maar naar mij, ik ben net zo oud als zij, maar ik loop nog gewoon rond. En nu ga jij die jurk passen.'

'Maar ik wil helemaal geen nieuwe jurk. Ik heb niets nieuws nodig.'

'Kom nou.' Ze keek me aan met haar donkere, onderzoekende ogen. 'Hoe oud ben je nu?' vroeg ze. Ik beantwoordde haar vraag. 'Dat is toch niet zo oud. Alleen jammer dat je zo veel rimpels hebt, een goede crème zou geen kwaad kunnen.'

'Jij ziet er anders geweldig uit, Eunice.' Dat zei ik uit respect voor haar ijzeren wilskracht: ze zou nooit zwichten voor iets wat ze kon overwinnen met haar wil, een oogpotlood, een lippenstift en een paar kousen zonder ladders. Maar zij had een zoon die niet wilde deugen, zij had op dat gebied niets om voor te leven en ik wel.

'Daar zorg ik zelf voor, Vivien,' zei ze. 'Mijn leven lang heb ik nooit met een gescheurde nagel of afgetrapte hakken rondgelopen. Soms had ik 's avonds geen eten in huis omdat ik mijn pakje moest ophalen bij de stomerij. Maar ga je die jurk nu nog passen?'

'Ik ben veel te dik. Moet je kijken, ik lijk wel een olifant.' Ik overdreef, ik was wel een kilo of vijftien aangekomen sinds ze me voor het laatst had gezien, maar ik was toen dan ook onvoorstelbaar dun. Ik had mijn handen eens om het lijfje gespannen van een jurk die ik toen droeg – ik had nauwelijks een boezem. Maar van kinderen word je mollig. Ik ben niet zozeer te dik als wel verwaarloosd: je kunt je laten gaan, maar je kunt jezelf ook in de steek laten.

'Doe niet zo belachelijk, een vrouw is nooit te dik voor een mooie jurk. Hierin lijk je kilo's lichter, dat zul je zien.'

En daar stond Eunice met die jurk in haar handen, een oude vrouw die in het gapende zwarte gat van een gedwongen pensionering keek. Ze had een jurk in haar handen en drong erop aan dat ik die ging passen, en ze herinnerde me aan iets wat ik ooit zo goed had begrepen, maar nu was vergeten: die opwinding, die roes, dat innige genoegen – want van een nieuwe jurk wordt álles anders.

'Ga die paskamer in, ga die prachtige jurk passen.'

Alleen in het kleine vertrekje met de kruk met fluwelen zitting, de haakjes voor mijn kleren, de flatterende spiegel en de uitgekiende belichting, ritste ik mijn spijkerbroek open, trok hem uit over mijn benen die bedekt waren met een fijn, donker dons doordat ik nu al maanden vergat ze te scheren of te harsen, en kon me de laatste keer niet heugen dat ik iets nieuws had gekocht. Maar de aanblik van de rode jurk schrikte me af. Hoe trok je zo'n ding aan?

Ik riep Eunice. 'Kijk,' zei ze. Je moest je armen in de mouwen steken en dan een lange ceintuur door een split aan de zijkant rijgen, met je onhandige vingers het andere eind om je middel wikkelen en er dan een strik in maken. Toen ik erin was geslaagd die lastige manoeuvre te volvoeren, kreeg de jurk een eigen leven, hij nam mijn lichaam onder handen en boetseerde het in een heel andere vorm. Borsten omhoog, taille naar binnen. Ik leek minstens vijf kilo lichter.

De jurk voelde gevaarlijk zijdeachtig aan, alsof hij zich voorgoed aan mijn huid wilde hechten. En in de spiegel zag ik een schokkend visioen, iemand die ik eerst haast niet herkende, die ik me nauwelijks herinnerde, iemand van wie ik allang afscheid had genomen, het slanke, spannende meisje, mijn vroegere zelf, dat zilverig in het spiegelglas lachte tegen een vrouw van drieënvijftig met witte haarwortels. Vivien Kovaks!

De rode jurk gloeide als een robijn op tegen mijn huid. Ik ging op mijn tenen staan om een illusie van hoge hakken te creëren. Ik stak mijn rechterbeen iets naar voren en legde mijn handen op de plek waar ik mijn heupbeen het laatst had gezien. Zonder de camouflage van mijn zijden sjaal zag je weliswaar mijn rimpelige hals, maar mijn decolleté was glad. Wat een kunstjes haalt je lichaam toch met je uit, wat heeft het daar een plezier in, je zou haast gaan meelachen. Maar niet heus.

'Wat vind jij ervan?' vroeg ik.

Ze nam me van top tot teen op met haar taxerende verkoopstersblik, dook op me af en schikte met een paar snelle handbewegingen de halslijn van de jurk. 'Zie je wel? Nu wordt je boezem mooi opgetild. Maar je hebt wel een goede bh nodig, bij Selfridges hebben ze heel mooie. En laat je wel eerst goed de maat nemen voordat je iets koopt, want deze past niet.'

De jurk loste op en werd één met mijn lichaam. Hoe kon ik nog weten waar de zijden jersey ophield en mijn eigen huid begon? Ik begon belachelijk verliefd te raken op een stukje stof.

'Ik neem hem.'

'Je moet hem niet kopen om mij een plezier te doen. Ik krijg een goed pensioen van mevrouw Post. Ik kom niets tekort.'

Ik zag een beige veeg aan de binnenkant van de hals van de jurk. Een vorige klant had een spoor make-up achtergelaten en Eunice had het niet gezien. Ik kon hem natuurlijk laten stomen, maar ik voelde even een steek van verdriet bij de gedachte dat zij, die zichzelf haar hele leven zo kritisch had bekeken, nu haar scherpe gezichtsvermogen kwijtraakte. Er lag een melkachtig waas over haar irissen. Ik zei niets over de veeg make-up, maar toch leek ze een spoor van ontevredenheid te voelen, van kritiek, misschien op haar. Het evenwicht tussen ons veranderde opnieuw, en niet in mijn voordeel.

'Wat kwam je hier eigenlijk doen?' vroeg ze op de scherpe toon die ik me van vroeger herinnerde, als een slagregen van ijzige naaldjes. 'Zag je dat we opheffingsuitverkoop houden en dacht je dat er misschien nog een laatste koopje uit te slepen viel?'

'Ik liep toevallig langs,' zei ik. 'Meer niet. Puur toeval.'

'Ben je hier nooit eerder toevallig langsgekomen?'

'Eerlijk gezegd, Eunice,' zei ik, 'ben ik altijd omgelopen of overgestoken. Ik wílde je niet zien.'

'Je durfde me dus niet onder ogen te komen.'

'Kom op zeg. Wat heb ik volgens jou dan verkeerd gedaan? Ik heb niet...'

'Jij! Jij was een vals, achterbaks krengetje. Jij hebt het hart van die man gebroken. Na alles wat hij al had doorgemaakt.'

'Ja, hij had een zwaar leven gehad, maar dat betekent niet...'

'Wát betekent dat niet? Had hij soms niet het recht om voor zijn oude dag te zorgen, een oude dag die hij dankzij jou niet eens heeft gehaald?'

Ze smeet de jurk op de toonbank en gooide hem toen ongevouwen en zonder vloeipapier in een tasje.

'Honderdtwintig pond. Contant of pinnen?'

Ik pakte mijn creditcard.

'Zo! Platina maar liefst. Je bent aardig onder de pannen, de duvel schijt altijd op de grote hoop, zeg ik altijd maar. Rijke man zeker.'

En daar gingen we weer, Eunice en ik, precies zoals vroeger. Geen verjaring, geen ontslag van rechtsvervolging. Ik was nog steeds het bemoeizieke nichtje van haar gekwelde minnaar, mijn oom – met alle ellende die ik onbedoeld over hem had gebracht, ik, het meisje dat zij de schuld gaf van zijn voortijdige dood.

Want hij was haar grote liefde. Dat wonderlijk ongelijke paar, de zwarte bedrijfsleidster van een modezaak bij Marble Arch en de vluchteling uit Boedapest die huisjesmelker was geworden.

Ze wees naar me met haar bruinroze vinger; de zilveren nagellak was afgebladderd en de vingertop trilde licht. Ze wilde iets zeggen, maar toen stonden ineens haar ogen vol tranen en ze begon te huilen. Dat had ik nog nooit gezien, zelfs niet op de begrafenis van mijn oom, toen haar gezicht schuilging achter een zwarte voile met zwarte rozen. Maar nu werd ze plotseling overvallen door het hele verleden, en haar liefde voor hem, in steen uitgehouwen, smolt in haar binnenste.

'Jij begrijpt niet hoe het was, dat een man zo naar me keek als hij, na... dat andere,' zei ze.

'Na – wat dan...?' begon ik, maar toen hielden de tranen op, even plotseling als ze waren begonnen. Ze trok een gladde bruine sluier over haar gezicht, dat getekend was door een oud verdriet als een vlek die er nooit meer uit gaat.

'Ik zal de jurk netjes voor je inpakken,' zei ze. 'Sorry, ik had niet zo tegen je moeten uitvallen.'

'Het geeft niet,' zei ik, 'ik begrijp het wel.' Want hij was nu bijna dertig jaar dood, maar ze leed er nog steeds onder. Was dat mijn voorland – dertig jaar schrijnende smart?

Aarzelend stak ik een hand uit om haar arm aan te raken; onder de mouw van het jasje voelden haar botten broos aan en ik werd bang dat ze zou breken als ik haar in mijn armen nam. Ik moest denken aan die keer dat we elkaar beneden in de hal bij mijn oom een hand hadden gegeven, haar blauw gehandschoende hand in de mijne. Ze liet toe dat ik mijn hand op haar mouw legde. De zijde gaf zacht mee. Ze hief haar gezicht naar me op, nu weer levendig en stralend.

'Ik voel nog steeds zóveel voor die man, ik denk elke dag aan hem. Ga jij wel eens naar zijn graf? Ik wel. Ieder jaar. Ik leg er elke keer een steen op, zodat hij er niet uitkomt om als een gekwelde ziel over de aarde te zwerven, en thuis zet ik een vaas met verse bloemen en een kaart op de schouw, ter nagedachtenis. Heb je gezien dat ik nog steeds het horloge draag dat ik van hem heb gekregen, en het gouden hangertje met het diamantje? Dat kettinkje doe ik alleen af om me te wassen, en de aansteker heb ik ook nog steeds, ook al rook ik niet meer. Ik had er een hoop geld voor kunnen krijgen, maar ik verkoop die dingen nooit. Nooit. Die zijn het enige wat ik nog van hem heb, van die geweldige man.'

Ik liep Marylebone High Street af, het tasje met de jurk, mijn robijnrode zijden jersey jurk, zwaaiend in mijn hand.

Vanmorgen werd ik door een politiekordon gedwongen een andere route te nemen: er zou sprake zijn van een terroristische aanslag, er stond een man op een balkon met een handdoek om zijn middel en de geweren van een stel politiescherpschutters op zich gericht. Op de etage achter hem zouden bommen zijn gemaakt. Het afgelopen jaar waren er diep in de tunnels bommen ontploft, zoals Claude bijna dertig jaar geleden al had voorspeld – de stank van verbrand vlees en daarna van rottende lijken diep onder de grond, langs de Piccadilly Line.

Door terrorisme naar Eunice en de rode jurk geleid.

Ik sloeg de vertrouwde hoek om. Mijn territorium. Hier ben ik opgegroeid, dit zijn mijn straten. Ik ben een Londense. Ik accepteer deze stad met al haar onbeheersbare chaos en haar onfrisse gebreken. Hier word je met rust gelaten en kun je doen wat je wilt – van welke andere stad kun je dat met evenveel zekerheid zeggen?

Dit is Benson Court, waar ik geboren ben. De dwarse bewoners van de appartementen wilden nooit ook maar de geringste renovatie of opknapbeurt. Aan de plafonds hangen nog steeds dezelfde stoffige koperen lampen als vroeger, en aan de muren prijken dezelfde reproducties van Canaletto in hun dof geworden vergulde lijsten. De metalen hekken van de lift die rammelend open en dicht gaan, de kreunende kabels, de liftkooi met de houten lambrisering en het opklapbare leren bankje, alles is nog net als toen. Vorig jaar is er in die lift een huurster overleden. Mijn vader drukte op de knop omdat hij naar beneden wilde en daar kwam het lijk omhoog, kaarsrecht op het bankje met haar boodschappen – de gepensioneerde ballerina, dood, met haar hoofd sierlijk opzij gezakt. De oude dame wist tot het allerlaatst hoe je er bevallig bij moet zitten.

Ik ging naar binnen. Stilte. Stof. Luchtjes. Herinneringen. Ik liep de keuken in, het ergste vertrek van allemaal, om thee te zetten. In de ijskast vond ik van alles wat daar niet hoorde: boeken, en de pennen waarmee mijn vader zijn bizarre brieven naar de krant schreef, advertenties uit tijdschriften die hij bij het vuilnis had gevonden – een met diamanten bezet horloge aan een lichaamsloze hand.

Ik ging aan tafel zitten om mijn thee op te drinken. Het fornuis waarop mijn moeder talloze blikken soep had opgewarmd stond daar alsof het niet wist dat het over een paar dagen, als de boedelruimers kwamen, tot oud metaal zou worden verwerkt. Niemand wilde dat uitgebrande geval hebben, het zat onder het aangekoekte zwart geworden vet en het gas suisde door de leidingen. Zelfs een museum zou het niet willen. Vic, mijn man, heeft eens geprobeerd er een omelet op te bakken. Er was iets heel erg mis met de warmteverdelers van de branders, zei hij: ze flakkerden als bijna opgebrande kaarsen. Ik zou nu een moord doen voor zo'n omelet, met snippertjes bieslook of mollige roze hamblokjes. Ooit zal ik er weer een krijgen, eens, daarginds.

Vrijdag zou alles weg zijn. Alle sporen van mijn ouders en hun bijna zestig jaar in deze vier kamers zouden onder nieuwe lagen verf verdwijnen, het oude linoleum zou worden losgerukt, het hele huis zou worden ontsmet. Ons leven zat overal aangekoekt. Ik was al lang geleden vertrokken, mijn moeder was nu zestien jaar dood, mijn vader had in zijn leunstoel voor de tv zijn laatste adem uitgehijgd; toen ik hem de volgende dag vond, had hij de *Radio Times* nog in zijn hand. Zestig jaar onafgebroken wonen. Vreemd toch dat mensen ogenschijnlijk zo onveranderlijk kunnen blijven en door niets, zelfs geen bom, van hun plaats te krijgen zijn (en er waren bommen gevallen, niet op dit gebouw, maar wel vlakbij, in de oorlog, toen mijn ouders in de schuilkelder in de tuin zaten en de volgende ochtend in de lift stapten om weer in de keuken te ontbijten). Eind volgende week zou er niets meer van over zijn. En over een maand woonden hier vreemden. Dan zou ik mijn hele verdere leven langs Benson Court lopen zonder sleutel van de voordeur, onbevoegd om met de lift naar boven te gaan. Ongetwijfeld zouden ze de oude juten mat weggooien. Er zou een nieuw welkom voor in de plaats komen.

Een zuchtje wind tegen het raam. Aan de overkant een omlaaggetrokken rolgordijn. De lift zweeg; hij was nog steeds op dezelfde verdieping. Het hele appartementenblok was stil en ik zat hier helemaal alleen, met alleen een nieuwe jurk als gezelschap. *Geef me kleren*, dacht ik, *ik heb het koud*.

Er schalde een bel door de hal. De stem van mijn oom echode door het appartement. Ik hoorde hem opeens, als in een hallucinatie.

De oom die de grote liefde was geweest van Eunice, de bedrijfsleidster van de modezaak bij Marble Arch, de oom die op vele manieren te doden was, die nu dood was, maar niet bereid zich daarbij neer te leggen, sprak, schreeuwde.

Ik ben onze samen doorgebrachte zomer niet vergeten, de zomer waarin ik de enige waarheid leerde die ertoe doet: dat leed niet loutert en dat overlevers overleven door hun kracht, hun sluwheid of hun mazzel, niet door hun goedheid en zeker niet door hun onschuld.

En toen lachte ik, want hij was er ook echt. Mijn oom verschool zich al bijna dertig jaar in een kartonnen doos. Die had ik hier zelf een paar maanden na zijn dood mee naartoe genomen en in de kleerkast van mijn moeder gezet, helemaal achterin.

Ik ging naar de slaapkamer en schoof haar kleren opzij om bij de doos te kunnen, achter haar bruine vilten vesten en haar stok die mijn vader nooit had willen weggooien. Die stok had ik sinds haar dood niet meer gezien en ik stak er een hand naar uit en streek, eerst aarzelend, toen teder, met mijn vingers tegen de nerf van het hout in. Ik voelde de gladgesleten plek waar haar handen hem zo lang hadden vastgegrepen, de aangenaam aanvoelende buiging van het handvat – er zaten nog steeds cellen van haar lichaam aan.

Daar was hij: mijn oom rustte in de kast van zijn schoonzuster, naast haar stok, het voorwerp dat zijn aandacht had getrokken, wat er uiteindelijk toe had geleid dat ze met mijn vader was getrouwd en samen met hem uit Boedapest naar Londen was gegaan, waarna ik geboren werd, waarna mijn dochters werden geboren, waarna al het andere volgde.

Hij zat natuurlijk niet fysiek in die kast. Hij lag nog steeds onder zijn marmeren zerk op de begraafplaats, maar zijn stem leefde voort op de serie cassettebandjes en de vellen papier waarop ik alles nauwgezet had uitgetikt, en natuurlijk in het verslag dat hij zelf had proberen te schrijven.

De bandjes, de stok. Die voorwerpen, doodgewone rommeltjes van mensen die dood waren, hadden hen allemaal overleefd. En het meisje van wie ik afscheid had genomen was daar ook ergens en wachtte op het moment dat ik een rode zijden jersey jurk aantrok en zij haar aanwezigheid kenbaar kon maken. Ik zocht haar. Zij was ook ergens in dit huis – niet als geest, want ik leef nog, ik ben er nog helemaal, mij zie je niet zomaar over het hoofd. Ik ben tenslotte het nichtje van mijn oom, en niets wat hij was of deed ging ooit onopgemerkt voorbij.

Hier ben ik geboren, in dit appartementengebouw in een zij-straat van Marylebone High Street. Mijn vader was naar zijn werk en mijn moeder was net in de lift gestapt toen de pers-weeën begonnen – ze verkrampte en schreeuwde het uit terwijl de lift almaar op en neer ging. De metalen deuren vouwden als een accordeon open en een chirurg van het Middlesex Hospital zag haar in haar vruchtwater liggen. Hij loodste haar zijn appar-tement in, waar ik met zijn hulp op de bank ter wereld kwam. Mijn eerste indrukken van die wereld waren een vooroorlogse lamp met een bakelieten fitting en een olieverfschilderij van vee in de Schotse Hooglanden boven de haard. Het was hoogzomer, 19 juli 1953, en ik werd Vivien genoemd, naar de vrouw van de chirurg.

Om halfdrie 's middags belde de chirurg mijn vader op zijn werk om hem het nieuws te vertellen, maar hij ging pas om vijf uur naar huis, dezelfde tijd als anders, hoewel zijn baas, meneer Axelrod, had gezegd dat hij wel direct weg mocht. Ik begrijp wel waarom hij zich zo koppig aan zijn vaste routine hield. Mijn va-der was doodsbenauwd voor verandering. Als er verandering in de lucht zat, wist je nooit wat er kon gebeuren, en hij leed toch al onder de angst dat elke minieme verstoring van zijn omstandig-heden alles te gronde zou richten – zijn appartement, zijn vrouw, zijn baan, zijn pasgeboren dochtertje, Londen en heel Engeland – en dat hij dan langs de wereldkaart zou afglijden, terug naar Hongarije, onder vruchteloze en lachwekkende pogingen om zich vast te klampen aan het gladde, soepele oppervlak van de wereldbol.

Benson Court. Rond de eeuwwisseling gebouwd van uitbundig rode baksteen. Achter het gebouw een tuin met een grasveld, struiken die weinig onderhoud vergden en een paar bloembedden, waar ons appartement niet op uitkeek. Vanuit onze keuken keken we tegen de zijkant van het volgende appartementengebouw aan; vanuit de andere vertrekken keek je uit op de straat, een rustig doorsteekje voor voetgangers met een eenrichtingsverkeersbord aan één kant dat de meeste drukte weghield. Van onze voordeur kon je niet met de auto op nuttige plekken als Marylebone High Street of Euston Road komen. Maar wat maakte het uit? Mijn ouders hadden geen van beiden een rijbewijs, laat staan een auto.

Ik ben een kind van oude ouders, van twee rare, excentrieke Oost-Europeanen met wonderlijke opvattingen. In die muffe, duistere vertrekken vormden zich benauwende ideeën. Mijn vader werd in zijn laatste jaren, zonder de corrigerende invloed van mijn moeder, stapelgek. Zonder haar raakte hij geheel gevuld met het gas van zijn eigen gedachten en zweefde weg naar een andere dimensie. Uiteindelijk werd hij een vurig bewonderaar van de Amerikaanse president George W. Bush: 'Hij is geen groot licht, maar dat moet ook juist niet – het laatste waar wij op zitten te wachten, is dat de intellectuelen aan de macht komen; geloof mij, sommige ideeën zijn zo belachelijk dat alleen professoren ze voor zoete koek slikken.' Zodra hij niet meer werkte, begon hij met vlekkerige inkt brieven aan kranten te schrijven; ik moest ze voor hem posten, wat ik nooit deed. Het had geen enkele zin. Ze waren onleesbaar, hij kon het papier zelf nauwelijks meer zien.

We huurden ons appartement voor een habbekrats. De dames van de Women's Royal Voluntary Service met hun bolhoeden hadden de woning voor mijn ouders gevonden toen ze in 1938 als jonge vluchtelingen uit Boedapest in Engeland aankwamen. Er is een foto waarop ze met de sleutel in het slot van de voordeur staan, met een verstarde grijns als een houten brievenbus op hun gezicht. Eenmaal veilig binnen schoven ze de grendel ervoor en kwamen ze zo weinig mogelijk meer naar buiten. Ze hadden maar één echt persoonlijke bezitting meegenomen: een ivoren Chinees met een ebbenhouten hengel, een huwelijkscadeau van mijn moeders tante. Voor de kroning van koningin Elizabeth kochten ze een televisie, die ze met een voortdurende bezorgde aandacht vertroetelden omdat ze bang waren dat het ding zou weigeren aan te gaan als ze het te lang uit lieten, want tv-toestellen moesten destijds nog 'opwarmen', en wat zou er gebeuren als het toestel te koud werd? Zou het dan uit wrok over hun verwaarlozing definitief de geest geven?

De verhuurder was een filantroop die in heel Londen huizen bezat. Hij stuurde elke week een man met een overjas van Harris-tweed en een slappe hoed om de huur te incasseren, die mijn ouders al in een envelop hadden klaarliggen. Ze waren nooit achter met betalingen. De filantroop probeerde hen af en toe met huurverhogingen tot verhuizen te bewegen, maar mijn ouders betaalden altijd zonder morren. Er werd niets aan de inrichting gedaan; het sanitair en de elektra werden steeds ouderwetser, maar mijn ouders maalden er niet om. Het kwam nooit bij hen op dat een appartement in een zijstraat van Marylebone High Street, op loopafstand van Oxford Circus, de spoorwegstations en de BBC, wel eens veel geld waard zou kunnen zijn. Ze geloofden oprecht dat het appartement door de filantroop (en, nadat hij in 1962 was overleden, door zijn erfgenamen) weer aan andere net aangekomen vluchtelingen zou worden verhuurd als zij weg waren. Ze hadden geen flauw benul.

De reden van deze naïviteit was dat mijn vader de hele dag naar één enkel punt op een paar centimeter afstand van zijn neus tuurde. Hij werkte als geschoold vakman in het atelier achter een juwelierszaak in Hatton Garden, de straat in Farringdon waar je goud en diamanten kunt kopen die op minuscule weegschaaltjes worden afgewogen. Dat goud en die diamanten worden uit Antwerpen aangevoerd door mannen met zwarte jassen, zwarte baarden, zwarte hoeden en zwarte aktetassen die met handboeien aan hun pols vastzitten; die mannen praten in de meest uiteenlopende talen in hun mobieltjes en zijn ontzaglijk snel met getallen, maar mijn vader had helemaal niets met hen te maken. Hij zat altijd tussen de talloze dozen en paperassen in zijn stoffige atelier, onder een bijzonder felle lamp, repareerde gebroken kettingen en zette oude edelstenen in nieuwe sieraden. Dat werk deed hij al sinds zijn zestiende, en hij ging ermee door tot zijn ogen het begaven, op zijn eenentachtigste. Toen daalde er een zwarte wolk neer, alsof God hem een van zijn plagen had gezonden.

In de loop der jaren zagen we veel mensen voorbijtrekken in Benson Court. Toen ik vijf was, verhuisden de chirurg en zijn vrouw naar Finchley, vanwaar ze me nog elk jaar een verjaarskaart stuurden, totdat ze uiteindelijk naar Canada gingen en we elkaar uit het oog verloren. Achter het keukenraam aan de andere kant van de steeg tussen de twee appartementengebouwen verschenen nieuwe gordijnen, nieuwe jaloezieën en nieuwe mensen; we hebben geen van hen ooit persoonlijk ontmoet. Eén keer zag ik een vrouw midden in die keuken in haar eentje staan huilen, haar mascara liep uit en in het fluorescerende licht boven haar hoofd had haar blonde haar een groene glans. In 1968 klom een jongetje met een korte rode clownsbroek op de vensterbank, bleef daar heel even wankelend staan en begon al om te kiepen, maar er werd een grote arm om hem heen geslagen die hem weer naar binnen trok. Er woonde een poosje een politicus; ik zag hem een keer op het journaal op de tv in de huiskamer, en vlak daarna, toen ik naar de keuken ging om een kop koffie te maken, zag ik hem weer, in hemdsmouwen bij zijn fornuis met een ketel theewater erop.

De jaren verstrijken, mensen komen en gaan. De radio-omroeper met de prachtige stem verscheen ten tonele, en met hem zijn vriend de oorlogsheld met zijn speciale medaille; na hen kwamen de ballerina op leeftijd en haar man, handelaar in Perzische tapijten en in nog veel meer, neem ik aan, want zij noemde hem gewoonlijk niet 'mijn man', maar 'de plutocraat'; Gilbert, de cartoonist van de krant die alle politici lelijke lange neuzen gaf, of ze die nu echt hadden of niet. Je zag hen de trap op hollen, je hoorde lawaai van feestjes en zag beroemde gezichten. En vele anderen, die zich achter hun voordeur verstopten en dronken, huilden of duistere zaken deden. Soms hoorde je vreemde talen in de lift. Een attaché van de Indiase ambassade hield een appartement aan voor zijn blonde maîtresse.

Maar al die tijd was ik het enige kind in ons gebouw. Ik weet niet waarom. Misschien zat er iets in de loden leidingen wat de vruchtbaarheid remde, al waren mijn ouders er toch maar in geslaagd mij voort te brengen. Of misschien was Benson Court gewoon het soort plek waar mensen naartoe gingen als ze eenzaam waren en de prikkels van een stad nodig hadden. Of als ze op doorreis waren. Of misschien was er een huisregel dat kinderen niet toegestaan waren, maar hadden mijn ouders ontheffing omdat ze vluchtelingen waren. Er waren in ieder geval geen grote huisdieren, of als ze er wel waren, hielden ze zich zorgvuldig verborgen.

Een eenzame jeugd. Ik leefde voornamelijk in mijn kamertje dat op de straat uitkeek, met een smal kinderbedje met een sprei van wit chenille. Aan de muur ertegenover hing een ingelijst schilderij, een tafereel uit *Het Zwanenmeer* met een corps de ballet van jonge zwanen, sneeuw en roze bespikkeld water, en op de ladekast stonden mijn boeken, overeind gehouden door twee afgebladderde gipsen paardjes, en een sierlijk glanzend porseleinen hondje, een spaniël, geloof ik. Mijn enige vriend was de ivoren Chinees in de huiskamer die mijn ouders uit Hongarije hadden meegenomen. Ik noemde hem Simon en hij praatte vaak tegen me. Dat vertelde ik hun niet.

De kleren in de klerenkast waren raar, grotendeels tweede-hands spullen van de Women's Royal Voluntary Service: tweed rokken en ivoorkleurige kunstzijden blouses met Peter Pan-kraagjes, die met parelmoeren knoopjes helemaal tot bovenaan konden worden dichtgeknoopt en bedekt waren met een laagje verkleurd kant, als vuile sneeuw. Er bestaan geen foto's waarop ik ze aanheb. Mijn vader heeft nooit een camera gehad, hij wist niet eens hoe zo'n ding werkte. Voor zover ik wist bestond er geen enkel bewijs dat ik ooit een kind was geweest.

Wat ik me herinner als ik aan die tijd terugdenk, is niet mijn jeugd, maar Benson Court zelf, en mezelf in de gangen en de ge-meenschappelijke tuin, of op mijn kamer met het woordenboek dat mijn ouders me in rijk versierd pakpapier hadden overhan-digd alsof het de sleutel tot het koninkrijk was (wat het voor hen, wier moedertaal niet Engels was, ook was). Zo kreeg ik mijn voorliefde voor woorden van jongs af aan mee – een immigran-tentrekje. Liggend op mijn bed probeerde ik de vele raadsels van mijn eenvoudige bestaan te doorgronden. Ik dacht veel na, niet over mijn huiswerk maar bij wijze van spelletje, zoals een ander, meer atletisch aangelegd kind een bal voortdurend met een ten-nisracket tegen een muur slaat of door een ring gooit. Ik dacht na over onze afstand tot de zon, tot de maan, tot Australië enzo-voort, totdat ik mijn vinger bij het puntje van mijn neus bracht en uitprobeerde hoe dichtbij ik kon komen zonder dat de twee oppervlakken elkaar helemaal raakten, en of die afstand te me-ten viel. Alles voelde te dichtbij, en tegelijkertijd griezelig ver weg. De buitenwereld zag eruit alsof ik door de dikke ruit van een voortrazende trein keek, of althans zoals die ervaring in een boek beschreven stond, want ik had nog nooit in een trein geze-ten. Tot mijn achttiende ben ik nooit buiten de stadsgrenzen van Londen geweest.

Ik zweefde door tijd en ruimte. Ik had ingewikkelde dromen, en soms nachtmerries. Ik meende spoken te zien in de lift. Ik was neurotisch, verlegen, vatbaar voor kou, griep en amandel-ontsteking. Ik hield het meest van de rust van mijn bed – de sprei, in de winter het donzen dekbed – de vier muren van mijn kamertje, steeds kleiner en kleiner.

Ik borrelde van onvervulde verlangens naar wat ik niet kon omschrijven of begrijpen en begon gefrustreerd op van alles te bijten. Op mijn nagels, en toen ik elf was een paar weken lang ook op drinkglazen, zodat mijn mond onder het bloed zat. 'Hoe komt zij aan zo veel kracht in haar kaak?' vroeg mijn vader stom-verbaasd.

In mijn puberteit had ik korte tijd een eetstoornis, zoals dat te-genwoordig genoemd zou worden. Ik wilde alleen nog maar wit of geel voedsel, maar aangezien brood, boter, aardappelen, kip en cake daar allemaal onder vielen, werd ik niet mager maar dik. Daarna hunkerde ik opeens naar rood: rundvlees, tomaten, ap-pels, witte bonen in tomatensaus. Mijn ouders praatten over me als ik naar bed was, en ik hoorde ze als ik 's nachts op de gang liep op weg naar de wc. Ze waren het erover oneens of ze met me naar de dokter moesten. Mijn moeder was voor, mijn vader te-gen. 'Zit er maar niet over in,' zei hij. 'Zij groeit er wel overheen.' 'Je hoeft er niet voor te betalen, hoor, als dat is wat jij ertegen hebt,' zei mijn moeder. 'Heeft niks met geld te maken, zij man-keert helemaal niks, trouwens, alle meisjes zijn hysterisch. Be-halve jij natuurlijk, Berta.'

Mettertijd kwam ik tot rust; ik ging het leven filosofischer be-kijken en begon te begrijpen dat pijn bij het leven hoorde, nor-maal was en als vanzelfsprekend beschouwd diende te worden.

In mijn adolescentie begon ik me van mezelf bewust te worden en mezelf in etalageruiten te bekijken als ik uit school kwam. Ik ging anderen observeren, zowel mensenmassa's als individuen, en kreeg het voor elkaar me deel te voelen van de rest van de mensheid. Ik maakte behoedzame avances naar andere meisjes op school, de stille buitenstaanders, en werd lid van een ijverig groepje dat in het weekend naar de bioscoop ging, naar de Academy in Oxford Street, waar we films bekeken in de vreemde talen die we leerden. Na afloop gingen we naar Soho voor een kop koffie met schuim. Daarna keerde ik terug naar Benson Court, waar mijn ouders naar lichte amusementsprogramma's zaten te kijken, quizzen, soapseries en sitcoms, met een blad met het avondeten op schoot. Met ideeën hadden die twee echt helemaal niets.

Mijn moeders ene been was al sinds haar geboorte iets korter dan het andere. Ik kende haar niet anders dan met haar bruine stok en de bruine vilten vesten die ze zelf maakte 'om mijn rug warm te houden'. Op een keer toen ik uit school kwam, zag ik hoe ze Marylebone High Street ter hoogte van de pub probeerde over te steken op een moment dat het er erg druk was. Ze zag mij niet. Terwijl ze zenuwachtig stond te wachten tot de stroom auto's en busjes vertraagde en haar stok alvast op het asfalt naast de stoep zette, klaar om het afstapje te nemen, landde er een vogeltje op haar hoofd, een mus. Ze moet hebben gevoeld hoe de klauwtjes in haar hoofdhuid drongen, maar ze gilde niet; ze bracht haar hand naar haar hoofd en bevoelde het koude, droge vleugeltje met haar vingers, en het beestje vloog niet angstig weg en probeerde evenmin haar ogen uit te pikken. Het zweefde eventjes in de lucht, een paar centimeter boven haar nootbruine haar, liet een wit kwakje op haar hoofd vallen en verdween.

Ik schaamde me om gearmd met een vrouw met vogelpoep in haar haar naar huis te lopen, en niet alleen met vogelpoep, maar ook nog met een dikke houten stok met een rubberen dop, een vrouw die de arm van haar dochter vastpakte en werktuiglijk in de hare haakte omdat ze dacht dat een moeder en een dochter zo over straat dienden te paraderen om blijk te geven van hun wederzijdse genegenheid – kortom, ik wilde niet met mijn eigen moeder gezien worden, liep terug over Moxon Street en sloeg een aantal malen rechtsaf om weer op dezelfde plaats uit te komen. Een paar minuten later was ik thuis.

Ik vond haar in de badkamer, waar ze haar haar waste en glimlachend een wijsje zong dat ze van de radio kende. 'Ik heb zonet bezoek gehad van een vogeltje,' zei ze. 'Op het moment dat zoiets gebeurt is het misschien niet leuk, maar zij zeggen dat het geluk brengt. Dus morgen wordt een geluksdag voor me.'

En ze kreeg gelijk. De volgende ochtend kwam er een brief dat we tien pond hadden gewonnen met onze premieobligaties. 'Dat komt door dat vogeltje,' zei ze. 'Dankjewel, vogeltje!'

Dat was mijn moeder ten voeten uit.

Tot mijn tiende wist ik niet dat ik familie had. Toen ging op een dag de bel. Mijn vader ging opendoen, op dezelfde manier als altijd, met het kettinkje op de deur en glurend door de kier.

'Wie is daar?' vroeg hij met zijn schrille, buitenlandse stem en zijn gemangelde klinkers. 'Ik weet in elk geval wie het níet is, want het is niet de dag van de huur, dus doe jij maar niet alsof jij voor geld komt.'

Een stel dikke vingers kroop tastend door de kier en greep de scherpe knokkels van mijn vader vast. 'Ervin, laat me erin, ik ben het, jouw broer.'

Zodra mijn vader die stem hoorde, sloeg hij de deur met zo'n klap dicht dat de muren ervan trilden en mijn moeder en ik de gang op renden om te kijken wat er aan de hand was.

'Wij zijn geen familie!' riep mijn vader en er verschenen zweetdruppels op zijn neus. 'Ga weg of ik bel de politie.'

'Ervin, ik heb een prachtige reep chocola gekocht. Moet jij eens kijken hoe groot! Laat me erin, dan kunnen we praten.'

'*Chasene hobn zolst du mit di melech ha-maves tochter!*' schreeuwde mijn vader.

'Haha! Hij vindt dat ik met de dochter van de Engel des Doods moet trouwen,' zei mijn oom tegen het meisje dat hij bij zich had, en hij gaf haar met zijn beverige lippen een kusje op haar wang.

'*Fransn zol esn dein leib!*' krijste mijn vader, en hij deed de deur open om zijn broer de volle kracht van zijn stem te laten horen, want hij wist dat die niet veel voorstelde en ononderbroken ruimte nodig had om te kunnen klinken, met striemend spuug en al.

Ik stond met mijn handen tegen de deurpost met ogen als schoteltjes naar de bezoeker te kijken. Ik had nog nooit iemand gezien die zo gekleed was als hij, om over dat meisje nog maar te zwijgen. Een felblauw mohair pak, zwarte, handgemaakte suède schoenen en een opvallend horloge met een bandje met diamanten dat flitste aan zijn pols. En het zwarte meisje aan zijn arm had een jas van nepluipaardbont aan en een bijpassend dophoedje op, en ze droeg een tas van plastic krokodillenleer met een vergulde knip.

Een oom!

De man keek naar me. Ik was een en al zwarte ogen in een vaal gezichtje. Een donker kind, ik leek op mijn moeder; hij en mijn vader hadden een lichte huid en rossig haar. Ik was door de vulkaanuitbarsting in een soort catatonische shocktoestand geraakt, kon me niet verroeren en geen woord uitbrengen. Afgezien van de man die de huur kwam ophalen kregen we nooit bezoek. Ik zag nooit mensen, behalve de chique bewoners van Benson Court, die soms iets tegen me zeiden en me een snoepje mochten geven als ze de zorgvuldige ballotage van mijn ouders hadden doorstaan, dus ik stond verstijfd van verbijstering te kijken alsof de maan, die zilveren bal, met een katrol aan een touw omlaag was gekomen en het maanmannetje door een luikje onze gang in stapte.

'Wat zegt-ie?' vroeg het meisje hees.

'Hij wenst mij een geslachtsziekte toe,' vertaalde mijn oom. Hij sloeg zijn ogen ten hemel en het meisje giechelde en hoestte.

'Waar het kind bij is!' schreeuwde mijn vader. 'Vivien, ga naar jouw kamer.' Maar ik kwam niet van mijn plaats. Ik wist niet wat een geslachtsziekte was. Ik liet het woord over mijn tong rollen en prentte het in mijn geheugen om het straks op te zoeken in het woordenboek dat ik voor mijn verjaardag had gekregen.

'Oi, Vivien, kom eens bij oom Sandy, ik heb chocola voor jou.' Hij knipte de vergulde knip van de krokodillentas van het meisje open en haalde er een Toblerone uit, zo groot en zwaar als een hamer. 'Zo'n grote reep heb jij vast nog nooit gezien, alleen in een winkel. Die komt uit Zwitserland, wist jij, zij maken daar repen in de vorm van de bergen!'

'*Migulgl zolst du vern in a hengleichter, bei tog zolst du hengen un bei nacht zolst du brenen.*'

'Nou moet ik weer in een kroonluchter veranderen, overdag hangen en 's nachts branden. Mijn eigen broer.' Mijn oom greep in zijn mohair kruis en gaf een ruk aan zijn geslachtsdeel. Het meisje begon te lachen: haar mond ging open, er kwam een reeks schelle gilletjes uit en tussendoor hapte ze telkens naar adem. Ik zag de binnenkant van haar roze mond, haar grote roze tong en de metalen vullingen in haar kiezen.

'Jij bent geen broer, jij, wolf!' Mijn vader leek wel gek geworden, ik had hem nog nooit zo razend gezien. Zijn wimpers, vergroot door de glazen, drukten tegen zijn stoffige bril met het zwarte montuur. Ik drukte me nog dichter tegen de deur, maar het kwam niet bij me op te vluchten. Ik had nog nooit een toneelstuk gezien. Maar zo stelde ik het me voor: geschreeuw en grote gebaren. Mensen die anders werden.

'Waar heb jij over?' vroeg mijn oom lachend, en zijn dikke onderlip schudde op en neer. 'Dezelfde mama heeft ons gedragen, bloed van ons bloed!'

'Zij ruste in vrede. Ontheilig haar naam niet met jouw smerige mond.'

'Ervin, laat me binnen.'

'Jij zal nooit een voet in dit huis zetten. Niet zolang ik nog ademhaal.' En mijn vader sloeg de deur dicht, beende naar de huiskamer en zette de tv op zijn allerhardst aan, harder dan hij ooit had gedurfd.

Aan de andere kant van de voordeur slaakte mijn oom een theatrale zucht, haalde zijn schouders op, draaide zich om en liep op zijn handgemaakte suède schoenen de trap af, en ik hoorde het meisje vragen wat hij nu met die reep chocola moest. 'Neem jij 'm maar,' zei hij. Ik rende naar het raam om ze te zien weggaan: het West-Indische meisje stond op de stoep met chocola op haar gezicht en mijn oom stapte in zijn schitterende auto, zijn zilverkleurige Jaguar, en riep dat zij ook moest instappen; hij hield niet als een heer het portier voor haar open, want hij was geen heer en zij was maar een hoertje. Maar ik zie het nog precies voor me, die zonovergoten zaterdagmorgen in 1963, voor de deur van Benson Court.

Acht maanden later zat hij in de gevangenis. Mijn ouders leden er verschrikkelijk onder dat ze vijf weken lang avond aan avond tegen wil en dank de rechtszaak op tv moesten volgen en het toestel niet konden uitzetten omdat de huiskamer dan in doodse, onverbrekelijke stilte zou worden gedompeld. En dat ze vergeefs probeerden hun dochter te beschermen tegen de man in de beklaagdenbank die bijna dezelfde achternaam had en uit hetzelfde land kwam, die Engels sprak met hetzelfde accent als zij, de man die ik met eigen ogen bij ons voor de deur had zien staan ruziën met mijn vader, en die hem broer had genoemd.

Als je een broer hebt, is dat de oom van je kind. Er was dus geen ontkennen aan: ik had familie.

'Maar wat heeft hij dan gedaan, papa?' vroeg ik een keer.

'Geen vragen stellen. Van vragen stellen heeft nog nooit iemand een rustig leven gekregen, en een leven zonder rust ís geen leven.'

Maar in mijn ogen was het leven van mijn ouders niet zozeer rustig als wel doods. Een winterslaap van een kwarteeuw.

De rest van mijn jeugd rolden mijn ouders en ik traag en kalm als drie slome knikkers over de linoleumvloer, terwijl degene die het langst van iedereen in het gebouw woonde een verdieping lager, onder de gipsen plafondrozet en de sierlijke kroonlijsten, stilletjes in een eeuwig halfduister rondliep, onder lampen met zwakke peertjes die met sjaals met franje behangen waren om het licht te dempen tot vage barnsteenkleurige kringen, als koplampen op een mistige ochtend. Af en toe draaide ze een onherkenbare grammofoonplaat. Elke avond rond acht uur trok ze een jas van vossenbont en versleten suède schoenen met gescheurde grijssatijnen strikjes aan om door nachtelijk Londen te gaan ronddolen, en bij het krieken van de dag kwam ze weer thuis van haar zwerftochten; dan schrok je wakker uit duizelingwekkende dromen door het geratel van de lift, het dichtslaan van haar voordeur en het narammelen van het glas-in-lood in de houten sponning.

Niemand wist waarom ze die vreemde nachtelijke tochten maakte, noch waarom ze zich met bevende handen opmaakte – de gerimpelde, met kohlvegen besmeurde huid rond haar ogen, de ronde poppenblosjes van rouge, de cupidoboogjes van haar bloedrood gestifte lippen, alsof ze haar tanden in iemands vlees had gezet en alle goede sappen eruit had gezogen. Misschien school er wel een weerwolf in haar. Iedereen heeft zulke innerlijke driften, als honden die in onze ingewanden bijten. Ik in ieder geval wel.

Ze sliep tot halverwege de middag, of misschien lag ze met wijd open ogen door te nemen wat ze op haar reizen door de stad allemaal had gezien. Ze was eens helemaal in Kilburn gesignaleerd, waar ze tegen de steile straten op zwoegde, steeds verder naar het noorden, totdat het licht begon te worden en ze uitgeput weer afdaalde. Waarom liep ze zulke einden, wat beoogde ze ermee? Wat zocht ze of waarvoor was ze op de vlucht? Ik heb geen idee, zelfs nu, veertig jaar later, nog niet.

Toen ik zeventien was, kwam ik op een avond laat thuis na de generale repetitie voor het schooltoneelstuk, dat over de Russische prinses Anastasia Romanova ging (of liever gezegd, over het meisje dat beweerde dat ze Anastasia was, de Poolse boerin Franziska Schanzkowska). Ik speelde niet mee maar was de souffleuse, een onzichtbare stem. Het was 5 november, Guy Fawkes-avond. In de achtertuinen begonnen mensen vuurwerk af te steken. Op Primrose Hill werd een enorm vreugdevuur ontstoken. Mevrouw Prescott stond op de stoep van Benson Court haar jas dicht te knopen toen een enorme ontploffing achter het gebouw aan de overkant de grond deed trillen. Ze verstarde en bleef sprakeloos staan sidderen.

'Gaat het?' vroeg ik.

'Ik hou niet van dat geknal,' zei ze met een perkamenten stem.

'Het doet u zeker aan de oorlog denken,' zei ik meelevend, want dat zei mijn moeder elk jaar weer ('die afschuwelijke bommen!').

Ze schudde haar hoofd. 'Ik heb nooit van geknal gehouden.'

'Misschien moet u dan vannacht maar thuisblijven,' zei ik. 'Want er wordt nu overal geknald.'

'Ik vind die gekleurde lichtjes wel mooi. Ik wou alleen dat ze stil waren. Ik wil kijken zonder iets te horen.'

Een zilveren waterval boven de schoorstenen. Een vuurpijl

floot omhoog. Ze huiverde. Haar kwetsbaarheid raakte me, deed me denken aan mijn eenzame jaren in het slaapkamertje. Ze rook naar rozen, poeder en droefenis. Die geuren grepen me aan en hielden me vast, daar op die stoep. Ik ben maar één meter tweeënzestig, maar toch torende ik boven haar uit.

'Je hebt gelijk, ik zal wachten tot het voorbij is,' zei ze.

Ze draaide zich om. Het viel me op dat de lippenstift op haar bovenlip uitliep in de rimpeltjes boven haar mond. Ik had dat verschijnsel nog nooit van dichtbij gezien omdat mijn moeder, die ook van die rimpeltjes had, zich nooit opmaakte. Ik meende dat ze wel uren voor de spiegel moest zitten om de lippenstift met een minuscuul kwastje in de barstjes te strijken. Daar moest je een scherpe blik en een vaste hand voor hebben, maar zij scheen over geen van beide te beschikken, want ze trilde nog steeds en tuurde naar me alsof ik een kennis van heel lang geleden was.

'U woont op de etage onder ons,' zei ik. 'We horen u soms platen draaien.'

'Ik draai geen platen.'

'Jawel, hoor.'

'Nee, niet ik. Iemand die op bezoek is.'

Ik had nooit een bezoeker gezien, maar anderzijds had ook niet iedereen oom Sándor gezien.

We gingen met de lift naar boven.

'Is jouw vader niet die man met dat accent?' vroeg ze.

'Ja.'

De liftdeuren ratelden open op de tweede verdieping.

'Heb je zin om bij mij een glaasje sherry te komen drinken?' vroeg ze met een blik over haar schouder terwijl ze de lift uit stapte.

Ik liep achter haar aan, de schemering van haar appartement binnen. Ze schonk sherry in een glas; er dreef een dode spin in, die ik er met twee vingers uit viste en op de grond naast mijn stoel liet vallen. Ik likte behoedzaam aan de binnenkant van het glas om de smaak van de alcohol te proeven, die zoet en koppig bleek te zijn. Ze keek een paar minuten zwijgend naar me, wat me in het geheel niet stoorde omdat mijn vader dat ook altijd deed, deed haar mond een paar keer open om te oefenen, begon aan een woord, stokte, wachtte even, deed een nieuwe poging en vroeg ten slotte: 'Waarom draag je die kleren?'

'Dit is mijn schooluniform.'

'Ik bedoel: als je niet op school bent.'

'Weet ik niet. Ik trek gewoon aan wat er in de kast hangt.'

'Weet je wat ik wel zou willen? Je haar wassen.'

'Waarom? Mijn haar is schoon.'

'Ik wil er iets moois van maken. Kom eens mee.'

Ze legde haar hand zachtjes op mijn arm. Haar ogen waren vriendelijk, niet krankzinnig, waterig fletsblauw – de Miss Havisham van de winderige, chaotische, gevaarlijke straten. Als je in Benson Court opgroeit, vind je het vanzelfsprekend dat mensen anders zijn en niet allemaal hetzelfde. Ze was een rare, maar dat waren mijn ouders ook. En ze was tegelijkertijd frêle en sterk, frêle van lichaamsbouw maar sterk omdat ze de nacht aankon.

Ik stond op en volgde haar naar de badkamer. Ze draaide de kranen open en duwde mijn hoofd met zachte drang omlaag in de wasbak. Het water stroomde over mijn hoofd en ik voelde een koud straaltje shampoo op mijn hoofdhuid. Haar vingers begonnen, ineens sterk, de vloeistof tot schuim te masseren. Mijn hele lichaam werd ondergedompeld in een heerlijk getintel.

Ze wreef een paar minuten met een handdoek over mijn hoofdhuid en begon mijn haar toen in grote rollers te wikkelen. Haar vingers wisten precies wat ze deden. Ik keek in de spiegel. Mijn hoofd was uitgedijd tot een massa grote metalen krullen die met pennen vastzaten.

'Ga nu bij de haard zitten tot het helemaal droog is,' zei ze.

Het duurde een hele tijd. Buiten werden de ontploffingen nog veel heviger, katten krijsten in doodsangst en honden blaften alsof ze gek waren geworden. Ze legde haar handen over haar oren en dook ineen achter haar kussens. Door de gordijnen zag je flitsen, vonken en fonteinen van licht.

'Het houdt maar niet op,' zei ik.

'Het wordt elk jaar harder.'

Na een poos verwijderde ze de rollers en begon ze mijn haar te borstelen.

'Kijk eens,' zei ze, en ze wees naar de spiegel.

Ik was binnengekomen met een warrige bos zwarte kroezige krullen die werd geplet en in bedwang gehouden door een stel bruine schuifspeldjes en twee schildpadkammen. Nu had ik een gladde, donkere helm van golven. Ik vond mezelf in twee helften terug: de binnen- en buitenkant van mijn eigen hoofd. Aanvankelijk was het zo'n vervreemdende ervaring, zo'n geestelijke crisis, dat ik heen en weer begon te wiegen op de rubberen zolen van mijn schoolschoenen.

'Zie je, eerst was je best een lelijk bleek meisje, maar nu lijk je op Elizabeth Taylor. Wacht, ik zal je een foto laten zien.'

'Ben ik dat echt?'

'Ja, natuurlijk. Dat is de echte jij.'

'Dank u.'

'Geen dank.'

De ontploffingen stierven weg. Slechts af en toe klonk er nog een knal door de nacht.

Ze trok haar jas aan.

'Nu kan ik naar buiten,' zei ze. En we liepen samen haar appartement uit. Zij ging naar beneden met de lift en ik liep de laatste trap op. Ik hoorde haar de volgende ochtend veel later dan anders binnenkomen, rond halfacht, want ze was natuurlijk te laat begonnen.

Mijn moeder gilde toen ze me zag en mijn vader werd krijtwit. 'Wat heb jij gedaan?' riep ze uit. 'En wie heeft dat gedaan?'

'Ben jij nu een slet?' vroeg mijn vader. 'Ga jij met mannen mee?'

'Dat heeft een meisje van school gedaan,' zei ik. 'En zeg niet dat ik het er weer uit moet spoelen, want dat doe ik toch niet. Ik ben zeventien en ik maak zelf uit wat ik doe.'

Mijn ouders waren met stomheid geslagen. Een grote mond teruggeven – zo hadden ze hun dochter niet opgevoed. Ze zagen me afdalen naar de echte wereld, die hun voorkwam als een donker sprookjesbos waar wolven, boze feeën en andere schepselen van de Midden-Europese nacht rondwaarden. Op een paar minuten lopen van ons huis, in Hyde Park, hadden de Rolling Stones het jaar daarvoor een concert gegeven, en het lawaai van de gitaren en drums weerkaatste helemaal tot Marylebone en drong zelfs door de ramen van Benson Court heen, waarachter mijn ouders hand in hand zaten, alsof de muziek afkomstig was van een militaire kapel die de voorbode was van een leger dat hen kwam doodschieten.

De volgende dag ging ik na schooltijd naar drogisterij Boots en kocht een rode lippenstift met een gouden huls, en daar stiftte ik elke avond mijn lippen mee voordat ik mijn huiswerk ging maken. Een paar dagen later waagde ik me aan de mascara, na een les in het gebruik daarvan door de verkoopster. Ik deed buiten nooit make-up op, maar ik begon wel belangstelling te krijgen voor kledingwinkels. Ik probeerde mijn haar in het model te krijgen waarin mevrouw Prescott het had gebracht, maar zonder veel succes, en uiteindelijk vroeg ik de kapster die me om de drie maanden knipte om advies. Zij verkocht me een lotion die ik er na het wassen in moest doen en ze tipte me waar ik goedkoop een tweedehands haardroger kon krijgen. Vanaf dat moment besteedde ik veel tijd aan het ontkroezen van mijn haar.

Gilbert de cartoonist was de eerste die, als Louis Jourdan in de film *Gigi*, opmerkte dat een klein meisje groot was geworden, en hij nodigde me uit om in appartement 4G wat te komen drinken, waarna hij een joint draaide. Ik zweefde weg over Marylebone High Street en werd een uurtje later door hem ontmaagd – het was middag, het stortregende, de goten stroomden over en in de

gemeenschappelijke tuin werd een duif door de bliksem getroffen. Na afloop liet Gilbert me toosten met Gentleman's Relish en
maakte hij een tekening van me voor zijn privécollectie. Ik deed
het alleen omdat ik veel over de liefde had gelezen. Het gaf me
geen bevrediging, het was nat en ongemakkelijk, maar het ves-
tigde mijn aandacht op een wereld van mogelijkheden. Ik was op
dat gebied vroegrijp, 'ik lustte er wel pap van', zoals ze dat noemen.

Men zegt dat er een bepaalde glans over je heen komt te liggen
als je eenmaal seks hebt gehad. Die moet er bij mij ook zijn geweest, want ik kreeg alle ouwe bokken uit het hele gebouw achter me aan. De ballerina in ruste ging tweemaal per week in de
fonteinzaal bij Fortnum & Mason lunchen om haar oude vriendinnen te ontmoeten en herinneringen op te halen aan de lang
vervlogen tijd dat ze Odette en Giselle waren. Dan dwaalde de
plutocraat door de gangen, op zoek naar mij. 'Ik wil je mijn ver-
zameling eerste drukken laten zien,' zei hij. Hij was bolrond,
droeg een roze das en bezat als een van de eersten een antwoord-
apparaat, waarvan zijn vrouw niet wist hoe het werkte. Dat stelde hem in staat zijn ingewikkelde liefdesleven op orde te houden.

Ik was van plan me aan de universiteit in te schrijven om filosofie te gaan studeren vanwege al dat eenzame denken op mijn
kamertje, maar toen probeerde ik me een paar dagen te vereen-
zelvigen met personages uit romans om te kijken hoe dat beviel.
Ik kleedde me zoals zij, dacht zoals zij en liep rond als Emma Bo-
vary, zonder enige kennis van het leven in de provincie of het
boerenbedrijf – maar de verveling kende ik des te beter.

De laatste keer dat ik mevrouw Prescott zag, stond ze wat verloren op de stoep. Ze zag er doodmoe uit. Ik kon alleen uit het
tijdstip van de nacht opmaken of ze wegging of thuiskwam.

'Het is me gelukt,' zei ze met een stem zo ijl als vloeipapier. 'Je
ziet er véél beter uit.'

'Dank u.'

'Volgens mij moet je rood vlees eten, je hebt ijzer en proteïne nodig. Jij wordt een heel sterke meid. Dat komt door je bouw, je botten. Jij stamt van boeren af.'

'Volgens mij niet.'

'O, jawel. Ik weet het zeker.'

'Mag ik met u mee?'

'Waarheen?'

'Waar u ook maar heen gaat.'

'Nee, lieverd. Dat zou ik niet willen.'

En ze liep lichtvoetig weg, sneller dan ik had verwacht. Ik liep een klein stukje achter haar aan, tot Edgware Road, en daar keerde ik om. Ik zag haar staan wachten voor het stoplicht bij Hyde Park Corner; haar haar fonkelde in de motregen.

Over alles lag een oranje glans; de verkeerslichten leken eindeloos op oranje te blijven staan. Ik voelde me doorstroomd door een plotselinge uitgelatenheid, als iemand die uit een coma ontwaakt. Wat heerlijk om te leven, wat een genot!

'Mevrouw Prescott,' riep ik, 'wat gaat...', maar ze holde de straat over en hoe hard ik ook liep, ik haalde haar nooit in, die avond niet en de dagen daarna evenmin.

Ze was een zendelinge, een verkenner. Een ontdekkingsreizigster, een jageres, het was prachtig om haar te zijn en iets van die pracht straalde op mij af. Tien dagen later gaf ze de geest op Edgware Road, ze dwarrelde op de hoek van Frampton Street op straat neer als een verlopen treinkaartje, zonder enige verklaring.

Haar spullen werden weggehaald door een man met een vuil leren jack en spijkerlaarzen. Toen hij een hutkoffer over de gang zeulde, viel de verrotte bodem eruit en raakte de grond bezaaid met zijde, satijn, fluweel, broderie anglaise, kant en veren in perzik-, abrikoos-, druif- en pruimkleurige tinten, een kortstondige, duizelingwekkende stortvloed van weelde die mijn moeder haastig met armenvol naar zich toe graaide, waarna ze ermee de trap op stoof en de deur van ons appartement hijgend achter zich dichtsloeg.

'Zij heeft een dief van me gemaakt,' fluisterde ze, 'een dief van dodevrouwenkleren. Maar moet jij nou toch zien hoe mooi dit allemaal is, Vivien, ik heb nog nooit zoiets gezien behalve bij Hollywood-sterren, kom, help mij eens. Wat is dit? Gouden knopen – nee, het is verguldsel, je kunt het eraf schrapen met je nagels.' Er steeg een geur van lelietjes-van-dalen op, van oude, vooroorlogse bloemen, die de schimmellucht verdreef die om de koffer heen hing.

Ze hield een jurk tegen zich aan, maar haar postuur was veel te breed voor de smalle snit. 'Te klein, natuurlijk. Deze kleren zijn veel te mooi om weg te doen, maar ik ben bang dat ze mij niet passen. Jij moet ze eens aandoen, Vivien. Voor feestjes.'

Nadat ik alle mogelijkheden van de kleren van mevrouw Prescott had uitgeput en een voorkeur begon te ontwikkelen voor maatkleding, schuingeknipte stof, kuitlange rokken, bolero's, wijde Katharine Hepburn-broeken met hoge taille en Dietrich-schoudervullingen, begon ik tweedehandskledingzaken af te lopen, waar je destijds nog vaak kleren van heel vroeger kon vinden. Er gingen veel bewoners van appartementengebouwen in Londen dood en hun garderobe – jurken met franje van de vrijgevochten bakvissen uit de jaren twintig, pothoeden, soms een jurk van geplisseerde bedrukte Fortuny-zijde – werden uitgeruimd door rouwende familie en meegenomen door boedelruimers, zoals de man die de kleren van mevrouw Prescott wilde meenemen voordat mijn moeder ze had ingepikt.

Met andere liefhebbers van wat tegenwoordig 'vintage kleding' heet – de mensen die net als ik weigerden de afgrijselijke mode van die tijd te dragen, de brede revers, de felgekleurde tanktops en de boorden met enorme punten, al dat bruin en oranje – wisselde ik adresjes uit, in het geheim, alsof het schuilplaatsen van drugsdealers betrof. Het geliefdst waren de panden waar je bij een zijdeurtje moest aanbellen, waarna je een trap opging naar een sjofel kamertje boven een winkel waar talloze rekken met schitterende kleren slordig door elkaar stonden – mottige bontjassen en jasjes van Schiaparelli. De eigenaars wisten precies wat ze in huis hadden. Het waren kenners van oude kleding. Lompenhandelaren. Ze begrepen niet waarom al die jonge meiden hun trappen beklommen en hun in ruil voor waardeloze troep opgevouwen biljetten van één pond gaven terwijl de winkels vol hingen met nieuwe kleren; ze dachten dat we niet helemaal goed bij ons hoofd waren, of verschrikkelijk arm. Maar die kleine handelaars hadden wel donders goed in de gaten dat bepaalde merken voor goed geld te verkopen waren en dat het niet uitmaakte of zo'n merkje in een bloesje of in een stevige winterjas zat. Het ging om de naam op het label.

Een paskamer of iets wat daarop leek was er zelden. In een hoek van de zaak was provisorisch een stuk gordijn opgehangen, en na een tijdje kreeg je door dat de hoek van de spiegel aan het plafond precies was afgestemd op een tweede spiegel buiten en moest je tot de conclusie komen dat je met een beetje handigheid het best kleren kon passen zonder je helemaal tot op je bh en je onderbroek uit te kleden.

De winkel waar ik het meest kwam, lag aan Endell Street in Covent Garden, boven een slagerij, zodat in alle kleren een vage lucht van varkens-, lams- en rundvlees en van lever en niertjes hing en je ze een paar maal moest wassen of laten stomen voordat je ze aan kon. De nering werd gedreven door een oude Pool met een baard, die het grootste deel van het jaar zware kistjes en schapenleren jasjes droeg en alleen hartje zomer een tweed jasje en een pet. Als je er vaker kwam, bood hij je een slok uit een smerige fles Cypriotische sherry aan, en hij grijnsde dankbaar als je weigerde. Zijn Engels was gruwelijk, niemand verstond een woord van wat hij zei, en de prijzen van de kleren waren nooit aangegeven. Je vroeg hem wat iets kostte, hij keek eerst naar het kledingstuk en vervolgens naar jou en schreef iets op een papiertje, en dan zei je ja of nee. Hij deed alles in bruin pakpapier met een touwtje erom. Je voelde je ingewijd in een geheim als je de trap afdaalde met zo'n ouderwets pakketje, en thuisgekomen keek je wat je nou eigenlijk had gekocht en hoe het er buiten het fluorescerende neonlicht van dat rommelige, rokerige, naar vlees stinkende kamertje uitzag. Vaak zag je vlekken die je niet waren opgevallen en er soms niet meer uit wilden. Aan de andere kant kon je ook een jasje met CHANEL PARIS op het label treffen.

Op mijn eerste dag op de universiteit droeg ik een cocktailjurk van crêpe de Chine, waarmee ik onmiddellijk een verpletterende indruk maakte. Nu begint het leven, dacht ik, en dat had ik goed gezien.

Op de lage betonnen campus buiten de muren van de middeleeuwse 'stad' York (die niet groter was dan een provincieplaatsje), deed ik me voor als een vrouw van de wereld, geboren en getogen in Londen en grootgebracht in het bruisende hart van de metropool, vol zelfvertrouwen, zelfverzekerd en origineel. Vanbinnen: angst, onzekerheid, sociale onhandigheid. Ze zeiden dat ik een afstandelijk soort charisma had. Maar ik slenterde rond de grote vijver, die werd bevolkt door eenden en andere watervogels en waarachter de lege akkers zich tot de horizon uitstrekten, en voelde me gruwelijk eenzaam onder die eeuwig grijze luchten, met in de verte aan de ene kant het Penninisch gebergte, kale, bruine, naakte bergen, en aan de andere kant, in het oosten, de Noordzee.

In zekere zin was het een rampzalige keus geweest, alleen ingegeven door een lerares die de uitstekende kwaliteit van de letterenfaculteit had aangeprezen en er verder niets van wist. Ik was een stadskind. Ik was nooit verder weggeweest dan naar Brighton, een uurtje met de trein, en koeien, schapen, paarden, varkens, kippen en wat dies meer zij kende ik alleen van plaatjes. Akkers en weiden waren gewoon groen, of tegen oogsttijd geel. 'Buiten' lag tussen de bushalte en de voordeur en een park was gewoon stil en vlak, alsof het was gaan uitrusten om nooit meer op te staan.

Die buitenlandse ouders, die moeder met haar vilten vesten, die claustrofobische sfeer van Benson Court, mevrouw Prescott, Gilbert met zijn jointjes en zijn schetsboek of mijn nerveuze reactie op het weidse open land en de frisse lucht – ik kreeg het niet uitgelegd allemaal. Mijn kleren deden dienst als pantser, als schild om mijn zachte, kwetsbare lichaam te beschermen. Maar vanwege de manier waarop ik me kleedde werd ik op een winderige herfstdag op het overdekte pad bij de vijver aangesproken door iemand die vroeg of ik misschien zin had om bij het studententoneel te komen. Als costumière, niet als actrice. Maar ik kon helemaal niet naaien, zei ik verbaasd. Er kwam echter geen naaiwerk bij te pas, ik hoefde alleen tweedehandswinkels af te struinen, dus verzorgde ik de kostuums voor een beroemd geworden productie van *The Winter's Tale* die bij iedereen die eraan meedeed nog jarenlang in de herinnering zou voortleven vanwege de enorme seksuele spanning die erbij vrijkwam, en ook om de rinkelende zilveren sieraden, lange sjaals en ander moois.

Bij het studententoneel leerde ik om te gaan met de verraderlijke manoeuvres van het gespleten ik, de innerlijke verlangens die strijd leverden met de innerlijke paniek. Homo's hebben me de moed gegeven Vivien te zijn, of liever gezegd Vivien van de grond af op te bouwen met het materiaal dat ik tot mijn beschikking had. Ik werd een soort homo-icoon. De seksuele fantasie voor homomannen. Als ze nog één laatste experiment met het andere geslacht wilden doen om het helemaal zeker te weten voordat ze zich definitief tot de jongens bekeerden, dan was dat met mij. Ik werd doodmoe van lange sjaals en rinkelende sieraden, maar ik vond het heel gewoon mijn kleren uit te trekken en te worden bekeken met de lichte afkeer en nieuwsgierigheid van iemand die een specimen van een vreemde diersoort bestudeert.

Op een zomerdag aan het eind van mijn tweede jaar lag ik in bad een sigaret te roken toen er zonder kloppen een lange, magere, blonde student biochemie binnenkwam; hij was een studieboek komen terugbrengen dat hij van een huisgenoot van me had geleend en moest verschrikkelijk nodig plassen.

De keus werd niet door mij, maar door hem gemaakt, direct en definitief.

Daar lag je, naast die vaas met klaprozen op de wastafel, en er viel een baan rood licht over je borsten door het gebrandschilderde raam. De hele badkamer stond vol damp en je rookte een sigaret met je natte vingers, er zat lipstick op de filter en met je vrije hand spetterde je in het water. Je leek precies op een schilderij van Modigliani dat ik een keer had gezien. Alles rook naar rood en ik vroeg me af: wie is dat en wat denkt ze nu?

Een onwaarschijnlijk paar, maar dat geldt voor meer stellen.

Alexander Amory leek wel de laatste die mij zou uitkiezen: hij was cerebraal, koppig, zelfverzekerd. Eigenlijk was hij nogal oppervlakkig, denk ik achteraf, maar wel op een heel ingewikkelde manier. Soms was hij verschrikkelijk star en onbuigzaam in zijn vaste overtuigingen en dramde hij door over wetenschap, vooruitgang en zijn onderzoek naar eiwitten, maar hij kon ook op de bank bij het licht van de lamp liggen lezen met zijn voeten over de leuning, giechelen om een artikel in de krant, stukjes voorlezen en zich vrolijk maken over de domheid van onze politici.

Mijn intelligentie, zei hij eens, kon hij niet als objectief beschouwen, en literatuurwetenschap vond hij geen echte wetenschap. Je kon wel met harde precisie over literatuur praten als je er bijvoorbeeld ideeën over politieke filosofie uit distilleerde, vond hij; als hij een boek las, deed hij me denken aan iemand die een pruim uit de pudding plukt, die tegen het licht houdt, inspecteert en dan in zijn mond stopt. Maar als gids door de doolhof van de menselijke geest leek literatuur hem onbruikbaar, want niet exact genoeg. Hij lachte zich een ongeluk om mijn benadering van het vak. Ik kreeg het voor elkaar om helemaal in de boeken te kruipen die ik las, ze te voelen, te proeven – zelf alle personages te worden. Dat vond hij een veel te intuïtieve aanpak, daar begreep hij niets van.

Ik was een kasorchidee die binnen het best gedijt, opgekruld bij de haard, lezend, maar Alexander kon 's winters urenlang in de ijskoude mist naar de Canadese ganzen zitten kijken die opvlogen van de vijver en luisteren naar de echo van hun vleugelslag op het papperige ijs. Als hij dan thuiskwam, blies hij zijn vingers warm en probeerde gedichten te schrijven, 'maar dat is jouw terrein, daar ben ik niet in thuis, dus wat vind je ervan, Vivien? Jij bent de deskundige.'

Poëzie was iets anders dan zo'n vage roman, verklaarde hij, en gedichten schrijven was voor hem hard werken. Zijn poëzie was spitsvondig, metafysisch, er zat iets in verborgen, als een lichtstraaltje dat onder de deur door scheen. Ik bewonderde zijn gedichten, maar ze waren me niet dierbaar. Ik vond het wél dierbaar als hij zijn eiwitten probeerde te beschrijven. Poëzie en proteïne, zei hij, dat kwam een beetje op hetzelfde neer. Hij legde uit hoe ze hem aan ingewikkelde ijsbloemen op een raam deden denken. 'Snap je het nu?' Ja, wel zo'n beetje.

Wat ik echt aanbiddelijk aan hem vond, was zijn immense belangstelling voor mij. Hij had nog nooit iemand als Vivien Kovaks ontmoet, zei hij: juist datgene wat hij als mijn gebrek aan logica beschouwde trok hem aan, alsof ik een onvoorstelbaar moeilijke som was die hij wilde oplossen, een wiskundig vraagstuk dat hij moest zien te kraken. Hij vroeg me altijd van alles over mezelf en wilde zijn heldere, koude, stralende licht over alle aspecten van mijn persoonlijkheid laten schijnen.

Zo pakte hij bijvoorbeeld mijn handen en zei: 'In alle Fair Islehandschoenen die jij koopt, komen gaten in de vingers, en dan moet je weer nieuwe kopen, alleen omdat je je nagels nooit knipt. Waarom niet, Vivien? Waarom knip je je nagels niet? Nee, kijk me nou niet zo aan, het is geen kritiek, ik vind het gewoon fascinerend.'

'Ik merk pas hoe lang ze zijn als het te laat is.'

'Is er geen dieper liggende reden? Dat je vingers het verschrikkelijk vinden om gevangen te zitten?'

'Nee. Ik ben gewoon lui en vergeetachtig.'

'Ja, dat snap ik, maar waarom?'

'Geen idee.'

'Je droomt de hele tijd weg en ik moet gewoon weten wat je denkt.'

Maar ik bedacht alleen dat ik geboft had dat ik uit Benson Court was ontsnapt en nu hand in hand over straat liep met die lange blonde Engelsman met zijn lange bakkebaarden zoals die begin jaren zeventig mode waren, zijn lange smalle voeten in de beige suède laarzen, zijn fijne, al wat dunner wordende haar en zijn blauwe ogen. Want Alexander maakte een ongelooflijk sexy indruk zonder zelf bijzonder geil te zijn. Hij had me uit de bleke handen van mijn homovriendjes gered; hij had er geen principiele bezwaren tegen, maar vond het niet verstandig van me dat ik me als proefstation liet gebruiken voor andermans onderzoek inzake seksuele oriëntatie.

Zijn vader was predikant in Hereford; zijn familie bestond uit het soort mensen over wie ik tot dan toe alleen in boeken en tijdschriften had gelezen. Nu stapten ze in al hun onbehaaglijke lichamelijkheid uit dat tweedimensionale universum. Zo fokte zijn moeder voor haar plezier een bepaald ras langharige honden, waarmee ze ook naar belangrijke hondententoonstellingen ging. Het hele huis rook naar hond, hondenvoer en schimmel, en de mensen aten kleine bleke hapjes: roze plakjes ham met brede randen wit vet, gekookte aardappels, soep met merg en rijstebrij. Na het eten pakte een van zijn zusjes haar cello en een ander zusje haar altviool, en als ze speelden, las iedereen de muziek mee of knikte op de maat. Ik sliep onder een donzen dekbed in een ijskoud kamertje, waar Christus met uitgespreide armen boven mijn bed zijn houten bloed vergoot. Bij het ontbijt kreeg Alexanders vader een zachtgekookt eitje met een vloeibare gele dooier die in zijn baard droop, en zijn moeder zat met een hond op schoot die ze op zijn snuit kuste. Dat leek niemand vreemd te vinden. De tong van de hond raakte de hare – ze staken allebei hun tong uit en likten elkaar.

Toch had ik moeite me de kennismaking voor te stellen van de jongen uit de pastorie met de man met de stoffige bril en de *Radio Times* waarin de programma's van die avond waren omcirkeld of aangestreept.

We namen de trein naar Londen en ik ging hem voor door de voordeur van Benson Court. De luchtjes van schoonmaakmiddel en werkszweet waren me nog nooit opgevallen, net zomin als de kersengeur van mijn moeder in ons appartement. 'In deze lift ben ik nog nét niet geboren,' zei ik toen we naar boven gingen. De mahoniehouten cabine leek wel een rechtopstaande doodskist. Alexander strekte zijn handen uit en raakte de wanden aan. 'Deze baarmoeder,' zei hij, 'deze couveuse waar jij uit komt. Geweldig. Heel mooi.'

Mijn ouders waren met stomheid geslagen bij het zien van die jonge Engelse heer met de verticale lijnen bij zijn mondhoeken die dieper werden als hij lachte en de lange corduroy benen, die op hun goedkope stoel geduldig alles over zijn werk met eiwitten zat uit te leggen.

'Weet hij het?' fluisterde mijn vader, die de keuken in kwam, waar ik samen met mijn moeder een opgerolde jamcake uit de winkel op een schaal legde en een wijnglas opwreef dat hier al stond toen mijn ouders in dit huis kwamen wonen, voor het geval híj iets wilde drinken en iemand snel een fles van het een of ander moest gaan kopen.

'Alleen in grote trekken,' zei ik. Hij had me eens naar mijn achternaam gevraagd, Kovaks, en of ik familie was van die criminele huisjesmelker. Hij kende het verhaal van Sándor Kovacs, want dat had in alle kranten gestaan, maar hij verzekerde me dat er voor hem geen enkel verband tussen mij en die man bestond. Het een had niets met het ander te maken, zei hij. Het idee dat het bloed kruipt waar het niet gaan kan was middeleeuwse onzin, en hij kon het weten, want hij bekeek heel vaak bloed onder de microscoop.

Eind jaren vijftig had mijn vader zich de kosten en de moeite getroost om onze achternaam officieel van Kovacs in Kovaks te laten veranderen. 'Eén letter,' zei hij tegen mijn moeder, 'en wij zijn geen familie meer van hem.' Wie dacht hij voor de gek te houden? Zichzelf in elk geval wel. Mijn moeder is er nooit in getrapt en bleef tekenen met de naam die ze altijd had gebruikt. Mijn vader was preciezer. Zij kan niet schrijven, zei hij. Hoe lang is zij al niet met mij getrouwd, maar nog steeds weet zij niet wat mijn achternaam is. Dan lachte hij en knipoogde tegen mijn moeder, die hem negeerde.

Ik wees Alexander op het verschil in spelling, maar toen ik voor mijn eerste buitenlandse reis (een weekendje Parijs natuurlijk) een paspoort moest aanvragen, zag hij mijn geboortebewijs. 'Een k of een c, wat is het nou?' vroeg hij. 'Ik geef het pas terug als je me vertelt hoe het zit.' Dus toen moest ik het uitleggen van die oom, de man met het mohair pak en het sletje met de luipaardjas.

'Hoe nam hij het op?' vroeg mijn vader zenuwachtig; hij keek om de keukendeur, slecht op zijn gemak doordat er een vreemde in huis was. 'Wil hij jou nu nog wel?'

'Ja, hij leek het helemaal niet erg te vinden.'

'En hij weet van de gevangenis en alles?'

'Ja, ja.'

'Weet jij zeker dat hij heeft begrepen?'

'Jáha.'

'Goed, dan moet jij maar bij hem blijven. Je weet nooit hoe de volgende zou reageren. Zeg maar dat hij altijd welkom is in ons huis.'

We begonnen allebei aan onze masterscriptie; de mijne ging over de bijfiguren bij Dickens, de zogeheten 'grotesken', die me na mijn jeugd in Benson Court vertrouwd voorkwamen. Ik was lui en dromerig en schoot niet erg op, maar Alexander was een gedisciplineerde, harde werker en ging als een speer; hij maakte dagen van twaalf uur in het lab en in de bibliotheek.

Hij kreeg een baan aangeboden in de Verenigde Staten, bij een onderzoeksteam aan de Johns Hopkins-universiteit in Baltimore, Maryland. Hij deed me een heus aanzoek, heel officieel, in een Italiaans restaurant, met een fles wijn erbij en een ring met een piepklein diamantje. Hij wilde niet zonder mij naar Amerika, ik was de zon in zijn bestaan, zei hij, een exotisch zwart aapje met vingertjes die krulden van plezier als ze blij was, dat niet uit haar woorden kon komen als ze hakkelend van opwinding over de dingen praatte waar ze om gaf – literatuur, kleren, de kleur van een lippenstift. Serieus en lichtzinnig, opwindend, sensueel en sexy, ongelooflijk sexy... en ik riep: 'Zie je mij echt zo?' 'Ja!' zei hij, verbaasd dat ik niet begreep dat ik zo wás – had ik hem dan nodig als spiegel om mezelf te kunnen zien?

Mijn vader werd zo zenuwachtig van het idee mij weg te moeten geven en in een gehuurd apenpak met me naar het altaar te moeten lopen terwijl iedereen keek, dat hij er ziek van werd. Hij kreeg een maagzweer van de zorgen.

'Het bevalt mij niks. Ik heb geen doopbewijs zoals wij voor Vivien hebben geregeld toen zij geboren werd. Zij heeft papieren, ik niet. Zoiets moet je niet doen als jij geen papieren hebt. Daar kun je last mee krijgen.'

Hij zette een verkeerde steen in een hanger, een blauwe saffier in plaats van een diamant: na veertig jaar trouwe dienst maakte mijn vader voor het eerst een fout. Zijn baas, meneer Axelrod, zei dat de trouwerij hem dwarszat. Hij was ziek van de zorgen, 'en persoonlijk,' zei Axelrod, 'geloof ik dat het psychisch is. Waar ligt Hereford nou helemaal? Ja, in Hertfordshire, dat weet ik wel. Maar van Hereford had ik nog nooit gehoord. En waarom moet ze trouwen? Ze is nog veel te jong.'

'Ik zeg toch, die jongen heeft een baan in Amerika, in een laboratorium.'

'Gaat hij een middel tegen kanker uitvinden?'

'Weet u, dat klopt precies. Hij zit bij een *team*, zeg ik u. Een team om kanker te genezen.'

'Een team, dat heb je toch bij rugby, of dat andere, cricket?'

'Ja, maar dit is een ander soort team, een wetenschappelijk team. En als die mensen klaar zijn, dan zijn alle ziektes verdwenen, helemaal weg.'

'Waar moeten de mensen dan aan doodgaan?'

'Hoe moet ik dat weten? Misschien hebben wij dan wel het eeuwige leven.'

'En blijf jij hier dan werken en moet ik dan tot in alle eeuwigheid tegen jou aankijken?'

'Wat, wou u mij ontslaan, alleen omdat ik het eeuwige leven heb?'

Ik moest in mijn eentje naar het altaar lopen, want mijn vader zou mijn hele bruidsjurk hebben ondergekotst als ik hem die beproeving had aangedaan. Dus zo liep ik helemaal alleen in mijn grijze zijden jurk naar mijn bruidegom, die als een bleekgouden mes in zijn nieuwe pak bij het altaar stond, gladgeschoren en met zijn haar op nekhoogte geknipt.

Na afloop stortte mijn vader in en waaierde zich koelte toe met zijn liturgieblaadje. 'Berta,' fluisterde hij tegen mijn moeder, 'al onze zorgen zijn voorbij. Nu kan niemand ons meer iets maken.'

'Ervin, alsjeblieft,' zei zij, 'ga hier niet over opscheppen tegen jouw broer.'

Mijn ouders boden ons de huwelijksreis aan, wat ik ontroerend vond omdat ze zelf nooit met vakantie waren geweest, bijna veertig jaar vrijwel onafgebroken in Londen waren gebleven en nooit het buitenland hadden gezien, behalve het land waar ze vandaan kwamen. Maar hoe en waar vond je een hotel? En de reis? Het verschijnsel huwelijksreis kenden ze alleen van de televisie; ze wisten dat er cocktails, champagne, zonsondergangen en ongetwijfeld ook iets van een strand bij te pas kwamen, of anders tenminste uitzicht op zee. Afgezien van de Theems dachten ze nog aan een cruise, maar dat was te duur; ze overwogen Rome, maar daar kon je de zee niet zien. Die zee zat ze duidelijk hoog. Het enige water dat zijzelf buiten de badkuip hadden gezien, was het Kanaal toen ze dat bij hun overhaaste vlucht voor de oorlog 's nachts overstaken, waarbij ze niet aan dek hadden gedurfd en alleen af en toe door een patrijspoort een korte, doodsbange blik op de onrustige zwarte golven hadden geworpen. Maar ze wisten wel dat de zee niet altijd en overal zo was. Soms stonden er bijvoorbeeld palmbomen bij, al konden ze het er niet over eens worden wat daar dan aan groeide: dadels, kokosnoten, bananen?

Na vele avonden discussiëren besloot mijn vader tot een stap die hij anders nooit zou hebben gezet: hij wendde zich tot de enige mensen van wie hij wist dat ze hem konden helpen – de buren, die dat geweldig vonden, vooral degenen die er al langer woonden en me hadden zien opgroeien, me luidruchtig en alleen in de gangen hadden zien spelen, baldadig op het liftknopje hadden zien drukken en door de gemeenschappelijke tuin hadden zien rennen, geheel opgaand in mijn fantasiewereld.

Gilbert, die me had ontmaagd en het prachtig vond dat ik nu ging trouwen, belegde een vergadering in zijn appartement om onze reisbestemming vast te stellen. De ballerina was er ook, met haar man de plutocraat, en de omroeper van de bbc, en een orthopedisch chirurg die pas in Benson Court was komen wonen en nog een paar andere geïnteresseerden met een heel eigen mening. Tien mensen – buiten mijn ouders, die nog nooit in een ander appartement in ons gebouw waren geweest en geen idee hadden dat andere mensen onder hetzelfde dak zo woonden, met salontafels, serviezen, schilderijen, kleedjes, bibelots, brokaten gordijnen met kwastjes, met sits overtrokken bankjes, boekenkasten, dressoirs.

Na een diepgaande discussie – en twee potten koffie en een karaf wijn waar mijn ouders geen druppel van dronken, al aten ze wel van de in zilverpapier verpakte likeurbonbons – viel de keus op de Franse Rivièra, Nice om precies te zijn, hotel Negresco, en er werd een brochure aangevraagd, er werden prijzen genoteerd, en mijn ouders brachten hun handen naar hun borst alsof ze een hartaanval kregen en slaakten kreten van ontzetting toen ze de cijfers zagen. Brieven, telegrammen, geldwissels: er werden drie nachten in een kamer met balkon en uitzicht op zee geboekt, ontbijt en één diner inbegrepen.

'O ja,' zei Gilbert, 'dat zal ze prachtig vinden.'

'Het hotel waar jullie heen gaan is beroemd,' zei mijn vader. 'Meer hoeven jullie niet te weten. Beroemd.'

'Hoezo beroemd?' vroeg Alexander toen we uit de taxi stapten en de lobby in liepen. 'Om zijn vulgariteit?'

'Ik vind het prachtig,' zei ik met een blik om me heen.

'Wat dan? Wat vind je prachtig?'

Ik vond alles prachtig: de houten lambrisering in de bar, de zware kroonluchters, de kleden, de kristallen sifons voor de whisky, de decadente, luxueuze, lome sfeer. Het griezelige kind met het miniatuurbontjasje dat rondhing bij de gebeeldhouwde bloemstukken, de strenge, in tweed gehulde blonde vrouwen met parelkettingen die in de fluwelen leunstoelen met kleine slokjes van hun cocktail dronken, de namen van de gerechten op de kaart die op een vergulde lessenaar bij de ingang van de eetzaal lag.

En het allermooiste vond ik onszelf in de spiegels waar we langskwamen: de jonge Engelse lord met zijn witte, openstaande overhemd en zijn felblauwe linnen jasje, en zijn donkere vrouwtje met het hardnekkige dons op haar bovenlip, haar ogen als rijpe druiven, haar bleke olijfkleurige teint die werd opgehaald door een veeg vuurrode lippenstift. Haar roomwitte bouclé-wollen jasje, haar korte marineblauwe crêpe rokje en haar tweekleurige schoenen.

'Je bent hier in je element,' zei Alexander, 'nu heb je precies de goede kleren aan voor de omgeving.'

We maakten een wandeling langs de Baie des Anges. Ik ben getrouwd, dacht ik. Nu ben ik Vivien Amory. Ik ben vrij. Toch begreep ik nog steeds niet helemaal wat hem nu zo in me aantrok, al hield hij de spiegel nog zo dichtbij.

'Hoe wist je het meteen zo zeker toen je die badkamer binnen-kwam? Op het eerste gezicht?'

'We begonnen wat te slierterig te worden, wij Amory's,' zei hij. Hij sloeg een arm om me heen en kuste me boven op mijn hoofd, en de voorbijgangers glimlachten omdat de witte, stralen-de gloed van het pasgetrouwde stel nog zo duidelijk om ons heen hing. 'In elke generatie trouwde er wel een Amory met een lan-ge blondine en we werden steeds maar langer en bleker, we le-ken op het laatst wel wormen. Toen ik ging studeren, zei mijn va-der: "Kun je niet met iets kleiners thuiskomen, we moeten wat vers bloed in de familie hebben." En daar lag jij, in dat bad. Na-tuurlijk was je niet bepaald wat hij in gedachten had, maar daar kan ik niks aan doen.'

'Wat had hij dan in gedachten?'

Maar Alexander lachte alleen maar.

Halverwege de middag. Het was stil in Benson Court. De ballerina werd wakker uit haar middagslaapje – het was geen dag voor een lunch in de fonteinzaal – en de plutocraat zat in de studeerkamer brieven aan zijn maîtresse te schrijven. Gilbert was aan het werk, hij kraste met zijn pen over een stuk papier, met venijnige uithalen; het liefst had hij de premier persoonlijk de ogen uitgekrabd, hij haatte ze, dik of dun, leugenaars en schurken waren het, allemaal. Mijn vader was nog in Hatton Garden, keek door zijn vergrootglas naar diamanten, en wie weet wat voor gedachten er door zijn hoofd speelden tijdens die lange uren achter zijn werkbank met koude brokken koolstof.

Ik probeerde een boek te lezen. Een boek dat ik al gelezen had. Soms moest ik opeens huilen, en dan veegde ik mijn ogen af met mijn mouw. De herinneringen aan Nice waren tot dunne laagjes bladgoud gesleten. Zijn stervende blauwe ogen die naar me opkeken van onder die blonde wimpers – ogen die nu waren weggeborgen in een kist. En die kist lag in een gat in de grond en Alexander onderging een metamorfose, hij werd teruggebracht tot proteïnen en die proteïnen voedden de bodem, de taxusbomen op de begraafplaats en de paardenbloemen en sierrozen bij het hek. De berg aarde boven zijn lichaam teerde langzaam weg. Weldra zouden zijn ribben door marmer worden geplet.

Hij was dood. Gestorven op de tweede avond van onze huwelijksreis, bij een afschuwelijk ongeluk. Je maakt één fout, je kijkt de verkeerde kant op als je de straat oversteekt, je spoelt je mond met bleekwater in plaats van gorgeldrank – het is gewoon absurd, al die deuren tussen leven en dood die op een kiertje staan. We worden omringd door de extreme breekbaarheid van het leven, alsof we voortdurend over vloeren van gebarsten glas lopen.

Die knappe jongen was dood en zou nooit meer leven. Ik kon het niet geloven toen ik naar hem stond te kijken – waarom nu juist Alexander? – roerloos, stil, voor eeuwig tot zwijgen gebracht. Ik was nog nat van zijn laatste daad in ons bruiloftsbed boven, onze kleren lagen kriskras over de vloer en mijn hooggehakte schoenen van rood hagedissenleer buitelden mee over de kolkende lakens.

Ik ben blij dat ik nog een foto heb, want hij heeft maar zo'n kortstondige, ondiepe afdruk op de wereld achtergelaten. En toch zie ik nu, zo veel jaren later, nu alles wat er na zijn dood is gebeurd ook alweer lang geleden is, soms nog steeds zijn gezicht voor ik in slaap val, zijn kleine blauwe ogen, zijn dunner wordende haar, het lachje om zijn smalle mond. Strek mijn hand uit naar een lege mouw.

Ik was alleen teruggekeerd naar huis, naar het claustrofobische appartement met zijn lucht van doorgekookte kool. Mijn ouders waren zo mogelijk nog erger geschrokken dan ikzelf, nog banger, alsof er plotseling een agent uit het niets zou kunnen opduiken om me te arresteren wegens betrokkenheid bij de moord op een echte Engelsman.

'In de oorlog wist je nooit of je het eind van de week wel zou halen,' zei mijn moeder tegen me, 'met die vreselijke bombardementen.'

De ivoren Chinees met de ebbenhouten hengel, vergeeld van ouderdom, in tweeën gebroken en onzichtbaar hersteld door de kundige, vlugge vingers van mijn vader, keek me met zijn minuscule ebbenhouten oogjes aan. Simon had vroeger van alles tegen me gezegd in mijn hoofd en was daarna vele jaren stilgevallen. Nu had hij zijn stem ineens teruggevonden, en hij zei: *Pas op, ze probeert je iets duidelijk te maken.*

'O? Ik dacht dat die vooral in het East End waren.'

Ik stak een sigaret op. Ik rookte veel sinds ik uit Nice terug was, ik had nicotinevlekken op mijn vingers en mijn nagels waren tot op het bot afgekloven. Mijn moeder wapperde de rook weg; mijn ouders vonden het allebei een 'smerige gewoonte', maar ik bleef het ene na het andere schoteltje vullen met as en peuken met rode lippenstiftvlekken.

'Nee, nee, nee,' zei ze, 'zij waren overal. Ik moet er nu weer veel aan denken door die Ierse bommen.'

'Ja, dat zal wel.' Ik hield de rook zo lang in mijn longen als ik kon. Ik schepte een masochistisch genoegen in het wegschroeien van mijn weefsels.

'Ja, het was een afschuwelijke tijd, echt afschuwelijk. Je moest heel goed op jezelf passen.'

'Mmm.'

'Als vrouw bedacht je je in die tijd wel tweemaal voordat je een kind op de wereld zette.'

'Ja, kan ik me voorstellen.'

Haar woorden murmelden mee met de achtergrondgeluiden van Benson Court: de pruttelende leidingen, de krakende vloerplanken, de deuren in de gang die open- en dichtgingen, de omhoogzwoegende lift met zijn ratelende metalen deuren die als een accordeon open- en dichtvouwden, het gebouw dat ademde als een organisme. En dan deze kamer met de bruinleren bank, het vale behang waarop het bamboemotief nog maar nauwelijks te onderscheiden was, de eikenhouten vloerplanken onder de goedkope kleden, het lege walnotenhouten buffet zonder flessen, karaffen, borden of bestek, de fluwelen gordijnen die nog valer waren dan het behang – uit niets bleek dat dit iemands thuis was en geen goedkoop pension, afgezien van die ene ingelijste kleurenfoto, genomen met Alexanders camera, waarop ik, getooid met grijze toga en dito baret, mijn opgerolde universiteitsbul omklemd hield terwijl naast me, in het gras naast de vijver, een Canadese gans een vrouwelijke soortgenoot probeerde te beklimmen.

Nu de Chinees me erop attent had gemaakt dat er in deze kamer iets anders werd bedoeld dan er werd gezegd, had hij zijn plicht gedaan. Hij deed zijn ogen dicht en viel in slaap.

'Als je bijvoorbeeld achter kwam dat je zwanger was, was het verstandig om heel goed na te denken hoe het verder moest.'

Ik keek op. Ze zat nog steeds over dezelfde bruine sok gebogen.

'Je vroeg je dan bijvoorbeeld af of je die hele toestand wel op je hals moest halen, of de baby binnen in jou niet van angst dood zou gaan vanwege die voortdurende bombardementen. Of-ie nog wel naar buiten zou durven komen.'

'Wie is dat allemaal overkomen?' vroeg ik.

'Wie?'

'Ja.'

'Wát allemaal?'

'Wat jij zegt.'

'Ik zeg helemaal niks, ik leg gewoon uit hoe het was. En dan dat vreselijke eten tijdens de oorlog – nooit vers fruit. Kleine beetjes vlees. Jouw vader leed onder dat geen boter was, en geen citroen voor in zijn thee – dat vond hij nog het ergste, geloof ik. De koffie was ook afschuwelijk. Het was gewoon cichorei.'

'We hadden het over baby's.'

'O ja. Als je een kind verwacht en je omstandigheden zijn niet goed, dan moet je over nadenken hoe het verder moet.'

'Abortus, bedoel je? Was dat tijdens de oorlog niet illegaal?'

'Ja, natuurlijk. Het was een zware misdaad. Je kon voor in de gevangenis komen.'

'Maar wat deden de mensen dan?'

Ze haalde haar schouders op. 'Gewoon wat zij deden.'

'En waarom vertel je me dit allemaal?'

'O, gewoon om jou eraan te herinneren dat je over sommige dingen heel goed moet nadenken voor je een beslissing neemt.'

'Waarom moet ík daaraan herinnerd worden?'

Ze keek eindelijk op van de bruine sok. 'Ben jij nou echt zo dom, Vivien? Of dacht jij dat ik dom was?'

'Maar ik ben niet...'

'Wil jij dat ik dat geloof, of wil jij het zelf graag geloven?'

Ik stond op, liep de kamer uit en bleef op de gang even staan, hangend tegen de deurpost. Ik kreeg weer hetzelfde vreemde gevoel uit mijn kindertijd: dat ik plotseling heel lang werd, dat mijn voeten te ver van mijn hoofd af raakten of misschien wel andersom. Je bent nooit jezelf, verre van dat. Na een poosje slaagde ik erin mijn kamer te bereiken en op de sprei van wit chenille tegenover het schilderij van *Het Zwanenmeer* te gaan liggen. De jonge zwanen met hun wespentailles en hun slanke kuiten stonden op hun spitzen. Ik legde mijn handen op mijn borsten en kneep, maar ze waren gevoelig en mijn buik was opgezet.

Ik was geannexeerd door een ander levend wezen dat zich met alle macht aan mijn binnenste vastklampte, en ik keek om me heen naar de muren waartussen ik me vroeger vrijwillig had opgesloten en voelde de deur van de kooi met een klap dichtvallen. Iets fragiels klopte pijnlijk in mijn binnenste. Daar waren ook de gedachten weer, ze hamerden in mijn hoofd. Ik drukte voorzichtig met één vinger op mijn borsten en dacht aan een warm, nat, zuigend mondje. Angst, paniek, wanhoop. En ik kon nergens heen – alleen naar de plek waar ik al was.

Later kwam mijn moeder bij me kijken, toen het al donker was en mijn vader thuis was gekomen en zich voor een tv-quiz had geïnstalleerd; hij schreef de antwoorden op en streepte aan wat hij goed had.

'Wil jij wat eten? Soep?'

'Nee.'

'Jij kunt naar Tottenham Court Road. Ik kom wel eens langs dat gebouw. Ik zie de meisjes naar binnen gaan en weer naar buiten komen. Het ziet goed uit, schoon, hygiënisch, gezond. Maar, lieverd – jij bent zo wit als een doek. Ben jij bang? Dat hoeft niet, hoor, ik zorg dat jou niks overkomt. Ik zal de hele tijd bij jou blijven, dat beloof ik. Ik heb het destijds allemaal in mijn eentje gedaan, ik had geen moeder die mij hielp. Maar wees maar niet bang, jij hebt mij.'

Haar gezicht was heel dichtbij, haar gegroefde huid en haar nootbruine haar met een paar strengen wit erin. Ik was haar derde poging tot een kind, twee eerdere experimenten had ze afgebroken.

'Wist papa ervan?'

'Hij? Denk je dat hij met zoiets had kunnen leven? Hij zou elke avond hebben verwacht dat de politie voor de deur stond. Ga lekker in bad, lieverd, dan voel jij je beter. Morgen gaan we bellen en alles regelen.'

Ik zeepte mijn lichaam in met Camay. Op het douchegordijn stonden gele eendjes in een regelmatig patroon; ik had het gevoel dat ze mijn ogen zouden uitpikken als ik lang genoeg bleef.

Mijn moeder kwam binnen en ging op de rand van het bad zitten. 'Het stelt niks voor,' zei ze. 'Het is een kleine, simpele ingreep. Wees maar niet bang.'

'Mijn leven is een puinhoop.'

'Welnee,' zei ze. 'Is niemand die jou wil vermoorden, hoor.'

Ik ging naar bed en kroop onder de dekens. Ik hoorde de deur opengaan, ze kwam binnen, ging naast me op het bed zitten en zong een oud slaapliedje uit mijn jeugd.

'*Suja, suja, lieve kindje, wil je spelen met de maan? Wil je naar de sterren gaan? Suja, suja, slaap maar zacht.*'

'Straks kun jij met een schone lei beginnen,' zei ze. 'Jij zult zien. Dat met Alexander is natuurlijk heel erg, maar het leven is nu eenmaal zwaar voor mensen zoals wij. Laat niemand je wijsmaken dat het makkelijk is. Het is zwaar, heel zwaar.'

'Hoe bedoel je, "mensen zoals wij"?'
'Buitenstaanders.'
'Ik bén geen buitenstaander.'
'O, dacht je?'

Zijn hele eindeloze leven lang, en hij is zesentachtig geworden, heb ik het gevoel gehad dat ik een vreemde voor mijn vader was – ik bedoel niet dat hij niet van me hield, want dat deed hij wel, maar de middelen die hij had om genegenheid uit te drukken waren heel beperkt en moesten ook nog eens zo veel obstakels in zijn persoonlijkheid overwinnen dat het voor hem nog het gemakkelijkst was om over de zwarte rand van zijn stoffige bril stilletjes naar me te kijken als hij dacht dat ik net zo geconcentreerd het programma op de tv volgde als hijzelf gewoonlijk deed.

Elke avond kwam hij met zere ogen thuis van zijn werk, zette de tv aan, at op wat mijn moeder hem voorzette en leek dan pas mijn aanwezigheid op te merken.

'Vivien! Wat doe jij hier nog?'

'Pap! Ik woon hier.'

'Natuurlijk geeft een vader zijn dochter een dak boven haar hoofd. Ik bedoel: waarom heb jij nog geen baan? Vind jij werken een schande?'

'Nee.'

'Mensen die niet willen werken, komen op het slechte pad, dat is mijn ervaring.'

'Ik begrijp wie je bedoelt.'

'Wie? Wie bedoel ik dan?'

64

'Oom S...'

'*Noem die naam niet in mijn huis.* Ik bedoelde trouwens niet hem, ik bedoelde die nietsnutten op de televisie, om nog maar te zwijgen van mensen die werk hebben maar er niet heen willen, zoals die mijnwerkers.'

'Geen politiek,' zei mijn moeder, 'daar trek ik de grens, dat wil ik niet hebben.'

Mijn ouders hadden me tot muis opgevoed. Uit dankbaarheid jegens Engeland, hun toevluchtsoord, hadden ze besloten als muizen te leven, en die muiselijkheid, die inhield dat je nooit te veel zei (tegen buitenstaanders, maar zelfs niet tegen elkaar), stil en bescheiden leefde en ijverig en gehoorzaam was, was ook hun ideaal voor mij. En wat oom Sándor ook was, een muis was hij in elk geval niet. Eerder een neushoorn, besmeurd met modder van de rivier en gulzig wroetend. Zelfs als hij in zijn slaap zijn zware lijf omdraaide, trilde de aarde.

'Wie was die man, papa?' had ik gevraagd toen mijn vader bij dat verrassingsbezoek in 1963 de deur had dichtgeslagen.

'Niemand. Denk er maar niet meer aan.' Maar ik liet me niet afschepen.

'Papa! Wie was dat? Toe nou, pap, zeg het nou.' En ik klom bij hem op schoot, wat ik zelden durfde omdat hij dan óf kwaad werd ('Zo kan ik de tv niet zien! Zo mis ik alles, ga opzij!') óf zijn gezicht in mijn haar begroef, mijn geur opsnoof en tegen mijn moeder zei: 'Is zij niet om op te vreten?' 'Ja,' zei zij dan, want dat was hun grapje over mij dat ze voor de zoveelste keer maakten, 'met ijs en chocoladesaus.' Jarenlang heb ik gedacht dat ze me misschien wel echt wilden opeten. Bij hen wist je het nooit – misschien was het wel een oud Hongaars gebruik om je dochter te koken en als dessert op tafel te zetten, net als de oude heks uit mijn prentenboek die Hans en Grietje in haar peperkoekhuisje gevangenhield.

Zelfs nu ik wist wat Sándor had gedaan, wat ik al vrij snel van het televisiejournaal te weten kwam – want daar konden ze me niet tegen beschermen – vond ik de reactie van mijn vader fascinerend. Ik wist dat papa driftig was en oeroude rancunes koesterde tegen mensen die ik nog nooit had ontmoet en die al dood waren toen ik geboren werd, maar zo'n vulkanische woede-uitbarsting had ik nog nooit van hem meegemaakt. En ik had hem ook nog nooit hele zinnen horen uitspreken in een andere taal, waarvan ik aanvankelijk ten onrechte dacht dat het Hongaars was.

'Wat moet ik straks zeggen als iemand vraagt of ik familie van hem ben, pap?' vroeg ik toen ik zou gaan studeren. 'Vind je niet dat je me wat meer moet vertellen? Hij zei toen dat hij je broer was, maar jij zei dat hij loog...'

'Zeg nooit een woord over die man,' zei mijn moeder. 'Geen woord over jouw lippen.'

'Ik was niet van plan om van alles aan vreemden te vertellen, natuurlijk niet, maar vinden jullie niet dat ikzelf het recht heb om het te weten? Het is ook mijn familie.'

'Familie? Hij was al jaren geleden geen familie meer, al voordat jij geboren was,' zei mijn vader.

'Aha!'

'Oi, hoor nu eens wat jij mij laat zeggen.'

Ik schoot in de lach. De oude baas was niet makkelijk in de luren te leggen; doorgaans trok hij een ondoordringbaar schild van woorden op.

'Is hij dan een neef?'

'Met een neef kun je gebrouilleerd zijn, wie gaat er nu met al zijn neven om?'

'Dus het is dichterbij... hij is dus tóch je broer!'

Daar zei hij niets op terug, en ik wist dat ik hem voor het eerst van mijn leven tuk had.

'Bedenk eens wat jouw arme vader al die jaren heeft uitgestaan,' zei mijn moeder. 'Hij wist aldoor dat *die man* alles kon laten instorten wat wij hebben opgebouwd. We hebben hem ook voor jou op afstand gehouden, Vivien.'

'Vergif is hij,' zei mijn vader. 'Altijd al. Hij heeft nooit willen deugen.'

'Zijn jullie samen naar Engeland gevlucht?'

'Nee, nee, hij zag het niet aankomen, zoals wij. Wij waren slim, wij lazen kranten, hè Berta? Wij letten op, wij waren niet zo verwaand om te denken dat wij ons overal wel uit zouden kletsen, uit de verschrikkelijke dingen die gebeurden. Wij wisten dat als iemand een politiek idee in zijn hoofd krijgt, dat je dan moet maken dat je wegkomt, want een man met een politiek idee wordt al snel een man met een idee en een geweer. En een man met een geweer én een idee – dan moet je rennen voor je leven, tot hij jou niet meer ziet. Maar hij! Zelfs na de oorlog is hij nog gebleven. Hij heeft het uitgehouden tot '56. De idioot.'

'Maar wat is er in de oorlog dan met hem gebeurd?'

'Ja, toen heeft hij het zwaar gehad, dat geef ik toe. Maar dat is geen excuus.'

'Goed, maar wat...'

En toen geschiedde er aan mijn ouders, die min of meer in God geloofden – zolang die God hen maar met rust liet en zich niet met hun zaken bemoeide of eiste dat ze geen tv meer keken, een God die weinig verlangde en niet bij een bepaalde gezindte hoorde – een wonder. Want de telefoon ging, wat maar een paar keer per jaar gebeurde. Het was de tussenpersoon van de huisbaas, om te melden dat er mensen kwamen om een gebroken liftkabel te vervangen, dus dat ze niet moesten schrikken of om een legitimatie vragen of de politie bellen, zoals vorige keer.

Na een halfuur de lof te hebben gezongen van de mensen van wie we ons appartement huurden, die grote weldoeners die geen dankbaarheid verwachtten en zelfs zo ver mogelijk van hun Londense bezittingen woonden, in hun villa in Zuid-Frankrijk, konden we natuurlijk niet meer terugkomen op de broer van mijn vader, de beruchte huisjesmelker. Dat moment was voorbij.

Ik ging naar bed, waar ik nog lang aan hem lag te denken en me probeerde voor te stellen hoe het zou zijn als we elkaar ontmoetten, en of ik dan eindelijk te horen zou krijgen wie mijn ouders daar in Boedapest nu eigenlijk waren geweest, en of ze altijd zo waren geweest als nu of dat ze door hun lot zo waren geworden. Die dagdromen waren niet onaangenaam en maakten plaats voor een vredige slaap, waarin kleurige schaduwen door mijn hoofd dansten. Maar toen ging ik studeren en daarna trouwen, en ik vergat mijn oom, totdat ik weer in het bed uit mijn kinderjaren sliep en veel van die oude gedachten terugkwamen.

Als je werkloos bent en elke ochtend de troosteloosheid van de nieuwe dag onder ogen moet zien, blijkt soms dat je zelfs met lezen niet alle uren kunt vullen, want als je geen werk en weinig vrienden hebt en je zonderlinge ouders je enige gezelschap zijn, kom je in een eigenaardige stemming. Het begint je op te vallen hoe lang een dag is, je beseft dat het je eigen verantwoordelijkheid is om die helemaal zelf te vullen, maar je mogelijkheden blijken schrikbarend beperkt en je begrijpt dat je eigenlijk niets meer bent dan een pretentieus leeghoofd dat haar man lelijk voor de gek heeft gehouden, want hij geloofde in je en was ervan overtuigd dat jij evenveel van denken hield als hij.

Dan ontdek je het trouwe gezelschap van een spel kaarten dat je op de tafel uitlegt in eindeloze spelletjes patience totdat je doodziek wordt van al die azen, tweeën, kleuren, heren, vrouwen en boeren, totdat al dat zwart en rood en rood en zwart voor je ogen begint te tollen, totdat de kaarten je aanvliegen met hun zelfingenomen koninklijke smoelwerken die almaar opzij kijken, naar de rand van hun eigen kaart.

Ik kocht een tweedehands *I Tjing*, een oeroud orakelboek dat destijds in de mode was, en ik gooide eindeloos muntjes op die ik eerst tussen mijn handen had geschud, maar er kwam nooit iets behoorlijks uit. De *I Tjing* voorspelde me nooit de toekomst die het lot werkelijk voor me in petto had, namelijk dat ik mezelf nog geen jaar later wel voor mijn kop kon slaan dat ik mijn tijd niet beter had besteed en bijvoorbeeld mijn masterscriptie had afgemaakt of anders tenminste alles van Proust en Tolstoj had gelezen in plaats van met muntjes en Chinese karakters te spelen. Maar die grote geesten versterkten destijds alleen maar mijn gevoel dat ik waardeloos was en niets voorstelde, dus dan sloeg ik mijn boek maar weer dicht en kroop onder de dekens om pas op te staan als mijn moeder aanklopte en riep: 'Wat? Wou jij de hele dag in bed liggen stinken?'

Dan ging ik maar een eindje lopen.

Ik sjokte in zuidelijke richting, naar Oxford Street, en doolde door Selfridges zonder een cent op zak. Dan nam ik de voetgangerstunnel, kwam bij Marble Arch weer boven, stak over naar Hyde Park om naar de zwanen op de Serpentine te kijken en naar de gekken en fanatici op de zeepkist op Speakers' Corner te luisteren, en liep soms naar het oosten en westen, langs Marylebone Road tussen de metrostations. Er zat niets in mijn hoofd, helemaal niets. Soms trof ik een bankje, ging erop zitten en viel in slaap. Als je buiten op bankjes in slaap begint te vallen, weet je dat het echt mis met je is.

'Jij lijkt mevrouw Prescott wel,' zei mijn moeder. 'Begrijp je, jij bent net zo geworden. Misschien had zij ook wel een verdriet. Maar pas op, van al dat lopen word jij gek, net als zij.'

Wat weet jij nou van verdriet? dacht ik. Jij hebt niet geleefd. Jij hebt nooit geleefd. Je hebt geen idee. Jij weet niet hoe het is om elke ochtend wakker te worden en het licht door de gordijnen te zien, te voelen hoe de zonnestralen aarzelend plekjes op de muren maken, helemaal blij te worden van het wonder van zo'n nieuwe dag en dan opeens weer te weten wat je weet: dat er helemaal geen nieuwe dag komt, alleen een herhaling van de vorige. Want nooit zul je meer met een half oor naar zijn verhalen over eiwitten luisteren of hem vriendelijk uithoren over zijn jeugd in de pastorie. Je zult nooit meer met hem door Hyde Park lopen of op het vliegtuig stappen om samen hoog door de lucht te vliegen en in de Nieuwe Wereld te landen. *Nooit nooit nooit.* Hij zal je nooit meer kussen. Hij zal er nooit meer op aandringen dat je die rode hagedissenleren schoenen aantrekt waarin je zo'n mooie hoge wreef hebt – 'wrijf', zei hij altijd.

Hij zal je 's morgens nooit meer thee op bed brengen. Je zult nooit de plaat vinden die hij zo graag wilde, de Goldbergvariaties, gespeeld door Glenn Gould, of de blijdschap op zijn gezicht zien als hij hem uitpakt. Je zult nooit meer zijn teennagels knippen omdat hij niet kan bukken van de rugpijn na uren in de microscoop te hebben getuurd. Je zult nooit meer een nieuw gedicht over ganzen lezen, want er komt geen nieuw gedicht meer. Hij zal nooit het gezicht van zijn kind zien, en jijzelf natuurlijk ook niet.

(Was het echt diep verdriet of alleen de ontregeling waaraan je ten prooi valt als je thuiskomt en er is ingebroken, de tv weg, het hele huis één grote puinhoop?)

Ga werk zoeken, zei mijn moeder. Een meisje dat gestudeerd heeft, kon elke baan krijgen die ze wilde, ze kon zo veel carrière maken als ze maar wilde, want een bul was een soort entreebewijs dat je maar aan de mensen aan de top hoefde te laten zien of ze snapten meteen dat ze je moesten binnenlaten. Zo dacht mijn moeder erover. Als je gestudeerd had (en dan nog wel in York) en veel over Charles Dickens wist, nou, dan was je iemand. Mijn moeder wist niet precies wat er voor vacatures waren, maar ze was ervan overtuigd dat ik de banen voor het uitkiezen had en dat het pure dwarsliggerij van me was dat ik daar geen gebruik van maakte.

Ik ging twee keer per week naar de bibliotheek aan Marylebone Road om de personeelsadvertenties in *The Times* te lezen en de adressen van bedrijven die iets geschikts leken te hebben in mijn notitieboekje over te nemen om daar mijn korte cv'tje heen te sturen, al was de ruimte onder 'werkervaring' helemaal blanco, want ik had nog nooit zelfs maar het kleinste baantje gehad. Ik solliciteerde als researcher bij de BBC, als redactieassistent bij een literair tijdschrift, als publiciteitsmedewerker bij Faber & Faber. Ik werd niet eens uitgenodigd voor een gesprek.

Op een dag slikte ik mijn trots in en solliciteerde naar een baantje als verkoopster in de kaartenwinkel van de National Portrait Gallery. Mijn brief werd onmiddellijk teruggestuurd.

Ik werd zo kwaad dat ik erachteraan ging bellen. 'Waarom wilt u me niet eens zien of spreken?' vroeg ik. 'Ik ken al die kaarten. Ik ken alle schrijvers van wie u een portret hebt hangen. Ik kan het Chandos-portret van Shakespeare wel uittekenen. Ik zou het geblinddoekt kunnen beschrijven.'

'O ja?' bitste de stem aan de andere kant van de lijn. 'We hebben honderdnegenenzestig sollicitaties op die advertentie gekregen, waarvan tweeënvijftig van afgestudeerde kunsthistorici.'

Alles in me hunkerde ernaar me uit de zuigende modder te bevrijden, maar ik zat muurvast. Ik was jaloers op mezelf. Ik was bang dat als ik er niet meer in slaagde degene te worden die ik een maand geleden nog was, degene die verloofd was met Alexander, ik mijn hele verdere leven aan Vivien Kovaks vastzat, uiteindelijk met iemand in Benson Court zou trouwen en elke avond een uur bij mijn ouders zou zitten, op en neer met de lift, almaar naar boven zonder ooit ergens te komen. Of erger nog: een eigen appartement nemen en mevrouw Prescott worden. Misschien hadden haar kleren zich bij me naar binnen gevreten tot in mijn ziel.

De bibliotheek zat vol verkouden mensen en mannen die nergens anders heen konden. Er hingen bordjes aan de muur dat spuwen verboden was. Ik zie tegenwoordig nooit meer mensen spugen en ook nergens bordjes waarop staat dat dat niet mag, maar in die tijd deden ze dat dus wel, in hun zakdoek, en onder de tl-buizen hing een blauwig-bruin, voor niet-rokers verstikkend waas. Een man met een vuile tweed broek en een frisse kleur op zijn wangen kwam tegen twaalven binnen met een boodschappennetje met een fles melk en een blikje kattenvoer; hij werd er door het personeel op gewezen dat hij zijn handen te allen tijde boven tafel moest houden, ongeacht waar het boek over ging dat hij bestudeerde.

Maar in bibliotheken stuit je op de meest onverwachte dingen. Van het een kom je op het ander. Ik stond met mijn vingers in een kaartenla toen ik opeens onder de K een bekende naam zag staan: mijn eigen achternaam. Geknield op het linoleum bij de metalen ladenkast begon ik een kort, nogal sensatiebelust werkje te lezen, dat anders dan de titel – *Kovacs, koning van de onderwereld* – deed vermoeden, over krotwoningen in West-Londen bleek te gaan. In het fotokatern in het midden zag ik mijn oom, gefotografeerd door het raampje van zijn zilverkleurige Jaguar, met zijn bolle gezicht dat vanuit de schaduw naar buiten keek. Daarnaast stond een reproductie van een artikel uit de *Evening Standard* met dezelfde foto, ditmaal onder de kop

IS DIT HET GEZICHT VAN HET KWAAD?

Ik bestudeerde de foto's: een zware man met een hangende onderlip en een dikke nek, een gezicht dat aan Alfred Hitchcock deed denken, keek me aan boven een uitbundig geknoopte das. Ik herkende hem wel ongeveer als de oom die met de gouden Toblerone en het West-Indische vriendinnetje bij ons voor de deur had gestaan, maar daar, toen, was hij vol kleur en leven met zijn felblauwe pak en dat geschitter om zijn pols. Het gezicht van de oom in het boek werd half weggevreten door een zwarte inktveeg. De korrelige reproductie deed hem ook geen recht: hij leek wel pokdalig, terwijl ik me zijn huid juist bleek en glad herinnerde, geurend naar dure aftershave.

Het was een bijzonder onflatteuze foto. Hij zat al zo in het donker, achter het glas van de autoruit, maar op het goedkope, glimmende papier van dit boek – zo te zien een uitgave in eigen beheer – leek het wel zo'n plaatje uit een oude verhandeling over moordenaars en huizen waar lijken onder de vloer waren gevonden.

Volgens de auteur was mijn oom het prototype van de klootzak, een ordinaire schurk, een bloedzuiger, een hebberige graaier. Niet alleen een huisjesmelker, maar ook een racist die zijn zwarte huurders in onbeschrijflijke krotten liet wonen. En niet alleen een huisjesmelker en een racist, maar ook een gangster die zijn huurders door knokploegen in elkaar liet slaan als ze de huur niet op de voorgeschreven dag konden betalen. En niet alleen een huisjesmelker, racist, schurk en gangster, maar ook nog een pooier die in heel West-Londen tienerhoertjes had zitten. Een meisje zei dat ze drie baby's had gekregen, waarvan er twee aan bronchitis waren gestorven door het vocht en de condens in haar woning. Een ander kind was door een vermolmde trap heen gevallen en had zijn rug gebroken. Een vader van zeven kinderen was te laat met de huur: de knokploeg van mijn oom sloeg met kettingen op hem in. En ondertussen stond mijn oom gewoon 's morgens op, schoor zich, bette zijn Hitchcock-gezicht met eau de cologne uit Jermyn Street, trok zijn kalfsleren schoenen van Lobb aan en kuierde door zijn grote herenhuis aan Bishops Avenue langs de goudbronzen pendules en vergulde meubels naar zijn Chippendale-bureau, omringd door ongeopende kratten luxeartikelen die hij achteloos op krediet had gekocht en verder nooit meer bekeken.

Ik werd helemaal koud van het verslag van de weerzinwekkende misdaden van mijn oom, tot in mijn botten, mijn hart bevroor ervan. Ik had nooit echt begrepen hoe erg het was. De interviews met zijn slachtoffers waren hartverscheurend. De foto's van de krotten die hij verhuurde waren gruwelijk. Iemand zei dat hij in de krijgsgevangenkampen in Birma betere behuizingen had gezien, ja, zo erg was het, en in het boek stond dat mijn oom in schaterlachen uitbarstte toen hij dat hoorde, wat wel op de totale onaandoenlijkheid van een psychopatische persoonlijkheid moest wijzen. Ik bladerde door naar de laatste pagina:

En met de arrestatie en veroordeling van Sándor Kovacs in 1964 kwam er een eind aan een van de zwartste bladzijden in de geschiedenis van West-Londen. Het overheidsbeleid voor stedelijke vernieuwing belooft nieuwe, hygiënische, betaalbare woningen voor iedereen. Er is een modern Groot-Brittannië in de maak, waarin de duistere tijd van de gewetenloze buitenlanders die de armsten en kwetsbaarsten uitknepen eindelijk definitief tot het verleden behoort. Een nieuwe dageraad, gelijkheid voor allen. De heerschappij van Sándor Kovacs, zijn handlangers en hun soort is voorgoed voorbij.

Het verhaal stond me niet aan, al kon ik niet precies uitleggen wat me eraan stoorde. We weten nu dat er op de puinhopen van de achterbuurten die zijn gesloopt in het kader van het sociale huisvestingsprogramma van de jaren zestig alleen maar nieuwe achterbuurten zijn verrezen, en het lijkt schrijnend duidelijk dat de grootse plannen van visionaire politici alleen maar tot teleurstelling leiden, maar ik werd ook pijnlijk getroffen door de woorden 'buitenlanders' en 'hun soort'.

Want ik moest steeds weer denken aan dat zwarte meisje met haar nylon luipaardjas en haar plastic krokodillenleren tas met de goudkleurige knip, en aan de Toblerone die zwaar als een broodje goud in de hand van mijn oom lag terwijl hij hem aan me probeerde te geven. En ik zag zijn handgemaakte suède schoenen weer voor me, en de blik waarmee hij naar me keek – gretig, maar ook verdrietig en zenuwachtig – en mijn vader die stond te schreeuwen, en mijn oom die lachte. Dat alles leek veel echter dan de Sándor Kovacs uit het boek.

We waren eens op een trouwpartij hier in Londen, toen we al verloofd waren, een societyfeest voor het huwelijk van iemand die Alexander van school kende. Terwijl hij met het zusje van de bruidegom over de dansvloer zwierde, boog een vrouw die al een flinke slok op had zich op haar ellebogen naar me toe, keek naar het kaartje bij mijn bord en zei: 'Ik wou even zeggen dat ik je vader gekend heb. En het moet me van het hart dat ik het verschrikkelijk vond hoe het destijds met hem gegaan is.'

'Mijn vader? Hoe kunt u die nu hebben gekend?'

'Nou, schat, hij kende echt iedereen. Het was zo'n onzin wat er over hem in de krant stond. De mensen vonden het indertijd maar al te leuk om met hem om te gaan. Ja, zeg nou zelf, dat maakte toen toch niets uit? Je kon omgaan met wie je wilde. Ik ken heel nette mensen die hem fascinerend vonden en dolgraag met hem bevriend zouden zijn geweest als hij alles wat handiger had aangepakt. Tegen mij was hij in elk geval altijd alleraardigst.'

'Maar u kunt mijn vader onmogelijk hebben ontmoet, want die komt nooit ergens.'

'Ja, nu misschien niet meer, maar begin jaren zestig kwam je hem overal tegen.'

'En mijn moeder dan? Hebt u die ook ontmoet?'

'Over haar heb ik eigenlijk nooit iets gehoord, hij liet weinig los. Ik had eerlijk gezegd de indruk dat ze was overleden. Maar misschien vergis ik me. Ik geloof eigenlijk dat ik nooit naar haar heb gevraagd. Iedereen ging ervan uit dat hij vrij was, seksueel althans. En hoewel hij eigenlijk heel lelijk was – ja, neem me niet kwalijk, maar hij maakte zelf altijd grappen over zijn uiterlijk – vond iedereen hem erg aantrekkelijk, op een grove manier. Ik vond 't in elk geval een schatje, ik had wel úren met hem kunnen praten. Ik ben nooit met hem naar bed geweest, hoor, maar een vriendin van me wel. Maar vertel eens, wat doet hij tegenwoordig?'

'Eh, maar wie is mijn vader dan, volgens u?'

'Sándor Kovacs natuurlijk. Daar hebben we het toch over?'

De opgewekte, spraakzame vrouw onder de kristallen kroonluchters tegenover me aan de met koffiekopjes en zilveren lepeltjes bezaaide tafel was een fragiele, broze blondine van het soort dat te veel rookt en in de jaren vijftig en zestig in Cannes veel te lang in de zon heeft gelegen, zodat de huid in haar gezicht en hals onherstelbare groefjes en verzakkinkjes had opgelopen. Mevrouw Simone Chase, stond er op het kaartje. 'Mijn grote zusje werd tegelijk met de moeder van de bruidegom aan het hof voorgesteld, voor de oorlog liepen we allebei in dat soort kringen rond. Alleen hebben zij het blijkbaar met hun huwelijk beter getroffen dan wij. Ik ben gescheiden en dus weer vrolijk en vrij.'

Ze doofde haar sigaret in de plas koffie op haar schoteltje en keek om zich heen of er nog ergens iets te drinken stond.

'Ik kan die petitfours niet meer zíen – word jij er ook zo beroerd van? Overal hebben ze van die petitfours, altijd dezelfde. En niemand neemt er ooit een.'

'Sándor Kovacs is niet mijn vader,' zei ik. 'Mijn vader heet Ervin. Hij werkt in Hatton Garden bij een juwelier, hij repareert sieraden en zet oude stenen in moderne zettingen. Hij woont met mijn moeder in een appartementje in een zijstraat van Marylebone High Street.'

'O jee, weet je het zeker?' Ze keek me ineens aan; haar haar, een stijfgespoten helm van goudfiligraan, stond wijduit en haar gezicht zakte in onder het gewicht van al die lak – nadat ze me even aandachtig had bestudeerd zonk haar blik weer omlaag, naar de tafel, op zoek naar wijn.

'Ja,' zei ik met ongepaste heftigheid, want ik was nog te jong, te groen, om de kunst van de nonchalance te hebben geleerd, laat staan die van de koelbloedigheid.

'Maar schat, hij vertelde honderduit over zijn dochtertje, een klein donker ding, zei hij, heel donker. Hij zei zelfs hoe ze heette. Het begon met een V. Dat kon toch alleen Vivien zijn, het was in elk geval niet Vera. Veronica misschien? Nee, dat kan niet, ik herinner me heel duidelijk dat hij zei dat je naar Vivien Leigh genoemd was, dus het moet wel Vivien zijn geweest. Ik kan me onmogelijk vergissen.'

'Kovacs is een heel veel voorkomende Hongaarse naam en Sándor Kovacs is niet mijn vader en ik ben niet naar Vivien Leigh genoemd.'

'Wat merkwaardig,' zei ze. 'En je hebt nooit van hem gehoord?'

'Natuurlijk wel. Maar alleen op het journaal.' Ik keek om me heen. Alexander bewoog zich nog steeds met aristocratische gratie over de dansvloer. 'Wat was het voor iemand?' vroeg ik snel.

'Nou ja, zoals ik al zei, verschrikkelijk grof, en hij had altijd van die schreeuwerige kleren en opzichtige horloges, een echte parvenu, maar dat waren ze allemaal, ze hadden geld als water – wat een patsers, dat hele stel. Je weet wel, dat dikke blonde sterretje en die man van haar, die cockney, hoe heetten ze ook weer? Het wil me niet meer te binnen schieten. Van die bingotypes, je kent dat wel. Maar waar de kranten het nauwelijks over hadden, vanwege het schandaal, was dat hij op zwarte meisjes viel...'

'Waarom was dat zo'n schandaal?'

'Omdat ze het niet alleen met hém deden, schat. Ook met anderen, zelfs met een paar mannen die hier vanavond zijn, maar ik noem geen namen. Het is al zo lang geleden allemaal. Ik geloof dat ik Sándor nooit in het openbaar met blanke vrouwen heb gezien, al ging hij wel met ze naar bed als hij de kans kreeg, ook met meisjes uit de beste kringen, maar dat was meer om op te scheppen. Je kreeg het gevoel dat hij ze turfde – er waren zelfs meisjes van adel bij, maar hij schopte ze er de volgende ochtend altijd op een vriendelijke manier weer uit. Een vriendin van me zei dat hij gruwelijke littekens op zijn rug had, echt verschrikkelijk, uit de oorlog. Vreselijk. Hij had altijd van die zwarte meisjes op sleeptouw, daardoor maakte hij zich ook onmogelijk, tenminste in mijn kringen, maar als je hem tegenkwam kon je er niet omheen dat hij heel lieve ogen had. Dat vond ik althans. Prachtig bruin, net lekkere chocola. Persoonlijk geloof ik dat hij eigenlijk een weldoener was.'

Alexander kwam terug naar de tafel.

'Over wie gaat het?' vroeg hij.

'Over Sándor Kovacs,' zei mevrouw Chase.

'O ja,' zei Alexander. 'Een fascinerende figuur.'

'Ze zeiden dat hij een slecht mens was,' zei mevrouw Chase.

'Maar dat geloof ik niet. Echt niet. Er wordt zo veel onzin ge-
kletst, vind je niet?'

'Ja,' zei Alexander ijzig.

Aan het begin van de zomer van dat jaar, 1977, in die gemoeds-
toestand – dat verschrikkelijke verdriet, die verveling, dat gevoel
dat ik gefaald had en waardeloos was – besloot ik mijn oom te
gaan zoeken. Waarom niet? Ik had toch niets anders te doen.
Hoe meer ik aan hem dacht, hoe meer ik die foto en die tekst – *Is
dit het gezicht van het kwaad?* – voor me zag, hoe meer ik over vragen ging nadenken die mijn beperkte filosofische vermogens te
boven gingen. Ik had nog nooit kennisgemaakt met het kwaad,
ik kende het alleen uit boeken en uit de stukken van William
Shakespeare, maar zelfs Macbeth was een mens van vlees en
bloed die hallucinaties kreeg van een dolk die in de lucht zweefde.

Dus ik zocht mijn oom op in het telefoonboek, en tot mijn verbazing stond hij er gewoon in.

De ochtenden werden lichter, de zomer begon en ik werd steeds vroeger wakker. De stilte van de stad met af en toe het geluid van een auto. Later het aanzwellende gehuil van het verkeer op de hoofdwegen, treinen die op stations aankwamen en weer vertrokken. Tikkende hakken op de stoep voor mijn raam, jonge vrouwen op weg naar hun kantoorbaan. De vuilniswagen die knarsend remde, de elektromotor van de kar van de melkboer. Ochtend in Londen.

Mijn vader was al naar zijn werk. Mijn moeder zat in haar bruine ochtendjas in de keuken koffie met veel melk te drinken. Haar haar stond alle kanten op. Ze zag er log en oud uit, en ik zag de eerste knobbels op haar handen, een voorbode van de reumatoïde artritis, de zoveelste kwelling die haar lichaam zou teisteren.

'Ik denk dat ik die kruk ga verven,' zei ze. 'Wij hebben hem gekregen toen wij hier kwamen, maar de verf is helemaal afgebladderd. Ik zal het maar doen zolang ik het nog kan.'

'Welke kleur?'

'Weet ik nog niet. Groen misschien.'

'Doe dan smaragdgroen, of grasgroen.'

'Dat klinkt érg licht.'

'Wat lichtere kleuren zouden hier niet misstaan.'

'Vind jij het hier te somber?'

'Ja.'

'Misschien heb jij gelijk. Het is altijd al zo'n werk om alles schoon te houden dat je geen tijd hebt om je af te vragen hoe het eruitziet.'

Ze had soms baantjes in winkels, klanten helpen achter de toonbank, maar mijn vader vond altijd een smoes om haar daar weer van af te brengen. Een bijzonder knappe Spanjaard met een glimmende zwarte vetkuif toonde een keer belangstelling voor haar. Volgens mij vond hij gewoon dat ze wel eens wat complimentjes mocht krijgen om haar op te vrolijken; hij moedigde haar aan een sjaal van echte zijde te kopen. Daarna werd mijn vader heel pietluttig op schoonmaakgebied, hij streek met zijn vinger over vloeren en meubels en zei: 'Moet jij nou kijken, Berta, het huis verslonst helemaal nu jij buitenshuis werkt.' En dus gaf ze het baantje op en zat ze de hele ochtend op handen en knieën het linoleum te schrobben, en 's middags breide ze van alles wat niemand ooit zou dragen.

Mijn moeders groene periode zou tien weken duren, die hele zomer. Op een keer ging ze even met de kwast over mijn vaders neus en lachte om het resultaat.

'Ben jij gek geworden, Berta? Moet ik een dokter laten komen?'

'Rustig maar, hier is een lap met terpentijn, boen het er maar weer af als jij zo'n pietlut bent.'

'En wat ga jij vandaag doen?' vroeg ze mij, terwijl ze de ketel opzette en door het raam naar dat andere appartement keek, waar de jaloezieën nog dicht waren. We zagen de bewoners bijna nooit.

'Ik ga de deur uit,' zei ik.

'O, dat doet mij plezier. Waar ga jij zo vroeg naartoe?'

'Wandelen.'

'Alweer wandelen. Jij bent broodmager, jij wandelt almaar en jij eet niet. Heb jij daar beneden nog steeds pijn?'

'Nee, geen pijn.'

'Alleen in jouw hart dus. Ik voel de pijn van destijds ook nog steeds, en voor mij was het twee keer.'

Ik holde de keuken uit en naar buiten, sloeg High Street in, stak Marylebone Road over en liep Regent's Park in.

Het park werd omgeven door witte paleizen, en in de dierentuin in de verte brulden leeuwen. Ik stak de straat over en stond vrijwel meteen voor een vijver met bootjes en vogels – ganzen, net zulke als Alexander had bestudeerd en waar hij gedichten over had geschreven. Je kon de Londense parken van noord naar zuid doorkruisen, van Hampstead Heath via Parliament Hill Fields, Primrose Hill en Regent's Park naar Hyde Park, St. James's Park, Green Park – de parken reikten bijna tot aan de rivier, met in het westen de weidse ruimte van Richmond, Clapham en Wandsworth. In het ene park waren herten, in een ander een museum; er waren parken met theaters, openluchtconcerten en dierentuinen. Dit was mijn natuur: gemaaide gazons, muziekkoepels, vijvers met bootjes, ijscokarren, cafés die 's winters dicht waren.

De vogels maakten op deze vroege zomerochtend een hoop lawaai en eisten mijn aandacht op. Ik ging op een bankje zitten om naar ze te kijken en na te denken over wat Alexander had gezien. Ze keken naar me met hun kleine oogjes, stapten met hun grote platvoeten rond over het gras en groepten samen rond broodkorsten. Je kon je niet voorstellen wat ze dachten, zei hij, want hun hersenen zaten in hun vleugels, compleet met kompas en landkaart. Ze wisten precies wat ze deden.

'Pardon, jongedame, dit is mijn bankje, ik zit elke dag hier.' Daar stond hij ineens, in een regenjas en met een leren map onder zijn arm; zijn haar was grijs en dun en zijn gezicht wit, zijn onderlip trilde, al zijn gewicht was geconcentreerd in zijn imposante borstkas en schouders waar het katoen van zijn overhemd omheen spande, zijn benen en voeten leken, net als bij die watervogels, een overbodig onderstel. Mijn oom.

Die gevangenisbleekheid had ik nooit eerder gezien. Wat hij

ook deed, nooit zou hij zijn oude teint meer terugkrijgen. De ge-
vangenschap had hem egaal kleurloos gemaakt, zijn stem haper-
de terwijl hij me aankeek en zijn handen hielden de leren map
stevig vast, drukten hem tegen zijn buik. Ik zag nu dat hij dezelfde neus had als ik, dezelfde vlezige neusvleugels die ik ook van
mijn vader kende en die hun erfenis voor de volgende generatie
waren, geen grote neus, maar een platte ronde. De rest had ik allemaal van mijn moeder. En hij had een volstrekt andere lichaamsbouw dan mijn vader, met kleine voeten, wat raar was
omdat zijn handen opgezwollen waren, als rubberen handschoenen vol water.

'Oké,' zei ik, en ik kreeg een brok in mijn keel bij dat eerste
woord. 'Ik zal een eindje opschuiven.'

Hij ging zitten, knoopte zijn regenjas los en ritste de leren
map open, die een notitieblok met gelinieerd papier en een gouden pen in een lusje bleek te bevatten. Ik kon mijn ogen er niet
van afhouden. Dit was de Sándor Kovacs van wie ik alles wist,
met de poenige hebbedingetjes, een leven van platina en diamanten.

'Mooi hè?' zei hij, en hij hield me de pen voor. 'Het is een Car-
tier, het beste wat er te krijgen is.' (Hij sprak met een rollende r,
net als mijn ouders.) 'Zij maken ook horloges en allerlei andere
dingen, maar alleen van het allerbeste materiaal. Hoe vind jij
hem?'

'Hij ziet eruit alsof-ie heel soepel in de hand ligt.'

'Precies. Kwaliteit, vakwerk. Daar zie je aan dat iets duur is,
niet aan hoeveel het kost of waar het van is gemaakt.'

Ik kon hem ruiken, zo dichtbij was hij. Diezelfde geur van
dure aftershave die een zoetige, zieke lucht maskeerde. De broer
van mijn vader.

Hij begon te schrijven, ploegde met zijn vlezige hand traag
door een zin. Het was pijnlijk om aan te zien.

'Ja, ja,' zei hij, en hij keek me even aan, 'ik schrijf heel langzaam. De traagheid zit niet in mijn hoofd, maar in mijn vingers.

82

Die zijn in de oorlog een keer bevroren, en zij zijn niet meer overal even goed. Daarom moet ik ook een goeie pen hebben, anders valt-ie uit mijn hand.'

'Ah, juist.'

Hij schreef nog ongeveer een minuut verder, hield op en wreef over zijn vingers.

'Kom jij vaak in dit park? Is het jouw vaste plekje?'

'Nee, ik kwam hier toevallig langs.'

'Ik kom hier elke morgen. Ik ben rusteloos en ik slaap niet zo goed, dus ik sta heel vroeg op en ik loop hiernaartoe. Ik ga hier aan de vijver zitten, samen met de eenden en de ganzen. Wij kijken hoe de zon boven Londen opkomt. Nou ja, ík kijk, zij hebben wel wat beters te doen. Zo mooi, die hoe-heet-het, die nattigheid die op het gras neerslaat.'

'Dauw.'

'Ja, dauw.'

Hij boog zich weer over zijn notitieblok. *Ik acsepteer dat ik geen betere zoon ben geweest*, schreef hij.

'Neem me niet kwalijk, maar dat moet met dubbel-c,' zei ik – ik kon het niet laten, ik was een wijsneus.

'Dubbel-c, zeg jij?'

'Ja.'

'Waar precies?'

'In het woord *accepteer*.'

'Doe eens voor.'

Hij gaf me de gouden pen en ik schreef het voor hem op. Toen ik klaar was, spelde hij het hardop.

'A-C-C-E-P-T-E-E-R. Maar als je het zo schrijft, lijkt het net of je "akkepteer" moet zeggen.'

'Ja, dat klopt, de c is een lastige letter.'

'Dank jou wel voor de uitleg. Ik spel niet erg goed en mijn handschrift – nou ja, jij ziet wel dat ik veel te veel krullen maak.'

'Wat schrijft u eigenlijk?'

'Mijn memoires.'

'Uw memoires? Bent u dan beroemd?' vroeg ik, want ik wilde nog even wachten met de onthulling dat ik zijn nichtje was en precies wist wie hij was, omdat ik eerst wilde horen wat hij zélf te vertellen had. Of hij berouwvol was, zichzelf afschilderde als een door wroeging gekwelde zondaar, of dat hij smoesjes had verzonnen om goed te praten wat hij had misdaan.

'Nu niet meer. Vroeger wel.'

Ik bood hem een voorwendsel om te liegen. 'Was u acteur?'

'Nee, zakenman.'

'En nu werkt u niet meer?'

'Ik heb mijn werk al een tijd geleden vaarwel gezegd, maar ik heb een paar gouden jaren gehad, iedereen heeft het recht om daarvan te genieten als het hem vergund is, en om de herinnering eraan te koesteren en op te poetsen.'

Ik dacht aan de Toblerone in de gouden doos, de vergulde versieringen aan zijn kleding, de gouden kies achter in zijn mond, en ik begreep vol verbazing en mededogen dat dat al het goud was dat hij ooit had gezien en hoe kort die jaren waren geweest, alles met elkaar zeven tussen zijn vlucht uit Hongarije en zijn arrestatie, gevolgd door de rechtszaak en de gevangenisstraf.

'Wat voor zaken deed u?' vroeg ik.

'Onroerend goed en amusement.'

Hij herinnert zich mij niet, dacht ik. Geen wonder ook – ik was destijds nog maar een klein meisje en nu was ik een volwassen vrouw, althans, zo zag ik mezelf.

Er waren diverse momenten in het gesprek waarop ik mijn oom had kunnen vertellen wie ik was, en later begreep ik dat er ook ogenblikken waren waarop hij open kaart met mij had kunnen spelen, want het bleek dat hij me onmiddellijk had herkend, niet omdat hij zo'n goed geheugen had, maar omdat mijn vader hem drie keer triomfantelijk in de gevangenis was komen opzoeken en hem bij die bezoeken foto's had toegeschoven waarop ik respectievelijk voor het eerst naar de universiteit ging, mijn bul kreeg en me met Alexander verloofde, zodat hij zich had kunnen vergapen aan het succes dat mijn vader via mij had geboekt. Maar dat wist ik toen allemaal nog niet.

En zelf zei ik ook niet: 'Ik ben Vivien Kovaks, uw nichtje, het kleine meisje dat u een keer bent komen opzoeken.' Ik kon de woorden niet vinden, hoe simpel ze ook waren. Hij was zo... hoe moet ik het zeggen? Toen ik in de bibliotheek naar de krant had gekeken, en toen ik dat boek over hem las, was hij een idee, geen levend mens, maar gewoon een bepaalde mening over sloppenwijken. Toen ik me deze ontmoeting had voorgesteld had ik een toespraak voorbereid waarin ik mezelf voorstelde, en ook zijn antwoord daarop, maar in werkelijkheid bleek hij geen mening te zijn maar vlees en bloed, nagels en neusharen.

Achteraf begrijp ik dat hij meende een goede indruk te kunnen maken, dat hij zich wilde verdedigen ten overstaan van de publieke opinie, míjn opinie, en wilde bewijzen dat hij me kon overtuigen. Hij wilde geen recht op bijzondere clementie doen gelden omdat hij mijn oom was, de broer van zijn broer. Hij wilde zielsgraag dat ik zag dat hij niet het gezicht van het kwaad was, maar iets veel gecompliceerders.

'Ik herinner me heel veel,' zei hij. 'Daarom schrijf ik alles op, zodat het ergens is vastgelegd. Zodat zij er kennis van kunnen nemen.'

'"Zij"?'

'De mensen natuurlijk, en wie het verder maar interesseert.'

'Wie had u in gedachten?'

Hij aarzelde. Maar toen keek hij me aan met die tranende ogen die vroeger de kleur van bittere chocola hadden gehad en nu tot geelbruin waren verbleekt; zijn onderlip was nat en zijn kin trilde.

'Mijn broer.'

Die keer dat hij ineens op de stoep stond en ze tegen elkaar tekeer gingen, was ik met stomheid geslagen geweest dat hij überhaupt bestond, dat hij uit het niets was opgedoken (zoals ik zou ontdekken, had hij zich ooit inderdaad in het niets bevonden, in een angstaanjagende leegte, zo dicht bij de dood als de dood zelf, gelijk aan de dood, duisterder dan de dood en doorstraald van angst). Het was zonneklaar dat mijn vader hem haatte – mijn vader, de bebrilde dwerg die al vijfentwintig jaar ploeterde zonder ooit om wat dan ook te worden opgemerkt en toen opeens oog in oog stond met een gangster uit een herinnering, uit een tijd die steeds meer op een hallucinatie was gaan lijken in plaats van op het echte verleden. Maar de woorden 'mijn broer' waren voor mij als enig kind heel vreemd om te horen, en ik voelde een schokje van jaloezie dat er ooit iets tussen hen was geweest, de intimiteit van kinderen uit hetzelfde gezin, iets wat mij nooit gegund was.

'En wat gaat u met die memoires doen als ze klaar zijn?' vroeg ik, want ik durfde dat woord 'broer' nog niet dichter te naderen.

'Dan publiceer ik ze natuurlijk. Het moet een boek worden met mijn naam op het omslag.'

'Hoeveel hebt u al klaar?'

'Elf bladzijden. Hoeveel moet je er hebben voor het een boek is?'

'Dat weet ik niet. Een heleboel, denk ik.'

'Dat is het probleem. Maar ik heb wel heel veel te vertellen.'

'Dan moet u het boek afmaken.'

'Maar het gaat langzaam, héél langzaam.'

'Werkt u er de hele dag aan?'

'Nee, alleen 's ochtends, hier in het park. Ik kan er niet tegen om alleen in een kamer te zitten. Ik hou niet van een kamer, vooral niet als-ie klein is.'

Zijn ogen begonnen weer te tranen.

'Ik huil niet, hoor, ik heb wat aan mijn ogen. Ik heb twee dagen geleden mijn bril stukgetrapt, en ik kan pas weer echt goed zien wat ik schrijf als de opticien een nieuwe voor mij heeft gemaakt. Ik zit erop te wachten. Maar ik wil geen dag missen, o, nee. Wie weet hoe lang ik nog heb om alles te zeggen wat ik wil zeggen? Je mag niets verspillen, verspilling is vreselijk. Begrijp jij? Begrijp jij dat, meisje?' Hij keek me aan met de blik van iemand die zijn spraakvermogen heeft verloren en nu probeert met zijn ogen een dringende boodschap over te brengen.

'Ja, nou en of ik dat begrijp.' Mijn hele leven was niets dan verspilling.

Zijn gezicht veranderde, nam een verbaasde uitdrukking aan.

'Ben jij getrouwd, of heb jij een vriend?'

'Ik ben weduwe, mijn man is overleden.'

'Wát?' Hij liet zich geschrokken achterovervallen op de bank. 'Hoe kan dat? Zo'n jonge vrouw? Wat erg, wat verschrikkelijk. Hoe is gekomen?'

Ik vertelde het.

'Wat een verhaal!'

'Tja.'

'Gestikt in een biefstuk? In een restaurant, op jullie huwelijksreis?'

'Ja.'

'En niemand kon iets doen?'

'Ze gaven hem de hele tijd klappen op zijn rug, maar het hielp niet.'

'Ach, kindje toch.'

Hij leek aanstalten te maken mijn hand vast te pakken, maar ik trok mijn ellebogen helemaal in. Ik wilde niet dat hij me aanraakte.

Ik zag weer voor me hoe ik van de wc terugkwam, waar ik mijn haar had gekamd en nieuwe lippenstift op had gedaan. Hij had altijd een hekel gehad aan koud eten; zijn vader bad altijd eindeloos, totdat de groente lauw was en de jus gestold, en daarom wachtte hij nooit op mij. Ik zag hem achterover op zijn stoel zitten, hij schopte en maaide met zijn benen en sloeg met zijn vuist op tafel alsof hij om hulp wilde roepen. Zijn ogen rolden door hun kassen en zijn mond was opengesperd tot een grote zwarte O.

'Wat is er, wat heb je?' riep ik.

Maar hij keek me alleen maar aan, met een verontwaardigde, beschuldigende blik.

Een ober begon op zijn rug te beuken, bewerkte hem tevergeefs met zijn vuisten terwijl Alexander woest met zijn hoofd schudde en in zijn eigen buik stompte, vlak onder zijn ribben. Zijn bord was in de richting van het zout geschoven, en zijn entrecote, waar een hoekje af was gesneden, en de patatjes lagen verspreid over het tafellaken. Hij deed een greep naar de rand van de tafel en legde vervolgens zijn hoofd erop, en zijn ogen schoten vol tranen. De ober bleef hem de hele tijd maar op zijn rug beuken.

Ik zag de haartjes op zijn arm die zilverkleurig oplichtten onder de talloze lampen, zijn witte manchetten met de knopen die hij voor zijn eenentwintigste verjaardag had gekregen, de trouwring nog onwennig en een beetje los aan zijn linkerhand. Ik keek toe hoe hij kopje-onder ging, hoe hij zag dat het water zich boven zijn hoofd sloot en hem van het leven afsneed, hoe hij in de zwarte diepte wegzonk. En terwijl ik bleef kijken, gingen zijn ogen dicht, stierven zijn hersenen door gebrek aan zuurstof en gaf zijn hart het op.

Het was allemaal zo willekeurig. Je loopt een badkamer binnen terwijl daar een meisje in bad ligt naast een vaas klaprozen, ze doet je aan een schilderij denken dat je een keer hebt gezien, en daarom, *vanwege dat meisje*, ga je drie jaar later op je vierentwintigste dood. Niet tijdelijk, voor een jaar of zo, maar definitief. Omdat je stikt in een stukje entrecote van een paar centimeter, en omdat je niet in staat bent instructies te geven omtrent het uitvoeren van de dan nog onbekende Heimlichmanoeuvre.

'Zulke dingen zijn vreselijk,' hoorde ik mijn oom zeggen. 'Ik heb zelf ook mensen zien sterven zonder dat ik wat voor ze kon doen. En toch laat het je niet los, je blijft maar piekeren of je toch niet iets had kunnen doen. En wat ben jij nu verder van plan?'

'Ik kon niet meer naar Baltimore. Ik had daar geen werk, en al had ik dat wel, dan nog zou ik de flat die we daar hadden gehuurd niet kunnen betalen. Ik ben teruggegaan naar Londen en woon nu weer een poosje bij mijn ouders.'

'Heb jij werk?'

'Nee.'

'Heb jij een vak geleerd?'

'Ik heb een bachelor Engelse literatuur, en ik was aan mijn masterscriptie bezig.'

'Aha, ik zit hier met een academisch geschoolde jongedame te praten. Jij hebt natuurlijk heel wat boeken gelezen en ik heb niets gevraagd. Jij weet dus alles van die handel?'

'Welke handel?'

'Nou, boeken – hoe je ze schrijft en uitgegeven krijgt.'

'Nee, ik weet alleen iets van Dickens, Shakespeare, dat soort mensen. Niet veel van eigentijdse schrijvers.'

'Ah, daar heb ik jaren geleden een film van gezien, over Hendrik Vijf, met Laurence Olivier. Ik snapte er niet veel van, het Engels dat zij toen praatten is te moeilijk voor mij, maar hij was toch een soort van koning, hè? Heel mooi. Maar het had natuurlijk niks met het echte leven te maken.'

'Ik weet niet zoveel van het echte leven,' zei ik.

'Nou en? Ik weet niks van Shakespeare. Zo hebben wij allemaal onze beperkingen, hè? Zo is toch?' Hij glimlachte onzeker.

Er ontstond een enorm misbaar in de vijver, een verschrikkelijk vleugelgeklapper en gekrijs van een heleboel vogels. Misschien hadden ze iets gehoord waarvoor ons gehoor niet scherp genoeg was, een bom die ergens in de ondergrondse krochten van de stad was afgegaan. Er waren het jaar daarvoor bomaanslagen geweest.

'Dat zijn ganzen,' zei hij, wijzend naar de vogels met de zwarte koppen. 'Dat weet ik omdat daar zo'n bord staat met plaatjes en beschrijvingen.'

'Mijn man schreef gedichten over ganzen,' zei ik.

'Ganzen? Kun je daar gedichten over schrijven? Nooit geweten. Ik dacht dat gedichten over liefde gingen.'

'Je kunt gedichten maken over alles wat je maar wilt.'

'Maar waarom ganzen?'

'Hij probeerde tot hun essentie door te dringen, in de ziel van de gans te kijken, zeg maar.'

'Hebben vogels dan een ziel?'

'Alexander geloofde in ieder geval van wel. Hij dacht veel over ze na.'

'Waarover dan?'

'Van alles. Hij hield veel aantekeningen bij. Over de snelheid van de lucht tegen hun vleugels, de lichtheid van hun botten, het gewicht van hun snavel, wat ze met hun ogen moesten doen. De vlucht en de trek van ganzen, water, navigatie – de wetenschap van het gans-zijn in metaforen uitgedrukt.'

Hij wierp nog een blik op de ganzen. Hij bleef enkele ogenblikken naar ze kijken en schudde toen zijn hoofd. 'Als ik naar een gans kijk dan zie ik gewoon een gans, maar jij ziet wat anders. Daarom is het belangrijk om naar intellectuelen te luisteren, iemand als ik kan daar heel nuttige dingen van opsteken, al zou ik niet weten wat die beesten voor mij voor nut hebben, behalve dan gebraden met aardappeltjes of in de soep. Schrijf jij ook gedichten?'

'Nee, ik analyseer ze alleen.'

'Wat is dat?'

'Dat je ze ontleedt om te kijken hoe ze werken.'

Maar hij had zijn belangstelling voor gedichten verloren. Hij was bezig een plan onder woorden te brengen. Plannen kwamen razendsnel bij hem op, want zo werkt het hoofd van een zakenman – ideeën slaan in als de bliksem, flitsend, duizelingwekkend en verblindend fel. Je kijkt naar wat een seconde geleden nog duister was, en het talent van een zakenman is om dat vast te houden, het als beeld in je hoofd op te slaan en verder uit te werken, door te fantaseren over wat je hebt gezien.

'Zeg, ik zat zo te denken – als jij geen werk hebt, heb jij dan misschien zin om voor mij te werken?'

'Als wat?' vroeg ik geschrokken. Hoe diep moest ik zijn gezonken dat mijn oom me vroeg de huur voor hem te gaan ophalen?

'Ik had zo gedacht dat jij me kunt helpen bij het schrijven van mijn boek.'

'Hoe zou ik u daarbij kunnen helpen?'

'Ik koop een cassetterecorder en een schrijfmachine. Ik vertel alles en jij zet het netjes op papier. Alle woorden met precies de goede letters, zonder fouten. Jij draait de bandjes af, luistert en schrijft alles mooi op.'

'En dan betaalt u me?'

'Of ik jou betaal? Natuurlijk betaal ik jou! Waar zie jij mij voor aan?'

'En wanneer zou ik kunnen beginnen?'

'Wanneer jij maar wilt. Aanstaande maandag?'

'Hier?'

'Nee, jij kunt beter bij mij thuis komen. Wij hebben elektriciteit nodig voor de recorder.'

'Goed.'

'Ik ben Sándor Kovacs,' zei hij, en ik zag aan zijn ogen dat hij hevig ontroerd was, wat me op dat moment verraste.

'Aangenaam kennis te maken,' zei ik, onderwijl koortsachtig zoekend naar een naam, tot ik op een klasgenootje van school kwam, een meisje met weelderig lang blond haar. 'Ik heet Miranda Collins.'

'Mie-ran-da,' zei hij. 'Mie-ran-da. Die naam ken ik niet. Uit welke taal komt die?'

Als je je best doet, als je ten diepste bereid bent jezelf volledig los te laten, kun je in het hoofd van iemand anders binnendringen. Daar is een bepaald denkstramien voor nodig, aangescherpt door jarenlang lezen op mijn manier (waar Alexander zo op neerkeek): je totaal in een boek onderdompelen, zodat dat boek niet in jouw hoofd terechtkomt, maar jij in het boek, als in een droom.

Er is een spelletje dat ik vaak doe als ik me verveel, als ik ergens moet wachten of in een bus of trein of op een vliegveld zit: voorspellen wanneer iemand zal opstaan om een krant of een kop koffie te kopen of papieren uit een koffertje gaat halen. Ik heb ook de bizarre hebbelijkheid dat ik altijd weet hoe laat het is, zelfs zonder klok of horloge. Alexander heeft me eens uitgelegd dat het een soort logica is die met de snelheid van het licht werkt, te snel om bewust te kunnen volgen, en ik was blij dat te horen, want ik was altijd bang geweest dat het een afwijking was. Voor mijn dertigste, voor de tijd dat ik in het rustiger vaarwater van huwelijk en gezin terechtkwam, heb ik me een paar keer echt zorgen gemaakt: ik dacht dat ik krankzinnig werd, al wist ik niet of mijn ouders me gek hadden gemaakt, of ik zo geboren was, of dat het door de benauwende sfeer in Benson Court kwam.

Inmiddels geloof ik dat ik nooit gek ben geweest; ik had gewoon de overactieve fantasie van een enig kind. Of je het ook altijd bij het goede eind hebt als je je in iemand anders inleeft is een andere vraag, maar hoe meer je het oefent, hoe interessanter het leven wordt – al wordt het wel moeilijker te verdragen, want je begrijpt dan ook hoe snel de meeste mensen aan de grens van hun kunnen zitten en hoe onmogelijk het voor ze is aan de vurige verwachtingen te voldoen die jij van hen hebt.

Zo denk ik nu, dertig jaar later, na over mijn oom, die zich voorbereidde op mijn komst. Wat het voor hem moet hebben betekend om te weten dat ik eindelijk naar hem toekwam, het kleine meisje dat hij ooit een halfopen deur had zien omklemmen, het kind dat nu volwassen was en haar eigen zorgen en verdriet had. Als ik in Harrods ben, zie ik hem altijd weer met de lift naar de derde verdieping gaan. Zijn geest moet daar nog zijn. Ik hoop het.

Hij vond het heerlijk om daar 's morgens vroeg naartoe te gaan, meteen zodra de mannen in livrei met hoge hoed en overjas de deuren voor de eerste klanten opendeden. Hij wist dat hij daar veilig was, in de winkel die hij *de mooiste ter wereld* vond, waar je alles kon kopen wat je wilde, zelfs een kat of een hond, vissen of een vogel in een kooi. Soms keek hij een hele dag naar alle mooie dingen die hij had bezeten voordat hij de gevangenis in ging en die hij toen veel te vanzelfsprekend had gevonden; hij vond ze destijds net zoiets als water dat tussen zijn vingers door stroomde, voor hem lag het genot erin iets heel even vast te houden, totdat zijn oog weer op iets anders viel.

Hij loopt over de afdelingen en snuift de parfums op, kijkt naar de mooie vrouwen in lentejurken en op hoge hakken. Hij ziet een jongedame met rood haar, een kuiltje in haar kin en zwarte lakschoenen waarin ze een prachtig hoge wreef heeft; ze draait zich om en vangt de blik van de man die naar haar kijkt. Even denkt hij dat ze zal gaan gillen en de beveiliging roepen, maar dat gebeurt niet; ze glimlacht alleen bij zichzelf, want ze begrijpt dat haar bestaan bevestigd wordt, al is het maar door iemand als hij, een oude man met een hanglip. En het is een nette jongedame, dat ziet mijn oom meteen. Als hij aan haar werd voorgesteld, denkt hij, zou hij haar hand kussen zoals hij eens bij Shirley Bassey heeft gedaan, en daar staat hij tussen de make-up, hunkerend, verlangend met zijn mond haar huid even te beroeren, als bij een koningin.

Op zondag rustte hij uit en dacht hij na. Hij vroeg zich af waarom ik een valse naam had opgegeven. Waarom Collins? Misschien heette mijn overleden man Collins, maar Miranda? Hij kende veel mensen die om allerlei redenen een schuilnaam gebruikten, maar van een jong meisje verwachtte hij dat niet, behalve als ze naar Londen was gevlucht voor haar vader, moeder of echtgenoot, voor mensen door wie ze niet gevonden wilde worden.

Er dwarrelden allerlei mogelijkheden door zijn hoofd, totdat hij – zoals ik later ontdekte – de verklaring vond die hem het waarschijnlijkst leek: ik bespioneerde hem in opdracht van iemand anders.

Ik zie hem voor me, die avond, in bed met Eunice.

'Je bespioneren? Voor wie dan?' vraagt ze. Hij leunt met tranende ogen tegen het rotan hoofdeind bij het licht van de leeslamp die zij voor hem heeft gekocht, een porseleinen voet in de vorm van een glimmend zwart jongetje dat de roodzijden parasol vasthoudt die als lampenkap dienstdoet.

'Voor een krant misschien.'

Ze masseert handcrème in haar huid, helemaal tot aan haar ellebogen. 'Sándor,' zegt ze, 'de kranten hebben al jaren geen belangstelling meer voor je.'

'Dat is waar,' geeft hij toe, en hij beseft dat alleen Eunice hem dat recht in zijn gezicht zou zeggen, een onverschrokken vrouw die zich niet met onzin of dagdromerij bezighoudt, alleen met de werkelijkheid. En dat bewondert hij in haar.

Hij wacht in elk geval wel vol ongeduld op maandag, want dan

ziet hij me weer. Dat weet ik zeker, en ik vond het zelf ook spannend.

Mijn ouders wilden weten waar ik naartoe ging. Ik zei dat ik
een parttimebaantje had gevonden, zwart, bij iemand die zijn
bibliotheek wilde catalogiseren, en dat geloofden ze; ze waren
opgelucht dat ik de deur uitging in plaats van mokkend rond te
hangen, te huilen en te slapen. Mijn stemming was compleet
omgeslagen, want ik had weer iets om voor te leven: mijn hevige nieuwsgierigheid naar de man die zogenaamd het gezicht
van het kwaad was, maar ook die neushaartjes, die trillende lip
en die verbleekte ogen had. Er waren wel duizend vragen die ik
hem wilde stellen: over mijn ouders en hun verleden in Boedapest als zorgeloze jonge mensen, voordat ze de teruggetrokken
vluchtelingen werden die zich in hun huis verstopten en op een
schuwe manier dankbaar waren voor de kleinste vriendelijk-
heid. Na alle onduidelijkheden en stiltes die ik in mijn jeugd
vanzelfsprekend was gaan vinden, zouden me nu de antwoorden worden aangereikt.

Ik wist dat ik een monster zou leren kennen, een beest. Zijn
misdaden spraken voor zich, maar het beest huisde in het lichaam van een man die al oud begon te worden. Wiens vingers
pijn deden als hij een pen vasthield. Die spelfouten maakte.

Hij ging me zijn bekentenis doen, of zich vrijpleiten, of wat
dan ook, en ik moest mijn hoofd er goed bij houden, meer dan ik
ooit in mijn tragisch geringe levenservaring – opgroeien in Benson Court en aansluitend studeren aan een winderige, betonnen, nog geen acht jaar oude universiteit – nodig had gehad. Ik
wilde dat Alexander nog leefde, want die strengelde altijd zijn
vingers ineen en legde uit (dat had hij van zijn vader, de predikant) dat er een duidelijk onderscheid bestond tussen goed en
kwaad dat je door middel van logica en helder denken altijd kon
vinden. Daar bestond enorm veel literatuur over, waarvan hij in
zijn adolescentie het een en ander had gelezen, toen hij uit de

greep van de theologie wegglipte naar de oeverloze zee van het atheïsme en behoefte kreeg aan een nieuwe morele code, die niet op stenen tafelen was aangereikt.

Logica. Dat had niemand in mijn familie ooit het cultiveren waard gevonden, niemand onderkende dat logica een methode met een duidelijk omschreven doel kon zijn. Je ging te werk volgens je instincten, je gevoel – voornamelijk angst en lafheid. Principes waren iets voor andere mensen, mensen met dressoirs, geslepen kristallen karaffen en papieren met een naam erop waar geen enkele geüniformeerde beambte moeilijk over kon doen. Principes waren een luxe, zoiets als verse bloemen in huis, of eten in een restaurant: je kon ernaar streven ooit het soort mens te worden dat de status en het inkomen had om zich zoiets te kunnen veroorloven, maar de grondslagen van jouw eigen bestaan waren argwaan en – als je het geluk had slim te zijn – sluwheid.

Die erfenis was het enige wat ik meebracht bij de naderende ontmoeting met mijn oom, het monster. En boeken. Ik zag mijn oom als een soort Fagin, het Dickens-personage dat een bende straatkinderen uitzoog, al had ik ondanks alles toch altijd een zeker mededogen met die ongelukkige man gehad, die me nog altijd minder wreed leek dan degene die Oliver Twist 's nachts in een doodskist liet slapen. Fagins jongens hadden tenminste hun vrijheid, ze konden lachen en ze beheersten een vak waar ze van konden leven, het zakkenrollen.

Zijn huis was een hoog, smal, vroegvictoriaans herenhuis in een zijstraat van Parkway, bij het metrostation, een vuile, winderige, onttakelde buurt, waar de lente later en de winter vroeger invalt dan elders. Die huizen zijn tegenwoordig erg in trek, dus kostbaar, maar in die tijd kon je ze voor een appel en een ei kopen. De mensen hielden er ongewone huisdieren, en de katten en honden maakten er een hongerige, verdwaalde indruk. Het duurde even voordat Sándor beneden was. Bleek en hijgend kwam hij aan de deur; hij had een kastanjebruin vest met een rits

aan en liep op badstof sloffen met een goud en blauw gebor-
duurd wapen erop, van het soort dat je uit een hotel meepikt.

Hij nam me op alsof ik van de politie was en een huiszoe-
kingsbevel bij me zou kunnen hebben.

'Ik ben het,' zei ik, 'Miranda. U had me gevraagd te komen.'

'Ja,' zei hij, 'ik weet het, maak je geen zorgen, ik was het niet
vergeten. Ik heb voor alles gezorgd. Kom binnen.'

In de hal zag ik overal deuren met een nummer erop. Mijn
oom verhuurde weer woonruimte, maar nu op kleinere schaal:
hij had drie huizen in Camden die hij per kamer verhuurde, en
hij leefde van de opbrengst. Ik snapte niet hoe je de benedenver-
dieping van zo'n huis in zo veel appartementjes kon opdelen en
wilde daar net naar vragen, maar hij dreef me voort, een trap op
met bronsgroen vinyl behang en ingelijste jachttaferelen, waar
het naar verse verf rook. Het was heel anders dan ik had verwacht. Dit was geen achterbuurt, het was een keurig huis, netjes
ingericht – ik bedoel: niets deed pijn aan de ogen. Het was karakterloos, maar iets karakterloos kan er heel behoorlijk uitzien. Ka-
rakterloosheid is beter dan condens, een lekkend dak, schimmel, een kapotte trapleuning, verstopte wc's en ondeugdelijke
boilers die ontploffen en mensenlevens eisen.

'Zo, wij zijn er,' zei hij terwijl hij de sleutel in het slot omdraaide. 'Ik hoop dat jij mooi vindt, een vriendin heeft het voor mij ingericht.'

'Rotan,' zei ik voorzichtig. 'Leuk.'

'Dat geeft een tropische sfeer, zegt zij. En kijk eens achter je –
zie je dat?'

De grote trots van deze man, die jarenlang tegen gevangenis-
muren had moeten aankijken, was een wandschildering van een
zonsondergang op een Caraïbisch eiland, zoals je wel ziet in Jamaicaanse restaurants in Brixton en Notting Hill waar je droge
kip en geitenvlees kunt krijgen.

'Wat vind jij ervan?'

'Schitterend!'

'Zie jij hoe knap hij heeft gedaan, precies alsof je die muur in kunt lopen en op het strand kunt gaan zitten om rumpunch uit een kokosnoot te drinken. Jij vindt het mooi? Ik zie dat jij glimlacht.'

'Heel mooi. Waar mag ik gaan zitten?'

'Waar jij maar wilt. Zitten kost niets.'

Ik ging in een van de rotanstoelen zitten; niet de stoel die duidelijk van hem was, de gevlochten troon, de stoel met een rugleuning als een pauwenstaart.

'Jij wilt koffie?'

'Heel graag.'

'Zo netjes horen wij hier niet vaak tegenwoordig. Jij bent zeker goed opgevoed. Wat doet jouw familie?'

Ik had alles de avond daarvoor doorgenomen en mezelf een eenvoudige nieuwe biografie aangemeten, toevallig gebaseerd op die van de echte, blonde Miranda met wie ik in de bus naar huis wel eens praatte.

'We hebben een lijstenmakerij.'

'Een heel aardig vak. Geschoold. Handwerk, ja? Jouw vader is handig?'

'Ja, inderdaad.'

'Hij moet ook goede ogen hebben.' Hij glimlachte cynisch en ik had even de indruk dat hij me een knipoog wilde geven maar zich bedacht. 'Goed. De koffie. Jij ziet dat ik ouderwetse koffie zet, een pan water en gemalen koffie? Die nieuwe uit een potje kan ik niet uitstaan. Walgelijk. Jij wilt iets eten? Hier.'

Hij had een geglazuurde vruchtencake gekocht.

'Ik wilde iets bijzonders kopen, maar ik had al mijn tijd besteed aan een cassetterecorder en schrijfmachine kopen, ik was vergeten naar de grote markt te gaan. Deze komt uit het winkeltje op de hoek, ik weet niet of hij lekker is. Zij noemen hem Battenberg, hier, neem een plakje.'

'Ik hou wel van taart, maar niet van zo'n cake.'

'Ik begrijp wat jij bedoelt. De naam klinkt Duits, maar zij zeggen dat het niet echt Duits is, alleen de naam.'

'Houdt u niet van Duitsland?'

'Ik ben er nooit geweest. Ik heb geen mening over dat land. Een straat is een straat en een huis is een huis en een veld is een veld en een boom is een boom. Wie er rondloopt, dat is iets anders. En over patisserie weet ik echt alles. Ik ben een kenner, zou je kunnen zeggen, ik heb verstand van, zoals sommige mensen verstand van kunst of muziek hebben – bij mij is dat patisserie.' Hij sneed een plakje cake af en kauwde er zenuwachtig op; de vochtige substantie bleef aan zijn tandvlees plakken en hij spoelde alles weg met sterke koffie. 'Goed, wij beginnen. Wil jij een sigaret?' Hij stak me een duur goudkleurig pakje Benson & Hedges toe. Zelf rookte ik de goedkoopste die er waren, Players No. 6. 'Vroeger rookte ik zwarte Russische Balkan Sobranies, een heel goed merk, maar lange tijd waren die niet verkrijgbaar, en ik stapte over op deze. Lekker, maar niet bijzonder.'

Ik nam er eentje aan en stak hem op. Hij smaakte opvallend zacht, ik miste de rauwe, schurende kick van mijn Players in mijn keel.

Hij had alles op een tafel bij het raam neergezet. De cassette-recorder, de schrijfmachine, een stapel papier.

'Heb jij zoiets wel eens gezien?' vroeg hij toen we de recorder bekeken.

'Jawel, maar ik heb er nog nooit een gebruikt, eerlijk gezegd.'

'*Eerlijk gezegd*. Goede uitdrukking. Ik zeg zelf nooit, maar ik hoor het vaak, misschien ga ik het zelf ook gebruiken, misschien klink ik dan minder als zo'n buitenlander, denk jij niet?'

Het viel me op dat hij behoefte leek te hebben indruk op me te maken. Ik had nog nooit een monster ontmoet – misschien waren ze allemaal zo, maar ik vond hem zielig. Die muurschildering, die goedkope rotanmeubels, die krankzinnige pauwentroon, dat hoge huis met uitzicht op de straat en op andere huizen, vuil en armoedig, die roze cake met marsepein die aan zijn tandvlees plakte, alles bij elkaar maakte het een indruk van

99

middelmatigheid, terwijl de man met het glitterende horloge met de flitsende diamanten, de suède schoenen en het zwarte vriendinnetje met het hoedje van nylon luipaardbont wel iets uit een oud verhaal had geleken dat bij het slapengaan wordt verteld aan een kind dat het de volgende morgen weer is vergeten.

'Klaar?' vroeg ik.

'Ja, ja, natuurlijk, maar wie bedient die machine?'

'Wilt u het doen?'

'Ik weet niet hoe dat moet. Ik heb in dat boekje gekeken dat erbij zat, maar ik begrijp niets van. Kijk.'

Ik snapte ook niet veel van de gebruiksaanwijzing. Er stonden tekeningetjes bij van alles wat je moest doen om het ding aan de praat te krijgen. 'Niet erg duidelijk,' zei ik.

'Ik laat aan jou over. Jij hebt een intellectueel hoofd.'

'Daar hebben we nu niet zoveel aan. Eens kijken wat er gebeurt als ik hierop druk.'

'Goed.'

Ik drukte op PLAY en mijn oom begon te praten.

'De dag dat ik hier aankom, 14 december 1956, is een dag die ik mij nog precies herinner.'

'Beginnen we daar?'

'Natuurlijk, dat is het begin van het verhaal.'

'Nee, nee, ik bedoel het begin van uw leven.'

'Mijn *leven*? Daar gaat het nu niet over.'

'Waarover dan wel?'

'Mijn carrière.'

'Maar om het uitgegeven te krijgen moet het toch iets meer zijn dan een opsomming, dan moet ook de menselijke kant worden belicht.'

'Jongedame, ik wil alleen wat feiten vertellen die zij toen zijn vergeten en die de mensen niet kennen.'

'Goed, het is úw verhaal. Maar feiten zijn minder interessant dan de innerlijke waarheid.'

'Wáárheid?' riep mijn oom hees. 'Jongedame, mensen die de waarheid willen horen, weten niets over de waarheid. De waarheid, zij zouden misselijk worden als zij die hoorden. De waarheid is niet mooi. Die is voor grote mensen, niet voor kinderen. Jij denkt dat ik de waarheid zomaar weggeef, als muntjes aan een bedelaar? De waarheid, die hou je vast tot je dood.'

'Wat wilt u dan vastleggen?' vroeg ik kil. 'Een sprookje?'

'Ja, precies, een sprookje waar de mensen naar luisteren. Die *dreck* is goed genoeg, meer verdienen zij niet.'

'Minachting voor de lezer is geen goed uitgangspunt.'

'Wat wil jij van mij?' vroeg hij. En opeens was de oude Sándor Kovacs er weer, het beest – ik merkte het, ik voelde me geïntimideerd.

'Uw verhaal,' zei ik, en die twee woordjes vielen me onbegrijpelijk zwaar.

'Verhaal?'

'Ja.'

'En wat is jóuw verhaal?' Hij keek me aan met zijn verbleekte bruine ogen, die nu vonkjes gouden vuur schoten die in mijn hart drongen. Ik kon het nauwelijks opbrengen zijn blik te beantwoorden. Ik voelde de lichamelijke aanwezigheid van de ander, de geest die daarin rondsloop.

'Wat?' Hij schreeuwde bijna. 'Wat is met jou aan de hand?'

'Niets.'

'Ziek?'

'Nee, nee, gaat u maar door.'

'Jij ziet niet goed uit.' Een hand ging even omhoog, viel toen weer neer.

'Niets aan de hand.'

'Oké.' Hij leunde weer achterover in zijn rotan pauwentroon als een uitgeputte koning. Vroeger, toen hij heel rijk was, had hij een stoel met armleuningen in de vorm van vergulde leeuwenklauwen. Ze hadden hem verteld dat die stoel uit een Italiaans paleis kwam en heel oud was. 'Waarom ben jij ineens zo uit jouw doen? Is bijvoorbeeld iemand van jouw familie ziek?'

'Nou, weet u...' begon ik haastig om mijn afschuw te verbergen.

'Ja?'

'Mijn vader is niet meer wat hij geweest is.' De ambiguïteit van dat antwoord leek me genoeg om hem af te leiden. Dat was een trucje van mijn moeder: een klein misverstand de wereld in helpen waardoor de ander even onzeker werd, om dan snel van onderwerp te veranderen en de ander op het verkeerde been te zetten zonder werkelijk iets te hebben gezegd.

'Wat is met hem aan de hand?' vroeg Sándor, die keek alsof hij zojuist zijn eigen doodvonnis had gehoord; dat vond ik vreemd, want ze hadden toch zo'n hekel aan elkaar, maar nu begrijp ik dat alle hevige gevoelens een vorm van gehechtheid zijn, en als mijn vader doodging, zou al die heftige emotie niets meer zijn dan een geest die jammert om een lichaam.

Ik liet mijn stem dalen tot een doktersachtig gemompel. 'U weet wel.'

Kanker, dacht hij. Ik zag het aan zijn ogen.

Ervin, de kleine rotzak, lag dus op sterven! Binnenkort zouden Sándor en het meisje dat tegenover hem zat de laatsten van de familie Kovacs zijn. Op dat moment begreep hij het ineens: ik werd door zijn broer gestuurd. Nu Ervins einde naderde, gebruikte hij zijn dochter als werktuig om het goed te maken. Gaf de ene broer de andere toestemming om de waarheid te vertellen over het verleden, het verhaal dat in een andere tijd en in een ander land was begonnen. Want hij was de enige brug die er nog tussen de generaties bestond – hij, Sándor, zou onsterfelijk worden door zijn verhaal aan toekomstige generaties door te geven, de enige vorm van eeuwig leven die er is: de doden die tot de levenden spreken.

'Goed,' zei hij, en hij ging rechtop op zijn pauwentroon zitten en deed het trommeltje open waarin zijn verleden zat, 'laat ik dan met een feit beginnen. Ik ben op 27 februari negentienhonderdzestien geboren. Dat is mijn geboortedatum. Ik ben nu dus eenenzestig.'

'Waar?'

'In een dorpje in het Zempléngebergte in het oosten van Hongarije, vlak bij Tokay, waar de wijn vandaan komt. Heb jij wel eens van die wijn gehoord? Heerlijk, heel zoet, de wijn van koningen noemden ze die vroeger. Zo, nu heb jij een feit, nee, meer dan één! Ben jij nu blij?'

'Hoe heette dat dorpje?'

'Jij zult het niet geloven, maar het heette Mád. Echt. En het was niet krankzinnig, het was mooi.'

'Vertelt u er eens wat over.'

Het was lang geleden dat hij voor het laatst aan dat dorp had gedacht; het leek verloren te zijn gegaan. Maar daar was het weer, het kwam onmiddellijk terug toen hij het opriep.

'Rustig, vredig. De lucht rook lekker, alles had een heerlijke geur, de druiven hingen warm in de zon te rijpen. Bloeiende pruimenbomen, dat herinner ik mij goed, in de boomgaarden, prachtige bloemen waren dat in de lente, en dan later de vruchten, zo zoet. Zulke lekkere pruimen heb jij nooit geproefd – mijn vader tilde me op, zodat ik erbij kon, en dan plukte ik een pruim voor hem, en dan plukte ik een pruim voor mijzelf, ach, die pruimen.'

'Wat deden ze met die pruimen?'

'Niets, zij deden niets mee, zij aten ze op, en misschien maakten zij er jam van en *kuchen*, een taart die alle vrouwen bakten, je legde de pruimen op het deeg met veel suiker en dan zette je alles zo in de oven, een grote ijzeren oven, niet zoals bij die moderne gasfornuizen. De druiven, daar ging het om, daar kwam het geld vandaan. De wijngaarden.'

'Maakten ze wijn in het dorp?'

'Natuurlijk, wijn, daar draaide alles om. Maar niet zomaar wijn, niet de wijn die je in Boedapest in de herbergen drinkt, dit was heilige wijn, want het waren joodse wijnboeren. Zij maakten de wijn die naar het oosten ging, naar de Oekraïne, naar Rusland, naar de chassidische joden, voor de sjabbat. Altijd robijnrode wijn.'

'Werkte uw familie ook in de wijnbouw?'

'Ja, mijn vader, hij ruste in vrede, hij werkte voor zíjn vader, want die was wijnhandelaar, hij hielp hem met de zakelijke kant, de papieren voor de verzending. Hij schreef de brieven aan de rabbijnen in de Oekraïne, in het Jiddisch, begrijp je. En hij schreef ook de brieven aan de Russische ambtenaren, in het Russisch, in cyrillisch schrift, hij kende allebei de alfabetten, en natuurlijk ook Hongaars. Hij was heel goed opgeleid, en een zachtaardig mens. Wel anders dan ik, hè?'

'U zei dat u ook een broer had.'

Hij was al een paar minuten achter elkaar aan het woord. Ik begreep dat ik hem als een wekker kon opwinden, hij liep direct af.

'Ja, tot mijn vierde jaar leefde ik in het paradijs,' zei hij. 'Wij hadden toen een heel bijzonder leven, de buren, de christenen, iedereen kon goed met elkaar opschieten, er waren ook Grieken bij, want de Grieken waren in die tijd ook groot in de wijnhandel, ik weet niet of dat nog steeds zo is. Overal waar jij keek waren prachtige velden, de wijngaarden, en heuvels met bomen. Bloemen. En zo stil, behalve als de karren de houten vaten naar het oosten gingen brengen. Als ik iets in mijn leven opnieuw mocht meemaken, dan zou ik weer vier jaar willen zijn, want het volgende moment was mijn moeder heel dik geworden, en zij ging naar bed, en toen kwam er een oude man uit haar buik, een oud mannetje, mijn broertje Ervin. Wil jij een foto zien?'

Ik had nog nooit een foto van mijn ouders gezien uit de tijd voordat ze naar Londen kwamen, voor de oorlog. In hun slaapkamer stonden wel, achter glas en in zilveren lijstjes, foto's van hun ouders, poserend in de studio van de fotograaf; ze waren verbleekt tot een vlekkerige, melkchocoladekleurige mist die bij de kartelrandjes oploste.

'Hier,' zei hij. Uit een oud, met zonnebloemen beschilderd geëmailleerd trommeltje haalde hij een bruine envelop die naar schimmel, zweet en ook een beetje naar bloed rook.

Met enige moeite herkende ik mijn grootmoeder. Naast haar, op kniehoogte, stond een stevig jongetje met een dikke onderlip, achterover geplakt haar dat glom van de pommade, en een gezichtsuitdrukking die ik 'avontuurlijk' zou willen noemen. In haar armen, in een sjaal gewikkeld, piepte het gezichtje van mijn vader uit de witte wol met een blik die, hoewel hij nog maar een paar maanden oud was, al naar zijn bril leek te zoeken.

Ik schoot in de lach.

'Vind jij dat grappig? Mijn leven was afgelopen toen hij op de wereld kwam. Ervin. Oi. Wat een vreselijk kind.'

'Wat was er dan mis met hem?'

'Hij was een jankerd. Hij krijste, hij jammerde, hij klampte zich altijd aan mijn moeder vast. Wil jij geloven, hij had een keer een pot lijm gevonden die zij daar gebruikten om etiketten op de wijnflessen te plakken, iedereen had dat in huis, en hij smeerde zichzelf daar helemaal mee in, rende naar onze moeder en drukte zich tegen haar aan, om zich helemaal aan haar vast te kleven. Het heeft haar dagen gekost om de lijm uit zijn kleren te krijgen.'

'Was hij jaloers op u?'

'Wie weet? Hij was gek. Stijf van de fobieën. Nooit is hem iets overkomen waardoor hij zo zou zijn geworden, terwijl het bij mij alle kanten op had gekund. De omstandigheden hadden heel anders kunnen zijn.'

'Hebt u nog contact met hem?'

'Moeten wij de band niet even stilzetten en luisteren hoe het klinkt, of het apparaat werkt?'

'Goed,' zei ik, ademloos van al die onthullingen, al die dingen waarvan ik nooit iets had geweten. Mijn vader was dus in een dórp geboren? Hij? Met pruimenbomen en druiven?

Ik drukte op de knop waar STOP op stond, en toen weer op de

PLAY-knop, maar er gebeurde niets. Stilte.

'Probeer de volumeknop eens, misschien ligt het daaraan.'

Weer niets.

'Wat is er met dat ding? Kijk nog eens in dat boekje.'

Ik keek.

'O. Je moet twee knoppen tegelijk indrukken, niet alleen PLAY maar ook RECORD.'

Ik drukte hard op beide knoppen. Er ging nog een lampje aan.

'Zegt u eens iets.'

'Mijn broertje Ervin, godverdomme. Het jankerdje, haha. Zo genoeg?'

Daar klonk zijn stem: *'Mijn broertje Ervin, godverdomme. Het jankerdje, haha. Zo genoeg?'*

Mijn oom had zichzelf nooit gehoord. Hij wist wel dat hij niet als een Engelsman klonk of als iemand die hoogopgeleid was, want hij had geen opleiding gehad, althans niet zoals ik, maar toen hij zijn stem uit de cassetterecorder hoorde komen, begreep hij voor het eerst waarom niemand een woord had geloofd van alles wat hij in de rechtszaal had gezegd. Een ruwe, raspende stem – hij verstond niet eens alle woorden die hij zelf had uitgesproken.

Ik zag dat het voor deze keer genoeg was geweest. Hij was moe en wilde niet meer praten. Hij zat erbij alsof hij een stuk van zijn ziel had afgescheurd en het aan mij had gegeven, alsof hij me zijn lever of zijn nieren had afgestaan. Hij zag er helemaal niet goed uit.

'Morgen beginnen we opnieuw,' zei hij. 'Een nieuw begin.'

Hij had het geld al klaarliggen, in een envelop met mijn naam erop.

'Ik betaal jou veertig pond per week, maar elke dag krijg jij één betaling. Net als de dame in *Duizend en een nacht*. Zij bewaarde altijd het eind van het verhaal voor de volgende nacht. Acht pond is niet genoeg om van te leven. Zo moet jij morgen wel terugkomen.'

'Natuurlijk kom ik morgen terug.'

'Misschien als mijn levensverhaal lang genoeg duurt heb jij genoeg geld om een autootje te kopen, dat zou een mooie start voor jouw leven zijn.'

Omdat mijn ouders vragen over het verleden nooit beantwoordden – *dat is voorbij, gedane zaken nemen geen keer, jij bent nu in Engeland, dat andere land staat helemaal los van jou, zit toch niet zo te tobben over die onzin, nee, nee en nog eens nee* – leerde ik om niets meer te vragen, en uiteindelijk vergat ik zelfs helemaal dát ik iets had willen vragen. En nu was er opeens een schatkist opengegaan en werden al die kostbaarheden voor mijn voeten uitgestort. Ik was vol van alles wat mijn oom me had verteld; dat had niet alleen te maken met mijn ouders, die er ineens een hele dimensie bij kregen, een tijdsdimensie, maar ook met mezelf. Mijn verleden had bestaan uit rabbijnen, pruimen, druiven en wijn. Alles was nu anders. Ik had een gevoel alsof ik te veel had gegeten.

Ik was te geagiteerd om meteen naar huis te gaan, en daarom ging ik naar een film, waarna ik een stuk langs Bond Street wandelde en naar de etalages met de onvoorstelbaar dure, saaie, volwassen kleren keek die ik niet wilde kopen, al vond ik het wel interessant om te kijken hoe anderen naar binnen gingen en met draagtassen weer naar buiten kwamen, en te raden wat erin zou kunnen zitten. Daarvan werd ik kalm en sereen, het was neutraal terrein tussen thuis en de etage van mijn oom. Toen ik weer thuiskwam, zaten mijn ouders met een blad op schoot voor de tv vissticks met tomatenketchup en witte bonen in tomatensaus te eten. Hun borden waren bijna leeg.

'Ging het goed?' vroeg mijn moeder. 'Heb jij een fatsoenlijke werkgever?'

'Laat je niet door hem uitbuiten alleen maar omdat-ie jou zwart betaalt,' zei mijn vader. 'Het is niet netjes van hem dat hij de wet overtreedt.'

'Zij betaalt nu geen belasting,' zei mijn moeder.

'Precies. Daar kun je voor worden opgepakt.'

Ik ging in een leunstoel naast hen zitten en we keken naar het journaal.

'Ik moet zeggen dat ik haar een heel aantrekkelijke vrouw vind,' zei mijn vader. 'Wat vind jij, Berta?'

'Zij zou een hoed moeten dragen. Dan valt zij meer op, net als de koningin midden in een mensenmassa.'

'Jij hebt gelijk. Misschien schrijf ik wel een brief.'

'Goed idee, maar waar stuur jij die dan heen?'

'Naar haar huis.'

'Of doe 'm zelf in de bus, dan spaar jij een postzegel uit.'

'Maar je kunt toch niet zomaar naar haar huis lopen en een brief in de bus gooien? Staat daar geen politie om haar tegen moordenaars te beschermen?'

'Wat voor moordenaars?'

'De Ieren.'

'O ja, die barbaren.'

'Vivien?' zei mijn vader, en hij keek naar mij. 'Weet jij dat misschien? Jij komt vaker onder de mensen dan wij.'

We wisten alle drie dat er nooit een brief zou komen, met of zonder postzegel.

'Ik kom nauwelijks onder de mensen,' zei ik.

'Het lijkt mij een heel aardige vrouw,' zei mijn moeder. 'Margaret, een mooie naam.'

Mij stond alles aan het mens tegen: haar haar, haar jurk, haar tanden en de waanzinnige blik in haar ogen. 'Ze raaskalt maar wat,' zei ik. 'Moet je haar zien, ze doet me denken aan iemand met wie je in de bus aan de praat raakt en die eerst heel aardig lijkt, maar dan iets zegt waardoor je beseft dat ze uit een gesticht ontsnapt is of zoiets.'

'Waar heb jij die onaardige opvatting opgedaan?' vroeg mijn vader.

'Opvatting? Het is geen opvatting.'

'Jawel, het is een mening.'

'Nee, een gevoel.'

'Een gevóel?' zei mijn vader. Ik wist precies wat er nu zou komen, en hij deed zijn mond open en zei het. Ik zag zijn rode tong door de spelonk van zijn mond bewegen. 'Ideeën zijn erg, maar als zij ook nog aan gevoelens worden gekoppeld, is dat een ramp.'

'Zij heeft het waarschijnlijk van een van haar vriendinnen,' zei mijn moeder, en ze stond op om de gordijnen dicht te doen.

'Een "gevoel", over zo'n aardige vrouw. Mooie vriendinnen zijn dat.'

Mijn ouders geloofden niet in vriendschap. 'Ik had een keer een vriend,' vertelde mijn vader. 'Hij leende mijn fiets en ging ermee de wildernis in. Er zaten allemaal krassen op toen hij hem terugbracht. Hij had helemaal niet gezegd dat hij er de stad mee uit wilde. Toen heb ik tegen hem gezegd: "Dit is het einde van onze vriendschap."'

Dat incident had in 1935 plaatsgevonden. De ex-vriend kreeg een officieel afwijzingsschrijven waarin mijn vader de details van hun scheiding vastlegde, waaronder het terugsturen van postzegelalbums en dergelijke en de specificatie van bepaalde cafés waar hij na zijn werk niet meer naar binnen mocht gaan voor koffie met taart – de hele stad werd in jij- en ik-zones verdeeld. Het was zijn succesvolste brief: daadwerkelijk geschreven, ondertekend (met Ervin Kovacs), gepost én bezorgd.

'Ik was bereid hem te vergeven als hij zich verontschuldigde,' zei mijn vader. 'Ik ben nog steeds bereid hem met open armen te ontvangen.'

'Hij had minstens terug kunnen schrijven,' zei mijn moeder instemmend. 'Er was geen enkele reden om jou te negeren, niet na zo'n brief.'

Ik ging naar mijn kamer en probeerde te lezen, maar mijn hoofd gonsde van de gedachten over de schimmige wereld van mijn voorzaten en ik keek een hele tijd naar de kaart van Hongarije in mijn atlas. Ik wou meer dan ooit dat Alexander nog leefde, zodat we met een fles wijn bij elkaar konden gaan zitten en ik hem alles kon vertellen, waarna hij de toppen van zijn lange bleke vingers tegen elkaar legde, knikte, even nadacht en me zijn visie op de situatie gaf. Een visie waartegen ik misschien aanvankelijk zou hebben geprotesteerd, maar die ik zeker zou hebben gerespecteerd, en al betwijfel ik of ik me openlijk tegen zijn opvattingen zou hebben verzet, ik zou wel in stilte voor mezelf andere mogelijke visies op de situatie hebben doorgenomen.

Want hoewel ik al op jonge leeftijd had besloten de academisch geschoolde intellectueel van het gezin te worden en uit te stijgen boven alle gestoorde wrokgevoelens van mijn ouders, hun woedeaanvallen en hun gemok, hun geschreeuw, hun obsessies en neuroses, dat betekende nog niet dat ik zelf ook maar enigszins rationeel dacht.

Als kind had ik een boek vol enge verhalen over Piet de Smeerpoets, de Wrede Jan, de Duimzuiger en de Zwarte Jongens, want mijn moeder had datzelfde boek gehad toen ze zo klein was als ik. Ik wist dan ook alles van sprookjes, bossen en heksen. Ik was op al die enge donkere plekken geweest en was er, net als de kindertjes in het bos, bijna verdwaald. Ik was nooit helemaal zeker van mijn morele koers.

De volgende ochtend zat ik weer in de rotanstoel; de bediening van de cassetterecorder had ik inmiddels onder de knie. We begonnen weer bij het begin. Sándor vertelde voor de tweede keer van de pruimenbomen en de wijn en herinnerde zich allerlei dingen waarvan hij dacht dat hij ze vergeten was, zoals de synagoge met de dieren, leeuwen en griffioenen boven de ark, 'prachtig blauw vanbinnen,' zei hij. 'Ken jij de kleur koningsblauw? Dat was de kleur van die synagoge. Een heilige plek, maar wel heel fascinerend voor een klein kind vanwege al die versieringen. En aan de buitenkant twee ramen die mij altijd als een paar ogen aankeken, bruine, donkere ogen die alles zagen. Toen ik daar woonde, was dat gebouw al meer dan honderd jaar oud.'

Tijdens de rechtszaak in 1964, door wat er over mijn oom werd gezegd en door mijn vermoedens dat we familie van elkaar waren, drong het tot me door dat het niet alleen uit zuinigheid was dat mijn ouders met Kerstmis geen kalkoen klaarmaakten en me geen kous voor cadeautjes gaven om aan mijn bed te hangen, en dat er met Pasen geen chocolade-eieren waren.

'Toen wij hier in Engeland kwamen, konden wij twee dingen doen,' legde mijn vader uit toen ik hem ernaar vroeg vlak voor ik ging studeren. 'Wij konden naar het joodse vluchtelingenbureau gaan of naar de aardige dames van de Women's Royal Voluntary Service. Jouw moeder keek naar het een, zij keek naar het ander en zij maakte een keus. Ik stond volledig achter haar, en jij ziet zelf hoe het is uitgepakt – wij worden door niemand lastiggevallen! Naar mijn mening heeft zij de juiste keus gemaakt. Jij bent volledig Engels. Met al dat andere gedoe hebben wij helemaal niks te maken.'

Ik had er dus wel een heel vaag besef van dat mijn ouders joods waren, maar daarom was ik het nog niet, en het deed er evenmin iets toe dat mijn ouders vlak voor mijn geboorte hadden ontdekt dat ik het recht had om onder het Engels canoniek recht gedoopt te worden en met me naar de plaatselijke kerk waren gegaan om me in het heilige water te laten onderdompelen, wat jaren later het wantrouwen van Alexanders ouders tegen mij voor een deel wegnam en ons in staat stelde in de kapel van de kathedraal van Hereford te trouwen. Mijn ouders hadden me laten dopen omdat je na afloop daarvan een papier meekrijgt, en er was niets waar ze zo verzot op waren als officiële documenten met hun naam erop die ze desgevraagd aan overheidsinstanties konden laten zien.

Maar godsdienst moet dieper gaan om echt tot in je ziel door te dringen, daar gaat het om, en dat gold bij mij voor christen- noch jodendom, maar ik was toch gefascineerd en geschokt door wat Sándor over mijn vaders opvoeding vertelde. Mijn ouders waren allebei stadsmensen, die nooit over het gras liepen, want – zoals ze zeiden – 'wat heb je nou aan gras?' Ze waren nooit op een snelweg geweest, maar ze bewonderden het concept. En nu bleek ineens dat mijn vader alles van boom- en wijngaarden en paarden wist en dat ik inderdaad, zoals mevrouw Prescott had gezegd, van boeren afstamde. Hoekige handen, brede voeten – alsjeblieft.

Tijdens het ondervragen van Sándor ontwikkelde ik voor het eerst het vermogen om ononderbroken te luisteren, niet mijn ogen maar mijn oren te gebruiken. Soms stelde ik mijn oom een vraag, maar ik hield voornamelijk mijn mond. Ik liet hem pra- ten, ontdekte hoe ik hem kon sturen als een schip, een stukje de ene kant op, een stukje de andere kant op, en zo bleef hij praten. Hij wist van geen ophouden. Later zou hij me vertellen dat hij het gevoel had alsof hij een slang had doorgeslikt, die hem nu van binnenuit opvrat. Alles wat hij at, werd door de slang opge- geten, zodat hij zelf geen voedsel meer kreeg. Hij had mij nodig om het beest eruit te krijgen. Nu kwam de slang uit zijn mond, centimeter voor centimeter, met de staart voorop. De kop zat nog diep in zijn ingewanden. Misschien werkte zijn spijsvertering daarom wel zo belabberd, zei hij met een droevig lachje.

'Eerst een kleine geschiedenisles,' zei hij, 'anders begrijp jij niet wat er met ons gebeurt.'

'Ik ben een en al oor.'

'Heb jij geschiedenis gehad?'

'Natuurlijk.'

'Ja, maar alleen de koningen van Engeland en Frankrijk, geen échte geschiedenis. Luister. Tijdens de Eerste Wereldoorlog, toen ik net geboren was, ging de geschiedenis aan ons voorbij. Sommige jonge mannen gingen voor de keizer vechten, maar aan ons ging het allemaal voorbij. Dé sensatie in het dorp was de ruzie tussen mijn vader en zíjn vader, dat was al in 1922, toen ik zes was en Ervin twee. Jij weet dat we in Hongarije een kleine communistische revolutie hebben gehad? Ja, die Bela Kuhn vond dat wij net zo moesten worden als Sovjet-Rusland, en hij maakte een hoop stampij, zoals alle mensen doen die ideeën in hun kop hebben die daar als bijen rondzoemen, zij moeten ze wel door hun mond naar buiten laten om niet gek te worden van de herrie. Alleen ging hij zich met de zaken van gewone burgers bemoeien, en die zagen wat hij in zijn schild voerde en ruimden hem uit de weg, zonder pardon. Tja, hoe moesten wij weten dat een verkoudheid soms gevolgd wordt door kanker? Dat valt niet te voorspellen.

Maar goed, mijn grootvader was een zeer gelovig man, hij had een baard die naar tabak rook en van die krullen die voor zijn oren omlaag vielen, en hij meende dat de Messias ieder ogenblik op aarde kon terugkeren, dus wat deed het ertoe wat die bende in Boedapest dacht? Die lui waren op een dwaalweg. Maar mijn vader had de boeken ontdekt. Niet over politiek, dat interesseerde hem niet, hij begon over andere godsdiensten te lezen, die van de christenen, onze buren, want zoals ik al zei, iedereen kon in die tijd prima met elkaar opschieten. Vooral met de Grieken, die vonden wij altijd aardig. Daarna begon hij met moslims, hindoes, boeddhisten, alles wat er maar bestond op dat gebied. Hij liet voortdurend boeken uit Boedapest komen, en die las hij 's avonds terwijl mijn moeder de was deed en schoonmaakte. Altijd zat-ie met zijn neus in de boeken, en hij hield waanzinnige verhalen over Allah, Boeddha en Sjiva. Geen mens snapte wat-ie zei. Mijn moeder legde haar handen op mijn oren als hij begon. Dat weet ik nog, die handen die roken naar loogzeep van de was.

Ten slotte werd het mijn grootvader te veel. Hij was een vreselijk godsdienstig man, voor hem deed maar één ding ertoe en dat was het eerste gebod. Ken je dat?'

'Gij zult niet doden?' zei ik.

'Nee, nee, dat is niet het eerste, het eerste is: Ik ben God, Ik leid jullie. Jullie mogen geen andere goden hebben naast Mij. Snap jij? Dat was voor mijn grootvader de absolute waarheid, dus toen zijn zoon over Jezus, Boeddha en Sjiva begon, was het alsof hij een nazi was geworden, al kwam dat pas later, daar wist hij toen nog niks van, dit was vele jaren vóór dat hele gedoe.

Op een keer kregen zij midden op straat ruzie, waar iedereen bij was. Alle mensen bleven staan kijken. Het was een historische strijd tussen vader en zoon, ik probeerde te horen wat zij zeiden, maar mijn moeder drukte haar handen stevig tegen mijn oren en ik wrong me in bochten om te ontsnappen, want ik was een sterke jongen. Mijn kleine broertje Ervin zette een keel op om niks, omdat-ie een stuk brood met honing wilde, en door mijn moeders handen en het gekrijs van mijn broertje heen kon ik niet volgen wat er gebeurde. Maar toen pakte mijn grootvader een stuk paardenmest van de grond op – en vergeet niet dat hij heel schoon op zichzelf was, hij waste de hele dag zijn handen met een gebedje toe, en hij had nooit iets te maken met dieren, alleen met druiven en paperassen – en gooide met dat stuk dreck naar mijn vader.

Oi, mijn moeder gilde, Ervin blèrde om zijn brood met honing en ik probeerde naar buiten te glippen om het beter te kunnen zien, want er stonden mensen in de weg, grote mensen, en ik kon alleen maar tussen hun benen door kijken als zij toevallig even niet heen en weer schuifelden. Ik wou zien wat mijn vader zou doen. Zou hij met dreck terug gaan gooien? Maar hij deed niets. Hij stond daar maar, en hij begon tegen de omstanders te schreeuwen en ze uit te schelden voor vuile idioten en stomkoppen. Toen beende hij de straat uit, en niemand volgde hem behalve de honden. Hij ging de boomgaarden in en verdween tussen de bomen.

En toen gingen wij weg uit het dorp waar ik geboren was. Ik heb het nooit teruggezien. Wij verhuisden naar Boedapest en het was afgelopen tussen de Zemplén en ons. Zo, en nu een kop koffie. Met koekjes. Of wil jij een stuk Duitse taart? Sorry, ik heb nog steeds geen winkel gevonden waar ze echt lekkere taart hebben.'

'Nee, dank u.'

'Gelijk heb jij, het smaakt afschuwelijk. Controleer eens of alles goed werkt.'

Ik spoelde de cassette terug en zijn stem klonk uit het apparaat: '...aan de buitenkant twee ramen die mij altijd als een paar ogen aankeken, bruine, donkere ogen die alles zagen...'

'Ben ik dat?' Hij kreeg hetzelfde gevoel als wanneer hij zichzelf in de spiegel bekeek. Dan zag hij zijn bolle gezicht, zijn hangende onderlip. De recorder liet hem horen hoe zijn stem klonk en daar werd hij neerslachtig van.

'Wordt er nou geklopt?' vroeg ik.

'Hè? Ja, iemand klopt. Ik ga kijken.'

Hij deed de deur een heel klein eindje open. Ik kon niet zien wie er aan de andere kant stond.

'O, jij weer,' zei hij sarcastisch. 'Voor de zoveelste keer.'

'Dat raam is nog steeds kapot.' De stem aan de andere kant van de deur was hoog en scherp, maar niet vrouwelijk; de woorden schoten als metalen pijlen uit de onzichtbare mond.

'Waarom heeft dat zo'n haast? De frisse lucht zal jou goeddoen. Je moet 's nachts eigenlijk altijd met open raam slapen, ik neem het me zelf ook steeds voor.' Hij keek naar me om en knipoogde.

Een korte, heftige lach. 'Zolang het niet is gerepareerd kunt u naar de huur fluiten.'

'O jee, dreigementen! Hoor jij dat, Miranda? Ga met jouw treintjes spelen, jongen, ik ben bezig.' En hij sloeg de deur met een klap dicht.

'Slaapt die jongen bij een gebroken raam?' vroeg ik gretig, want ik meende een onweerlegbaar bewijs te hebben gevonden dat mijn oom een slechte huisbaas was.

'Hij boft dat-ie een raam hééft. En frisse lucht. Ik heb wel eens in een krot geslapen, een muf krot zonder ventilatie.'

'Tja, maar dat was in andere omstandigheden, we zijn hier in Londen en u hebt uw verantwoordelijkheid als huisbaas. Er zijn toch wetten. U kunt niet...'

Mijn oom keek me aan, zijn nichtje dat aan de universiteit had gestudeerd en had verteld dat ze veel van Shakespeare wist maar niet veel van het leven, en hij meende dat het tijd werd dat ik eens wat over wetten leerde. Hij wilde niet dat ik onwetend bleef, want zijn ervaring was dat onwetende mensen een makkelijke prooi zijn voor anderen en dat lot wilde hij mij besparen. Hij wilde dat ik wist hoe ik voor mezelf kon opkomen en dat ik geen slachtoffer werd, want hij was van mening dat als je iemand met opzet in de war wilde maken en hem het hoofd op hol wilde brengen met volstrekte nonsens, je moest beginnen te oefenen op intellectuelen, want die trapten overal in. Intellectuelen hadden er geen flauw benul van hoe ze zich in moeilijke tijden moesten redden, want ze geloofden dat gedachten belangrijker waren dan daden, terwijl mijn oom wist dat het precies andersom was.

'Ja, wetten,' zei hij, eerst nog kalm om me niet bang te maken, maar ik werd wel bang, want ik zag dat er wit schuim uit zijn mondhoeken kwam. 'Wou jij mij wat vertellen over wetten? In welke wet staat dat een huisbaas die kamers verhuurt winst moet maken?'

'De wet zou er niet moeten zijn om de machtigen te beschermen, het is juist de bedoeling dat hij de zwakken beschermt.' Ik was niet politiek geëngageerd, helemaal niet, ik had net als mijn ouders nog nooit gestemd, maar zulke ideeën deed je op in het studentenleven, je kon er niet omheen.

'O, aha, nou snap ik het. Socialisme. Nou, over het socialisme zul jij gauw genoeg meer horen, als wij bij dat deel van mijn verhaal zijn. En jij zult niet leuk vinden wat ik jou dan ga vertellen.'

'Ik ben niet geïnteresseerd in partijpolitiek, en dat was trouwens geen socialisme, maar communisme.' Dat zei Alexander tenminste.

'Dat is hetzelfde.'

'Nee, dat is níet hetzelfde. Communisme is alleenheerschappij van de staat, en ik heb het over wetten die bedoeld zijn om...'

'Mijn winst te beschermen? Is daar een wet voor? Nee, alleen de klaploper die bij mij zijn hand komt ophouden, díe heeft de wet aan zijn kant. Ík sta er alleen voor.'

'Waarom zou er in vredesnaam een wet moeten zijn die uw winst beschermt? Iedereen heeft recht op een dak boven zijn hoofd, maar winst maken is geen recht.' Dit was een nieuwe ervaring voor mij: morele verontwaardiging.

'O, dus jij wilt niet dat een huisbaas winst maakt? Jij wilt dat hij liefdadigheid bedrijft? Waarom? Waarom zou iemand een liefdadigheidsinstelling willen zijn? Bij zulke instellingen wemelt het van de mensen die niks beters te doen hebben omdat zij geen winst meer hóeven te maken, zij hebben al alles wat zij willen en daarom gaan zij aan liefdadigheid doen. Goed, maak die mensen dan maar huisbaas, dan zoek ik wel ander werk, maar voorlopig is het nog zo dat er een jongeman bij mij komt die zegt dat hij heeft gehoord dat ik een kamer te huur heb. Ik vertel hem wat de huur is, hij zegt: oké, dat betaal ik. Waarom is de huur zes pond? Omdat ik van de regering niet meer mag vragen dan zes pond. Daar heb jij die wet van jou. En als ik geen winst kan maken op zes pond, wil hij toch dat ik zijn raam repareer, niet morgen, niet vandaag – hij wil dat het raam nooit kapot is. Als ik wínst maakte, zou ik zijn raam wel repareren.'

Het gezicht dat ik trok was hem maar al te bekend, hij had het vele malen eerder gezien als mensen hem aankeken. Hij kende het goed, een mengeling van angst en minachting, een gevoel van walging en misselijkheid om iets wat je niet wilt aanraken, en als het echt niet anders kan, neem je een papiertje en pakt het daarmee tussen duim en wijsvinger, en na afloop was je je handen.

Het had niets met politiek te maken. Deze man was werkelijk Fagin, en ik zou mijn vroegere mening over die victoriaanse schurk nu wellicht moeten herzien.

'Sorry, ik maak jou bang,' zei hij met trillende stem. 'Let maar niet op mij. Jij moet weten dat ik geen gewelddadig man ben. Ik verhef soms alleen even mijn stem.'

Hij zweette, en hij pakte een tissue uit de doos op tafel en veegde zijn gezicht ermee af. Er verschenen paarse vlekjes op zijn huid. Zijn ogen waren troebel en keken me angstig aan.

'Oké,' zei ik, 'zullen we doorgaan?' Ik had genoeg gehoord en wist wat voor soort man mijn oom was. Alles wat mijn vader had gezegd was waar, zoals ik in dit ene uitzonderlijke geval met tegenzin moest erkennen. Ik was van plan deze ochtend uit te zitten, mijn acht pond te beuren en daarna met dit experiment te stoppen. Ik beschouwde mijn oom niet als de verpersoonlijking van het kwaad, dat was sensatiebeluste onzin, hij was gewoon een bijzonder onaangenaam mens, een griezel, en ik wilde niets meer met hem te maken hebben. Ik was tevreden met wat hij me had verteld over het leven van mijn voorzaten in het dorp, en ik wist dat ik voor alles wat hij me daarnaast nog kon vertellen een te hoge prijs zou moeten betalen – een soort besmetting door iemand wiens gezelschap ik niet langer kon verdragen. Mijn ouders hielden van me en hadden juist gehandeld door me bij dit afschuwelijke familielid weg te houden.

Maar hij wilde de kwestie niet laten rusten, het was te belangrijk voor hem dat ik hem begreep.

'Nee. Jij moet mij eerst vertellen waarom jij die wetten zo belangrijk vindt.'

'Omdat ze rechtvaardig zijn.' Ik was tevreden over de eenvoud van dat antwoord. Alexander zou goedkeurend hebben geknikt bij mijn korte, kordate definitie.

'Wat betekent dat, "rechtvaardig"?'

Iedereen wist wat 'rechtvaardig' betekende, het was de grondslag van de Engelse maatschappij, het Engelse instinct voor oordelen over goed en kwaad; iedere immigrant begreep dat zodra hij van de boot stapte. Rechtvaardigheid, fair play. Mijn ouders onderschreven die wijdverbreide opvatting. Een nazipartij zou hier geen poot aan de grond krijgen, zei mijn moeder een keer. Die zou worden weggehoond.

Maar wat wás rechtvaardigheid precies? Ik was er vanzelfsprekend van uitgegaan dat ik wist wat het woord betekende, en later die dag zou ik het uiteraard in het woordenboek opzoeken. 'Ik weet niet zeker of het wel iets is wat je kunt omschrijven,' zei ik, 'maar waar het denk ik op neerkomt is dat je anderen respecteert.'

'Respect moet je verdienen.'

'Waarom?'

'Je moet kwaliteiten hebben waarvoor anderen respect kunnen hebben.'

'Zoals?'

'Lichamelijke kracht, een goed stel hersens. In het oerwoud wordt de leeuw door alle andere dieren gerespecteerd.'

'Dat is geen respect, dat is angst.'

'Dat is hetzelfde.'

'Zou u bijvoorbeeld respect kunnen voelen voor die jongen die net bij u aanklopte?'

'O, die?' Hij begon te lachen. 'Och, het is geen kwaaie jongen, maar respect? Waar zou ik respect voor moeten hebben? Hij is twintig en draagt een leren jasje dat stinkt.'

'Maar hij is een mens.'

'Ja, en?'

'Daarom verdient hij respect.'

'Waarom?'

'Gewoon, om wie hij is.'

Hij schudde zijn hoofd. 'Oi, Miranda, jij bent nog maar net aan jouw leven begonnen. Geloof mij, waar ik vandaan kom...'

'Het maakt niet uit waar je vandaan komt. Het is voor iedereen hetzelfde.'

'Nee dat is niet zo. Maar goed, terug naar de opname. Als jij daarnaar luistert, hoor jij misschien een ander standpunt.'

'Oké,' zei ik kil. 'Waar waren we gebleven? U ging weg uit het dorp. En toen?'

'En toen? Toen gingen we naar Boedapest, mijn vader, mijn broertje en ik.'

Hij moet hebben aangevoeld dat wij tweeën maar het best samen in het verleden konden zitten en niet in het heden, want in dat verleden was hij een onbekende grootheid en had hij dingen te vertellen die ik wilde weten, over het mysterieuze leven voor mijn geboorte, het leven van mensen die weigerden me daarheen mee te nemen, die me dat geschenk onthielden. En hij begon schik te krijgen in sommige van die herinneringen, die hem meenamen naar een erg prettige periode van zijn leven, toen de toekomst nog bestond uit een rij deuren die je opendeed en waar nooit onaangename verrassingen achter zaten.

Hij begreep niet dat we met elkaar klaar waren, dat alles al na twee ochtenden voorbij was.

'Mijn vader had helemaal gebroken met zijn vader, met het dorp, de wijnbouw en alles,' zo vervolgde hij zijn verhaal. 'En wij stapten op de trein naar de stad. Ik had nog nooit in een trein gezeten. Ik had nooit een grotere plaats gezien dan Tokay. Weet jij wat voor stad Boedapest in die tijd was? Ben jij er ooit geweest?'

'Nee.'

'Niet naartoe gaan, het is een kloteplaats. Maar destijds, ah! Toen was het een echte stad. Er stroomde een rivier doorheen, de Donau, met bruggen erover, en allemaal mooie gebouwen. Het zijn eigenlijk twee verschillende steden, Boeda en Pest, wist jij dat? Goed, ik werd een Pest-jongen, en dat ben ik altijd gebleven. Eens een pestjong, altijd een pestjong. Snap jij 'm?'

'Ja.' Mijn oom zag een lachje om mijn lippen en haalde opgelucht adem. Hij geloofde dat er twee soorten mensen waren. Aan de ene kant had je mensen die gauw beledigd waren, die snel, fel en heftig brandden als een hooiberg waar je een lucifer bij houdt;

zo was hijzelf. En dan had je mensen bij wie het vuur luwde tot gloeiende sintels die jaren doorsmeulden; zo iemand was mijn vader. Mijn oom hoopte dat ik op hém leek, heetgebakerd en gauw boos, maar ook snel weer kalm. En hij had gelijk, zo ben ik precies, terwijl mijn vader nooit iets vergaf, nooit iets vergat, altijd wrok bleef koesteren.

Hij vervolgde zijn bijzondere verhaal, en ik moet bekennen dat ik ondanks mijn afkeer van die akelige man tegen wil en dank steeds verder zijn wereld in werd getrokken, die voor mij iets van een film of roman had waardoor ik steeds meer werd meegesleept. Hij was een fantastisch verteller, hij wekte elk moment tot leven en had de vlotte babbel van de verleider. Voor mijn geestesoog zag ik de door hem beschreven aankomst op het station, en alle mensen die hij zag – hij had nog nooit zo veel mensen bij elkaar gezien, behalve in de synagoge op hoge feestdagen – en die heen en weer beenden alsof ze dringende bezigheden hadden, in en uit trams sprongen en achter elkaar aan renden als katten en honden. Een stad die bruiste van het leven! Zijn moeder hield mijn vader in haar armen, want die was in de trein in slaap gevallen en toen ze probeerde hem wakker te maken begon hij weer te blèren, dus suste ze hem weer in slaap en moest ze hem dragen, en zodoende heeft hij nooit gezien wat Sándor dat eerste uur in Boedapest zag.

'Weet jij zeker dat dat apparaat het goed doet?' vroeg hij na deze lange episode uit zijn leven.

'Moet ik even terugspoelen om te controleren?'

'Ja, doe maar.'

Ik drukte op een knop en liet het bandje een paar seconden terugsnorren. '...met bruggen erover, en allemaal mooie...'

'Hij doet het prima,' zei ik. 'Waar woonde u en hoe had uw vader een woning en werk gevonden?' We hadden nog veertig minuten, dus ik kon net zo goed zoveel mogelijk uit hem zien te krijgen voordat ik wegging. Ik bedacht dat ik straks thuis misschien een paar dingen kon opschrijven, gewoon voor mezelf.

'Ja, daar ben ik nooit achter gekomen, ik weet alleen dat hij brieven schreef, een heleboel brieven, waarvan sommige beantwoord werden en andere niet, maar ten slotte kreeg hij een baan bij een hoedenfabriek, als kantoorklerk, begrijp jij, en als boekhouder, maar hij werd uiteindelijk hoofd van de afdeling export omdat hij Russisch sprak.'

'Wat voor soort hoeden? Voor dames?'

'Nee, nee, nee. Gleufhoeden. In die tijd droegen alle mannen een hoed. Dit waren hoeden van goede kwaliteit, die ze naar alle mogelijke landen exporteerden. Op het moment dat ze hem aannamen, dat was dus in 1924, dachten zij dat zij hoeden naar Rusland zouden blijven exporteren, maar wat zij niet wisten, was ten eerste dat de Russen geen hoeden meer wilden, alleen nog petten voor arbeiders, en ten tweede dat de paar Russen die nog wel een gleufhoed wilden, er eentje uit Moskou wilden hebben en niet uit een kapitalistisch land. Mijn vader legde ze dat allemaal uit nadat hij tevergeefs had geprobeerd hoeden aan de Sovjet-Unie te slijten. Nu moet jij weten dat hij heel snel talen leerde, net als ik overigens, dus hij leerde Duits, zat elke avond te studeren uit een boek en legde zijn oor te luisteren in cafés, want destijds spraken een heleboel mensen Duits, en algauw had hij de afdeling Duitse export op poten gezet. Hij zag er intussen precies uit als een Hongaar, geen baard meer of wat. De fabriek zat in Erzsébetváros, het zevende district, en daar kregen wij ook een woning, in een redelijk mooi gebouw. En daar begon ik aan mijn nieuwe leven als stadsjongen.'

Hij vertelde hoe hij had moeten afleren als een dorpskind te praten. 'Ik wilde een Magyaar zijn, net als iedereen. Dat was heel belangrijk voor mij, om niet joods te zijn maar Hongaars. Om hun taal te spreken en niet het Jiddisch dat wij thuis spraken. En ook mijn vader hechtte niet meer zo veel belang aan het joodszijn. Overdag verkocht hij hoeden, en 's avonds las hij over alle godsdiensten; hij was het meest gesteld op de boeddhisten, volgens hem waren dat aardige, rustige mensen die nooit iemand kwaad deden. Uiteraard trok mijn moeder zich daar niets van aan, zij hield vast aan alle joodse regels, zoals ze altijd had gedaan.'

'En uw broer Ervin? Hoe redde die zich?'

'Och, die was eigenlijk altijd al een stadsjongen geweest, want hij was een moederskindje, en moederskindjes hebben het zwaar in een dorp. Hij was ook een echte Pest-jongen – god, wat hadden de mensen de pest aan 'm! Ik moet weer lachen als ik eraan terugdenk. Toen hij voor het eerst naar school ging, moest mijn moeder op de gang blijven staan terwijl hij in de klas zat te krijsen dat zij niet weg mocht gaan. Wat een baby. Maar het grappige was dat in Boedapest bleek dat ik, die altijd door de velden had gestruind en de hele dag onder de wijnstokken rondkroop en bij de paarden in de stal ging kijken – dat ik school heel leuk vond en helemaal niet dom was. Ik werd in veel vakken de beste van mijn klas, onder andere in rekenen, wat ik altijd heel makkelijk heb gevonden – de getallen dansten rondjes in mijn hoofd, het was een soort ballet, en als ik mijn ogen dichtdeed zag ik dat zij elkaar een hand gaven, en als zij elkaar vast hadden werden het andere getallen. Ik begreep nooit dat ik de enige was die dat zo deed, ik dacht dat het bij iedereen zo werkte, maar sommige andere jongens waren heel traag met rekenen en die kon je altijd voor de gek houden, net als bij die truc met de drie bekertjes en de dobbelsteen.

Ervin, dat was een heel ander verhaal. Hij was niet goed op school, maar met zijn handen kon hij alles. Hij was altijd bezig iets in elkaar te zetten en schilderijen te maken.'

'Maakte hij schilderíjen?'

'Ja, waarom verbaast jou dat?'

'Ik weet niet, uit wat u vertelde kreeg ik niet de indruk dat hij een kunstenaar was.'

'Ik heb niet gezegd dat hij een kunstenaar was, alleen dat hij schilderijen maakte. Dat betekent niet dat die schilderijen ook mooi waren.'

'Wat waren het voor schilderijen?'

'Nou ja, hij nam een fruitschaal en die schilderde hij dan, en op de een of andere manier deed hij het zo alsof hij wilde dat het fruit op zijn schilderij echter was dan het fruit op de schaal. Alsof hij een wedstrijdje met de natuur hield. Dat zei ik ook een keer tegen hem, en toen werd hij boos op me en mijn moeder ook, zij vroeg waarom ik zo onaardig tegen mijn kleine broertje was. Zij zei dat ik hem juist zou moeten aanmoedigen. Maar zo was zij, zij was heel zachtaardig, moederlijk. Hoe laat is het?'

'Halftwaalf.'

'Goed, dan stoppen wij, dan kun jij beginnen met typen. Jij moet om klokslag één uur weg. Ik krijg bezoek.'

Ik ging aan de tafel zitten, vanwaar ik uitkeek over de straat – spelende kinderen, jankende honden, slapende katten, een voddenman die voorbijkwam met zijn paard-en-wagen.

Mijn oom ging in de slaapkamer op bed liggen en viel geloof ik in slaap. Ik begon met het bewerkelijke overtypen van de opname, een halve zin per keer, waarbij ik zowat elke centimeter moest terugspoelen. Zijn stem weergalmde door het huis, en tegelijkertijd klonk achter de slaapkamerdeur zijn zachte gesnurk. De eerste keer luisteren was interessant, maar bij het terugluisteren begon het me op te vallen hoe hij praatte, en ging zijn gutturale accent, dat me irriteerde toen ik het voor het eerst hoorde, in mijn hoofd zitten. Ik hoorde hoe zijn geest het verleden reconstrueerde uit mysterieuze brokken herinnering.

Maar het was ook vermoeiend. Toen hij wakker werd, riep ik net door de dichte deur heen: 'Het is één uur, ik ben klaar, ik ga ervandoor.'

'Wacht nog heel even,' zei hij. 'Ik wil jou aan iemand voorstellen.'

Hij kleedde zich haastig aan en kwam in een blauw pak en een roze overhemd met een paarse zijden das uit de slaapkamer tevoorschijn, zijn haar achterovergekamd en tegen zijn hoofd geplakt en geurend naar de dure eau de toilette die hij gebruikte. Ik had nog nooit een man ontmoet die naar iets anders dan zeep rook. Alexanders huid rook naar hemzelf en de vezels van zijn kleren, en zijn mond naar tandpasta.

'Zie ik er goed uit?' vroeg hij.

'Nou, heel elegant.'

'Ik verwacht een dame. Een man hoort zich altijd goed te kleden als hij een vrouw op bezoek krijgt. Tegen vrouwen wil je niet respectloos zijn. Kom.'

'Aha, u weet dus toch wel wat respect is,' zei ik terwijl we langs de jachttaferelen de trap afdaalden.

'Dat is iets anders.'

'Waar hebt u met haar afgesproken?'

'Zij wacht in de hal, jij ziet haar zo wel. Zij is altijd stipt op tijd, dat is Eunice' handelsmerk. Kijk, daar is zij.'

'Eunice, dit is Miranda,' zei hij, 'waar ik jou van vertelde, die mij helpt om alles op schrift te stellen.'

'Aangenaam kennis te maken,' zei ze, en ze stak me een blauwleren handschoen toe.

Dat was de eerste keer dat ik haar zag en haar ranke hand in de mijne voelde, als een zilveren vork. Ze was destijds een mooie vrouw, en eleganter dan iedereen die ik tot dan toe had ontmoet, ze droeg een marineblauw pakje met een witte blouse en die blauwe handschoenen met drie knoopjes bij de pols, en haar haar was een glanzende helm van blauwzwarte golven. Daaronder bezagen haar donkere ogen me alsof ze een foto namen om later uit te vergroten en met een loep te bestuderen.

'Hoor jij dat?' zei Sándor tegen me toen ze dat gezegd had. 'Weet jij waar ze vandaan komt?'

'Uit Wales?'

'Juist, uit Wales, net als Shirley Bassey. Uit dezelfde plaats, Tiger Bay. Wat zeg je me daarvan?' En hij kuste Eunice op haar gezicht om me te laten merken dat ze zijn vaste vriendin was, zijn verloofde, van een volstrekt andere orde dan het sletje waarmee hij ooit voor onze deur had gestaan.

'Ik heb een cadeautje voor jou,' zei hij tegen haar. 'Ik geef het jou straks als wij er zijn.'

We gingen naar buiten. De zon viel op haar haar. Ze leek wel een zwartgelakt kunstvoorwerp. In de warme lentezon liepen ze gearmd de straat uit.

Terwijl ik stond te kijken hoe Sándor en Eunice de straat uit liepen, hoorde ik de stem van de jongen die bij Sándor had aangeklopt: 'Wie ben jij?'

Ik draaide me om. Hij was zijn kamer uit gekomen en zat op de stoep bij de open deur te roken. Mijn eerste indruk was die van een scherp gezicht met blauwe ogen, heel kort, donker, naar achteren gestreken haar, vingers die het sjekkie naar zijn lippen brachten, een rode, wellustig lachende mond. Een jongen van een jaar of twintig met de gespannen, arrogante, seksuele zelfverzekerdheid van iemand die weet dat hij voor zichzelf moet opkomen omdat een ander het niet voor hem zal doen.

Ik wist niet wat ik op zijn vraag moest terugzeggen, daar moest ik even over nadenken. Ik was geschrokken toen hij me aansprak.

'Wil je niet even gaan zitten terwijl je erover nadenkt?'

'Waar?'

'Hier, op de stoep, als je dat niet te hard vindt aan je kont. Lekkere kont trouwens, zo te zien.' Hij lachte. Een korte, snelle lach, zonder humor of plezier.

Maar na dat uur boven – het stof van het verleden van de familie Kovacs, de ondergesneeuwde herinneringen, de verbleekte foto's, het bevroren zonlicht – kon ik wel meelachen. En natuurlijk had ik ook een bijbedoeling, ik wilde van een van Sándors eigen huurders horen wat voor iemand hij tegenwoordig was. En hier zat iemand met grieven tegen mijn oom. Ik ging dus zitten.

'Wil je een sjekkie?' vroeg hij, en hij hield me een blikje shag voor. 'Ik kan er wel een voor je draaien.'

'Nee, dank je, ik heb sigaretten bij me. Hoe lang woon je hier al?'

'Paar weken.'

'En?'

'Waardeloos. Die ouwe is een rat. Met een neus voor geld.' Hij wreef zijn duim en wijsvinger tegen elkaar alsof hij geld telde, een onaangenaam gebaar. 'Wat deed jij bij hem boven?'

'Ik werk voor hem.'

'Wat doe je dan?'

'Administratie,' zei ik.

'O ja.'

Ik stak een sigaret op en we zaten een poosje zwijgend te roken terwijl er op straat mensen langsliepen. Met elke ademhaling probeerde ik mijn oom te verdrijven, alsof hij in mijn poriën zat. Ik was van plan thuis meteen in bad te gaan en lang te blijven weken, te dagdromen tussen de gele eendjes en te proberen te bedenken wat de toekomst voor me in petto had, als ik al een toekomst had. Aan de overkant zat een zwarte kat onder een boom te plassen; hij blies naar de benen van een voorbijganger.

'Wil je mijn raam zien?' vroeg de jongen. Zijn sjekkie was uitgegaan en hij borg het zorgvuldig in zijn shagblikje op. 'Vooruit, ik bijt niet. Al vind ik bijten best lekker.' Hij lachte weer, snel en hard, en liet een rij kleine, scherpe tandjes zien.

Ik was benieuwd hoe mijn oom het voor elkaar had gekregen zo veel appartementjes in dat huis te proppen. Ik stond op. 'Oké, laat maar kijken.'

Zijn deur was achter in de hal. Een kamer die zijn bestaan als een mooi, groot, goed geproportioneerd vertrek was begonnen, met een hoog plafond met een sierlijk afgewerkte lijst, was bruut tot kleine pijpenlaatjes gehakt, elk met eenderde van wat ooit een grote erker met uitzicht op de tuin was geweest.

'Koud hè?' zei hij. 'Ik zal theewater opzetten. Je ziet wel wat er gebeurd is: er zat een barst dwars door dat bovenste raam, dus ik denk: wat zou er gebeuren als je er een duwtje tegen geeft? En toen viel het eruit. Kijk, daar ligt het.'

De tuin was donker en overwoekerd met onkruid, wilde zaailingen en takken die bij winterse stormen van de bomen waren gewaaid. Geen gazon, geen pad. Op de grond drukte een doorzichtige driehoek de brandnetels, paardenbloemen en zuring tegen de grond, een vreemd, driehoekig stuk spiegelend groen dat de paar wolkjes aan de lucht weerkaatste. Er zat een driehoekige lege plek in het raam, waar de lentewind doorheen blies.

De kamer stelde niet veel voor: een eenpersoonsbed, een formica tafel met een warmhoudplaatje en een elektrische waterkoker, een kleine, harde, met kastanjebruin fluweel overtrokken leunstoel met bruine vlekken op de leuningen, een triplex ladekast met een rijtje van een stuk of zes boeken erop, allemaal horrorverhalen. In de smalle ruimte tussen het bed en het raam paste net een klein aquarium met tropische vissen in fluorescerende kleuren.

'Wat zijn dat?'

'Mijn vissen natuurlijk. Wil je ze voeren?'

'Neu. Waarom heb je je vissen meegebracht? Het is hier nauwelijks groot genoeg om je uit te rekken.'

'Ik heb ze niet meegebracht. Ik heb er thuis veel meer, maar dat aquarium is te groot voor deze kamer, dus ik moest nieuwe kopen. Dat is mijn hobby, ik kijk er graag naar. Ze zijn leuk. Rustig ook, en ze maken geen troep.'

'En je andere vissen?'

'Daar wordt voor gezorgd, die maken het best. Maar dat raam, hè. Kan jij niet zorgen dat hij het laat maken?'

'Ik heb geen invloed op hem.'

We stonden vlak op elkaar bij het aquarium. Ik voelde zijn adem in mijn hals. 'Volgens mij ziet die blauwe vis jou wel zitten. Kijk maar, hij zwemt steeds in kringetjes rond, moet je zien hoe hij zich uitslooft, hij is geen vrouwen gewend. Jij bent trouwens de eerste die hij te zien krijgt sinds hij uit de winkel weg is, op mij na dan.'

De claustrofobisch kleine kamer, zijn lichamelijke aanwezigheid vlak naast me, de aanblik van zijn onderarmen met die donkere haartjes en zijn lange vingers die naar het aquarium wezen, zijn vreemde, opwindende geur van muskus, citroen en leer, alles werkte me op mijn zenuwen. Ik kreeg het gevoel dat de adem in mijn keel stokte.

'Ga je al weg?' vroeg hij. 'Je hebt nog geeneens thee gehad.'

'Ja, ik moet gaan.'

'Ik moet zelf ook weg, ik loop wel even mee als je wilt.'

Dat kon ik hem moeilijk verbieden. We leven in een vrij land en iedereen mag gaan en staan waar hij wil.

We liepen langs Parkway naar metrostation Camden, langs de dierenwinkel waar hij zei dat hij de vissen had gekocht. Er zaten allemaal neerslachtige beesten in de kooien in de etalage.

'Als jij mocht kiezen, wat had je dan liever, een papegaai of een aapje?' vroeg hij.

De papegaaien hadden felgekleurde veren en kleine, oeroude oogjes. Aapjes zag ik daar niet, maar ik vond altijd dat ze enge handjes hadden.

'Een gans,' zei ik, 'een Canadese gans.'

'Dat is een vogel, ja, maar geen papegaai.'

'Nee.'

'Nou mag ik. Ik zou een aapje kiezen. Dan mocht-ie bij mij in bed slapen. Wel een vrouwtjesaap natuurlijk, anders steekt-ie misschien midden in de nacht in enen zijn lul bij je naar binnen. Maar natuurlijk geen raar gedoe met die meisjesaap, gewoon knuffelen.'

'Zo te horen moet je eens een vriendin gaan zoeken,' zei ik plagend. Het onzinnige gesprekje was kalmerend na de dreiging die van mijn oom uitging.

'Ik héb een vriendin,' zei hij, en zijn gezicht leek wat kleur te krijgen.

'Waar woont ze?' vroeg ik.

'Thuis, waar ik vandaan kom.'

'Komt ze binnenkort naar je toe?'

'Denk het niet.'

Dat leek me een onbevredigende situatie en ik vroeg me af of ze wel bestond. 'Is ze dan nog wel je vriendin?' vroeg ik.

'Jawel. Hoe heet jij?'

'Miranda. En jij?'

'Claude. Ja, lach me maar uit, dat doet iedereen. Mijn moeder had die naam uit een film die ze had gezien. Een filmster die een Fransman speelde, maar het was geeneens een echte Fransman, dat dacht ze alleen maar.'

'Grappig. Heb je niet nog een andere voornaam?'

'Ja, Louis. Of Louise, zoals ze op school zeiden. Dus het is allemaal foute boel, ik zit aan Claude vast. Je leert ermee te leven.'

Hij was groter dan ik en hij liep snel, met zijn schouders naar voren en zijn handen in de zakken van zijn spijkerbroek, alsof hij met zijn hoofd de lucht wilde splijten. Zijn gezicht was zijn naam en hij tartte iedereen om er iets van te zeggen, zoals lelijke mensen leren met hun lichaam te leven en er iets opvallends, iets interessants van proberen te maken.

In station Camden gingen we met de roltrap naar beneden en wachtten op het perron op de trein. 'Volgende week ga ik hier werken,' zei hij terwijl hij zijn sjekkie weer aanstak. 'Als leerling-bewaker.'

Er renden ratten over de rails. De trein kwam binnen, met een stoot koude lucht uit de tunnel, en het lawaai vulde de hele smalle ruimte. Bij Bond Street kwamen we weer boven de grond; het was een mooie, zonnige middag en het was minder hard gaan waaien. De zijkanten van de straten leken je voort te stuwen zoals je aderen je bloed door je lichaam pompen, in een eindeloze kringloop.

'Maar mijn raam,' zei hij, 'hoe moet dat nou...' Maar ik trok me in mijn eigen gedachten terug en dacht weer aan alles wat oom Sándor had verteld: de kinderjaren van de broertjes in het dorp, hun verhuizing naar Boedapest, en dat mijn vader goed met zijn handen was en mijn oom goed met zijn hoofd. Ik wist niet eens hoe die stad eruitzag. Ik was nooit nieuwsgierig geweest naar de stad waar mijn ouders vandaan kwamen, ik wist dat het er koud, donker, hard en gruwelijk was. Er waren pleinen en kelders waar ze mensen doodschoten. De laatste maanden van de oorlog verstopten de mensen zich waar ze maar konden, boven of beneden. In 1956 waren de mensen in opstand gekomen tegen de Sovjet-Unie en die opstand was neergeslagen. Ik kon me er niets bij voorstellen en had dat ook nooit gewild, tot nu toe.

Toen merkte ik dat we elkaar in het gedrang waren kwijtgeraakt, want ik liep alleen over de stoep, dus ik sloeg af naar Harley Street, al meende ik hem wel even te zien staan, voor een pub; hij keek me na terwijl ik snel de straat uit liep.

Iedereen in Benson Court was geschokt en uit het veld geslagen toen ik als weduwe van mijn huwelijksreis terugkeerde. De bewoners meenden dat het wel hun eigen schuld moest zijn aangezien zij ons naar hotel Negresco hadden gestuurd en daarmee een doodvonnis hadden getekend, zoals de ballerina het formuleerde toen ze me op de trap staande had gehouden om me te condoleren; ze vouwde haar handen theatraal voor haar borst en hield haar hoofd een beetje scheef.

Ik ging naar Gilbert. 'Zo, wat zie jij eruit,' zei hij. 'Arm kind. Kom binnen, dan krijg je wat te drinken.' De schoorsteenmantel stond vol uitnodigingen voor feestjes en de vloer was bezaaid met half uitgelezen boeken.

Ik vertelde hem van mijn pogingen om werk te vinden en de talloze sollicitatiebrieven die ik had verstuurd, maar hij zei: 'Je moet ook geen sollicitatiebrieven sturen, schat. Zo werkt het niet, dat weet je toch wel?'

'Hoe dan wel?'

'Via contacten natuurlijk, wat dacht jij dan!'

'Ik heb geen contacten.'

'Jawel, hoor, een heleboel zelfs. Mij bijvoorbeeld. Zal ik eens kijken of er bij de krant wat voor je is?'

'Een baan bij de *Times*?'

'Nou, waarschijnlijk geen baan, maar misschien freelancewerk, daar wil ik wel eens naar informeren. Boeken recenseren bijvoorbeeld – is dat wat voor jou, denk je?'

Recensente worden, literair criticus voor de krant – dan zou ik naar recepties gaan, interessante mensen ontmoeten en vrienden maken, op mezelf wonen! Ik kreeg opeens het verlangen om weer boeken te gaan lezen, de behoefte om erdoor te worden gevoed. Maar moest ik geen vaste baan bij de *Times* hebben omdat ik anders geen boeken te recenseren zou krijgen? Zouden ze me wel een boek ter inzage willen geven als ik geen belasting en premies betaalde en geen enkel officieel nummer had? Mijn vader had nummers en kaarten. Die kreeg hij van Morris Axelrod. Maar volgens Gilbert hoefde dat niet, ik zou freelance werken en dat impliceerde dat ik helemaal vrij zou zijn, kon doen en laten wat ik wilde.

Ik was nederig en dankbaar en vond het goed dat hij de tekeningen tevoorschijn haalde die hij van me had gemaakt toen ik zeventien was. We bekeken ze en hij vroeg of ik er nog steeds zo uitzag zonder kleren. Dat betwijfelde ik. Het meisje op de tekeningen had een lichaam dat op een stengel met uitbottende ledematen leek. Ze was embryonaal. Nu had ik eelt en vage littekens op mijn voeten. Mijn ogen zagen er heel anders uit. En ik dacht: moeten we het niet hebben over wat de tijd jóu heeft aangedaan? Maar hij was vertrouwd en lief en ik wist dat hij me geen kwaad kon doen en me niet kon kwetsen, en dat zijn bleke borst warm aan zou voelen tegen mijn wang. En dus gingen we naar bed, maar het grootste deel van de tijd probeerde ik aan andere dingen te denken. Halverwege sloeg zijn antieke klok elf uur. Ik lag daar maar en telde stilletjes de slagen, en verder weg, elders in de stad, liet ook de Big Ben zijn gebarsten galm horen.

De volgende dag kwam hij thuis met een boek dat ik mocht recenseren, een roman over een karakterloze jonge vrouw die valt op ruige mannen die niet in haar geïnteresseerd zijn. 'Niet veel soeps volgens mij,' zei hij, 'maar ze schijnt populair te zijn en de krant ruimt er een mooi plekje voor in. Zin om vanavond wat te komen drinken?'

'Nee, dank je, ik denk dat ik maar meteen aan dat boek begin.'

'Wat je wilt.'

Ik ging op bed liggen en begon in het boek, dat ik vreselijk sentimenteel vond. Ik mobiliseerde alle wreedheid van de debuterende recensent die indruk probeert te maken. Het kwam niet bij me op me te matigen vanwege de beroemdheid van de schrijfster, want ik kon in mijn arrogantie niet begrijpen waarom iemand die volgens haar auteursbiografie aan het Somerville College in Oxford cum laude was afgestudeerd in twee vakken, zich zou verlagen tot het schrijven van zulke pulp terwijl ze voorbeelden als Virginia Woolf en George Eliot had. Ikzelf zou dat zeker nooit doen – als ik ooit een roman zou schrijven, zou die alleen maar van het allerhoogste literaire niveau kunnen zijn. Bij sommige mensen brachten de strenge eisen van de hoogste kunst slechts de intellectuele beperkingen aan het licht waarmee ze behept waren.

Niemand had ooit zo'n vlijmend exposé gegeven van de tekortkomingen van een roman. Niemand had de literatuur ooit zo gloedvol verdedigd tegen haar eigen beoefenaars. Dit was een begin, een eerste stap in de literaire journalistiek die me hopelijk via osmose kon transformeren tot een literair *schrijfster*, want uitgevers zouden mijn bijtende proza bewonderen en me uitnodigen voor lunches om me te vragen of ik niet zelf een roman wilde schrijven. Maar aan het eind van de volgende dag kreeg ik de recensie terug met een kort briefje erbij: 'Probeer volgende keer in het Engels te schrijven.'

Ik belde de literaire redacteur. 'Wat mankeert er aan mijn bespreking? Ik heb er twee dagen aan gewerkt.'

'Ja, dat heb ik gemerkt. Wat is "het surplus van het modernisme"? Nee, ga het me alsjeblieft niet uitleggen. Luister – onze lezers willen alleen weten waar het over gaat, een ruwe schets van de plot, wie de personages zijn en of de schrijver waarmaakt wat hij belooft. Meer niet. En als je je recensie zo schrijft dat-ie ook nog leuk is om te lezen, is dat natuurlijk mooi meegenomen.'

'Maar tegenwoordig is de literaire kritiek...'

'Als je recensent wilt worden, moet je wél weten hoe een recensie in elkaar zit. Lees er eens een paar, als je wilt, en bel me over een paar weken nog eens. En zou je het boek willen terugsturen, of het even langsbrengen als je toch in de buurt bent? Ik moet het aan iemand anders geven.'

Het leek wel of ik terugging in de tijd en niets kon doen om de richting van mijn leven om te keren. Mijn werk deugde niet, ik sliep weer onder het dak van het ouderlijk appartement in Benson Court, en soms zelfs in Gilberts bed. Binnenkort zou ik vast weer in de afleggertjes rondlopen die mijn moeder vroeger op de rommelmarkt voor me had gekocht en die nog steeds in de kast hingen.

Ik zag hoe een man een vrouw in een slingerende bus op haar neus kuste terwijl ze zich allebei aan de stang vasthielden, hoe zij naar hem lachte en hij zich naar haar toe boog en haar nog eens op haar oor kuste. Ik zag emmers vol bloemen bij bloemenwinkels, en boeketten die met zorg werden geschikt voor mensen van wie gehouden werd. Ik zag vrouwen met aktetassen die met kwieke tred de trappen van het metrostation Oxford Circus beklommen en via Regent Street naar het noorden liepen, naar Portland Place, waar het gebouw van de BBC stond. Iedereen was in beweging, had dingen te doen, was onderweg ergens naartoe, mensen werden verliefd, gingen met elkaar naar bed en dachten fonkelnieuwe gedachten die niemand ooit eerder had gehad, en alles ging maar door. Er kwamen steeds nieuwe spullen in de winkels. Mensen werkten en verdienden geld waarmee ze die dingen kochten. Ze huurden appartementen en kochten huizen, en bovenal kusten ze elkaar in Londense bussen en had alles en iedereen het druk terwijl ik op een bankje in de gemeenschappelijke tuin zat te kijken hoe de bloemen heel langzaam groeiden. Maar zij groeiden tenminste nog.

De man van wie ik had gehouden was dood en ik wist niet eens meer zeker óf ik wel van hem had gehouden, of het geen kinderspelletje was geweest waarin ik een volwassen vrouw had gespeeld die samenwoonde met haar vriend, zich verloofde, trouwde en op huwelijksreis ging. Hoe meer ik probeerde me in die twee in te leven, hoe onechter mijn herinneringen gingen voelen – ik wist niet meer helemaal zeker of de dingen die ik me herinnerde mij waren overkomen of een personage in een film of boek. Ik geloofde niet meer dat ik Benson Court ooit had verlaten, naar de universiteit was gegaan, Alexander had ontmoet en in de kapel van een kathedraal met hem was getrouwd; het leek me uitgesloten dat ik in staat zou zijn geweest tot een reeks dermate onwaarschijnlijke manoeuvres. Alleen de abortus was wel echt gebeurd. Dat moest wel, mijn moeder was erbij.

Toen ik op een ochtend aan het ontbijt kwam, mijn moeder een glaasje gezoet sinaasappelsap voor me inschonk en ik in het glas beet, dat met een luid gekraak barstte, en toen ik zag dat mijn ouders elkaar aankeken en veelbetekenend knikten, besloot ik dat ik maar beter weer oom Sándors secretaresse kon zijn, want bij hem wachtten me in ieder geval een weekloon van veertig pond en het vervolg van een verhaal dat me nog steeds interessant genoeg leek: een verhaal over wie ik was en waar ik vandaan kwam, over het schaduwland van voor mijn geboorte.

'Jij kwam niet – zes dagen achter elkaar heb ik zitten wachten,' zei mijn oom toen hij de trap was afgedaald om me open te doen. 'Ik had een verse slagroomtaart gekocht, en jij kwam niet. Ik zat maar te wachten. Ik hou niet van wachten. De taart is bedorven.'

Hij zag er ziek uit. Zijn huid was nog bleker dan ik me herinnerde en zijn handen zaten onder de witte schilferplekken.

'Het spijt me, maar het kon niet anders,' zei ik.

'Waarom niet?'

'Ik zat in een pub waar een bom ontplofte.' Er was écht een bom afgegaan, in een pub in Islington, een klungelig bommetje dat 's avonds op het journaal was geweest, en er waren geen doden gevallen behalve een kat die op de verlaten weekendtas in slaap was gevallen en metershoog de lucht in werd geblazen; zijn staart zat om de bierpomp en zijn ogen lagen ergens in een asbak. Dat ik mezelf aan dit tafereel had toegevoegd, leek de zoveelste aanwijzing dat ik was losgeraakt van de werkelijkheid en steeds wanhopiger probeerde terug te keren naar het concrete hier-en-nu, maar daarbij alleen mezelf dramatiseerde.

'Wát? Was jij gewond? Hoe is dat gebeurd? Wat hebben zij met jou gedaan?' Opnieuw bemerkte ik zijn neiging om zijn arm op te heffen en me aan te raken, en ook nu deinsde ik terug, en hij merkte het ook en liet de arm weer naast zich zakken.

'Ik was niet gewond, en verder ook niemand, alleen een kat.'

'Ja, dat heb ik gehoord. Maar als jij niet gewond was, waarom kwam jij dan niet?' Zijn ogen traanden weer en hij veegde ze af aan zijn mouw.

'Ik was in shock. Wat is er met uw ogen?' vroeg ik om van onderwerp te veranderen.

'Ik weet niet, misschien glaucoom, daar word je uiteindelijk blind van, maar de opticien zegt dat het wat anders is.'

'Moeten we in de hal blijven staan?'

'Nee, nee, natuurlijk niet, kom boven alsjeblieft. Ik zal lekker sterke Hongaarse koffie voor jou maken. En jij moet een stuk taart eten, suikers en vetten zijn goed voor je als je een shock hebt.'

We bereikten zijn kamer en gingen op onze oude plaatsen zitten, hij op de pauwentroon en ik bij de cassetterecorder.

'Waar waren wij gebleven?' vroeg hij.

'In Boedapest.'

'O ja, Boedapest. Wat wil jij weten?'

'Wat deed u toen u van school kwam?'

'Hier, alsjeblieft. Ik heb alleen maar deze vruchtentaart, ik wou dat ik jou iets van betere kwaliteit kon aanbieden.'

'Geeft niet, ik heb geen honger.'

'Jij moet wél honger hebben. Jij bent te mager.'

'Ik ben de laatste tijd wat afgevallen.'

'Dan koop ik voor morgen zéker een echte taart. Goed. Om te beginnen moet jij weten dat in 1934, toen ik van school kwam, de eerste beperkingen voor joden van kracht werden, dus ik vroeg mijn vader: Waarom moeten wij per se Klein heten? Dat was onze naam in het dorp, weet je, maar in die tijd veranderden een heleboel joden hun naam in iets Hongaars – waarom ook niet? Mijn vader kon het niks schelen hoe hij heette. Mijn moeder zei er niets over. Ervin, mijn broer, zat nog op school en had niks te zeggen. En zo werden wij de familie Kovacs, een mooie, echt Hongaarse naam. Die naamsverandering was mijn idee. Dus toen heette ik niet meer Sándor Klein, maar Sándor Kovacs, en ik ging werk zoeken.'

Ik zag dat hij de hele tijd naar me keek terwijl hij praatte, en ik begon me voor het eerst af te vragen of hij wist wie ik was. Dat was de eerste keer dat ik dat vermoedde, maar ik was te geïnteresseerd in het verhaal om er verder over na te denken, want het was een openbaring voor me dat mijn naam van recente datum was en dat we daarvoor iets anders waren geweest. Dat ik de eerste in de familie Klein was die geboren was met de naam Kovacs.

'Wil jij nog meer koffie, of iets te roken?' vroeg hij.

'Nee, dank u. Vertel eens van uw eerste baan.'

'Mijn eerste baan was een goeie baan, bij een makelaardij. Dat was in 1934. De mensen kregen al een afkeer van joden, maar wat doe je eraan? Misschien zijn wij wel niet zo aardig. Wat denk jij?'

'Waarover?'

'Vind jij ook dat joden niet aardig zijn?'

'Daar heb ik geen mening over,' zei ik. 'Ga verder alstublieft.'

'Goed,' zei mijn oom met een lachje en een minzame, zelfs enigszins medelijdende blik die ik niet goed kon thuisbrengen. 'Ik was nog maar achttien. Ik ben nu aangeland bij de tijd die ongetwijfeld de beste van mijn leven was, want zelfs toen ik leefde als een vorst in het huis aan Bishops Avenue, werd ik gekweld door nachtmerries, moet ik toegeven. Ik moest de hele dag appartementen verhuren, overal in de stad. Ik leerde Pest kennen als mijn broekzak, ik kende elke straat. Wij hadden prachtige huizen in onze boeken staan. De gebouwen die zij destijds bouwden, hadden stenen gezichten aan de gevel, die staken uit en keken op je neer op straat. Soms waren het ridders van vroeger, maar bijna alle gebouwen waren versierd. Dus overdag jakkerde ik op de fiets door de stad en liet appartementen zien aan huurders, maar 's avonds, dán leefde ik pas echt. Er zijn nog steeds cafés in Boedapest, ook nu nog, maar niet zoals de cafés voor de oorlog. Voor mij leken het wel paleizen, met obers in mooie kledij... is dat het goeie woord?'

'Ja, kledij.'

'De cafés zaten vol fantastische mensen, journalisten, schrijvers, politici, gekke mensen. Vrouwen met bontjassen en bontmutsen, en het bont wierp een schaduw op hun gezicht alsof het kant was. Dáár heb ik geleerd wat ik weet, niet op de universiteit maar in de cafés van Boedapest. De cafés hier in Engeland zijn totaal anders. Toen ik hier voor het eerst kwam zocht ik naar de cafés, ik ging naar Kardomah – alleen maar huisvrouwen, en 's avonds gaan zij dicht.'

'Wat las u in die tijd?'

'Wanneer?'

'In Boedapest in de jaren dertig.'

'Wat ik las? Niets. Ik las niet.'

'Waarom wilde u dan met intellectuelen omgaan?'

'Ik hou ervan ze te horen praten. Te bestuderen wat zij zeggen. Om ideeën op te doen. Als je naar intellectuelen luistert, leer je hoe je moet ouwehoeren, en dat is heel belangrijk in mijn branche. Heb ik jou nu beledigd? Ik herinner me ineens dat jij ook een intellectueel bent.'

We waren nu bij een punt in Sándors verhaal aangeland waarop hij een beslissing moest nemen. Ooit had een klein meisje met haar vingertjes om de deurpost geklemd naar haar oom op-gekeken terwijl haar vader in een vreemde taal tegen hem stond te tieren. Hij had haar chocola willen geven, maar dat werd hem niet toegestaan. Wat er nu zou volgen, het verhaal van zijn mis-daden, zijn gruweldaden – en hij was vast van plan zich tegen die beschuldigingen te verdedigen – dat was één ding; maar hij wil-de dat dat kleine donkerharige meisje, dat nu een vrouw was ge-worden, nog steeds donkerharig en met een donkere zweem op haar bovenlip, besefte dat haar gezagsgetrouwe vader een hypo-criet en een verwaande kwast was. Het maakte hem niet uit of hij mij daardoor van zich vervreemdde. Iemand moest het weten. Eunice wist het, maar niemand zou háár ooit naar haar mening vragen – want Eunice, de schoonheid, was maar een zwarte vrouw die in een winkel werkte en een zoon had die in de gevan-genis zat.

Hij wist uit de rechtszaal dat de mening van sommige men-sen zwaarder weegt dan die van anderen, en de vrouw tegenover hem had een studie Engelse literatuurwetenschap aan de univer-siteit van York met succes voltooid. Goed, het was niet Oxford of Cambridge, maar toch wel heel goed, daar had hij naar geïnfor-meerd.

'Goed, ik zal jou van de cafés vertellen,' zei hij, en hij keek me recht aan met zijn bruine ogen, die doods of springlevend kon-den zijn, afhankelijk van zijn humeur, maar die tijdens zulke korte onderbrekingen, als hij een grote slok sterke koffie nam en nadacht over wat hij daarna zou gaan zeggen, altijd fonkelden. Wat zou hij ervan maken? Een klucht, dat was altijd het beste.

'Ik verdiende niet zoveel op dat kantoor, ik had werk, maar met dat soort werk zou ik nooit miljonair worden. Om miljonair te worden moest ik een eigen zaak hebben, want je wordt niet rijk als je naar iemand anders z'n pijpen moet dansen. Ik had een enorme energie, maar ik zag nergens een kans. En toen kwam er een moment dat ik er wél een zag. Jij moet weten dat ik nooit een knappe man ben geweest, Miranda. Ik heb er nooit als een filmster uitgezien. Maar om de een of andere reden vonden vrouwen mij aardig. Ze praatten graag met mij, ik voelde mij op mijn gemak bij ze en dus voelden zij zich ook op hun gemak bij mij. Zo gaat dat. Ik ontmoette veel jonge vrouwen in de cafés, allerlei soorten vrouwen. Alleenstaande en getrouwde, met en zonder werk. Ik kende veel mensen. Een jongeman die goed met mensen kan omgaan, die energie heeft, de stad heel goed kent en weet welke appartementen leegstaan, die heeft kansen. Snap jij wat ik bedoel?'

'Nee.'

'Ach, moet ik het echt uitleggen? De vrouwen die ik ontmoette, hadden soms geld nodig voor een hoed, of voor de huur. Aan de andere kant had je mannen die getrouwd waren, maar hun vrouw was ziek of zwanger, had net een kind gekregen of wilde niks in bed. Zulke mensen waren voorbestemd om elkaar te ontmoeten, maar er moest wel iemand zijn die ze bij elkaar bracht. En waar moesten zij elkaar ontmoeten? Niet bij hem of haar thuis. Maar ik wist welke appartementen leegstonden en ik had de sleutels. Zo is mijn eigen zaakje begonnen.'

Al die jaren had ik hem beschouwd als een huisjesmelker, een aartskapitalist die de allerzwaksten uitbuitte. Maar het was nog erger: zijn hebzucht voedde zich met mensenvlees.

'U werd pooier.'

'Dat is een lelijk woord. In het Hongaars zeggen wij *strici*. Niemand in Boedapest noemde mij zo, jij bent de eerste die dat woord gebruikt.'

Dat was niet waar, hij was een keer gearresteerd wegens 'het geven van gelegenheid', maar ik hield mijn mond. Ik keek hem slechts met een kille verachting aan. Hij behoorde echt tot het uitschot. Ik begreep wat mijn ouders bedoelden.

'Goed, eh... Miranda, jij wilt nu stoppen?' vroeg hij koel, want hij zag dat ik precies zo was als alle anderen, dat mijn begrip en voorstellingsvermogen tekortschoten.

'Voor vandaag?'

'Nee, voor altijd. Jij wilt immers geen koffie drinken met een *pooier*? Jij zoekt toch liever ander werk? Ga maar voor de *Times* schrijven, als dat beter bij jou past.'

Dat kwam hard aan. 'Ik heb niets gezegd over stoppen, ik...'

'Ik zal jou vertellen wat een pooier is, wat hij doet. Een pooier is iemand die...'

'U hoeft niet met me in discussie te gaan. Ik ben maar een secretaresse.'

'Nee, nee, jij bent veel meer. Een secretaresse werkt brieven uit. Dit is geen brief, dit is iets waar mijn hele hart en ziel...'

Maar hij zag in dat hij te ver was gegaan. Dat was de tweede keer dat ik dacht: misschien weet hij wel wie ik ben. Maar ik zei nog steeds niets.

'Wat, wat is er?'

'Laat maar. Zullen we gewoon doorgaan?'

'Doorgaan?'

'Ja.'

'Jij mag mij best een pooier noemen als jij wilt, maar dan wil ik wel even...'

'Ik typ dit deel van de opname niet uit. Ik laat mijn vragen en alles wat ik verder zeg weg.'

'Goed, maar even voor jouw begrip, ik heb pooiers gekend, en die waren nooit goed voor hun meisjes. Mijn meisjes deden hun zaken zelf, ik bracht alleen maar klanten aan en zorgde voor de kamers. Ik kreeg een vast bedrag voor de bemiddeling. Iedereen begreep dat. De regels waren voor iedereen duidelijk. Ik dwong ze nooit tot iets en ik gaf ze geen drugs.'

'Goed, goed. Ga maar verder.' Ik was nog niet helemaal bijgekomen van de schok van zijn onthulling.

'Goed, dan zal ik jou vertellen van mijn broer Ervin. Dan kun jij horen hoe hij het heeft gedaan, op een eerlijke, nette manier – niet mijn manier, maar het is zíjn leven. Hij verloofde zich met het eerste het beste meisje dat-ie ontmoette. Zij liep mank en zij had een stok, maar zij was heel lief. Ik heb Berta altijd veel aardiger gevonden dan hem. Hij kon in de leer komen bij een juwelierszaak en hij bofte ontzettend dat hij daar kon blijven werken, want mijn vader was inmiddels ontslagen bij de hoedenfabriek. De zaken gingen slecht, ze moesten mensen ontslaan. Er werkten twee joden, en volgens de rassenwetten die van kracht werden moest er één weg, en aangezien zij niet wilden dat de afdeling Duitse export door een jood werd geleid, gooiden zij mijn vader eruit, na veertien jaar bij het bedrijf. Met mij ging het trouwens net zo, ik werkte voor een klein bedrijf en daar mochten ze helemáál geen joden meer in dienst hebben, maar ik ben iemand die weet hoe-ie z'n hoofd boven water moet houden. Ik ging me steeds meer bezighouden met het bij elkaar brengen van vrouwen en huizen, want ik wist nog steeds waar etages of kamers leegstonden en het lukte mij nog steeds de sleutels in handen te krijgen, want ik doe dingen nooit langs de officiële weg.

Mijn vader kon dus geen hoeden meer verkopen, en het enige wat hij nog deed was de hele dag in zijn boeken lezen. Er deden verhalen over mij de ronde, over hoe ik het precies voor elkaar kreeg m'n hoofd boven water te houden en genoeg geld binnen te brengen voor de huur van mijn ouders, want zonder dat geld zouden zij zeker zijn gecrepeerd. Ervin kon daar niet tegen. Hij had een baan! Hij was een respectabel burger! Hij had een verloofde! Elke avond als-ie thuiskwam, zocht-ie ruzie met me. Hij zei nooit rechtstreeks wat hem stoorde, hij vroeg alleen: Waarom is er geen melk? Heb jij de melk opgedronken, Sándor? Egoïstische klootz... Maar mijn moeder hield van allebei haar zoons evenveel. Zij kon er niet tegen dat er steeds meer wrok tussen ons kwam. Ik zei tegen haar: hij doet het op zijn manier, ik op de mijne. Ik ben nu tweeëntwintig, het wordt tijd dat ik uit huis ga, op mezelf ga wonen.

"Oi," riep zij toen ze dat hoorde. Maar ik zei: rustig maar, ik ga hier vlakbij wonen, dan zie ik jullie elke dag. Zo gezegd zo gedaan, ik verhuisde naar een etage, nou ja, geen hele etage maar een kamer, maar een goeie kamer, een heel goeie. Zij woonden aan Sip utca en ik aan Dob, om de hoek. Ik ging elke dag naar mijn kantoor, dat wil zeggen naar de bar van hotel Astoria.'

'Uw uitvalsbasis,' zei ik. Het verhaal begon nu heel interessant te worden. Ik zou een beeld krijgen van mijn ouders in de paar maanden voordat ze uit Hongarije vluchtten en voor de deur van ons appartement werden gefotografeerd, vlak voordat ze die met een klap dichtsloegen.

'Ja, daar kwamen 's avonds veel verschillende mensen. Ik ontmoette iedereen.'

'Wist uw moeder waar u mee bezig was?'

'Dat was het nou net. Ervin bedreigde mij. "Ik vertel alles, ik vertel alles," riep hij de hele tijd. Hij bedoelde dat hij mijn moeder zou vertellen hoe het kwam dat ik nog steeds geld op zak had en mooie pakken droeg. "Waarom?" vroeg ik. "Waarom wil je het haar vertellen?" "Zij moet het weten," zei hij. "Wat?" "Wat voor iemand mijn broer is." "Wat kan jou het schelen?" vroeg ik. "Ik heb een goede naam te verliezen," zei hij. Hoezo, goede naam? Hij werkte in een kamertje achter een juwelierszaak. Uiteindelijk wist ik het uit hem te trekken: het was om dat meisje, Berta, zijn verloofde, hij wou niet dat haar familie erachter kwam.

Op een avond liep ik hem tegen het lijf op Karoly Korut, op weg van zijn werk naar huis. Ik wilde aardig zijn, nodigde hem uit om koffie met mij te drinken in het Astoria. Goed, wij dronken koffie, en ik probeerde het hem naar de zin te maken. Toen we de koffie ophadden, trakteerde ik hem op een glaasje. Hij dronk normaal nooit, Ervin, maar ik zei: Laten wij een glas tokayer drinken ter herinnering aan onze jeugd, en hij vond het goed. Wij namen nog een glas, en ik zag hem voor het eerst van mijn leven mild en rozig worden. Er kwam een meisje binnen dat ik kende, zij zag mij en kwam bij ons zitten. Ervin ging even weg om een plas te doen. Ik zei tegen haar: Dat is m'n kleine broertje, wil jij even lief voor hem zijn? En ik gaf haar een paar bankbiljetten.'

Hij begon te lachen, pakte een tissue uit de doos en veegde zijn ogen af.

'Waarom lacht u?' vroeg ik.

'Ik zie Ervin voor mij zoals hij toen was.'

'Hoe zag hij eruit?' vroeg ik gretig. Volgens mij was ik helemaal uit mijn rol gevallen, mijn masker lag op tafel en daarachter zat een klein meisje dat alleen maar zichzelf kon zijn.

'Hij is zelfs nu nog niet groot, maar toen was hij klein en mager. Zijn mouwen kwamen tot zijn vingers, want hij was gierig en dacht dat hij nog verder zou groeien, ook al was-ie al achttien, en dat hij dan dus geen nieuw jasje hoefde te kopen. Al z'n kleren waren hem te groot. Hij deed mij altijd denken aan zo'n beest, hoe heet het ook weer, dat kan wegkruipen onder zo'n ding op z'n rug.'

'Een slak?'

'Nee, groter.'

'Een schildpad?'

'Ja, dat bedoel ik. Hij had al een oudemannengezicht, dat uit de boord van zijn overhemd stak. Maar goed, ik stapte op om wat anders te gaan doen en zij gingen samen weg. Later die avond kwam zij weer terug naar het Astoria, en zij vertelde dat alles goed was gegaan maar dat hij nog maagd was, zodat het een makkie voor haar was. Het was zó gebeurd en hij was alweer onderweg naar huis.'

Je denkt dat je ouders er alleen maar zijn om van jou te houden en je te ergeren. Je ziet hen als planeten die om jouw zon heen draaien en je probeert het heelal in te vluchten terwijl zij je achternazitten. De tijd voor mijn geboorte – de stad waar ik nooit geweest was, het land dat voor mij een gekleurde vorm op de kaart was – was een wereld uit oude bioscoopjournaals, zwartwit, eendimensionaal. Tijd is zoiets vreemds. Hier loop ik, door Regent's Park met een nieuwe jurk in een draagtas, en 1977, het jaar waarin de gebeurtenissen plaatsvonden waar ik het over heb, is bijna even ver weg als 1938 toen. Was het echt gebeurd of was het allemaal maar verbeelding? Mijn vader die als jongeman met een prostituee meeging, na al zijn verhalen over de voorgevoelens die hem ertoe hadden gebracht uit Hongarije te vluchten? Was er iets belachelijkers denkbaar?

'Gaat het? Wil jij een glas water? Ik wil niet dat jou hetzelfde overkomt als jouw man.'

'Nee, het gaat wel,' zei ik.

'Ik dacht dat jij in jouw eigen tong stikte.'

'Ga alstublieft verder. Ik luister.'

'Een paar dagen later stond mijn moeder ineens voor mijn deur. Zij was in alle staten. Ervin wilde emigreren, weg uit Hongarije, ik moest meteen meekomen naar huis. Goed, zei ik, laten wij maar horen wat hij te zeggen heeft. Het was op dat moment in Hongarije niet zo dat de strop werd aangetrokken, het was meer zo dat wij voor het eerst merkten dát er een strop om onze nek zat. Ervin tikte met zijn lepeltje tegen het glas thee dat hij zat te drinken en zei dat het voor joden plotseling gevaarlijk was geworden in Hongarije, dat Berta en hij onmiddellijk het land uit moesten.

"Zeg hem dat hij niet weg moet gaan," zei mijn moeder. Mijn vader zat erbij en zei niets. "Vertel ons dan eens hoe het volgens jou verder zal gaan in Hongarije, Ervin," zei ik. En hij begon een lang verhaal te houden over wat er in Europa aan de hand was. Hij had het over Duitsland en de Sovjet-Unie.

"Zo te horen heb jij heel wat kranten gelezen," zei ik. "Zeker veel in cafés geweest?" Toen hij dat hoorde, werd hij woest, en hij pakte een suikerklontje uit de schaal op tafel en smeet dat naar mijn hoofd. Ik lachte. "Ik ben van mijzelf al zoet genoeg, hoor," zei ik. Maar mijn moeder had de hele avond nodig om hem weer te kalmeren. En in de hele buurt werd bekend dat Ervin Kovacs en zijn verloofde Berta uit Hongarije weggingen, op de vlucht voor de Jodenvervolging. Maar in de cafés deed een ander verhaal de ronde. Daar vertrok Ervin Kovacs uit Boedapest omdat hij doodsbang was dat zijn verloofde erachter zou komen dat hij met een prostituee naar bed was geweest.

Dat was het verhaal van mijn broer. Vlak daarna is hij naar Londen gevlucht. Gevlucht voor wat? Voor roddels.'

Dat was het dus. Al die jaren achter gesloten deuren, de bedeesdheid, de volgzaamheid, de bedreiging die Sándor in mijn vaders ogen vormde: niet alleen omdat hij een gangster was, een huisjesmelker, iemand die verdiende aan onzedelijke praktijken, maar ook omdat hij wist van het gif in het hart van dat huwelijk, van het leugentje waarop het gebouwd was.

'Maar hij had wel gelijk, toch?' zei ik, denkend aan alles wat er broeide in het Europa van die jaren; het was daarna niet beter geworden, alleen maar slechter.

'Waarin?'

'Dat hij uit Hongarije vluchtte. Dat hij het deed toen het nog kon.'

'Ja, maar om de verkeerde reden. Ik gun hem de voldoening nog steeds niet.'

'Omdat alles voor u heel anders zou zijn gelopen als u tegelijk met hem was gevlucht.'

'Hoe weet jij hoe het zou zijn gelopen?'

'Ik bedoel de oorlog. Dan zou u in de oorlog niet in Hongarije zijn geweest.'

'Dat is waar.'

Terwijl ik aan tafel voor het raam met uitzicht op de straat de opname van die ochtend uittikte, was Sándor in de slaapkamer langdurig bezig zich te verkleden. Ik hoorde kranen lopen, hij petste water in zijn gezicht en een krachtige geur van eau de toilette nam bezit van het appartement. Toen hij weer tevoorschijn kwam, had hij zijn vest met rits verwisseld voor een blauw pak dat wel een beetje leek op het mohair pak dat hij aanhad toen hij lang geleden bij ons voor de deur stond, met bijpassende leren schoenen in twee kleuren, blauw en zwart.

'U hebt zich helemaal mooi gemaakt,' zei ik. Ik zag hem liever zo, in vol ornaat, dan in die kleurloze regenjas. Hij was iemand voor swingende dassen en slobkousen.

'Natuurlijk. Vandaag is de dag dat Eunice en ik gaan dansen.'

'Ballroom? De foxtrot en zo?'

'Ja, en ook de tango. Wij hebben les. Deze schoenen, zij zijn speciaal voor de tango. Die koop je in een speciale winkel aan Shaftesbury Avenue. De tango kan niet zomaar met straatschoenen, onmogelijk.'

'En het raam van die jongen?' vroeg ik beneden in de hal.

'Welke jongen?'

'Claude, de jongen die hier woont.'

'Wat kan jou dat raam schelen?'

'Volgens de wet...'

'Wat is dat met jou? Ik probeer uit te leggen, jij begrijpt nooit. Bij jou gaat het – hoe zeg jij dat, het ene oog in en het andere weer uit.'

'Oor,' zei Eunice, die al in de hal stond te wachten. Ze zag er prachtig uit in haar korte, beige satijnen jurk tot vlak boven haar knieën en de dunne, doorschijnende nylons aan haar beeldschone, bruine, sierlijke benen. Mijn benen leken wel melkflessen.

'Dit meisje,' zei Sándor, 'is heel beschermd opgegroeid, heel anders dan wij, hè? Zij wil dat ik een raam vervang dat die jongen zelf kapot heeft gemaakt.'

'Het was al gebarsten,' zei ik.

'Wat weet jij daar nou van?'

'Hij heeft het me laten zien.'

'Ben jij daar binnen geweest, bij die pummel?'

'Ja, wat is daar tegen?'

'Sommige mensen weten niet wie hun vrienden zijn,' zei Eunice met een veelbetekenende blik.

Hoe had ik toen kunnen weten dat Eunice me niet mocht en me wantrouwde, al kenden we elkaar nauwelijks? Ze was dolverliefd op Sándor, hij was haar grote liefde – een krankzinnig onwaarschijnlijke combinatie, de haai uit Boedapest en het zwarte meisje uit Tiger Bay met haar Welshe accent, die ongelooflijk waardige, angstaanjagend correcte vrouw met haar passie voor een verzorgd uiterlijk – haar, nagels, make-up, wenkbrauwen – haar scherpe blik die ieder los draadje, elke bungelende knoop of vetvlek opmerkte, haar kaarsrechte rug (het resultaat van de lessen op de Etiquetteschool van Miss Halliburton in Stockwell, waar ze als jong meisje haar hele loon voor had opgespaard).

Ze had er vele jaren over gedaan om zich op te werken van zaterdaghulpje tot bedrijfsleidster, een bijzonder verantwoordelijke baan, bij de modewinkel in Seymour Street achter Marble Arch met klanten uit de herenhuizen achter Marylebone High Street, onder wie ook de dames uit Benson Court – een winkel die al sinds de vroege jaren vijftig bestond, toen de kleren eindelijk niet meer op de bon waren en de vrouwen van het West End fuchsiarode lippen hadden en op hoge hakken rondtrippelden, zwierend met hun wijde New Lookrokken en geurend naar Yardley.

Sándor nam haar mee naar de beste restaurants, waar obers in smoking met het dessertwagentje langskwamen en zij uit de talloze verleidingen een klein schaaltje mokkamousse koos, dat ze met een zilveren lepeltje leegat. Hij kocht mooie dingen voor haar, een Omega-horloge, een Colibri-aansteker in een fluwelen hoesje. Hij behandelde haar als een koningin.

En toen ze hem voor het eerst naakt zag, raakte ze vol medelijden de plekken op zijn rug aan waar hij nog steeds pijn had, de littekens van de zweep. 'O Sándor,' zei ze, 'wij zijn allebei slaven in het land Egypte geweest.'

Toen verscheen ik op het toneel. Het achterbakse nichtje dat haar oom bespioneerde, om redenen die zij nog geen van beiden konden doorgronden, en van wie ze na Sándors verhalen over de sessies soms dacht dat hij verliefd op haar aan het worden was. Waarom? Aanvankelijk begreep ze het niet, totdat hij op een nacht in zijn slaap kermde en huilde, en zij de tranen op zijn slapende gezicht zag en begreep dat het allemaal kwam doordat hij geen kind had en besefte dat er op een dag alleen nog beenderen van hem over zouden zijn, dat er niets van hem in de toekomst zou voortleven behalve ik en mijn herinneringen aan hem. Ik betekende gevaar. Ik had de macht om hem te kwetsen. En daar wist zij alles van.

'Maar zij heeft niet onze ervaring,' ging Sándor verder. 'Zij heeft een beschermd leven gehad, op de universiteit, met boeken, en over dingen gepraat zoals denkers doen. Zij weet niet. Hoe zou zij kunnen weten?'

'Iedereen weet wat hij weet,' zei Eunice met een blik op mijn vuile blauwzijden jurk en mijn spijkerjackje.

'Zeg,' zei Sándor, 'misschien moet ze maar mee.'

'Naar dansen?' vroeg Eunice met wijd opengesperde ogen, zodat het wit om haar irissen helemaal te zien was.

'Ja, waarom niet?'

Wel eens een kat met zijn staart zien zwiepen?

'In die kleren kan ze niet mee. Geen sprake van, dan sta je voor schut.'

'Dat is zo. Maar wij kunnen in jouw winkel wel iets voor haar kopen.'

'Ik kan me geen jurken veroorloven,' zei ik in paniek.

'Geen zorgen, ik betaal,' zei Sándor. 'Kom, Miranda, kom het echte leven eens bekijken. Waarvan jij zegt dat jij het niet kent.'

'En wij maar al te goed, schat,' zei Eunice met haar arm door de zijne en een blik op mij, de blik van een Perzische kat.

'Iets moois voor een jong meisje,' zei Sándor. Hij keek om zich heen. 'Geld speelt geen rol. Eunice, dit is jouw terrein.'

Het was de eerste keer dat ik die winkel aan Seymour Street binnenging, een winkel waar ik zonder erg al vaak langs was gekomen op weg naar iets belangrijkers, zonder te kijken, zonder de stoet rijke vrouwen op te merken die door de bewerkte gietijzeren deur in en uit liep.

Eunice in haar element.

'Deze is mooi voor haar,' zei ze. Haar vingers gleden deskundig langs het rek en vonden bliksemsnel een groenzijden jurk. 'Hij kleurt bij haar ogen,' zei ze. 'En hij heeft een mooie glans. Niet te nadrukkelijk.'

'Prachtig,' zei Sándor, 'pas maar aan, vooruit.'

'En schoenen?' zei Eunice toen. 'Op die gympen kun je niet mee. Heb je thuis niets?'

Onder mijn bed, nog in de doos, had ik de rode slangenleren schoenen met plateauzolen die ik maar één keer aan had gehad, de avond dat Alexander stierf. Ik kon maar niet vergeten hoe hij er na het vrijen naar bleef kijken terwijl we ons aankleedden om beneden te gaan eten en zei: 'Koop meer van zulke schoenen.'

Soms trok ik ze aan als mijn ouders naar bed waren en ik in mijn eentje in mijn nachtpon op mijn kamer zat, en dan keek ik ernaar en kreeg allerlei vreemde gedachten, herinneringen en gevoelens die ik niet onder woorden kon brengen. Maar ik ontleende een pervers soort troost aan die felgekleurde symbolen van ons korte huwelijkje, een prachtig beeld dat in het donker boven zijn graf danste.

'Thuis heb ik schoenen,' zei ik. 'Ik ga ze wel halen, ik woon niet ver.'

'Wij wachten wel,' zei mijn oom, en pas toen ik de straat uit liep, bedacht ik dat ik hem niet had moeten vertellen waar ik woonde, want hij zou wel eens de voor de hand liggende conclusie kunnen trekken dat ik zijn nichtje Vivien was. En ik was zo groen dat het geen moment bij me opkwam dat iemand als Sándor Kovacs nooit zómaar een dure jurk voor een jong meisje zou kopen.

We hoefden niet ver, drie haltes met de metro, maar daar durfde mijn oom niet in. Dat kwam niet alleen door de jaren dat hij in de gevangenis in een kleine ruimte opgesloten had gezeten, en zelfs niet door zijn ziekelijke angst voor tunnels. Er was in 1942 ooit een smalle onderaardse gang ergens in de Oekraïne, hij wist niet precies waar, ingestort met hem erin. Hij had een paar uur levend begraven gelegen, en dat was nog niet eens het ergste wat hem in de oorlog was overkomen, maar in zijn nachtmerries beleefde hij die gebeurtenis vaak opnieuw, terwijl hij andere ervaringen direct na de eerste rauwe schok in een verzegelde kluis in zijn brede borst had weggesloten, waar ze sindsdien onaangeroerd waren blijven liggen.

Nee, zijn angst was van praktische aard: hij was bang om te vallen. Het moment dat hij op de roltrap naar beneden stapte, zijn rechtervoet naar voren moest zetten, met zijn rechterhand de leuning moest vastpakken en dan naar beneden kijken – al die handelingen tegelijk, die in een onderdeel van een seconde gecoördineerd moesten worden verricht – hij voelde zich er niet

toe in staat, ook al doordat hij niet goed zag; het leek onvermijde-
lijk dat hij zijn evenwicht verloor en in de peilloze diepte zijn
dood tegemoet viel. Een erfenis van de gevangenis: de angst voor
de ijzeren treden.

'Hij kan het niet meer opbrengen,' fluisterde Eunice. 'Ik heb
hem wel proberen te helpen, maar hij raakt in paniek. Hij koopt
een kaartje en moet dat altijd weer weggooien. Zodra hij naar beneden kijkt, breekt het zweet hem uit.' We namen dus een taxi,
zo'n zwarte Londense waar ik nog maar één keer eerder in gezeten had, met mijn ouders, naar station Paddington om daar op
de trein te stappen naar Hereford, waar ik ging trouwen; de hand
van mijn vader trilde toen hij de chauffeur twee briefjes van een
pond gaf.

Ik nam plaats op de klapstoel en Sándor en Eunice zaten hand
in hand tegenover me, zij met haar getoupeerde nest van blauw-
zwart haar en mijn oom met zijn zware schouders in zijn mooiste pak.

We gingen naar een gelegenheid waar ik nog nooit van gehoord had, een grote zaal boven een ijzerhandel in een zijstraat
van Sussex Gardens, vlak bij station Paddington. Er was een zij-
deur waar je aan moest bellen, en dan werd je door een onzichtbare hand binnengelaten. Er kwamen nog meer mensen aan;
sommigen hadden hun dansschoenen in een papieren tasje bij
zich, anderen hadden ze al aan en kwamen over straat aandan-
sen, op hun tenen.

'Moet je die schoonheidjes nu eens zien,' zei mijn oom bewonderend toen er twee jonge zwarte meisjes de trap op renden,
met hun haar wijduit om hun hoofd als het aureool van een heilige op een oude prent.

Maar Eunice zette haar zilveren nagels in zijn arm om hem
eraan te herinneren dat een vrouw van haar leeftijd het niet prettig vindt als er te veel aandacht wordt geschonken aan de jonge
dingen van de volgende generatie.

'Help mij, Miranda,' zei mijn oom lachend. 'Verdedig mij. Jij weet hoe het was. Altijd als ik die meisjes zie, voel ik mij herboren worden. Ik weet nog toen ik uit Boedapest in Londen kwam en voor het eerst die koninginnetjes zag, met hun huid alsof zij altijd koud hadden en hun brede lach, en altijd maar gillen en rondspringen als Mexicaanse boontjes. Ik weet nog, ik dacht, dít is nog eens een echte stad.'

Eunice grauwde.

'Liefje, denk jij dat zij naar mij kijken? Natuurlijk niet. En wat zou ik met die meisjes moeten, ik heb jou toch, mijn lief? Ik kijk alleen maar, dat doen mannen nu eenmaal, hè?' Hij knipoogde tegen mij.

De zilveren klauwtjes werden nog dieper in zijn arm gedrukt, maar hij keek haar alleen aan, lachte en gaf haar een kus op haar wang.

We liepen langs de spinnenwebben de stoffige trap op, waar een benauwde, warme geur van deodorant en sterk, goedkoop parfum hing. Ik zag dat mijn oom opeens in zijn element was, met zijn gangsterpak op de trap van een huurkazerne, zijn vlezige vuisten gebald in zijn zakken, zijn vingers hunkerend naar geld, briefjes, losse, rinkelende munten – zo liepen we naar boven; hij hijgde en klemde zich aan Eunice vast alsof ze een kruk of een wandelstok was.

Het geroezemoes van gepraat en muziek kwam ons tegemoet en we gingen een zaal in waar allemaal zwierige mannen met pakken en tweekleurige schoenen en vrouwen in alle soorten en maten – van kleine wijfjes en bruine sprietjes zonder noemenswaardige heupen tot uitgesproken dikke dames die hun opgezwollen voeten in hooggehakte pumps hadden geperst – stonden te roken, te praten en thee te drinken; de thee zat in een soort metalen urn en werd uitgeschonken in wegwerpbekertjes, die iedereen voorzichtig tussen zijn vingertoppen hield. Het was een heel gedrang en op de achtergrond klonk, voorlopig nog zachtjes, 'Hernando's Hideaway' van het orkest van Victor Sylvester uit de grote boxen van de stereo.

Er kwam een vrouw langs met een knetterblauwe jurk met lovertjes en bijpassende schoenen waar ze de lovertjes met lijm op de witte zijde had geplakt, zodat ze onder het lopen loslieten en als een soort blauwe roos op de vloer bleven liggen. Eunice giechelde. 'Moet je zien,' zei ze tegen mijn oom, 'ze zou een bezem aan haar achterwerk moeten binden om ze op te vegen.'

'Ach, zij heeft niets in de gaten,' zei Sándor, 'zij denkt dat zij de koningin van het bal is, en waarom ook niet? Wacht maar even, Miranda, wij vinden wel een danspartner voor jou als een van de dames een dans wil overslaan.'

'Ons liedje,' zei Eunice toen er een nieuwe plaat werd opgezet. Het geluid werd harder gezet en er gingen al paren de dansvloer op.

If I had a golden umbrella,
With the sunshine on the inside
And the rain on the outside...

'Een gouden paraplu,' zei Sándor tegen mij, 'dát zoek ik nu al mijn hele leven. En nu heb ik hem gevonden.'

De gouden paraplu van mijn oom was een zaal vol zweet, parfum, brillantine, gelach, gouden kiezen, schalen Jamaicaanse pasteitjes, de thee-urn, flessen gesmokkelde rum van de eilanden, klapstoelen langs de muren, de houten dansvloer, de geelfluwelen gordijnen die het middaglicht buitensloten, de grote platenspeler, de stapels platen, haar wang tegen de zijne, zijn hart dat als een metronoom in zijn borst klopte, zijn hand op haar gladde satijnen derrière, haar arm die licht op de zijne rustte, zijn ouderwetse buiging als de dans was afgelopen, zijn Hongaarse hoffelijkheid.

Ik kon alleen maar toekijken, maar al snel vond hij dat niet meer genoeg, want hij zei: 'Ik wil dat jij ook danst.' Maar ik kon niet dansen. 'Heb jij nooit dansles gehad?' vroeg hij.

'Nee.'

'Jouw ouders drongen daar niet op aan?'

'Het kwam niet eens bij ze op.'

'Wat jammer, wat zonde.'

'Ballroomdansen is mij veel te stijf. Ik dans liever los, gewoon zoals het bij me opkomt.'

'Zoals het bij je opkomt! Jongedame, dat is geen dansen, dat is uitsloverij.'

'Jim leert het haar wel,' zei Eunice. 'Jim kan met iedereen dansen.'

Ze wenkten een klein, keurig gekleed mannetje met zwarte lakschoenen onder een pak met brede krijtstreep.

'Jim,' zei Eunice. 'Hoe staat het leven? Goed, hoop ik?'

'Niet slecht, maar ook niet goed,' zei hij.

'En hoe gaan de zaken?' vroeg Sándor.

Jim was nogal traag – niet dom, maar langzaam met praten, wat in tegenspraak leek met zijn flitsende lakschoenen. Het duurde even voordat hij zijn antwoord had geformuleerd.

'De klanten deugen niet,' zei hij eindelijk.

'Wat is daar dan mis mee?' vroeg Eunice.

Maar hij had er niets meer aan toe te voegen. Hij zuchtte en tikte met zijn glimmende voeten op de maat van de muziek.

'Hij bedoelt waarschijnlijk dat ze stelen,' fluisterde Eunice.

'Zijn zij daar dan nu opeens mee begonnen?'

Ze haalde haar schouders op.

'Jim,' zei Sándor tegen hem, 'heb jij problemen waar ik jou mee kan helpen? Ik heb nu spreekuur.' Hij lachte, maar Jim bleef gewoon zwijgend staan waar hij stond.

'Ik krijg het er wel uit,' zei Eunice. 'Jim en ik hebben geen geheimen voor elkaar. Nooit gehad ook.'

'Zeg,' zei Sándor, 'dit is mijn – mijn secretaresse, Miranda. Zij is een heel knappe kop en jullie hebben iets gemeen.'

'Wat dan?' vroeg ik.

'Lezen.'

'Wat lees je zoal, Jim?' vroeg ik sceptisch.

'Hij leest alle kranten,' zei Eunice, 'hij heeft een tijdschriften-winkel.'

'O, op die manier.'

'Zij leest bóeken.'

'Ach, het is allemaal drukwerk,' zei Sándor. 'Woorden. Komt op hetzelfde neer. Maar kun jij haar leren dansen? Dat is de vraag.'

Jim wierp een blik op mij. 'Valt te proberen,' zei hij.

'Ze beginnen nu met de tango,' zei Eunice. 'Die is moeilijk, misschien moet ze die maar even overslaan.'

'Nee, ik leer het haar wel,' zei Jim.

Een man met korte beentjes en een lange romp, een paarse broek en een platte krokodillenleren schoudertas hief zijn handen omhoog. Iedereen liet zijn partner los en ging in een rij staan.

'Wie is dat?' fluisterde ik.

'Fabian,' zei Eunice. 'De leraar. Hij komt helemaal uit Argentinië.'

'En die tas?' vroeg ik, en ze giechelde.

'Nee, nee, daar moet je niets van zeggen. Het is niet wat je denkt, hij is niet zó.'

Hij stak een hand uit naar een van de vrouwen met wie hij iets wilde voordoen, een slungelig meisje met een somber paarden-gezicht.

'Let goed op. Dames, luistert u vooral, want wat ik nu ga zeggen is speciaal voor u.' We drongen allemaal naar voren om het goed te zien. Het meisje met het paardengezicht keek doods-bang.

'Ik wil niet dat u naar voren komt als ik u probeer te leiden. Ik leid, dus ik geef aan wat u doet,' zei hij tegen haar, en bij elke zin keek hij ons aan. 'Niet analyseren, u concentreert u gewoon op de grote stappen. U hoeft niet te denken, u doet gewoon gro-te stappen en laat het denken aan mij over. Als u danst, geeft u zich over aan het avontuur, u kunt niet voorspellen wat er met u zal gebeuren of waar u terechtkomt. En ten slotte wil ik iedereen er nog even aan herinneren dat het niet altijd de knapste meisjes zijn die er bij de tango het beste uitzien. Begrijpt u? Snapt u het? Dat zijn degenen die bereid zijn te volgen, zich te laten leiden.'

Het paardmeisje grijnsde. Ze zag er nu al beter uit, dat zag iedereen.

'Goed,' zei hij. 'Heeft iedereen het begrepen? Dan gaat u nu een partner zoeken, zodat we kunnen beginnen.'

Jim deed een stap naar voren en nam me in zijn armen. Hij was niet veel groter dan ik en hij rook naar rum en aftershave. 'Volg maar gewoon wat ik doe,' zei hij. 'Het is heel makkelijk. Oké?'

We begonnen. 'Volgen,' zei hij. 'Vólgen.'

En tot mijn verbazing bleek ik het te kunnen.

'Kijk,' riep Sándor tegen Eunice toen we langs hen dansten; ze zaten op een van de houten bankjes en Eunice wuifde zich koelte toe met een waaiertje van schildpad dat ze uit haar tas had gehaald. 'Zie je, zij doet het goed, ik zei het jou.'

Eunice gooide haar hoofd naar achteren. 'Ja, Jake the Fake,' zei ze. 'Hij doet goed zijn best.'

Fabian liep rond en bekeek ieders schouders en voeten. Hij wees naar mij.

'Zien jullie haar? Zij weet wat je voor de tango moet aantrekken. Op die schoenen kan ze dansen, ook al is ze geen natuurtalent.'

Iedereen keek naar ons. Al die gezichten glimlachten tegen mij, het jonge blanke meisje met de uitzinnig hoge hagedissenleren schoenen, de glanzende jurk uit de winkel van Eunice en de kleine partner met wie ze oog in oog stond.

Jim hield me stevig vast, hij zorgde goed voor me. Ik voelde me weer levend, ik was niet meer iemand die alleen in een boek bestond, geen papieren mens. Niet gelukkig – de muziek was heel duister, maar de tangoklanken gaven de duisternis in mijn leven, het verdriet, de fysieke pijn, wél hun ware betekenis terug. De mens wordt geboren om te lijden en kan de pijn niet ontlopen, alleen erin duiken, er gebruik van maken. Dat doet de tango.

'Lachen,' beval Fabian. 'Laat je tanden zien.'

'Wat was er trouwens met Jim aan de hand?' vroeg Sándor aan Eunice toen we op straat op een taxi stonden te wachten.

'Ach, die arme Jim. Skinheads. Die komen de laatste tijd elke dag zijn winkel in en smijten alles in het rond.'

'Wat zijn skinheads?'

'Nare jongens.'

'Waarom gooien zij met spullen in zijn winkel?'

'Omdat ze iets tegen donkere mensen hebben.'

'Dat soort ken ik wel van vroeger thuis, hun hoofd zit vol vergif. Zij zijn vergiftigd. Wat kunnen wij voor hem doen?'

'Hij moet beveiliging hebben, iemand die bij de deur staat en die jongens buiten houdt.'

'Bescherming. Makkelijk zat. Ik bel Mickey.'

'Ik mag die Mickey niet. Laat hem erbuiten.'

'Wat kun jij nu tegen die jongen hebben? Hij is onschadelijk, mijn oudste vriend hier.'

'Sándor, hij haalt je omlaag naar zijn eigen niveau. Zonder hem had je een belangrijke, geziene zakenman kunnen worden.'

'Ach, Eunice, jij weet niets van zakendoen. Kom eens hier, geef me een kus.'

Ik keek naar ze. Ik zag haar lach, ze keerde hem haar gezicht toe en ik zag de onuitsprekelijke tederheid waarmee hij haar lippen beroerde. Ik weet niet hoe lang we daar hebben gestaan; mijn voeten bloedden in de rode hagedissenleren schoenen, het robijnrode vocht sijpelde naar mijn teennagels en kleurde de randjes rood. De wolken hingen als een dun, beschilderd doek in

161

de lucht boven Paddington en de bleke contouren van de opko-
mende maan werden zichtbaar tussen de gebouwen. Het was
kort na de langste dag.

'Wat een prachtige jurk,' zei mijn moeder toen ik thuiskwam. 'Hoe kom jij aan zo'n jurk?'

'Gekocht bij een kraampje op de markt op Portobello Road.'

'Nee, nee, dit is een nieuwe jurk.'

'Nee.'

'Hij ziet eruit of-ie nooit is gedragen.'

'Misschien had iemand 'm gekocht en vond ze 'm toch niet mooi. Weet ik veel.'

Ze stond met haar rug tegen de deur van mijn kamer en versperde me de toegang. Ze bleef nog even staan en zei toen iets tegen zichzelf in het Hongaars, een gedachteflard, iets wat ze zelden deed; toen keek ze me wantrouwig aan en liet me door.

'Ik wil niet dat jij ongelukkig bent,' zei ze. 'Mijn dochter mag niet ongelukkig zijn.'

'Maar ik ben het wel. Al een tijdje.'

'Dat weet ik.'

'Kun je me dan niet gewoon met rust laten?'

'Heb jij die jurk van jouw werkgever gekregen?'

'Ja,' zei ik. 'Zo is het gegaan.'

'Wat wil hij van jou?'

'Niets. Hij is gewoon rijk.'

'Laat je niet door hem gebruiken. Volgens mij is een verhouding met een oudere man helemaal niet goed voor jou. Jouw hart heeft rust nodig.'

163

Soms trof ik haar alleen in de keuken, waar ze in gedachten verzonken een kop sterke, kokendhete koffie zat te drinken waarvan een druppel langs haar kin droop. Ze tuurde gespannen naar een punt voor zich, alsof ze de muur naar een andere plek probeerde te teleporteren. Maar als ze me bij de deur hoorde, bracht ze haar hand naar haar haar en ging er met haar vingers doorheen. Het was dik, stug en droog, net als het mijne. Dan stond ze op, liep naar de gootsteen, spoelde haar kopje uit, droogde het met een theedoek af en zette het terug in de kast, alsof het om belastend bewijsmateriaal ging.

Ik begreep haar toen niet, en ik geloof niet dat ik haar nu, jaren na haar dood, veel beter begrijp. 'Waarom ben je met papa getrouwd?' vroeg ik haar een keer. En onverklaarbaar genoeg antwoordde ze: 'Hij zong altijd Amerikaanse liedjes voor mij.' 'Wat voor liedjes?' 'Uit de films.' 'Dat geloof ik niet.' 'Nee, snap ik, maar hij was toen anders.'

Als ik er spijt van heb hoe vaak ik tegen haar heb gelogen, moet ik mezelf voorhouden dat zij haar eigen vorm van liegen had: alles verzwijgen. Ze verschool zich achter haar zogenaamd slechte beheersing van het Engels. Het klopt dat ze niet erg expressief was, maar haar handen maakten heel subtiele gebaren en ze gebruikte ze zelden om mensen aan te raken. Ze was tactiel ingesteld, maar alleen wat voorwerpen betreft.

'Mag ik nu mijn kamer in?' vroeg ik.

'Natuurlijk. Wanneer heb ik jou ooit van iets kunnen afhouden waar jij je zinnen op had gezet?' Ze stapte opzij en keek toe hoe ik naar binnen ging, en wat later merkte ik dat ze er nog steeds stond, ik hoorde haar ademhaling aan de andere kant van de deur.

'Ik heb nog steeds geen slagroomtaart voor jou,' zei oom Sándor toen ik de volgende ochtend binnenkwam. 'Morgen, hou mij eraan. Ik zal een chocoladetaart kopen. Wacht maar, jij zult staan te kijken.'

Hij vroeg of ik het dansavondje leuk had gevonden. Ik zei van wel. Had ik dan misschien zin volgende week weer te gaan? Ja, misschien. Die uren in dat zaaltje in Paddington waren mijn meest zorgeloze geweest sinds Alexanders dood en ik vond de nieuwe jurk prachtig. Soms trek je een jurk aan en wordt die één met je, wordt hij je vlees en bloed, en zo was het mij met deze jurk vergaan, mijn lichaam had hem niet afgewezen.

'Wij moeten een knappe jonge partner voor jou vinden,' zei hij. 'Jim is maar een tijdelijke oplossing.'

We brachten de ochtend door met de laatste ogenblikken van het zorgeloze leventje van mijn oom als pooier in Boedapest, waar hij populair was, succes had bij vrouwen en erin slaagde de middelen te vinden om zijn ouders, mijn grootouders, te onderhouden. Ik genoot ervan naar iemand te luisteren die welbespraakt was en er niet alleen een paar brokjes informatie uit perste als je hem onder zware druk zette. Bij hem stroomde het eruit, hij was niet te stoppen, hij praatte maar wat graag. Ik vroeg hem naar mijn grootmoeder, en hij beschreef haar als een hardwerkende, zachte, moederlijke vrouw, die handig en praktisch was, maar ook dweepte met beroemdheden en dolgraag naar de bioscoop ging als ze er de kans toe zag, wat niet vaak het geval was (misschien ging mijn vader dan mee en had hij zo die Amerikaanse liedjes geleerd); ze verzamelde foto's van Hongaarse filmsterren uit tijdschriften en plakte ze in een album. Mijn grootvader was haar te intellectueel geworden, en in de vrijheid van de grote stad was ze opgehouden een plattelandsvrouw te zijn: ze stond nu met beide benen in de moderne tijd. Ik vroeg hoe oud ze rond die tijd was, en hij zei dat ze van 1896 was, dus begin veertig, en nog sterk en bruisend, maar in de meeste opzichten onderdanig tegenover mannen. En aangezien Sándors vader zich geheel verloor in zijn boeken over vergelijkende theologie, kwam het erop neer dat Sándor het hoofd van het gezin was.

Hij herinnerde zich dat ze een speeldoos had, die ze niet lang na hun aankomst in Boedapest had gekocht bij een winkel aan Rákószi út, en als je het deksel opendeed, richtten zich twee poppetjes op, een heer en een dame, die de wals van de stad dansten, de beroemde 'Schöne blaue Donau'. Het ding werd alleen op zondagochtend opengeklapt, vertelde hij, en dan zaten ze er met z'n allen omheen, hij, mijn grootouders en mijn vader, en toen mijn vader en moeder verloofd waren was zij er soms ook bij. Ik vroeg waar die speeldoos gebleven was, maar dat wist hij niet. Het ding was er niet meer toen hij na de oorlog terugkwam, misschien was het gestolen.

We kwamen nu dichter bij bepaalde episodes in zijn leven die hij alleen met hevige pijn kon oproepen. Tijdens de rechtszaak, in de tijd dat mijn ouders me de kamer uit probeerden te sturen als daar iets over op het nieuws kwam, werd er soms indirect verwezen naar zijn ervaringen in de oorlog. Men gaf toe dat hij het 'zwaar had gehad in de oorlog', zoals de verslaggever het formuleerde, wat ik niet begreep, want in een oorlog hadden álle mensen het toch zwaar – bloed, dood, marteling, bombardementen, kampen. Maar als je op de films afging die erover waren gemaakt – *The Great Escape, The Bridge on the River Kwai, Ice Cold in Alex* – leek het mogelijk dat een oorlog ook kansen bood voor heldendom en het verdienen van medailles.

'Het klopt dat hij dingen heeft meegemaakt die niet leuk waren,' zei mijn vader. 'Maar die hadden hem een beter mens kunnen maken, en dat is niet gebeurd. Hij is nooit veranderd.'

Mijn moeder zei niets. Mijn vader was degene die steeds op hem terugkwam, als een hond die in de tuin rondsnuffelt op zoek naar een oud, muf bot dat hij heeft begraven.

Die ochtend hoorde ik verhalen over de veroveringen van mijn oom, zijn vele vriendinnen, zijn zakelijke deals, zijn steeds vettere bankrekening, zijn reputatie in de koffiehuizen in de stad, en vervolgens over zijn oproep voor tewerkstelling bij iets wat bekendstond als een bevoorradingseenheid. Het was het leger, vertelde hij, maar dan een leger waarin een soldaat een geel insigne droeg en geen wapen had.

'Maar daarover morgen meer,' zei hij. 'Voor vandaag is het genoeg. Trouwens, vanmiddag komen er werklui om het raam van die jongen te repareren. Ben jij nu tevreden?'

Ik ging aan tafel zitten en tikte het werk van die ochtend uit, en Sándor ging naar de slaapkamer en telefoneerde een hele tijd met iemand die hij kennelijk erg goed kende en voor wie hij een lankmoedige vader was, maar toch de baas, degene die de lakens uitdeelde, die instructies gaf maar niet kreeg.

'Midden in de nacht is het beste,' zei hij. 'En geen geintjes, gewoon naar binnen en weer naar buiten. Begrepen?'

Er vormden zich twee stapeltjes papier, de originelen en de doorslagen. 'Hoeveel pagina's hebben wij nu?' vroeg hij. Ik telde ze. Zesenveertig.

'Mooi, en wij zijn nog niet eens echt begonnen,' zei hij. 'Dat zal me een boek worden!'

Hij gaf me een envelop met mijn acht pond. 'Ik ga nu naar Soho, naar Maison Bertaux, waar zij aardbeientaart hebben zoals jij nog nooit hebt gezien. Ken jij die winkel?'

'Is dat niet aan Greek Street?'

'Precies.'

'Ik heb een keer een roomsoes gegeten die daarvandaan kwam, en die was zalig.'

'Nou, dit wordt nóg lekkerder. Jij zult zien. Eet morgen niet te veel bij het ontbijt.'

'Oké.'

Toen ik beneden in de hal was, kwam Claude net binnen. Hij droeg een bewakersuniform met een pet, waarvan de klep een gedeeltelijke schaduw wierp over de bovenste helft van zijn gezicht. Het jasje was hem te groot, het lubberde om zijn schouders, alsof hij een kind was en zijn ouders het op de groei hadden gekocht. Ik had met hem te doen dat hij voor zijn werk zulke lelijke kleren moest dragen.

'Hé, hallo,' zei ik. 'Moest jij niet werken?'

'Ik bén aan het werk, ik ben in opleiding, maar er is een wilde staking en daarom kom ik thuis.'

'Hoe kun je nou staken? Je bent nog niet eens begonnen.'

'Tja, iets met de vakbond, zeiden ze. Maar goed, ik moet nu een fiets gaan kopen.'

'Waarom?'

'Om naar mijn werk te gaan. Ik kom op de Northern Line te werken en we starten bij de remise in Golders Green.'

'Waarom ga je niet met de metro?'

'Ben je echt zo suf?' Hij had gelijk, ik had geen enkele praktische intelligentie, mijn hoofd zat vol ideeën en gevoelens. Hij stond me uit te lachen onder zijn pet. Zijn ogen waren zeeblauw, net als die van Alexander, maar de zijne keken niet blind omhoog vanuit een mahoniehouten kist in een vergeefse poging een gat in het deksel te priemen.

'Dat jasje zit zo te zien niet lekker.'

'Klopt, ik ga dat kutding nu meteen uittrekken.'

Er kwam een man met een gereedschapskist en een glazen ruit de stoeptreden op, die vroeg waar nummer vijf was.

Ik was heel verbaasd dat ik blijkbaar enige invloed op mijn oom had, want de discussie over het raam was van mijn kant meer theoretisch geweest, een manier om erachter te komen of hij werkelijk zo inslecht was als de kranten hem hadden afgeschilderd. Ik kon niet geloven dat ik onze strijd over de voors en tegens van het repareren van kapotte ramen had gewonnen, maar zag het meer als een soort cadeautje voor mij persoonlijk, net als de slagroomtaart en de tangojurk – uitingen van zijn hevige, hulpeloze verlangen om het mij naar de zin te maken.

Maar Claude zei, terwijl hij toekeek hoe de glaszetter de ruit het minuscule vertrek in manoeuvreerde: 'Jij windt hem zo om je pink, hè?'

'Je kunt je kont hier nauwelijks keren,' zei de glaszetter. 'En dit noemen ze een woning?'

'Zielig, hè? Zullen we even in de tuin gaan zitten, Miranda? Het is best lekker weer.'

De middagen na de sessies met mijn oom waren lang. Ik ging naar de film, liep door Hyde Park of verschanste me thuis op mijn kamer om te lezen.

'Hoe kom je daar?'

'Er is een deur, maar die houdt hij altijd op slot. Ik klim gewoon uit het raam en spring.'

De glaszetter had de kapotte ruit verwijderd en maakte aanstalten om de stopverf te gaan aanbrengen. 'Kijk, het is maar een heel klein sprongetje,' zei Claude. 'Ik ga wel eerst en dan vang ik jou op. Maar eerst even iets anders aantrekken.'

Hij keek me de hele tijd aan terwijl hij zijn armen uit het uniformjasje trok en het leren jack aantrok dat aan een haak achter de deur hing. Hij keek me aan terwijl hij het witte T-shirt eronder opstroopte tot boven de riem van zijn serge broek en ik zijn buik zag, bleek met zwarte haartjes die vanuit zijn onderbroek omhooggroeiden, en de schaduwen die zijn buikspieren op zijn huid wierpen. Hij keek me aan terwijl hij de broek omlaagtrok, eruit stapte en zijn spijkerbroek met smalle pijpen aantrok. Hij keek of ik naar zijn witte onderbroek keek. Ik wendde beschaamd mijn hoofd af.

'Kom je nog?' zei hij met een besmuikt lachje om zijn sensuele mond, en zijn kleine tanden beten in zijn onderlip, die rood werd. 'Je moet nu beslissen. Ík ga in ieder geval.'

Ik keek toe hoe hij op zijn hurken op de vensterbank ging zitten en er soepel als een kat af sprong, op handen en voeten neerkwam, weer opstond en zijn armen uitstrekte.

'Wees maar niet bang,' riep hij. 'Ik ben goed in vangen.'

Ik proefde de metalige smaak van het onbekende in mijn mond. Me omdraaien, weglopen, door het park wandelen, op een bankje gaan zitten, naar de eenden en ganzen kijken en daarna terug naar Benson Court, óf op de vensterbank klimmen en me laten vallen.

'Blijf je daar de hele dag zitten? Ga je nog springen of niet?'
'Ik weet niet, ik...'

En toen sprong ik. Ik viel in zijn armen en ze vingen me op, ze voelden mager en hard aan, en het volgende ogenblik rustte mijn gezicht tegen zijn huid die rook naar citroenen vermengd met een opwindende geur van leer en warme ritssluiting. Ik werd vastgehouden. En toen liet hij me weer los.

Het gras in de tuin reikte tot mijn knieën, distels priemden hun puntige bladeren en giftige harige stengels in de lucht, en daarnaast tierde de zuring welig. Er stonden paardenbloemen in diverse stadia van hun ontwikkeling, de stugge, felgele bloemen en de spookachtige grijze bollen. Op minder dichtbegroeide plekken streden boterbloemen en madeliefjes om een paar straaltjes zon. Een paar oude rozenstruiken droegen de bruine rozenbottels van vorige winter, en verschrompelde rode rozen hingen in flarden aan de takken. Overal woekerde klimop, en dwars door de takken van een goudenregen waren iele boompjes opgeschoten. Een heel regiment muntplanten duwde zijn wortels ondergronds voor zich uit om de lavendel, die zijn paarse punten fier omhoogstak, te omsingelen en te wurgen. Op het hek zat een cyperse kat, en onder de haveloze bomen lagen skeletjes van jonge vogeltjes als tragische getuigen van hun eerste mislukte vlucht.

Ik keek omhoog naar het huis, naar de vele verdiepingen en de kruisramen. Sándors raam zat aan de voorkant, hij kon me hier niet zien. Ik wilde ook niet dat hij me zag. Ik wilde niet door hem worden bespied. Niet met deze jongen.

Het had die ochtend vroeg geregend, ik had het getik van de druppels op mijn raam gehoord en me onrustig omgedraaid in mijn slaap. Het vochtige gras had zaad gezet, er waren lange, bleekgroene, gekrulde envelopjes omhooggeschoten die je met je vingers uit elkaar kon trekken om de minuscule harige puntjes te bekijken die erin zaten. Het was nog te nat om te gaan zitten, maar Claude trok zijn leren jack uit en legde het op de grond zodat ik me erop kon neervlijen.

'Leuk is dit,' zei hij. 'Thuis hebben wij geen tuin, alleen een binnenplaats waar de vuilnisbakken staan. En jullie?'

Achter Benson Court lag de gemeenschappelijke tuin. Gilbert ging daar vroeg in de avond wel eens zitten om wat te drinken en viel dan boven een boek in slaap, en een paar bewoners hadden ambitieuze plannen gehad om er een feest te houden met het regeringsjubileum van de koningin, misschien met een feesttent, maar daar was nooit iets van gekomen en we hadden alles op tv bekeken.

'Ja, wij hebben een tuin.'

'Met bloembedden?'

'Ja.'

'Wat staat daarin?'

'Nou, gewoon, bloemen.' Ik kende de namen niet, afgezien van heel bekende zoals rozen. Toen ik klein was, kwam mijn moeder op een keer thuis met een pakje mosterd- en sterrenkerszaadjes, en we gingen samen naar de tuin en ik drukte ze met mijn vingers in de aarde. We wachtten tot het ging regenen en toen kwamen ze op. We knipten de scheuten eraf en deden ze op de boterhammen met ei die ik meenam naar school. Maar toen probeerden we stokrozen en die mislukten, de jonge spruiten waren bleek en gingen dood. Ik had rupsen in een potlodendoosje, maar ik werd misselijk van de aanblik van die wriemelende beestjes die zich tot poppen oprolden. Daarna leerde ik lezen en werd de tuin het toneel van denkbeeldige atletiekwedstrijden en fantasiepaarden met ingewikkelde namen uit mijn kinderboeken met Griekse mythen.

Ik ging op mijn rug in het gras liggen. Het driehoekige stuk vensterglas stak vlak naast mijn hoofd in de grond, als een tuinspiegel die organisch uit de aarde was ontstaan en opgeschoten. Boven me trokken een paar ijle vederwolken snel voorbij, hoog in de atmosfeer, op weg naar de kust in het oosten, in de richting van het estuarium van de Theems en de zee. Boven het verkeer uit, dichterbij, doordringender en vasthoudender, het gezang van een vogel. Een lijster misschien.

'Fijn is het hier,' zei Claude. 'Ik ben hier graag. Op de binnenplaats achter ons huis stonk het naar lege blikken hondenvoer. Honden moet ik niks van hebben.'

'Ik ook niet.' Bij Alexander thuis rook het naar honden; ik werd er misselijk van. 'Waar kom jij vandaan?' vroeg ik.

'Wel eens van het eiland Sheppey gehoord?'

'Nee. Waar ligt dat?'

'Een heel eind naar het oosten langs de rivier, bij de monding. Het is niet echt ver weg, maar niemand kent het, geen mens komt er ooit, er zijn nooit toeristen, nooit vreemden. Behalve mijn ouders dan, die waren erheen geëmigreerd. Wat wel handig is, want dan weet je in ieder geval dat je ernaartoe kunt, en dus ook weer weg. Tenzij je een paspoort of zo moet hebben en de politie je terugstuurt als je Kent binnen probeert te komen.' Weer die korte, vreugdeloze lach, als de blaf van zo'n verafschuwde hond.

Hoe meer hij over Sheppey vertelde, des te sterker kreeg ik het gevoel dat het de naargeestigste plek was waar ik ooit van had gehoord. Louter moerassen, gevangenissen, havens, hondenstront, wind en kale vlaktes. Als je schreeuwde, zou het geluid over zee kilometers ver dragen, vertelde hij, maar niemand schreeuwde ooit, behalve tijdens straatgevechten. De bewoners waren te neerslachtig om hun stem te verheffen.

Zijn vader was na de oorlog uit Ierland gekomen en zijn moeder was afkomstig uit een familie van kampers uit Kent die zich op het eiland hadden gevestigd om messen te slijpen en dekbedden te maken met het dons van ganzen, eenden en soms ook kippen, die ze van boerderijen en uit vijvers jatten. In 1951 was ze één seizoen lang Miss Badpak, de koningin van Herne Bay, maar bij latere wedstrijden kwam ze nooit meer zo ver. Als ze acuut om geld verlegen zaten, gingen zij en een vriendin op straat witte heide verkopen, waarover ze een gelukbrengende zigeunerbezwering uitspraken, en dan kwamen ze lachend thuis met rinkelende munten in de zakken van hun katoenen jurken.

Zijn hele jeugd was hij elke zondag naar de mis gegaan, voortgeduwd door zijn vaders hand in het holletje van zijn rug. Zijn moeder ging nooit mee, die aanbad andere goden, met namen die niemand iets zeiden en in een taal die niemand anders sprak. De echte Roma komen uit India, vertelde hij, maar hij wist niet wat zijn moeder was. Ze hield van geheimen. Maar ze was een goede moeder voor hem geweest, hij miste haar erg.

'Wat doet je vader?'

'Hij werkt in de fruithaven, maar volgens mij wordt hij binnenkort definitief ontslagen. Daarom hebben ze mij ook naar het vasteland gestuurd om werk te zoeken.'

Dat was zijn hele verhaal. Het was in een paar minuten verteld en ik had plotseling het verwarrende gevoel met iemand zonder verleden te praten, althans zonder iets wat ik als zodanig beschouwde: een ingewikkelde voorgeschiedenis, waarin mensenlevens verstrikt raakten in andermans grootsere plannen. Nog maar een week geleden was ik ook iemand zonder verleden geweest, maar door mijn oom was dat nu anders.

'Heb je zin om straks naar een feest te gaan?'

'Naar een feest? Met jou?' Ik schrok nogal van het voorstel. Hij was gewoon een jongen van beneden, een slachtoffer van de gewetenloze praktijken van mijn oom – een leren jack en een aquarium met felgekleurde vissen. Als hij lachte, kwamen er twee verticale lijnen naast zijn mond, maar hij lachte niet veel, afgezien van die korte, abrupte salvo's.

'Ja, waarom niet? Wil je niet met me gezien worden, vind je me te ordinair?'

'Wat voor feest is het?'

'Valt nog niet te zeggen.'

Het begon weer te regenen. Eerst een paar spatten op mijn gezicht, en daarna begonnen de bladeren van de struiken door te buigen onder het gewicht van de druppels. De bloemen keerden hun gezicht naar de hemel om te drinken. Ik rilde en moest zo heftig niezen dat mijn hele lijf ervan trilde, en daardoor wist ik opeens – met het gevoel alsof ik een harde klap tegen mijn achterhoofd kreeg waarvan ik opschrok – dat ik leefde, dat ik een mens was en geen schim.

'We moeten weer naar binnen,' zei ik. 'Hoe doen we dat?'

'Ik klim tegen de regenpijp op.'

'Dat kan ik niet.'

'Dan moeten we de andere weg nemen. Kom mee.'

We stonden op en hij trok een kapotte plank in de schutting opzij. We wurmden ons erdoor naar de naburige tuin, die even verwilderd was als deze, met aan de andere kant ook weer zo'n krottige schutting, en zo verder totdat we vier huizen verderop een gangetje bereikten dat op straat uitkwam, waarna we weer door de voordeur Sándors huis in konden.

'Ga je vanavond nou mee of niet?' zei hij terwijl ik al aanstalten maakte om naar het metrostation te lopen.

'Nee, ik...' begon ik, maar toen moest ik weer niezen, viermaal snel achter elkaar, en die onvrijwillige kracht die bezit van me nam herinnerde me er opnieuw aan dat ik niet dood was maar leefde. Maar waarvoor leefde ik, met welk doel? Zomaar? 'Misschien,' zei ik.

'Fijn. Elf uur onder de bogen bij Hungerford Bridge. Ik zie je daar.'

'Reken er niet te vast op.'

Hij gaf me een snel, vluchtig kusje op mijn wang, sprong in één keer de drie treden van de stoep op en verdween in het huis.

In die tijd viel het in Londen niet mee om de hele nacht uit te gaan, je moest goed weten waar je moest zoeken als je de jonge vampiers wilde vinden, maar de mensen die de metrotreinen reden, op het fluitje bliezen en de deuren open- en dichtdeden, zagen de stad anders dan wij die boven de grond leefden. Zij waren altijd in beweging en hadden niet onze beperkte visie.

Ik was gespannen. Ik wist niet hoe ik me bij hen moest gedragen of kleden. Als je in Londen was opgegroeid, kon het haast niet anders of je besefte dat er ook een geheime stad bestond, een uitzinnige ondergrondse wereld die na donker als een zwerm gloeiwormen tevoorschijn kwam, mannen met spierballen, jongens met lippenstift en meisjeskleren, meisjes met groen haar, platinablonde travestieten, goudgeverfde wezens zonder duidelijke sekse.

Terugdenkend aan die zomer herinner ik me bijna alles wat ik toen aanhad. Ik weet nog precies wat er in mijn kast hing, alleen van die avond staat me niets meer bij. Ik probeerde telkens weer iets anders, eindeloos, totdat het bed vol lag met afgekeurde kleren, bergen zijde, crêpe, fluweel, riemen, sjaals, schoenen met hoge hakken, spijkerbroeken, broeken met wijde pijpen, bh's en onderbroekjes. Mijn radeloze getwijfel over de vraag wat ik aan moest heeft de herinnering gewist, ik weet niet meer wat ik uiteindelijk heb gekozen. Dat is vreemd, want verder herinner ik me alles heel levendig. Ik denk er nog vaak aan als ik niet in slaap kan komen.

Onder de bogen van Hungerford Bridge, waar de zwervers en alcoholisten woonden, werd alles wat brandbaar was op de vuurtjes gegooid en de vlammen verlichtten de druipende muren. Zodra je je hoofd om de hoek stak, werd je zowat gevloerd door de urinestank.

En toen ik hem zag, tegen de muur geleund in zijn leren jack, kwam dat ook behoorlijk aan, al werd het beeld verstoord door zijn achterwaarts gebogen benen in de jeans met smalle pijpen, alsof ze achteruit wilden terwijl zijn lichaam naar voren wilde. Zijn benen maakten het hem onmogelijk om er mooi bij te staan. Maar verder had hij model kunnen staan voor een portret van Da Vinci, met die zware oogleden, die scherpe neus en die volmaakte, pruilende mond.

'Hopelijk heb je zeebenen,' zei hij, 'want we gaan de rivier op.'

'Je had niets over een boot gezegd.'

'Ik wist er nog niets van, je krijgt die dingen pas op het laatste moment te horen. Je moet bellen en dan zeggen ze het. Zo werkt het, had ik dat niet gezegd?'

Maar hij had bijna niets gezegd. Hij was een meester in de kunst van het ontwijken.

Het vaartuig in kwestie was een baggerschuit. De machines stampten onder onze voeten toen we van Embankment vertrokken en baggerden het slib uit de rivier. 'Mag dit wel?' vroeg ik.

'Eigenlijk niet.'

Het was een vreemd feest. Er was geen muziek en niets te drinken, alleen de rusteloze anarchie aan boord, de ontaarde schoonheid. Een meisje had haar lippen zilver geschminkt en stelde haar borsten bloot aan de nachtlucht, met gezwollen tepels, zo paars als druiven. Een jongen had zijn benen met kettingen en hangsloten aan elkaar gebonden als een punkversie van Houdini. Er circuleerden veel drugs, voornamelijk pillen. 'Deze is lekker,' zei Claude. Hij sorteerde ze in zijn handpalm. 'Met die ga je vliegen, maar dat vind ik eng. Deze moet je hebben, die houdt je aan de gang.'

Ik had alleen nog maar een paar keer een joint gerookt, op de universiteit. Ik werd zenuwachtig van die pillen met al die chemische kleurtjes. Ik had liever een glas wijn gehad, maar er was geen wijn, alleen die buitenaardse wezens op het roestige dek, de zwarte lucht, de maan die af en toe tussen de wolken opdook.

'Neem maar,' zei Claude. 'Hier.'

Ik schudde mijn hoofd.

'Ik ga je straks niet over straat naar huis sjouwen omdat je half slaapt.'

'Ik wil helemaal niet de hele nacht opblijven. Dat heb ik ook nooit beweerd...'

'Hier, vooruit,' zei hij teder, en hij deed mijn lippen met zijn vingers uit elkaar. 'Je hebt ontzettend mooie tanden, zo wit en glanzend en recht. Doe eens open, vooruit. Vooruit.' Mijn tong schoot naar buiten en likte aan zijn vinger. Helemaal vanzelf. Hij lachte. 'Lief.' Hij legde de pil op mijn tong en hij gleed moeiteloos naar binnen.

Al voordat ik de pil van hem aannam had ik het gevoel dat ik gedrogeerd en heel ver heen was. Het kwam door de nacht, de rivier en de geur van zijn huid. Hij wond me op. Het was bizar, het was ruig, het was zo ongelooflijk onverwacht.

Ik was stoned van zijn mannelijkheid, zijn houding, zijn seksuele zelfverzekerdheid en het feit dat er niets over hem te weten viel. Sheppey Island, Sheerness. De fruithaven. De moeder met de messen en de veren. De foto op de schouw van het badpak, de sjerp en de kroon. De vader in de keuken met de krant. De katrol en de geur van vochtige hemden die bij de kolenkachel te drogen hingen. Meer niet.

De baggerschuit voer de rivier af. We gingen naar het oosten, in de richting van Woolwich, waar ze de stalen zeewering aan het aanleggen waren. Daarachter was het open water van de Noordzee. Alles glinsterde – de sterrenhemel, de maansikkel als een gebogen zilveren mes, de lichtjes op de oever – en ik voelde me eenzaam en gewichtloos, alsof ikzelf uit lucht of energie bestond. Geen honger, geen dorst. De baggerschuit leek zwaar en traag en het slib van de rivier dat werd opgeschept hield me tegen – ik wilde met de Theems meerennen, over het water scheren.

'Kijk jou nou,' zei Claude.

'Wat?'

'Je bent ontzettend stoned.'

'Ja? Ik voel me anders. Ik voel me lekker, ontzettend lekker, maar ik heb een metaalsmaak in mijn mond. Waar komen we nu langs, zie jij dat, hoe ver zijn we nog van de zee, wat is dit voor brug waar we nu onderdoor gaan, ik herken 'm niet in het donker, maar ik ken al die bruggen ook niet, de andere kant komt me niet bekend voor, de wegen zijn daar breder, geloof ik, en het ruikt er anders, maar ik kom er nooit, ik ga alleen naar de South Bank, naar de film of naar het theater en naar concerten, maar nooit ergens anders heen. Ik ken een meisje dat in Lewisham woont, maar ik ben nooit bij haar thuis geweest, we spraken altijd in de stad af en...' Ik schrok zelf van de eindeloze stroom banaliteiten die over mijn lippen kwam. Hoe lang ging ik nog zo door? Ik kon niet ophouden met praten, ik zei alles wat er in mijn hoofd opkwam.

Maar Claude stond gewoon een sjekkie te roken, mager en beheerst.

'Hoe kom je aan dat baantje bij die ouwe? Dat administratiewerk?'

'Ik heb hem in het park ontmoet, ik was op weg naar... hij zat bij die vijver met die eenden en ganzen, ik zat op zijn bankje, we raakten aan de praat, hij bood me werk aan en ik...'

'Hij ziet echt ontzettend wit, hè? Dat krijg je als je moet zitten.'

'Hij zit niet altijd hoor, hij gaat ook dansen, met...'

'Je snapt wel wat ik bedoel.'

Ik had aan zijn vinger gelikt. Ik had me door hem laten droge-
ren. Hij stond op het dek van de ijzeren schuit die onverstoor-
baar door het water stampte, onder de nu melkachtige maan,
met zijn jeans met smalle pijpen en zijn leren jack, zijn rode canvas laarzen en zijn stekelhaar, zijn pruilende mond en zijn kleine tandjes, zijn blauwe ogen die me taxerend opnamen. Ik had
het gevoel dat ik gebruikt werd, maar waarvoor? Waarvoor? Iedereen gebruikte me, ook mijn oom, die via mij berichten aan
zijn broer doorgaf. Maar kon je niet beter gebruikt worden dan
nergens goed voor zijn?

'Ik weet alleen dat ik hem Mr K moet noemen, dat zei hij. Net
als de cornflakes. Mr K, *special*.'

'Hij heeft een ingewikkeld leven achter de rug,' zei ik.

'Ja, wie niet?'

'Hoezo, is jouw leven dan ingewikkeld?'

'Niets is wat het lijkt. Dat zei mijn ouwe oma altijd voordat ze
ervandoor ging naar Ierland met het loon van mijn vader en het
gouden horloge dat mijn moeder in de loterij had gewonnen.'

We waren al vrij ver naar het oosten, voorbij het observatori-
um van Greenwich en de nulmeridiaan, het nulpunt van de tijd.
Vanaf hier was alle tijd een afgeleide. Boven ons lag het Isle of
Dogs, geen echt eiland zoals Sheppey, maar een lap land die uit-
stak als een duim die de rivier neerdrukte. Toen keerde de baggerschuit om. De boeg wees naar het westen, naar Teddington.
De passagiers waren aan dek in stilte extatisch aan het dansen,
donkere silhouetten.

Claude sloeg een arm om me heen en kuste me op mijn haar.
Ik wist dat dit het begin was van iets waar ik geen weerstand aan
kon of wilde bieden. Ik was vierentwintig, een meisje uit het
West End, kind van Benson Court met zijn verborgen tuin, zijn
smeedijzeren lift, de ballerina die 's middags op haar spitsen
wiebelde, de stille drinkers, de maîtresses, de angsten en zorgen
achter de gesloten deuren. Op de rivier, waarvan de oevers al
lichter werden nu de zon nog maar een paar centimeter achter

de heuvelachtige horizon stond, voelde ik de wonderlijke uitgelatenheid van een zeeman zonder thuishaven die steeds op weg
is naar de volgende havenstad, waar die ook ligt, met alle gevaren
en mogelijkheden van dien. De zee zelf is zijn thuis, het onvaste,
instabiele oppervlak dat altijd in beweging is en rijst en daalt
door de aantrekkingskracht van de maan.

Zijn handen voelden mijn koude borsten. 'Ik maak je wel
warm,' zei hij.

Zonsopgang achter ons. Bij Southwark Bridge werd er iets
zwaars uit het water opgedregd. Elke nacht ging de rivierpolitie
op zoek naar zelfmoordenaars, zei Claude, en altijd vonden ze
drijvende lijken of rottende ledematen die in de waterplanten bij
de palen verstrikt zaten. Dan werden er weer posters in de stad
opgehangen, en doorgaans werden de doden herkend, maar
sommige bleven jarenlang onopgeëist in het mortuarium liggen
en werden uiteindelijk in een armengraf begraven. Ik werd overvallen door afgrijzen, en ook door verdriet omdat het mogelijk
was dat iemand helemaal geen banden met het leven had en verdwijnen kon zonder gemist te worden. Want het hele zware gewicht van de geschiedenis dat over mijn familie heen viel, betekende wel dat we met handen en voeten aan de wereld gebonden
waren, al dacht mijn vader dat hij alle deuren kon vergrendelen
en een anoniem bestaan kon leiden. Maar als mevrouw Prescott
zou hebben besloten om van de stenen balustrade te springen en
met pothoed, cupidoboogjes en al onder water te verdwijnen,
wie zou haar dan als vermist hebben opgegeven? De tragiek van
dat alles kolkte door me heen, dwars tegen de amfetamineroes
van de pillen in.

Maar Claude stond nog naar de gedaante op het dek van de po-
litieboot te turen.

'Bij ons spoelden er altijd lijken op het strandje aan,' zei hij.
'Wij kinderen pikten altijd hun portemonnee, en dan droogden
we het papiergeld bij de kachel. Als je mazzel had, zat er papier-

geld bij. De ringen en horloges moest je naar de politie brengen, want die kon je niet verkopen, tenminste niet als je pas acht was. Soms wilden de grote jongens ze wel van je kopen, maar die gaven er maar zes pence voor. Dat was de moeite niet. Een briefje kon je altijd wel wisselen, vooral briefjes van een half pond, dan zei je gewoon dat het voor je moeder was.'

'Wat afschuwelijk.'

'Dat we zulke lijkenpikkertjes waren?'

'Nee, al die doden.'

'Soms stonken ze wel. De vissen eten de ogen op, en de ballen, want die zijn zacht, weet je wel. Het waren meestal zelfmoordenaars, maar soms ook verdronken zeelui.'

'Was dat jouw jeugd? Dode mensen beroven?'

'Ik heb nooit beweerd dat ik geen rotjeugd heb gehad, zonder mooie tuin en alles. Hé, kom 's hier, kakkertje.'

Het was nu helemaal licht. De baggerschuit was weer bij Embankment en legde aan, en we gingen weer aan land. In de ochtendzon zagen de jonge vampiers er moe uit met hun gehavende kleren en hun uitgelopen schmink. Het was nog vroeg, de bussen reden nog niet.

We moesten kilometers lopen voordat we een nachtcafé vonden, vlak bij een busremise. De hele stad was nog potdicht, niemand was wakker. Je kon over de strepen midden op de rijweg lopen, je kon over straat rennen en aan de hekken van de metrostations rammelen, je kon midden op Oxford Circus als een gek staan gillen zonder dat iemand je hoorde. Vijf uur. De torenklokken sloegen, de kleine klokjes tingelden.

Het café zat vol nachtbrakers en vroege vogels, mensen die nergens heen hoefden, en over alles heen lag een groezelig waas. De krukken waar we op zaten, begonnen steeds sneller te draaien.

'Wat je wel fijn zal vinden,' zei hij, en hij frunnikte aan zijn sjekkie en nam een slok van zijn zoete thee, en zijn stem kwam van heel ver weg, 'als ik eenmaal begin, is er geen houden meer aan.'

'Hoe bedoel je?' vroeg ik, en mijn stem galmde echoënd door mijn hoofd.

Hij lachte. 'Dat zal je wel zien.'

Een uur later, in zijn kamer, beleefde ik het simpele, eenduidige genoegen dat sinds de dood van mijn man in mijn leven had ontbroken. Ik raakte even buiten westen, en toen ik bijkwam zag ik dat hij naar me lag te kijken, met natte lippen en donkere ogen. Ik had het onverklaarbare gevoel dat ik een onvergeeflijke zonde had begaan, ook al geloofde ik helemaal niet in zonde of schuld. Maar wat had ik dan gedaan, wie had ik benadeeld? Ik vond het fijn. Ik vond het héérlijk. Meer niet.

Tijdens onze volgende sessie vertelde mijn oom me iets wat een diepe indruk op me zou maken. Hij zei dat hij in zijn tijd als dwangarbeider had opgemerkt dat mensen veel meer kunnen verdragen dan dieren. Een paard dat nog vlees op zijn ribben heeft, kan bijvoorbeeld toch midden op straat dood neervallen, terwijl een uitgemergelde, in vodden gehulde man door blijft gaan, verder strompelt lang nadat zijn inwendige organen door voedselgebrek onherstelbaar zijn beschadigd. Alleen degenen die gek worden leggen snel het loodje, maar wie zijn geestelijke gezondheid weet te bewaren is in staat tot opmerkelijke staaltjes van uithoudingsvermogen.

Ook heel interessant vond hij zelf zijn waarneming dat iemand in veel gevallen aan het eind precies hetzelfde was als hij aan het begin was geweest. In wezen maakten mensen zich hun hele leven druk om dezelfde dingen, zo betoogde hij: seks, eten, macht, ideeën als die hen interesseerden. Een zuurpruim bleef natuurlijk een zuurpruim, maar er waren sommigen wier optimisme, humor, plezier in lol trappen en onverwoestbare levenslust voortdurend intact bleven.

'En uzelf?' vroeg ik.

'Ja, ik was een van degenen die niet veranderden. Ik ben als zakenman begonnen en zo ben ik ook doorgegaan.'

Als je die oude films op tv ziet – de tierende dictator met zijn borstelsnorretje, de massale partijbijeenkomsten, de groet met gestrekte arm, al dat gemarcheer, de bekende vlag die fier wappert, de beroemde dreiging en waar die allemaal toe zou leiden – is het heel vreemd om te beseffen dat al die dingen gebeurden terwijl mensen gewoon schoenen, tassen, feestjurken, grammofoonplaten en mooie dingen voor in huis bleven kopen, nieuwe auto's en radiotoestellen uitzochten of gewoon in een café slagroomtaart zaten te eten.

En terwijl ze daarmee bezig waren, waren de tekenen overal duidelijk te zien, bijvoorbeeld het symbool van de Pijlkruisers, de Hongaarse fascisten, dat mijn oom voor me tekende en dat er zo uitzag:

Ik moet mezelf steeds weer voorhouden dat hij in 1938 nog maar tweeëntwintig was, twee jaar jonger dan ik toen ik hem die zomer van 1977 leerde kennen. Hij had net als ik een voorliefde voor ongewone, opvallende kleren; hij wilde dingen die 'in' waren en hij hing altijd in winkels rond op zoek naar de nieuwste mode, ging naar de bioscoop, lette goed op wat de filmsterren droegen en keek of hij daar imitaties van kon krijgen. Een paar maanden later vertrok hij naar de tewerkstelling in een pak dat hij in de vierenhalf jaar daarna niet meer uit zou trekken. Gedurende die tijd bleef hij geestelijk gezond door zich voor te stellen dat hij in een duur pak in een van de vergulde stoelen bij hotel Astoria zat, omringd door zijn hofhouding van meisjes. Als hij sliep en droomde, zag hij zichzelf zo, en niet als een in vodden gehulde dwangarbeider. Hij dacht aan slobkousen, dassen met dasspelden, bandplooibroeken, jasjes met een dubbele rij knopen, broeken met omslag, leren brogues, geborduurde bretels en dansschoenen.

Mijn oom werd in 1939 samen met zijn vader ingedeeld bij Tewerkstellingscompagnie 110/34. De joden waren in een categorie geplaatst die 'de onbetrouwbaren' werd genoemd; dat hield in dat men hun geen wapen of zelfs maar een uniform toevertrouwde. Ze droegen hun eigen kleren met een gele mouwband. Deze werkeenheden vielen onder het bevel van de bataljonscommandanten van de landweer onder het ministerie van Defensie en werden geleid door Hongaarse officieren, of meestal onderofficieren. Het was een kwestie van geluk, of lotsbestemming zo men wil, of je een geschikte officier trof of een antisemitische sadist van de Pijlkruisers.

De eerste twee of drie jaar van de oorlog werkte de compagnie binnen de Hongaarse grenzen, waar de mannen gewapend met schoppen en pikhouwelen spoorwegen aanlegden, loopgraven en tankvallen groeven en mijnenvelden ruimden. Routinewerk. Mijn grootvader, de hoedenverkoper en autodidact in de vergelijkende godsdienstwetenschap, bleek zich verrassend goed te kunnen aanpassen omdat hij op het platteland was opgegroeid, en hoewel mijn vader zijn tengere bouw en zijn slechte ogen van hem erfde (mijn grootmoeder was steviger, oom Sándor leek op haar), was hij vol strijdlust en kon hij lang zonder eten; zijn bloedsuiker moet heel stabiel zijn geweest.

Mijn oom, de pooier en playboy uit Boedapest, had op zijn drieëntwintigste al de onderkin gekweekt die hem later in zijn leven een Hitchcock-profiel zou geven, wat de Engelse kranten ertoe bracht zich af te vragen of hij het gezicht van het kwaad was. Hij was dik geworden van de slagroomtaart en de flensjes met kersen in de cafés van Boedapest, en hij voelde zijn hart al bonzen als hij zijn schop alleen maar oppakte. Iedereen had het bevel gekregen een koffer mee te nemen; Sándor had er overhemden, dassen, jasjes en schoenen in gedaan, maar de koffer laten staan toen hij de eerste dag in de verzengende hitte een steile heuvel op moest. Zijn met zorg gekozen garderobe werd teruggestuurd naar de stad en verdeeld onder de Pijlkruisers, die in die kleren in precies dezelfde cafés gingen zitten die mijn oom had gefrequenteerd, zodat hij er in zekere zin toch was, zij het niet in persoon. En de kleren waarin hij die ochtend in 1939 het huis verliet, waren dezelfde die hij aanhad toen hij in 1945 in Boedapest terugkeerde, alleen leken ze toen niet meer zozeer op kleren als wel op een soort door zijn huid uitgescheiden schimmel.

In 1943 moesten ze in Starii Oskol, een gebombardeerde stad in wat nu de Russische Federatie heet, puinruimen. Ze marcheerden er uren rond op zoek naar een huis waar ze zich konden inkwartieren, maar zagen geen onbeschadigde gebouwen. Ze leefden op zwarte thee en meelsoep, sliepen in de openlucht en warmden hun handen aan sintels. In Pieti-Lepka, een dorpje in de buurt van Veronezj, trokken ze met vorstblaren op hun benen over keihard bevroren sneeuwvelden en lieten ze de 'beschadigde goederen' (zo noemden de Hongaarse officieren de gewonden) achter om te sterven.

Inmiddels werden ze allemaal een beetje gek. Diepe duisternis, beklemming, doodsangst.

'Heeft die angst u in leven gehouden?' vroeg ik.

'Ja, en de handel, maar daar kom ik nog op.'

Dat jaar legden ze in precies dertig dagen een afstand van duizend kilometer af, van Male Bikoro naar Belograd, op een dagrantsoen van honderd gram brood en heet water waar een paar wortels in dreven. Ze waren in de buurt van de Russische bezettingszone en er was een kans dat ze naar geallieerd gebied konden ontsnappen, maar volgens mijn oom waren ze gewaarschuwd dat ze hun hoop maar beter niet op de Russische gastvrijheid konden vestigen.

Al die tijd marcheerden mijn oom en mijn grootvader zij aan

zij. De oude man zweeg meestal, maar 's avonds ging hij soms met een rabbijn uit Debrecen in een hoekje zitten om uitputtende discussies over theologie te voeren. Sándor hielp zijn vader zoveel hij kon, maar in Zjitomir kregen ze allebei vlektyfus, en ze werden naar een quarantainekamp in Krasno Ceska overgebracht. De mensen daar waren krankzinnig. Een man schreeuwde dat zijn benen bij de heup waren afgehakt. Een ander zei dat hij een wekker moest hebben en vroeg op jammerende toon of niemand hem er een kon geven, want hij moest zijn verloofde van het station afhalen en als hij in slaap viel, was hij misschien niet op tijd wakker om de tram naar het station te halen en zouden ze elkaar mislopen.

De hallucinatie van mijn oom was een van de vreemdste waar ik ooit van heb gehoord: een lichamelijke hallucinatie. Hij meende dat zijn lichaam op de een of andere manier in tweeën was verdeeld en dat de onderste helft iemand anders was. Zijn gezicht, romp, handen en armen waren van hemzelf, Sándor Kovacs, maar zijn onderbuik, ballen en benen waren die van een andere man, een onbekende. Hij probeerde voor hem te vluchten, maar hij had geen benen om mee weg te rennen en daarom klemde hij zijn handen om zijn dijen en probeerde ze van zijn bovenlijf los te wrikken. Ergens in die nacht stierf mijn grootvader, maar mijn oom miste het precieze moment; hij had het te druk met zijn pogingen zich van de bedrieger in zijn onderlijf te ontdoen. Toen hij uit zijn hallucinatie bijkwam, was zijn vader dood.

Na het quarantainekamp moesten ze allemaal in bad, de eerste wasbeurt in meer dan drie jaar, en hun kleren, dezelfde waarin ze van huis waren vertrokken, werden gekookt en ontdaan van de miljoenen luizen die zich erin hadden gevestigd.

In hun schone kleren voelden ze zich plotseling herboren. Ze onderzochten hun vodden op tekenen dat ze ooit mensen waren geweest. Was dat lapje stof soms een revers, en had dáár vroeger een zak gezeten? Een stuk stof vertoonde vage sporen van een verleden als tweed. En de broek van díe man had ooit, in 1937, in de etalage van een chic warenhuis gehangen met een kaartje waar een hoog bedrag op stond. Maar de dwangarbeiders waren dan wel schoon en droog, ze waren ook uitgehongerd. Ze rukten gras uit de grond en aten het op. Ze kronkelden van de buikpijn en crepeerden in hun gekookte kleren.

In een plaats waarvan Sándor zei dat hij niet meer wist hoe die heette, doken een paar Duitsers op, die een groepje mannen iso-leerden en ze naar een gebouw loodsten dat ze vervolgens in brand staken, en toen de schreeuwende dwangarbeiders een goed heenkomen zochten, gebruikten ze hen als schietschijven om op te oefenen. 'Dat was het ergste, dát vind ik nou echt mis-dadig,' zei mijn oom, 'niet waar zij tegenwoordig in de kranten over schrijven of wat ik op tv zie.'

En toch beweerde hij dat hij te midden van al deze gruwelen op de been was gebleven door de handel.

'Ja, de zaken gingen altijd maar door. Wij hadden vaak nauwe-lijks wat te eten, maar soms ook even wel. Vraag mij niet naar de logica daarachter, die was er niet. Je nam het zoals het kwam. Wij kregen rantsoenen, en die hadden een bepaalde waarde. Stel, je krijgt een blik met eten. Als je uitgehongerd bent, is je natuurlij-ke neiging het blik open te maken en de inhoud naar binnen te schrokken, dat is duidelijk. Of een sigaret, die rook je meteen op, waarom zou je hem bewaren? Maar ik zag in dat ik, zodra ik een of ander rantsoen had, de kans had om handel te drijven, en bij handel draait het om winst, dat is het kapitalistische systeem. Dus als wij een dorp bereikten en de officieren ons iets van de voorraden gaven, zocht ik een gebouw op, en ik opende een ba-zaar en verkocht het eten en de sigaretten aan de plaatselijke boe-ren. Want dan had ik geld, snap jij, klinkende munt, en daarmee kon ik meer op voet van gelijkheid met de officieren praten.

Als zij ons die voorraden gaven, moesten wij hun in ruil daar-voor een bon geven. Wij wisten niet waar dat gedoe met die bon-nen goed voor was, het waren gewoon vodjes papier waar wij onze naam op moesten zetten. Maar let op, als die fijne Honga-ren weer thuis waren, gingen zij met die bonnen naar onze fami-lie en zeiden dat het documenten waren die wij hadden getekend en die de houder het recht gaven onze woning te betrekken. En als onze familie weigerde, dreigden zij met de politie. Dus wij hadden ons eerstgeboorterecht verkocht voor een bord linzen-soep, precies zoals het in de bijbel staat.

Maar ik deed daar niet aan mee, ik keek wel uit. Ik nam zelf geen voorraden aan, ik verkocht die van anderen en deelde de winst met ze, dus er was nergens een bon met mijn naam erop, en daarom had mijn moeder aan het eind van de oorlog nog steeds een woning. Begrijp jij nu waarom jouw ideeën over fat-soen, respect en gelijke behandeling zo kinderlijk zijn? Iemand zoals die jongen van beneden, die sterk en stom is, lijkt het meest op zo'n paard dat plotseling voor de kar in elkaar zakt en zomaar dood blijft liggen omdat zijn krachten zijn uitgeput. Zijn kracht is alles wat hij heeft. Zo ben ik niet, en ik hoop jij ook niet. Eunice ook niet, trouwens, maar dit is niet haar levensverhaal, maar het mijne. Misschien vertelt zij jou haar verhaal als jij haar vraagt.'

Jaren later heb ik geprobeerd de route te reconstrueren die mijn oom als dwangarbeider door Oost-Europa volgde, maar ik raakte gefrustreerd door de kaarten. De namen die Sándor had genoemd, op mijn dringend verzoek gespeld en zorgvuldig ge-noteerd, vond ik niet terug in mijn atlas. De namen waren veran-derd toen de steden en dorpen in de loop van de generaties, in de ene oorlog na de andere, in telkens andere handen overgingen, en ten slotte legde mijn oom alleen vast wat hij zich herinnerde. De dwangarbeiders, of hun officieren, vroegen de bewoners waar ze waren, en kregen dan vaak namen te horen die op geen enkele kaart terug te vinden waren. De dorpelingen hadden er geen boodschap aan dat de een of andere commandant had be-sloten hun gehucht naar een held van de bolsjewistische revolu-tie te noemen.

Andere keren gaf mijn oom gewoon een verkeerde spelling, of hij sloeg er maar een slag naar, of het dorpje was in de oorlog helemaal verwoest of verlaten en spoorloos verdwenen. Maar in de loop van een aantal dagen kon ik, mede dankzij bezoeken aan de British Library, de route van een chaotische en grillige tocht naar het oosten reconstrueren, van Hongarije tot diep in de Oekraïne en Rusland, totdat Sándor in 1944 de stad Berditsjev bereikte waar hij – om redenen die hij niet kon verklaren en waarin hij zich ook niet wilde verdiepen, want hij was veel te blij dat hij naar huis mocht – werd gedemobiliseerd en teruggestuurd naar Boedapest.

'Weet uw broer wat u in de oorlog allemaal hebt meegemaakt?' vroeg ik. 'Weet hij alles wat u nu aan mij hebt verteld?'

'Ja, ja, natuurlijk weet hij dat. Alles.'

'Wat was er van uw moeder geworden?'

'Zij overleefde de oorlog in Boedapest. Als er een razzia kwam, was zij altijd op het verkeerde moment op de verkeerde plaats, ik bedoel de góede plaats. Zij had telkens geluk. Het was verbijsterend. Ik heb haar verhaal nooit helemaal kunnen doorgronden toen zij nog leefde, maar zij leek op een bal in zo'n kast waar de jongeren tegenwoordig op spelen in cafés, een... flipperkast: zij stuiterde met veel getik naar alle hoeken van de stad, maar de hendels van het noodlot vingen haar altijd op en schoten haar weer omhoog voor zij in het donkere gat verdween.'

'Ging u weer bij haar wonen toen u terug was?'

'Nee, dat was te gevaarlijk – voor haar, bedoel ik. Ik logeerde bij mijn meisjes. Zij zorgden goed voor mij, die schoonheden.'

'En toen was de oorlog voorbij.'

'Ja, zo was het. Afgelopen.'

'Maar waarom bent u toen in Boedapest gebleven terwijl u naar Engeland had kunnen gaan?'

'Ja, ik weet het, ik had overal heen gekund. Het Rode Kruis spoorde mij op en bracht mij een boodschap van Ervin, die zei dat hij wel voor mijn emigratie wilde betalen. Ik had ook naar Palestina kunnen gaan, dat was ook nog een mogelijkheid, of naar Amerika. Maar ik wilde mijn moeder niet alleen achterlaten, en zij wist zeker dat mijn vader terug zou komen als zij maar bleef wachten. Dus jij ziet, wat zij ook van mij zeggen, ik heb mijn best gedaan om een goede zoon te zijn, en ik respecteerde haar en hield van haar, maar ik had natuurlijk een nóg betere zoon kunnen zijn. Vergeet niet dat laatste op te schrijven.'

'Maar hij was gestorven aan vlektyfus!'

'Ik weet het. Ik heb het zelf gezien. Niet het moment dat hij stierf, maar wel dat zij hem in de kalkkuil begroeven.'

'Waarom dacht ze dat hij terug zou komen?'

'Zoals ik al zei, een mens en een dier zijn twee verschillende dingen. Een dier geeft het op, een mens niet.'

'Maar het was een illusie.'

'Natuurlijk, maar er gebeuren vreemde dingen, er zijn persoons-verwisselingen, mensen keren soms terug uit de dood – dat zei zij. Had ik dan tegen haar moeten zeggen dat ik had gezien hoe hij in een massagraf werd gegooid? Kon ik dat mijn eigen moeder aandoen?'

'Hoe is het uw grootouders in Mád vergaan?'

'Door de schoorsteen gegaan natuurlijk, wat dacht jij?'

'En Berta's familie?'

'Ook.'

Vandaar dus het grote stilzwijgen dat mijn jeugd zo doods had gemaakt. Ik begreep het nu wat beter. Hoe hadden ze over deze dingen moeten praten, en dan tegen een kind? Mijn ouders hielden alles binnen, als hun eigen bloed.

'En wat deed u toen?'

'Ik pakte mijn oude handel weer op. Ik kon niet anders. Ik kon die meisjes toch niet hun bron van inkomsten afpakken nadat zij mijn leven hadden gered? Mij een schuilplaats hadden geboden?'

'Hoe ging dat onder het communisme?'

'Goeie vraag. Het communisme besloop ons terwijl wij niet

opletten. Het viel mij eerst niet op. En toen was het er opeens. Maar de behoefte aan de diensten die ik aanbood verdwijnt niet in het socialistische paradijs, wat de feministen ook mogen beweren. Ik bleef hetzelfde werk doen, alleen hield ik nu niet meer kantoor aan een tafeltje in hotel Astoria, maar had ik een baantje, een betrekking. Ik was nog steeds in het café, dat bleef hetzelfde, maar nu als ober. Dezelfde mensen kwamen, voor zover zij er nog waren. Dezelfde intellectuele discussies, dezelfde taartjes, precies dezelfde gesprekken als vroeger – trouwens, dat doet mij aan denken dat ik naar Maison Bertaux ben geweest voor die taart. Wil jij een stuk?'

'Nee, bedankt. Waarom grijnst u?'

'Waarom niet? Ik leef toch nog? Zij hebben geprobeerd mij dood te maken maar het is ze niet gelukt. Is dat geen mooie wraak op die duivels, die boze geesten?'

Je daalt af in de duisternis en komt weer boven in het licht, dat is de aard van het metrostelsel, en als je eruit komt, ben je ergens anders. Je hebt niet gezien waar je langs bent gekomen. Op de kaart ziet de stad eruit als een ruitpatroon, een diagram, je hebt geen idee van de afstanden tussen de haltes, alles is relatief. Eerst naar King's Cross, met die grauwe gang naar het andere perron, dan twee haltes met de gele Circle Line, vervolgens lopend via Portland Place naar onze straat, met de lift naar boven, sleutel in het slot, naar binnen, en daar, in de keuken, stond mijn moeder. Ik vroeg: 'Waarom hebben we het nooit over de oorlog?'

Ze was net boontjes aan het afgieten, in een metalen vergiet.

'De oorlog? Waarom begin jij daar nu over? Dat is al zo lang geleden.'

'Ik wil gewoon weten waarom we er nooit over praten.'

'Ik heb toch verteld. De bombardementen waren verschrikkelijk en de rantsoenen...'

'Nee, niet hier in Londen. Ik bedoel in Europa.'

'Maar wij waren toen niet in Europa, wij waren in Engeland, goddank.'

'Maar jullie hadden daar nog wel familie.'

'Ja, ik wel.'

'Wat is daar dan mee gebeurd?'

Ze haalde haar schouders op. In de keuken van het appartement tegenover ons vulde een goedgeklede vrouw bij de kraan haar fluitketel.

'Die is hier nieuw,' zei mijn moeder. 'Wat een verloop daar. Er is zeker iets met dat appartement aan de hand. Vocht misschien, wat denk jij?'

'Het zijn wel mijn grootouders.'

'Wie? Die mevrouw?'

'Je weet best waar ik het over heb.'

'Vanwaar opeens die belangstelling? Heb jij een film gezien?'

'Ik wil het gewoon weten.'

'Wat moet ik zeggen? Zij zijn allemaal omgekomen.'

'Had je broers en zusters?'

'Mijn lunch wordt koud, het is al kwart voor twee en mijn maag rammelt. Wil jij ook iets? Ik heb voor mijzelf een ei gekookt. Wil jij er ook een?'

'Nee, ik heb geen honger. Waarom praten we nooit?'

'Waarover?'

'Maakt niet uit.'

'Waar wil jij over praten? Noem maar een onderwerp, ik zal mijn best doen, al heb ik niet gestudeerd zoals jij, dat weet jij wel.'

'Hoe is het oom Sándor bijvoorbeeld in de oorlog vergaan?'

'Die heeft verschrikkelijke dingen meegemaakt, dat ontkent niemand.'

'Zoals?'

'Maar hij is geen beter mens door geworden. Hij had alles goed kunnen maken en zijn leven kunnen beteren, maar dat heeft hij niet gedaan. Zijn keus.'

'Ik heb het gevoel dat ik tegen een muur praat.' Er was niets veranderd en ik had er geen enkele invloed op. Ik dacht dat de onthullingen van die ochtend alles zouden veranderen, maar alles bleef precies hetzelfde.

'Wat wil jij weten, Vivien? Waarom hou jij je bezig met die oude geschiedenis? Wat is in jou gevaren? Jij verveelt je, jij speculeert maar wat. Misschien moet jij een leuk nieuw vriendje gaan zoeken.'

'Misschien heb ik er al een gevonden,' zei ik uit boosaardigheid, omdat ik kwaad was.

'Die ordinaire jongen waar ik jou laatst mee zag?'

'Welke jongen?'

'Ongeveer een week geleden zag ik jou op straat met een jongen met een jas van een lap leer gemaakt met heel veel losse riempjes eraan.'

'Ik heb jou niet gezien.'

'Niet? Maar ik was er wel, het was niet lang na lunchtijd. Als dat jouw vriendje is, dan moet jij uitkijken dat hij jou niet omlaag trekt naar zijn niveau. Dat is altijd een gevaar als jij omgaat met onfrisse types. Ik begrijp niet hoe jij kunt verdragen hem aan te raken, na Alexander.'

'Wat ben je toch een snob, mam,' zei ik, met afgewend gezicht zodat ze mijn gêne niet zag.

Ze pakte haar bord en smeet het ei en de boontjes in de vuilnisbak.

'Zo. Ik heb geen trek meer.'

'Een ijzeren gordijn,' zei ik. 'Ik loop steeds met mijn hoofd tegen een ijzeren gordijn aan.'

'Mooi zo, maar pas op dat jouw hersens niet uit jouw hoofd vallen.'

Ze stond bij de gootsteen haar bord af te wassen.

'Heb je zin in een kop koffie?' vroeg ik.

'Hoezo, drink jij dan een kop mee?'

'Ja, laten we samen koffiedrinken, dat doen we haast nooit.'

'Heerlijk. Er zitten nog koekjes in de trommel, kijk maar even. Ik vind om deze tijd lange vingers erg lekker.'

Ik legde de koekjes op een schaal en we dronken koffie in de zitkamer. Mijn moeder pakte de televisiegids en begon de programma's te omcirkelen waar zij die avond met mijn vader naar wilde kijken en haar vinger aarzelde tussen een quiz en een toneelstuk.

'Hadden jullie geen zin om met andere vluchtelingen om te gaan toen jullie hier kwamen?' vroeg ik.

'Dat hadden wij kunnen doen, maar jouw vader had zijn bedenkingen.'

'Waarover dan?'

'Ach, jij weet wel, hij houdt niet van geroddel.'

'Waar hadden de mensen dan over moeten roddelen?'

'Vivien, het lijkt dat programma *Perry Mason* wel, met jou als de advocaat en mij als de verdachte. Hoe heet dat, kruisverhoor. Ik wou dat jij daar eens mee ophield.'

Doodkalm ontweek ze al mijn vragen. Ik kreeg er niets uit, en dat kwam niet doordat ze niets wist, want na Sándors dood was zij degene die me vertelde dat hij bij de tewerkstelling zo hard op zijn testikels was geslagen dat hij onvruchtbaar was geworden.

Die hele zomer waren de angst en paranoia van mijn ouders steeds verder gegroeid, totdat hun ongerustheid plotseling door de oppervlakte brak en hun leven, dat tot dan toe een droombestaan, een aangename halfslaap was geweest, hun ineens als een nachtmerrie voorkwam. Gezien de gebeurtenissen die daarvoor verantwoordelijk waren – de politieke krachten die in 1977 in opkomst waren en twee jaar lang zouden doorzetten om pas daarna weg te ebben, waarna er een soort orde werd hersteld – wilde ik hen helpen en beschermen, want dat konden ze zelf niet. Ze hoefden het huis zelfs niet eens uit om bang te worden: hun dierbare tv was de brenger van afschrikwekkende beelden geworden, die lieten zien wat er kon gebeuren als je één voet buiten het veilige Benson Court zette.

'Kíjk,' zei mijn vader, en hij wees met één vinger van zijn gevoelige, vakbekwame hand naar het scherm, een hand die nauwkeurig was in al zijn bewegingen en waarvan hij de nagels om de dag op een vaste lengte knipte met behulp van een miniliniaaltje. 'Nu begint het.'

Ze klampten zich aan elkaar vast op de leren bank vol krassen, rechtovereind, hun rug een heel eind uit de vrolijke beige kussens, stram in de houding, alsof ze plotseling ijzer in hun ziel hadden.

'De regering zal het niet toestaan,' zei mijn moeder. Ze had haar breiwerk, een nutteloze sok voor een vluchteling die nooit zou komen, neergelegd. 'Dit is Engeland, niet Hongarije.' Maar de woorden kwamen geknepen uit haar keel, alsof ze bijna stikte.

'De Pijlkruisers zijn terug. Wie heeft ze de vorige keer tegengehouden? Nou?'

'Zij heten niet de Pijlkruisers, het is iets anders – wacht, ik haal een pen en schrijf het op. Wij moeten het weten, het is belangrijk. Vivien, waar is een pen? Jij hebt een heleboel pennen op jouw kamer. Haal er een, onmiddellijk. En papier.'

Ik liep naar mijn bureau en gaf haar een gelinieerd schrijfblok en een balpen.

'Schrijf jij maar, lieverd,' zei ze. 'Dan weten wij zeker dat het goed gespeld is.'

National Front, schreef ik.

'Moet je ze zien,' zei mijn vader met een vertrokken gezicht. 'Misdadigers, dat zie je zo. Vandalen, schurken. Moet je die ene zien. Wat een minderwaardig figuur. Engelsen zijn gentlemen, maar dit is niet het beste soort, bij lange na niet.'

'Afschuwelijk,' zei mijn moeder. De angst droop van de muren.

'Waarom marcheren zij door de buurten waar zwarten wonen?' vroeg mijn vader.

'Om te laten zien dat de straat van hen is natuurlijk,' zei mijn moeder, die opeens veel meer leek te weten dan ze liet merken. 'Dan worden de mensen bang om de deur uit te gaan en te doen wat zij altijd doen. En wie bang is, kun je in elkaar slaan. Dat heb ik in Boedapest gezien, precies zo. Moet je zien, de politie beschermt ze, verdedigt hun recht om te demonstreren. De politie is niet zo onschuldig, dat zie jij nu.'

'Niet iedereen bij de politie is zo,' zei mijn vader, wiens gezicht er grauw en ziekelijk uitzag.

'Ze gaan winkels binnen en slaan de onschuldige eigenaars in elkaar, alleen maar omdat ze zwart zijn,' zei ik.

'Wie? De politiemannen?' vroeg mijn vader hevig verontwaardigd.

'Nee, lui van het National Front.'

'Waar heb jij die ideeën vandaan? Ik dacht dat jij de hele ochtend in een bibliotheek tussen de boeken zat. Lees jij dat in die boeken?'

'Nee, dit is niet iets uit boeken, dit is het echte leven.'

'Wat weet jij van het echte leven?' vroeg mijn vader met een angstig gezicht.

De neiging van mijn ouders om zich af te zonderen had medio februari een nieuwe impuls gekregen door een schokkende confrontatie met die onbekende grootheid, het echte leven. Mijn vader was toen met bloed op zijn gezicht thuisgekomen. Mijn moeder schreeuwde het uit toen ze hem zag, ze jankte snerpend, als een kat. 'Ervin!' riep ze. 'Wat is gebeurd?'

Hij negeerde haar en liep rechtstreeks naar de keuken, pakte een glas water en ging zitten. Er zaten bloedkorsten in zijn haar, en mijn moeder maakte een theedoek nat onder de kraan en begon ze voorzichtig weg te wassen, maar de wond ging weer open en het bloed drupte in zijn ogen.

Hij zei geen woord totdat ze hem had verbonden, stond toe dat ze zijn hand pakte en hem naar de woonkamer loodste, naar zijn leunstoel, en hem daar een kop sterke koffie bracht. Na een poosje begon hij te praten. Hij had iets gezien. We vroegen hem wát dan. Hij schudde alleen maar zijn hoofd, het was verschrikkelijk, hij zou ons de details besparen – maar die wilden wij juist horen, we eisten ze op. Hij beschreef fluisterend hoe een stel rouwdouwers op straat *zonder enige reden* een jonge vrouw had vastgegrepen en haar met haar hoofd tegen de muur had geslagen. Wat voor rouwdouwers? vroegen wij. Mannen met zware schoenen en kaalgeschoren koppen, dat type. En wat voor vrouw? Net zo eentje als Sándor toen die keer bij zich had, een zwarte vrouw, maar deze was misschien wat fatsoenlijker, ze droeg keurige, praktische schoenen en een grote bril.

En hoe was hij erbij betrokken geraakt? Gewoon, hij had geen keus gehad. Hij stond vol afgrijzen naar het incident te kijken, het gebeurde op de hoek van Farringdon Road, op klaarlichte dag, even over vijven, de winkel was net dichtgegaan en hij stond op het voetgangerslicht te wachten – en toen hij zag wat er gebeurde, overwoog hij nota bene zelfs even bij rood licht over te steken, maar dat ging niet, het verkeer was te druk. Let wel, zei hij, het gebeurde dus niet eens in het verborgene, in een steegje, maar openlijk, aan een drukke straat, en toen ze zich omdraaiden en hem zagen, begrepen ze dat iemand hen in de gaten had.

Ze begonnen afschuwelijke dingen tegen hem te roepen, vuile taal vol haat, die hij niet wenste te herhalen. Hij riep hen niet tot de orde, natuurlijk niet, waar zagen we hem voor aan – voor een held? Had hij soms een pistool of een arrestatiebevel? Het voetgangerslicht sprong op groen en hij begon te rennen (ik had mijn vader nog nooit zien rennen), maar toen hij midden op de weg was, struikelde hij over zijn veter, die hij niet goed had vastgemaakt voor hij naar huis ging. Hij kwam op handen en knieën op de grond terecht en sloeg met zijn hoofd tegen het asfalt. Het voetgangerslicht sprong op rood en het verkeer kwam weer op gang, hij kon het niet geloven, de automobilisten trapten hun gaspedaal in, lieten hun motor razen en stoven naar voren alleen maar *omdat ze daar het recht toe hadden*, terwijl mijn vader daar midden op straat lag.

Een vrouw rende de weg op en hielp hem overeind. Ze had haar paraplu in de lucht gestoken om het verkeer tegen te houden – net een duivelin, zoals ze haar groenzijden staf boven haar hoofd heen en weer zwaaide, zei mijn vader. Ze bracht hem naar de overkant en daar kwam hij tot zichzelf. Ze wilde dat hij naar het ziekenhuis ging, maar hij zei dat dat niet nodig was, want hij was inmiddels zo bang (zelfs voor de vrouw met de paraplu) dat hij nog maar één ding wilde: zo snel mogelijk naar huis, naar het veilige Benson Court, waar iedereen aardig en ruimdenkend was en zich met zijn eigen zaken bemoeide.

De lange periode van rust in het leven van mijn ouders, die van het eind van de oorlog tot die dag had voortgeduurd, jaren die vreedzaam en saai waren geweest, precies zoals ze het graag hadden, was voorbij. Ze hadden het gevoel een beangstigende, onzekere toekomst tegemoet te gaan en geen flauw idee waar ze heen moesten als ze opnieuw zouden moeten vluchten, en ze waren trouwens ook te oud om nog een keer een heel nieuw leven te beginnen.

Maar voor mij was het niet te laat als het hier fout liep, zeiden ze. Ik kon immers altijd naar Amerika gaan? Maar ik antwoordde dat ik niet van plan was ergens anders heen te gaan.

De aantrekkingskracht van Benson Court en het trage leven van mijn ouders was verflauwd tot een vaag, klaaglijk gezeur en ik werd omringd door de werkelijkheid, helder, scherp afgetekend en duidelijk zichtbaar. King's Cross, Brixton, Wood Green, Harlesden, Islington, Southall, New Cross, Lewisham, en ver daar voorbij het onbekende, het estuarium van de Theems en de eilanden die erin lagen, het Isle of Dogs, het Isle of Grain, Sheppey. Londen was een groot oog dat omhoogblikte en dag en nacht knipoogde. Er liepen spoorwegen dwars doorheen die littekens in de huid van de stad trokken. Bruggen. Torenspitsen. Het slingerende lint van de rivier. Oude vervallen fabrieken. Flatgebouwen. De geur van mensenhuid en sinaasappelschillen, chipszakjes, asfalt, bushokjes, oude mensen, de alomtegenwoordige rijen.

En overal dit symbool:

Je zag het op bushaltes, op banken in bussen, op ramen van bussen. Op spoorwegbruggen, etalageruiten, vuilnisbakken. Getatoeëerd op vingers en voorhoofden. De elegantie van het vignet maakte alles simpel, je kon het gemakkelijk neerschrijven, zelfs als je niet goed was in schrijven. Het was zo bot en ongecompliceerd als een vuist. Maar wat betekende het eigenlijk?

Daar werd destijds veel over gediscussieerd. Volgens sommigen was het een nostalgisch verlangen naar vroeger, toen Groot-Brittannië een rijk was dat de helft van de wereld omvatte; de blanke was zijn vooraanstaande positie kwijtgeraakt en de koningin op haar troon, met haar zilveren regeringsjubileum, haar kroon en haar scepter, haar met edelstenen bezette koets voortgetrokken door gepluimde paarden die door de straten van Londen draafden, dat symbool van de mysterieuze en goddelijk voorbeschikte monarchie, was gereduceerd tot een proppig vrouwtje op leeftijd met een leesbril, een kanariegele jas met bijpassende schoenen en handschoenen met knoopjes. Volgens anderen waren het juist de echte nazi's, de Britse fascisten die na de oorlog gedwongen ondergronds waren gegaan en in het verborgene goed hadden gedijd, zich hadden gevoed met wrok, als witte maden in het donker. Let op mijn woorden, zeiden die mensen, ze gaan nieuwe gaskamers bouwen in Yorkshire.

En er was nog een derde visie: dat het gewoon jonge criminelen waren die het een kick vonden om zwartjes en flikkers in elkaar te slaan, verlangend als ze waren om de smaak van de blanke superioriteit te proeven.

Zelf had ik geen mening. Ik had geen argumenten om conclusies te kunnen trekken, ik had alles maar van horen zeggen.

Niemand in mijn familie had zich ooit bij een beweging of politieke partij aangesloten. Als Kovacs leefde je altijd gewoon verder en had je het vermogen je aan de omstandigheden aan te passen, ofwel door het land te ontvluchten zoals mijn vader, ofwel door manieren te verzinnen om het systeem waar mogelijk te slim af te zijn zoals mijn oom, die zich op de prostitutiekant van zijn werk had gericht toen de rassenwetten het hem onmogelijk maakten verder te gaan in het onroerend goed. De hogere machten interesseerden je niet. Je had geen ideologische drijfveren van welke aard dan ook, communistisch of zionistisch; je moest gewoon je hoofd boven water zien te houden tot de vloed zich weer terugtrok, wat naar je stellige overtuiging uiteindelijk altijd zou gebeuren. Zelfs in zijn tewerkstellingstijd deed mijn oom nooit mee aan plannen om te ontsnappen of in opstand te komen. Het instinct om zijn eigen hachje te redden zat er bij hem te diep in en hij had geen neiging tot romantische of Don Quichotachtige gebaren.

Overal in Londen zag je ineens speldjes op kleren, mensen prikten ze op hun revers, jurken, truien en overhemden. Ze zagen er zo uit:

Aanvankelijk had ik geen idee wat ze betekenden, en ik vroeg een man bij een bushalte ernaar. Hij haalde een folder uit zijn schoudertas, en toen begreep ik alles.

Het kwam me voor dat het het minste was wat ik kon doen, als wraak voor het gruwelijk lijden van mijn oom: me aansluiten bij die organisatie, dat bondgenootschap, en hier in Londen tegen de fascisten strijden.

De schellen vielen me van de ogen. Alsof ik echt blind was geweest en er een kern van waarheid zat in de paranoia van mijn ouders.

Ik moest voor pubs staan en zelf folders uitdelen. Ze kregen een wisselend onthaal. De menselijke aard biedt van dichtbij niet altijd een aangename aanblik. Je ziet een uiterst respectabele heer op je afkomen, met een hond met een loopneus en een lamme poot, en hij aait die hond over zijn kop en zegt: *Arme jongen, jij hebt het zwaar te verduren gehad, hè?* Dus hoewel je bang bent voor honden, en de lucht van dit zieke beest je helemáál tegenstaat, buk je je om zijn ruige vacht aan te raken, je glimlacht geforceerd en probeert zijn baasje je folder te geven. Hij bekijkt hem en zegt dan dat zwarte immigranten, die apen die nog maar net uit de bomen zijn gekomen, het blanke ras zullen verzwelgen, dat Enoch Powell groot gelijk had, en of ik wel wist dat ze hun stinkende drollen bij oude vrouwtjes door de brievenbus gooien, nee hoor, als Buster beter wordt, zal hij hem op hen afsturen, hij is hem al aan het africhten om de lucht van nikkers te herkennen, ha ha.

Als ik thuiskwam, gaf mijn moeder me vellen vol berichten in haar vreemde, rechtopstaande Midden-Europese handschrift: *Mick belde, het is dringend, jij moet meteen naar de Red Lion om al jouw folders aan Claire te geven. En Dave heeft het geld dat jij aan Steve moet geven, zij hebben nodig om de drukkosten te betalen. En zaterdag verzamelen op de hoek, jij weet wel welke, bij Old Street.* 'Wie zijn die mensen, al die Micks en Daves, uit wat voor familie komen zij? Een goede familie? Weet jij dat? Vivien, ik praat tegen jou!'

Sándor was alleen maar bezorgd om het welzijn van Eunice. 'Zij moet hier bij mij komen wonen,' zei hij. 'Wood Green, waar zij nu woont, is geen goeie buurt voor haar. Die lui zitten overal. Maar zij komt niet, zij wil niet met mij samenwonen, dat is niet fatsoenlijk, zegt zij. Wat moet ik nou?'

'Is dit vergelijkbaar met de Pijlkruisers in Hongarije?' vroeg ik.

'Dít? Ha ha. Deze lui zullen niks bereiken, het is tuig. Zij vinden leuk om een hoop lawaai te maken, dat is alles. Je moet net zo met ze omgaan als met ander tuig, in welk land dan ook.'

'Hoe dan?'

'Nou, ze met gelijke munt terugbetalen.'

'Wat houdt dat in?'

'Vuur met vuur bestrijden, jij weet wel.'

Ik vertelde dat ik me bij een organisatie had aangesloten. 'Heel goed,' zei hij. 'En wat doet die organisatie?'

'We delen folders uit bij pubs.'

'Ah, fólders! Mooi zo! Nu voel ik mij weer veilig, en Eunice vast ook als ik haar vertel.'

Maar ik trok me niets van hem aan. Je hoefde maar vier dingen over het Front te onthouden (al ben ik nu, dertig jaar later, drie van die vier dingen vergeten; ik weet alleen nog wat ze over zichzelf zeiden: *Het National Front is een raciaal front*. Ik weet nog steeds niet wat het verschil is tussen raciaal en racistisch, al is het me destijds ongetwijfeld uitgelegd). De tekst in mijn folder sprak voor zichzelf, ik had er niets aan toe te voegen. Als ik op straat folderde, kon ik met iedereen praten zolang ik me maar hield aan wat er op papier stond en me niet tot andere discussies liet verleiden. Die doelbewuste beperking tot één onderwerp viel me niet licht, volgens de anderen dwaalde ik snel af en liet ik me te gemakkelijk voor andermans karretje spannen. Maar ik hield stug vol. Ik ging iedere doordeweekse avond met mijn folders de straat op. Ik raapte weggegooide folders van de stoep op, redde verfrommelde folders uit vuilnisbakken, trok ze weer uit de kreukels en streek ze thuis op de strijkplank zodat ze de volgende dag weer konden worden uitgedeeld. Ik kwam overal met mijn folders, werd naar alle hoeken en gaten gestuurd. Zelfs naar het zuiden, aan de andere kant van de rivier, naar Lewisham, Brixton, Tooting en Morden, plekken die ik alleen kende als namen op de metroplattegrond. De wereld ontvouwde zich rondom Benson Court en het appartementengebouw aan Marylebone High Street werd een speldenprikje, een stipje, één kruispunt van vele.

Het vuil van Londen zat onder mijn nagels en het stof van alle stoepen van de stad onder mijn schoenzolen. Dit waren mijn straten, dit was mijn territorium. De licht glooiende heuvel onder de betonblokken van de beschaving, een heuvel met een oud beekje, een weiland begraven onder het verkeer, werd deel van het navigatiesysteem van mijn eigen lijf. Eindelijk had ik voor mijn gevoel het recht te zeggen dat ik hier thuishoorde.

Ergens thuishoren, dat is niet niks. Nooit eerder had een Kovacs dat gevoel gehad!

Op een ochtend stond ik voor de spiegel met de haardroger in mijn hand de krulletjes uit mijn dikke zwarte haar te föhnen, en ineens dacht ik: Hoe zou het zijn als ik dat oerwoud niet meer om mijn gezicht heen had? En dan al die stomme ouwe kleren. Claude lachte me erom uit. Hij vond ze vreselijk raar en ik besefte dat iets wat was begonnen als een bevrijding van mijn ouders in aanstellerij was ontaard.

Wat ik van plan was, was een ingewikkelde manoeuvre. Als ik dit vroege gedeelte van mijn leven aan mensen probeer uit te leggen, merk ik dat ze er niets van snappen, of misschien weet ik niet goed hoe ik het moet formuleren. Ik was een soort embryo dat niet kan besluiten of het een kip, een wortel of een Australische woudloper zal worden. Het krijgt veren, wordt dan oranje en ontwikkelt vervolgens een gladde huid. Ik kijk met een zeker geamuseerd mededogen terug op dat kwetsbare, onzekere jonge zelf. Ik kan met die jonge Vivien meevoelen, ook al komen de inspanningen die ze zich getroostte om een compleet mens van zichzelf te maken me nu lachwekkend voor. Maar dat is jong zijn – je bent vrij om je belachelijk te maken, afzichtelijke kleren te dragen omdat ze 'in' zijn, allerlei houdingen en standpunten in te nemen. Je ziet jezelf op oude foto's en je tenen krommen zich, terwijl je beter je vinger op het glanzende papier kunt leggen om te proberen de naïeve roekeloosheid terug te roepen die je op je twintigste had.

'Ik wil je haar wel knippen,' zei Claude. 'Dat kan ik wel. Ik ben daar handig in.'

Want die zwarte haardos werkte op zijn zenuwen, zei hij, hij kon mijn gezicht niet zien. Onze relatie was erotisch en meer niet. We waren zonder meer seksobjecten voor elkaar. Hij las de folders die ik hem gaf, maar ze boeiden hem weinig. Van politiek kreeg hij hoofdpijn. 'Bij ons zit ook een stel van die lui,' gaf hij uiteindelijk na lang aandringen toe. 'Hun koppen zien eruit of ze gekookt zijn. Ze hebben vaak honden, en zoals ik al zei, ik haat die klotebeesten.'

Onze relatie stond niet in het teken van gemeenschappelijke interesses of gedachte-uitwisselingen – we praatten zelfs niet over muziek. Claude was een pillenslikker, een speedfreak, en had afgezien van zijn gekleurde vissen geen hobby's. De moerassige vochtigheid van het eiland Sheppey en de alerte instincten van de kampers van wie hij afstamde stroomden door zijn aderen. Hij was altijd op zoek naar voordeeltjes.

Als iets hem interesseerde, dan was het zijn eigen lijf. Hij spaarde voor een ingewikkelde tattoo, hij had al voorbereidende schetsen gemaakt in een schetsboek dat hij me niet wilde laten zien. 'Hij wordt heel groot,' zei hij, 'over mijn hele schouder, dat weet ik al. Je kunt een tattoo niet meer weg laten halen, dus alles moet helemaal kloppen. Je moet heel zeker weten wat je wilt, maar tegen de tijd dat ik het geld bij elkaar heb, weet ik dat wel.'

Hij was seksueel heel nieuwsgierig, maakte zich soms op met behulp van het spiegeltje van mijn dof geworden gouden poederdoos, en zijn mannelijke hardheid loste op in een verontrustende androgynie. Als hij aan het werk was in zijn bewakersuniform, trok ik zijn spijkerbroek en zijn leren jack aan, en als hij dan thuiskwam moest hij me smeken ze uit te trekken zodat we wat konden gaan drinken in de pub. Niet omdat hij niet met mij gezien wilde worden als ik die kleren droeg, maar omdat hij zelf niets anders had om aan te trekken. Koop dan zelf jeans, verdomme, zei hij. Die staan je beter dan die voddige jurken.

En nu wilde hij dus mijn haar knippen, hij wist zeker dat hij dat kon. Ik ging op de rand van zijn bed zitten met een handdoek om mijn nek en hij knielde achter me met een schaar, pakte mijn dikke, stugge haardos tussen zijn sterke vingers en begon aan zijn snoeiwerk. Er was geen spiegel in de kamer, er was alleen overal haar, de lokken deinden over de vloer als dobberende, dode stukken van mezelf. Er kwam haar in alle openingen van mijn lijf, in mijn mond, mijn oren en mijn neus, onder mijn nagels en in mijn sokken, ik voelde het tussen mijn tenen. Er dreef haar in het aquarium. Hoe korter mijn haar werd, des te sterker voelde ik me vervuld van onderdrukte gevoelens, op de rand van tranen, als een vrouw die na twintig jaar uit de gevangenis wordt ontslagen, eindelijk verlost van het neurotische, lichtelijk gestoorde meisje dat zorgvuldig was opgekweekt in de stoffige gangen van Benson Court.

Het spiegeltje van mijn gouden poederdoos wist geen recht te doen aan de ingrijpende gedaanteverwisseling die ik had ondergaan, de zwarte halo van een paar centimeter, de donkere schaduw op de bovenlip, de kohl rond de ogen, de rode streep van de mond.

'Fantastisch,' zei Claude. 'Nou mag je gezien worden. Je moet van die leren kistjes kopen. Laat ze maar zien wie je bent.'

We gingen naar bed, worstelden en bewogen wild op het smalle oppervlak. Ik viel even in slaap. Misschien moeten slangen, vlinders en andere wezens die een gedaanteverwisseling ondergaan, uitrusten na de vermoeiende krachtsinspanning die nodig is om zowel vanbinnen als vanbuiten te veranderen. Ik sliep diep, een afdaling rechtstreeks naar de droomloze duisternis.

Toen ik wakker werd, was Claude in mijn handtas aan het snuffelen, en ik observeerde hem een tijdje door mijn oogharen. Hij draaide mijn lippenstift open en weer dicht, tuurde naar zijn gezicht in het spiegeltje van de gouden poederdoos en inspecteerde de inhoud van mijn portemonnee. Ik had verwacht dat hij de acht biljetten van één pond zou jatten die mijn oom me had betaald, maar hij telde ze alleen, waarbij hij aan zijn vingertoppen likte, en stopte ze toen achteloos terug. Geen lijkenpikkerij vandaag, dacht ik, en ik deed alsof ik wakker werd en strekte mijn armen naar hem uit, en hij zette de tas neer, kwam weer naast me liggen en streek mijn haar alle kanten op, als ijzervijlsel.

Mijn oom had het in zijn hoofd gezet dat hij een feest in zijn tuin wilde geven voor mijn vijfentwintigste verjaardag. Hij was van plan mensen te laten komen om de tuin uit te ruimen, het onkruid en de zaailingen weg te halen, de struiken te snoeien en een tent neer te zetten. Hij overwoog zelfs een orkestje in te huren, of als dat niet lukte de grote geluidsinstallatie van de dansschool te lenen. Dat hoorde allemaal bij zijn opschepperige kant, bij de man die een huis aan de goudkust had gehad en in 1961 met een eersteklasticket naar New York was gevlogen om Eartha Kitt te zien optreden in Carnegie Hall. Die voorliefde voor overdaad, roomtaartjes en mollige hoertjes was al aanwezig voordat hij als dwangarbeider in de Oekraïne te werk werd gesteld, maar kwam daarna in verhevigde vorm weer terug. Hij was hongerig, gulzig naar leven, naar materieel bezit. Eten, luxe, vrouwenvlees. Toen moest hij weer veertien jaar de gevangenis in. Zijn bestaan was een aaneenschakeling van bezoeken aan de hemel en aan de hel.

Zo droomde hij dat feest voor mij. Hij was geen miljonair meer, en ook toen hij dat nog wel was bestond zijn rijkdom vooral op papier, maar hij was ook niet arm en hij had niets om zijn geld aan uit te geven. Je kon veel over mijn oom zeggen, maar niet dat hij gierig was. Hij hield niet van geld om het geld zelf, maar om alles wat je ermee kon doen. Bezit als zodanig interesseerde hem niet.

Ik geloofde pas dat hij het serieus meende toen de tuinmannen kwamen, gewapend met een vlammenwerper, zagen, zeisen, grote jerrycans met onkruidverdelger en snoeischaren. De paardenbloemen, madeliefjes, boterbloemen, jonge boompjes, de woekerende klimop en de rijen munt met hun lange wortels die onder de schutting door liepen, alles werd weggevaagd, ook de schutting zelf met zijn verrotte planken. Alleen de kale aarde, een paar polletjes bloedend, gewond gras, de sering en een es bleven nog over. De dag nadat ze hun tactiek van de verschroeide aarde op de tuin hadden losgelaten kwamen ze terug om een kuil te graven en daarin een bloeiende kersenboom te planten, waarvan ze beloofden dat die ook het komende voorjaar weer volop in bloei zou staan.

Ik weet niet of Eunice heeft geprobeerd hem van zijn steeds wildere ideeën af te brengen. Hij vond haar jaloezie kwetsend. Ik was het enige wat hij had; ik was degene die hem zou rehabiliteren, en niet alleen door zijn verhaal te vertellen, het boek te schrijven waarvan hij zich werkelijk voorstelde dat het zou worden uitgegeven en in de boekhandels te koop zou liggen, maar ook door een blijvende herinnering in een ander deel van zijn gedachten, het gevoel dat hij net zo goed een vader voor me was als zijn broer. Misschien zelfs wel meer. Want hij moet wel hebben begrepen dat ik met mijn extravagantie en levenslust dichter bij hém stond dan bij de bleke, bebrilde juwelier met zijn stoffige pak die zijn levensdagen uitzat in het schimmenrijk van het televisiescherm.

En hij had gelijk. Ik lijk inderdaad op hem. Ik heb precies dezelfde tekortkomingen als hij.

De plannen voor het feest namen vaste vorm aan. Er werd een tent gehuurd en Eunice zou de catering regelen.

'Zou jij erg vinden,' vroeg mijn oom, 'als ik wat zakenpartners uitnodig? Ik wil ze laten zien wat een mooie secretaresse ik heb en wat een boek zij van mij gaat maken. Van mijn leven.'

'Ga uw gang,' zei ik, geamuseerd door zijn overmoed. Het

hele feest leek me een farce en ik vroeg me af of er wel iemand zou komen. Maar Sándor nodigde iedereen uit, ook Jim van de dansschool en de leraar met zijn krokodillenleren schoudertas. 'Wij geven een tangodemonstratie,' zei hij.

'Wat trek je aan?' vroeg Eunice. 'Je lijkt tegenwoordig wel helemáál een beatnik.'

'Natuurlijk,' zei mijn oom, 'wij gaan ook een jurk voor jou kopen in de winkel. Speciaal voor deze gelegenheid.'

'Dat hoeft niet,' zei ik, 'ik heb al een jurk van u gekregen.'

'Nee, nee, jij moet een nieuwe hebben. O, en tussen haakjes, nodig jij jouw ouders ook uit?'

'Waarom niet?'

Ze waren dan wel nooit goede vrienden geweest, zelfs als kind niet, maar ik vond toch dat ze moesten worden herenigd. En toen ontdekte ik dat dat precies was wat mijn grootmoeder had gewild, en dat het aan mij was, aan de nieuwe generatie, haar laatste wensen in te willigen.

Het was haar dood, in november 1956, die hem naar Londen had gebracht, niet de mislukte opstand tegen de Russische tanks. Onopgemerkt was er in haar borst, die door geen hand meer was aangeraakt of gestreeld nadat haar man in 1939 als dwangarbeider tewerk werd gesteld, een tumor gegroeid. In het ziekenhuis waar ze lag, ziek en breekbaar, zei ze: 'Jongen, ga je broer zoeken, ga naar hem toe, mijn kinderen horen bij elkaar. Ga,' zei ze, 'gá.'

Ze koesterde de brieven die mijn vader haar sinds het eind van de oorlog had gestuurd en waarin hij zich angstvallig tot algemeenheden beperkte en iedere toespeling op zijn leven in Londen meed, vanwege de censuur. Dat was de eerste keer dat Sándor een zijdelingse toespeling maakte op het feit dat hij een nichtje had; hij was benieuwd of ik zou happen, maar dat deed ik niet, nog niet. Ik moest het besef nog even verwerken dat mijn grootmoeder dus alles van mijn bestaan had geweten, van mijn geboorte tot mijn derde jaar, toen ze overleed. Er stond een foto van me in een zilveren lijstje op haar secretaire, en toen ze naar het ziekenhuis moest, ging die foto mee. Ik was dus bij haar toen ze stierf, zei Sándor, we waren er alle twee bij, hij en het kleine meisje. Die foto had hij nog – het lijstje natuurlijk niet, dat had hij moeten achterlaten toen hij het land uit ging, maar de inhoud zat in zijn borstzak, op zijn hart, toen hij uit Boedapest vertrok.

Een week later, na het feest, zou hij hem laten zien – een stuk-je papier met een kartelrandje, en met mij erop: een kindje met een rond hoofdje en zwart haar, in de armen van mijn moeder in onze huiskamer in Benson Court. Ik was vergeten hoe stralend de ogen van mijn moeder vroeger waren en hoe zacht haar haar glansde. Er ligt een lichaamsloze hand met opvallend verzorgde nagels op haar schouder: mijn vader. Ik heb geen idee wie die foto heeft gemaakt.

Op 1 december, twee weken nadat mijn grootmoeder was ge-storven en haar oudste zoon op de begraafplaats had bedacht dat hij nu aan niemand meer gebonden was, dat er in Hongarije af-gezien van hemzelf niet één voormalige Klein uit Mád meer was die niet door de schoorsteen was gegaan, liep hij met een groep-je medevluchtelingen door de sneeuw de Oostenrijkse grens over en verdween in het bos, van de Hongaarse kant beschoten door het leger. Het was hem erg meegevallen, zei hij, 'vergeleken met de oorlog was dit gewoon een boswandeling, en dit keer had-den wij nog een goede jas en laarzen ook.'

Er stak een sneeuwstorm op, die hun sporen uitwiste. In de verte zagen ze de lichtjes van een dorp; de wind ging weer liggen en alles was stil. Iemand zei dat hij een adelaar meende te heb-ben gezien en iedereen lachte. Een adelaar, hoe kan dat nou, die komen toch alleen in boeken en in sprookjes voor? Een kind veegde zijn neus af met zijn mouw en zijn moeder gaf hem op zijn kop omdat er snot aan zijn goeie jas kwam. Mijn oom dacht aan alle meisjes met wie hij naar bed was geweest, en hoe ze heetten, van de eerste tot de laatste. De vrouw die een pruik droeg omdat haar haar uitviel, die met de horrelvoet, die met de misvormde hand, en plotseling realiseerde hij zich dat hij zich aangetrokken voelde tot vrouwen met een klein gebrek, vrouwen die niet helemaal compleet, niet heel waren. Even vroeg hij zich af hoe dat kwam. Maar hij had weinig neiging tot zelfonderzoek en stond er niet langer bij stil.

Ze waren de grens over. Voor het eerst van zijn leven zag mijn oom het westen. Hij kreeg een nieuw pak, bleef een paar weken in een vluchtelingenkamp, ging toen naar Wenen en vertrok van daar per trein naar iets wat hij nog nooit had gezien: de kust. De zee. Grijs, hobbelig. Onrustig. De veerboot, aan land in Dover en per stoomtrein naar het noorden, naar Londen. Een mooie, heldere dag, het vroor, het was ijskoud, zei hij. Alles was overweldigend: het uitzicht, de stoom die in bolle wolken voor de citroengele zon langstrok, en in de coupé het roodbruine pluche waar hij op zat en dat vochtig werd van zijn opwinding.

En huizen!

'Allemaal met een tuin, dat zag ik,' zei hij, 'want zij stonden met de achterkant naar het spoor, in sommige tuinen stonden vruchtbomen, in andere rozenstruiken, en weer andere waren verwilderd en overwoekerd, daar zorgde zeker niemand voor. Grote ramen, hoge huizen. Zoiets had ik in Hongarije nooit gezien, alleen grote appartementengebouwen met een binnenplaats, waar iedereen alles van iedereen wist. Later hoorde ik dat hier een gezegde is: *my home is my castle*. In Boeda hebben wij ook een kasteel, daar woonde vroeger de koning, denk ik. Maar in Engeland kon iedereen koning zijn, zelfs ik. Dat had ik al begrepen voordat ik in de stad was.

Ik keek naar die huizen, ik verslond ze met mijn ogen. Ik wilde weten van wie zij waren en wie er woonden, en hoeveel huur die mensen betaalden, en aan wie. Wat voor wetten waren daarvoor? Hoeveel kon iemand als ik eraan verdienen? Al die gedachten gingen door mijn hoofd terwijl de trein mij steeds dichter naar mijn nieuwe leven bracht. Er zaten ook veel katten in de tuinen die ik uit de trein zag. En zelfs eekhoorntjes die langs de stammen van de bomen flitsten, en vogelnestjes, dat zag ik duidelijk, in de kale takken. Ik vond het allemaal verbijsterend.'

De goede tijd om hier te komen was vlak na de oorlog. Als oom Sándor niet in 1944 was gedemobiliseerd en teruggestuurd naar Boedapest, maar door de Britten of de Amerikanen was bevrijd en naar een kamp voor displaced persons was gegaan, dan had hij misschien tien jaar eerder naar Engeland gekund. In die tijd, zei hij, kon je op de veiling in Queen Victoria Street voor tien pond een huis kopen, soms zelfs voor vijf. Zo ging dat toen. Je kocht spotgoedkoop en verkocht duur. Een goudmijn, en belasting op vermogensaanwas bestond nog niet. Als Sándor in die tijd naar Londen was gekomen, zou hij in het onroerend goed miljonair zijn geworden en had hij stil kunnen leven tegen de tijd dat hij nu in de gevangenis was beland. Maar in 1956 stelde hij hier en daar een vraag, kreeg daar antwoord op en vormde zich zo een beeld van de manier waarop iemand als hij – een berooide vluchteling – een goedbelegde boterham kon verdienen en welgesteld, zelfs rijk worden.

Door een toevallige ontmoeting op straat vond hij zijn nieuwe broodwinning. Mijn oom was altijd het liefst in het brandpunt waar alles gebeurde, waar de ménsen waren, want daar zag je je kansen, niet als je in je eentje in een zit-slaapkamer naar de muren bleef zitten koekeloeren. Hij ontdekte dat je op Piccadilly Circus moest zijn, met dat beeld van die jongen met de pijl waar iedereen zo veel ophef over maakte, of op Oxford Circus, waar vier grote straten samenkwamen, allemaal met grote winkels en veel mensen; mensen met geld op zak, mensen die iets wilden kopen, daar lagen je kansen, dat wist iedereen.

In Regent Street, op een winterse zaterdag vlak voor kerst, om een uur of vijf, zag Sándor een jongeman die opwindbeertjes verkocht, uit een koffer.

De arme jongen was hooguit twee-, drieëntwintig, maar hij was al kaal en hij had een monsterlijke pruik op. Daar stond hij, met zijn goedkope pak en zijn blauwsuède schoenen met dikke zolen, hij wond de speelgoedbeertjes op en liet ze over de stoep lopen, tussen de voeten van de omstanders door die samen-dromden om te kijken. Mijn oom had geen belangstelling voor kinderspeelgoed, maar hij had verder niets te doen. Hij keek hoe de jongeman zijn beertjes verkocht, en hij had succes, ze liepen goed. Maar de jongen had gemerkt dat Sándor op hem lette, en Sándor begreep meteen dat hij hem voor een agent in burger aanzag, want hij begon in paniek alle beertjes weer in de koffer te gooien.

Hij kon niet erg goed mikken. Sommige beertjes belandden op hun kop op de stoep. Er braken kopjes en armpjes af, want het was duidelijk goedkope rommel, en bovendien waarschijnlijk gestolen goed. Van de aanblik van de beertjes, onthoofd en met kapotte armpjes en beentjes, werden de kinderen bang, en som-mige begonnen te huilen.

'Mijn geld terug,' eiste een vrouw, en ze probeerde het zojuist gekochte speelgoed uit de hand van haar zoontje te rukken, maar als een kind een nieuw speeltje heeft, laat het dat niet zomaar los, dus er volgde een hoop geschreeuw en gejammer en onder-tussen rende de jongen met de pruik rond en probeerde al zijn beertjes te verzamelen.

In zijn gebrekkige Engels legde Sándor uit dat hij geen agent was, en hij bewees dat door samen met de jongen op handen en knieën over de stoep te kruipen en te helpen de beertjes in de koffer te stoppen. Samen probeerden ze de kop-jes en armpjes er weer aan te zetten en ze op te winden om te zien of ze het nog deden; binnen de kortste keren liep er een heel regiment beertjes rond en de mannen ontdekten als van-zelf dat ze een taal gemeen hadden: niet de Engelse en natuur-lijk ook niet de Hongaarse, want die kende de jongen helemaal niet, maar hun beider *mammelosjen*, hun moedertaal, die ze al-

lebei als kind hadden geleerd, de een in het dorp in het Zempléngebergte, de ander in Bethnal Green – de taal die vroeger
door heel Europa werd gesproken en zich niets van grenzen
aantrok, de taal waarin een Engelsman en een Hongaar met elkaar konden praten: het Jiddisch.

Hij heette Mickey Elf. Ze gingen iets drinken in een pub en
mijn oom legde zijn situatie uit, zodat Mickey meteen wist dat
hoewel hijzelf in Engeland was geboren en getogen en Sándor
de immigrant was, de vluchteling, hij toch de baas zou zijn. Zo
gingen ze samen in zee: Mickey zorgde voor het een en mijn
oom voor het ander. Mickey had de contacten.

Op advies van Mickey begon mijn oom een woningbureau –
dat kon iedereen doen, je kon zelfs vanuit een zit-slaapkamer
werken: huizenbezit, huurinkomsten, dáár zat het geld. Je kon
heel goedkoop aan een huis komen, legde Mickey uit, maar de
huurbescherming kon een probleem worden: er waren huurders die door de wet werden beschermd en die kreeg je er niet
uit, je kon niet eens hun huur verhogen. Je moest een manier
zien te vinden om dat probleem te omzeilen, maar mijn oom zei
dat er altijd wel een manier was, natuurlijk was die er. Je moest
alleen slim zijn, en dat was hij.

Wat ik wist, wat iedereen wist die de rechtszaak had gevolgd of
erover in de krant had gelezen, iedereen die *het gezicht van het
kwaad* had gezien, was dat het krotten waren, waar de muren dro-
pen van de condens, de kinderen zich doodhoestten van de bronchitis en de huurders van oom Sándor, de eersten die uit Brits
West-Indië naar Engeland kwamen, gruwelijk kou leden.

'Ik zal jou zeggen aan wie niemand in die tijd woonruimte
wilde verhuren,' zei hij. 'Aan de zwarte mensen uit West-Indië
die met de boot van hun eiland hierheen werden gehaald om als
buschauffeur te werken en zo. Waarom? Waarom wilden zij niet
aan hen verhuren? Hun geld was net zo goed als dat van ieder
ander, precies hetzelfde. Een briefje van een half pond was in de
hand van een Engelsman net zo bruin als in de hand van een Ja-
maicaan.

Racisme. Dat was het gewoon. Zij kwamen op Victoria Station aan, net als ik trouwens, en al hun bagage werd zomaar op één grote hoop op het perron gesmeten, zodat de zakkenrollers en kruimeldieven als keurige Engelsen alleen maar een perronkaartje hoefden te kopen en zij konden pakken wat zij wilden. Vol hoop kwamen zij hierheen, en wat troffen zij aan? Bordjes. VERBODEN VOOR WEST-INDIËRS. VERBODEN VOOR HONDEN. Ik kende zulke bordjes al uit mijn eigen ervaring, ook al is mijn huid dan niet donker.

Niemand heeft die zwarten gedwongen van mij te huren. Ik hoefde geen zware jongens de straat op de sturen om klanten te werven. Iedereen wist wie ik was, de naam Sándor Kovacs was in die tijd net zo bekend als Duke Ellington of Sonny Liston. In de rechtszaal heeft een West-Indische heer nog geprobeerd mij te verdedigen: "Hij was een weldoener en de mensen hadden respect voor hem", dat zei hij, en hij was niet eens een huurder van mij, maar een maatschappelijk werker, zo heet dat. Ik vroeg meer huur dan de mensen met huurbescherming betaalden, maar wat zou dat? Ben ik soms een liefdadigheidsinstelling?

Een etage of een kamer die je ongemeubileerd verhuurde, daar kon je de huurder niet uitzetten, de mensen konden er levenslang blijven wonen en je kon niet eens de huur verhogen zonder het aan de een of andere commissie te vragen. Dat was de wet. Maar een gemeubileerde etage was iets anders, daarvoor kon je zo veel huur vragen als de markt maar toeliet en er was een opzegtermijn van een maand, en als de huurder dan niet wegging, kon je hem door de politie laten uitzetten.

En welke West-Indiër had in die tijd meubels? Ze kwamen hier aan zonder zelfs maar een bed of een tafel. Ik zorgde voor alles – het bed, de tafel, de kookplaat waarop ze hun rijst met bonen konden klaarmaken. Misschien stonk de matras naar pis. Nou én? Waar ik vandaan kwam hád je niet eens een matras. Ik zeg jou, de kamers die ik verhuurde zouden in de oorlog voor mijzelf paleizen zijn geweest. Zij noemden mij een parasiet.

Maar de echte parasieten waren de aristocraten, de huiseigenaars die honderd jaar alleen maar op hun krent zaten en de huur kwam vanzelf wel binnen. In het begin werkte ik dag en nacht, ik haalde de huur op, leegde de meter van het gas, gooide al die penny's in een emmer en sjlepte ze met de bus naar huis, want een auto had ik toen nog niet.

Later nam ik incasseerders in dienst, altijd hun eigen mensen, West-Indiërs, net als de huurders zelf. Ik gaf die mensen werk in een tijd dat iedereen de deur voor hun neus dichtsloeg. Ik zei: de huur is zes pond. Vijf shilling mag jij zelf houden. Want zij kregen commissie, als aanmoediging. In de rechtszaal hoorde ik dat zij de huurders bedreigden als ze niet op tijd betaalden. Wie zijn schuld was dat? Ik heb nooit iemand bedreigd. Zij moeten bij hun eigen mensen gaan klagen, niet bij mij.

Toen de West-Indiërs in die huizen kwamen wonen, schreeuwden de blanke huurders natuurlijk moord en brand, terwijl zij zo'n lage huur betaalden dat het de moeite van het ophalen niet waard was, een pond per week. Hoe durfde ik ze met die donkere mensen als buren op te zadelen? Zij draaiden de hele nacht muziek, dronken rum, gaven feesten. Beesten waren het.

"Bevalt jou niet?" zei ik. "Verhuis dan."

Zij beschuldigden mij dat ik hen uit hun huis heb gejaagd, dat ik nette huizen aan pooiers en prostituees verhuurde. Dat is een ander verhaal. Jij kent mij nu. Jij weet dat ik mij altijd mee bezig heb gehouden.'

Maar zijn broer? viel ik hem in de rede. Hoe was de hereniging verlopen?

Ineens keek hij heel kwaad. 'Nee,' zei hij kortaf, 'werd niets.' En hij boog zich naar de cassetterecorder en zette hem uit, zodat ik begreep dat de sessie afgelopen was en ik nu de band moest gaan uittikken.

De dag voor mijn feestje waren er nieuwe werklui geweest, die een donkerrode feesttent hadden opgezet die alles in de tuin in een flakkerende rossige gloed zette als het tentdoek rimpelde in de zachte bries. Ze waren op ladders geklommen en hadden de tent versierd met bloemenguirlandes en het getal 25 in goudkleurig karton, en aan één kant hadden ze een bloemenboog gemaakt, en drie goudgeschilderde treden naar een podium met een gouden troon waarboven een kroon aan een stuk touw om een katrol hing. Nu kwamen er schragentafels met witte tafellakens en een heleboel ijsemmers, gehuurde glazen, borden en bestek. Daaromheen werden tafeltjes en stoelen geplaatst, met aan iedere stoel een gouden strik en het getal 25 in gouden cijfers met zilveren kwastjes. De hobbelige grond was geëgaliseerd en belegd met stroken kunstgras.

'Moet jij kijken,' zei mijn oom. 'Heb jij ooit zoiets moois gezien? Schitterend! En ik geloof dat niet eens gaat regenen. Wordt een mooie avond, zeggen zij.'

'Dat heb je heel mooi gedaan, Sándor,' zei Eunice. 'Het lijkt wel een sprookjespaleis. Veel beter dan het jubileum.'

'Dat was voor de koningin, maar dit meisje is ook een koningin. Wacht maar tot het donker wordt, er zijn lampions, van papier maar met echte kaarsen erin. En dan het eten! Heel luxueus. Is dat een woord, luxueus?'

'Ja, dat is een woord,' zei ik.

'Zie jij, mijn Engels wordt steeds beter. Wat een mazzel dat ik jou toen die keer in het park tegenkwam.'

'Ja, wat een toeval.' Ik denk dat Sándor en ik inmiddels allebei wel wisten wat de ander wist. Iets weerhield ons ervan vrijuit te spreken, maar vanavond was de avond van de openbaring, de hereniging van de twee broers en de onthulling van de resterende geheimen. 'Wie heeft dit allemaal geregeld?' vroeg ik, en ik keek vol eerbied om me heen en moest terugdenken aan hotel Negresco met al zijn poenige weelde.

'Harrods natuurlijk! De mooiste winkel ter wereld, waar je, zoals ik al zei, alles kunt kopen wat je wilt – een kat, een hond, een tent. Zij hebben alles geregeld, het zijn heel fijne mensen. En ik heb een verrassing. Een grote verrassing voor jou, Miranda.'

'O ja, *Miranda*,' zei Eunice, en ze draaide zich naar me om. 'Dit is allemaal voor háár. Omdat ze jarig is.'

'Je wordt maar één keer vijfentwintig,' zei mijn oom. 'Míjn vijfentwintigste verjaardag, dat was een andere zaak.'

'En je bent niet eens familie, hè Miranda?' vroeg Eunice terwijl ze me met haar donkere ogen borend aankeek.

'Maar vanavond leren wij haar familie kennen. Jij weet zeker dat zij komen, hè?'

'Ja, ze komen.'

'Prachtig. Wat een verrassing zal voor ze zijn,' zei mijn oom.

'Reken maar. Trouwens, wie gaat er op die troon zitten?'

'Jij natuurlijk. Jij bent de koningin.'

Ik keek hevig geschrokken naar de erezetel en werd bevangen door een kille ontzetting. 'Daar ga ik niet zitten!'

'Doe niet zo raar. Wie zou er anders moeten zitten?'

'Dat weet ik niet, maar ík doe het niet.'

'Waarom niet?'

'Dat is gênant!'

'Ben jij bang dat jij rood wordt als de mensen naar jou kijken?

Rustig maar, jij bent hier onder vrienden!'

'Ik zou best op een troon willen zitten,' zei Eunice. 'Vijfentwintig zal ik niet meer worden, maar als een man mij als een koningin wil behandelen, dan zou ik daar niet zo moeilijk over doen.'

Ik begon in paniek te raken. Was het op dit late tijdstip nog mogelijk om weg te blijven van mijn eigen feestje en te voorkomen dat anderen wel kwamen?

'En wij hebben een nieuwe jurk voor jou,' zei Sándor. 'Wacht maar tot jij hem ziet, het is een juweeltje. Eunice heeft hem speciaal voor jou besteld.'

'Ja, in Italië.'

'Waar is hij?' vroeg ik, en ik keek rond.

'Ik heb hem laten opsturen,' zei mijn oom.

'Waarheen?'

'Naar jouw huis natuurlijk.'

'Maar u weet mijn adres niet.'

'Schat, ik heb compagnons, die weten alles over iedereen.' En hij pakte mijn hand en kuste die met vochtige ogen. Dus toen wist ik het zeker.

Iedereen kwam naar het feestje om de mysterieuze man met de grote bibliotheek te ontmoeten die de afgelopen twee maanden mijn werkgever was geweest. Mijn ouders hadden toegezegd te komen, Gilbert de cartoonist had beloofd acte de présence te geven, en de ballerina en de plutocraat zouden er zeker ook bij zijn, want die waren dol op alle soorten feestjes, vooral het soort waar hij nieuwe, ongebonden jonge vrouwen kon ontmoeten en zij de gelegenheid kreeg om over haar gloriedagen op spitzen te mijmeren. Een aantal van mijn kameraden van de Anti-Nazi League had de uitnodiging aangenomen, evenals uiteraard Mickey Elf, het hulpje van mijn oom, en zijn vrouw Sandra. Alleen Claude kon niet komen omdat hij late dienst had; hij zou er pas zijn als de laatste lege fles in de vuilnisbak werd gegooid, maar hij had wel een cadeautje voor me, 'want ik verdien nu, ik kan het betalen,' zoals hij zei. 'Het is een verrassing.'

Wat een verrassingen toch.

Ik was vroeg in de middag thuis en trof mijn moeder in de gang aan met een doos in haar hand. 'Dit is voor jou bezorgd, wat zit erin?' vroeg ze. 'Ik kan haast niet wachten tot jij hem openmaakt.'

'Een jurk, geloof ik.'

'Wie heeft die voor jou gekocht?'

'Een bewonderaar.'

'Och, jij en jouw geheimen.'

'Zeg jij maar niks over geheimen,' zei ik terwijl ik de doos openmaakte. 'Jij bent hier degene met de geheimen, niet ik.'

Mijn ouders zaten al een paar dagen in de zenuwen over het feestje: hoe ze er moesten komen, wat ze aan zouden trekken en of het gepast was om een cadeautje voor de gastheer mee te nemen, misschien een doosje After Eight- of Black Magic-bonbons, die ze in winkels hadden gezien en als zeer verfijnd en chic beschouwden. Mijn moeder vond in de Oxfamwinkel een crèmekleurige linnen jurk, een model dat nog maar een paar jaar uit de mode was. Ze bond een lint aan haar bruine stok met de rubberen dop, 'want het is zo'n lelijk oud ding, ik schaam mij soms dat ik mee rondloop.' Ik keek toe hoe ze de lussen van wit satijn tot een strik bond, de vrouw die al haar hele leven het stigma van haar handicap had moeten meezeulen. Ze keek op. 'Zo,' zei ze, 'staat meteen veel leuker, vind je niet?'

Ik had tot dat moment nooit begrepen hoe erg mijn moeder dat symbool van haar levenslange invaliditeit haatte. Vanwege die bruine vesten had ik altijd gedacht dat het haar niet kon schelen hoe ze eruitzag, dat ze alleen op het praktisch nut van kleren lette. Ik voelde me opgelaten omdat ik nooit eerder had beseft dat ze die lelijke stok altijd bij zich had en dat ze zich daardoor zelf ook lelijk voelde.

Ze zag me kijken.

'Wat is er? Niet goed? Moet ik hem weer af halen?'

'Nee, juist niet. Hij fleurt de boel een beetje op.'

'Ik wil jou niet te kijk zetten voor jouw vrienden en die belangrijke man die jou werk geeft. Dat zal jouw vader al genoeg doen.'

'Jij zult mij nooit te kijk zetten,' zei ik. 'Zet dat uit je hoofd. Vond je het erg dat je altijd met een stok moest lopen toen je zo oud was als ik?'

'Natuurlijk, welk meisje zou dat niet erg vinden?'

'Was je daardoor verlegen tegenover jongens?'

'Ja.'

'Hoe heb je papa dan leren kennen?'

Ze zweeg even en glimlachte toen. Ze had een prachtige mond, men zegt dat ik die van haar heb geërfd. Haar frisgewassen gezicht had een gezonde glans die met de jaren dof was geworden en het was diep gegroefd, maar de enkele keer dat ze lachte, straalde ze.

'Ik zal jou een geheim vertellen – zeg dit niet tegen jouw vader, ik vertel het jou alleen maar omdat het een bijzondere dag is. Ik heb niet Ervin als eerste van zijn familie ontmoet, maar die vreselijke broer van hem. Hij liep langs mijn tafeltje toen ik met een paar vriendinnen in een café zat en nam even zijn hoed voor me af, zomaar. Niet voor de anderen, voor míj. Mijn stok stond tegen het tafeltje, dus het was geen vergissing. Hij wist het. Ik was heel verbaasd en moest blozen, maar hij kwam naar me toe en vroeg mij of ik de volgende dag ijs met hem wilde gaan eten. Nou ja, er had nog nooit iemand op die manier aandacht aan mij besteed, dus ik ging de volgende dag. Waarom niet? Het was een avontuur voor mij. Ik ging helemaal alleen, ik was achttien.'

'Waar was het?'

'O, in een café aan de rivier waar je buiten ijs kon eten met uitzicht op Boeda op de andere oever en de schepen die voorbijvoeren. Al na een paar minuten zou zelfs de onnozelste vrouw hebben gemerkt dat hij niet deugde, hij was een versierder en niks voor mij, maar toen verscheen Ervin – wie anders – en Sándor stelde ons aan elkaar voor en toen... nou ja.'

'Dus je kende Sándor al eerder dan papa?'

'Ja, één dag. Maar ik moet toegeven, als ik hem niet had ontmoet, had ik je vader nooit leren kennen, en dan zou jij nu helemaal nergens zijn!'

'Nee.'

'Precies. En toen was Ervin dus zo verstandig om nog net op tijd uit Hongarije te vluchten. Zo verstandig is Sándor niet.'

'Wat was Sándor voor man?'

'Lelijk, maar tegelijk heel aantrekkelijk. Ja, hoor eens, hij was een pooier, hij wist hoe hij met vrouwen moest praten.'

'Waarom nam hij zijn hoed af en nodigde hij je uit om ijs met hem te gaan eten, denk je?'

'Ik weet het niet. Hij is een gecompliceerde man.'

'Wat zag je in papa?'

'Die had mooie ogen. Zelfs achter zijn bril. De ogen van iemand die echt kijkt.'

Die ochtend bij het ontbijt hadden ze me mijn verjaarscadeau gegeven, een ketting met zaadpareltjes, 'iets bijzonders, omdat wij weten hoe verschrikkelijk moeilijk jij hebt,' zei mijn vader. 'Denk niet dat wij niet weten wat jij hebt doorgemaakt, of dat ons niks kan schelen. Maar het zal heel langzaam beter gaan.'

'Precies,' zei mijn moeder.

Die ketting was een symbool van de liefde van mijn ouders voor mij, een curieuze, onbeholpen uitgedrukte liefde, maar toch liefde. En de liefde is sterker dan de dood, zoals het Hooglied zegt. Zo is het toch?

Ik ging pas laat in de middag naar Sándor. Hij zei dat hij het nog druk had met allerlei zaken. Ongetwijfeld nog meer verrassingen. Mijn moeder waste haar haar en ik hielp haar met haar kapsel. We experimenteerden nog even met make-up, maar we vonden allebei dat er zonder beter uitzag en ze waste het spul er weer af.

'Ik ben een saai iemand,' zei ze. 'Zo is het nou eenmaal.'

Toen mijn vader thuiskwam van zijn werk, daalde hij met een schaar in zijn hand af naar de gemeenschappelijke tuin, voor het eerst sinds 1944, de laatste keer dat ze een nacht in de ondergrondse schuilkelder hadden doorgebracht. Hij knipte een gele roos af – een knop die bezig was zich te ontvouwen – en nam hem in de lift mee naar boven, de stengel met de doorns behoedzaam in een stukje wc-papier gewikkeld. Hij ging aan tafel zitten, knipte de doorns netjes af en zette de roos in een glas water om hem later in zijn knoopsgat te steken.

'Hij doet echt moeite voor,' zei mijn moeder.

De tuin wachtte. Ik moest het verder aan mijn oom overlaten, die dit soort evenementen kennelijk uitstekend kon organiseren. Het weer bleef mooi, het was een milde zomeravond, niet al te vochtig, een avond voor blote armen en misschien later een sjaaltje, en alles wees erop dat het feest een daverend succes zou worden. Ik moest denken aan een opmerking die Claude een paar dagen eerder had gemaakt: dat alles bij de spoorwegen perfect zou gaan als de passagiers er maar niet waren.

We stonden met z'n drieën onder het rozerode baldakijn zenuwachtig op de eerste gasten te wachten, mijn oom en Eunice hand in hand. Heel even zag ik hem voor me in zijn hoogtijdagen, in het huis aan Bishops Avenue met al die dure snuisterijen, zijn diamanten horlogebandje, zijn suède schoenen. Hij fluisterde iets in haar oor en ze lachte.

Er verstreken een paar minuten en we voelden alle drie de paniek van de organisator van een feest dat er niemand zal komen, hoewel ik wist dat mijn ouders al op straat liepen, op weg naar het metrostation.

Maar toen verschenen er twee figuren, een dwergachtige man met een pijnlijk opvallende toupet en een vrouw met een rood gezicht die een centimeter of tien groter was dan hij en een staalblauwe fluwelen japon droeg.

'Ah, Mickey!' zei mijn oom, en hij omhelsde hem. 'Lekker vroeg zijn jullie.'

'Een beetje aan de vroege kant, ja.'

'Hij heeft z'n ontbijt nog maar net op,' zei Sandra. 'Koude gebakken vis met ketchup. Noem je dat een ontbijt? Moet ik soms de hele dag vis voor hem staan bakken?'

'Proteïne,' zei Mickey. 'Dat geeft je energie. En vis is goed voor je hersens.'

'Tja, we weten allemaal wie hier de hersens heeft, hè Sammy?'

'Maar jouw Mickey heeft een goed hart, Sandra, en dat is veel waard.'

'En jij bent zeker de jarige,' zei Mickey. 'Kusje?'

Ik hield hem mijn wang voor. Zijn adem rook naar whisky, schol en tomatensaus.

'Wat doe jij de laatste tijd, Mickey?' vroeg mijn oom.

'O, van alles, ik ben nu eens hier, dan weer daar.'

'Hij heeft vannacht in het berghok geslapen,' zei Sandra.

'Zaken, liefje, daar wilde ik jou niet mee storen.'

'Wat bewaart u in dat berghok?' vroeg ik.

'O, van alles,' zei hij ontwijkend. 'Is er hier ook iets te drinken?'

'Uiteraard,' zei mijn oom, 'en jij hoeft niet eens zelf in te schenken, wij hebben vanavond obers die komen langsbrengen.'

'Wat een chique jurk,' zei Sandra terwijl de mannen wegliepen om de bediening te waarschuwen dat het feest was begonnen.

'Het is een cadeau van Sándor, maar Eunice heeft hem uitgekozen.'

'Die sjwartse dame heeft smaak, dat moet ik zeggen. Moet je mijn japon zien. Maar drie pond en een paar shilling voor het vermaken. En mijn Mickey heeft zijn beste pruik op. Speciaal voor hem gemaakt. Mooie kastanjebruine kleur, en hij ziet er heel natuurlijk uit, vind je niet?'

'Maar je ziet toch dat het een pruik is,' zei ik.

'Ja, tuurlijk. Als je zo veel geld uitgeeft, dan wil je ook dat de mensen het zien.'

In de tuin hing nu die sfeer van stille opwinding van een ruimte die op het punt staat vol te stromen, hoewel dat soms ook niet gebeurt, en dan stort alles in tot een troosteloze verlatenheid. Jim van de tangoles kwam binnen, daarna een echtpaar dat ik niet kende en nog meer tangodansers. Iedereen slaakte bewonderende kreten over de tent en de versieringen, en weldra verschenen er ook een paar mensen van de Anti-Nazi League. Mijn kameraden van de League keken eerst wat onzeker om zich heen, geschokt vanwege de decadentie van de tent, het buffet en uiteraard van die vreselijke troon en de gouden en zilveren cijfers 25. Volgens mij herkenden ze mijn oom niet eens; het was al lang geleden, ze waren destijds net als ik nog maar kinderen geweest en bovendien, wie verwachtte de man die schuldig was aan de dood van zwarte kindjes in ijskoude zit-slaapkamers zomaar in het wild tegen te komen met een vrouw als Eunice aan zijn arm?

Toen zagen ze de tangodansers die bewonderend om zich heen keken, en ze schoven in hun richting en vormden al spoedig één grote groep waar geanimeerd over de politieke situatie werd gediscussieerd.

'Ze kwamen de winkel in,' zei Jim. 'De kinderen die snoep kwamen kopen en de oude vrouw met haar tijdschrift waren doodsbang. Je had ze moeten zien, met hun broek opgerold tot halverwege hun knieën, hun zware veterschoenen en hun kaalgeschoren koppen.'

'Je moet begrijpen dat Tyndall en zijn bende die jongens uit de arme wijken gebruiken om de nazi-ideologie nieuw leven in te blazen,' zei Dave. 'Ze buiten de arbeidersklasse uit. Het zijn niet alleen racisten, het zijn *fascisten*, en in plaats van de joden nemen ze nu mensen zoals jij onder vuur. En wij moeten terúgslaan, we moeten elke kans aangrijpen.'

'Waarom kan de politie ze niet gewoon arresteren?'

'Omdat de politie *aan hun kant staat*. Die is het met ze eens, ze hebben léden bij de politie.'

'Maar de regering laat toch niet zomaar...'

'Ah joh, de regering, dat zijn verraders van de klassenstrijd. Die geven geen moer om arbeiders, kijk maar naar de hoge werkeloosheid...'

'En zij zeggen dat wij hun baantjes inpikken. Ik heb een winkel...'

'Precies. Maar zwarte mensen hebben in dit land altijd op de schopstoel gezeten. Kijk maar wat er gebeurde toen jij hier kwam, hoe vreselijk slecht je woonde.'

'Ja, nou, dat was afschuwelijk, maar...'

Het werd steeds voller in de tuin. De gasten praatten, aten en dronken. Ik keek steeds maar naar de deur in afwachting van de komst van mijn ouders. Gilbert kwam, en de ballerina en de plutocraat, allemaal met cadeautjes.

'Lachen, dit,' zei Gilbert terwijl hij om zich heen keek. 'Wat gaat er met die troon gebeuren?'

'Daar moet ik op gaan zitten en dan zingen ze "*Happy birthday to you*", denk ik.'

'Dat doe je toch niet?'

'Nee!'

'Maar hoe denk je eronderuit te komen? Hij lijkt nogal vastbesloten. Dat is toch Sándor Kovacs? Ik herinner me dat ik ten tijde van zijn rechtszaak een prent van hem heb gemaakt. Waarop hij kleine kinderen at. Vrij naar Goya uiteraard.'

'Ja, dat is 'm.'

'Aha, dus dát is degene voor wie je werkt. Fascinerend.'

'Nou, hij is in zekere zin inderdaad fascinerend.'

'Ik heb me altijd afgevraagd of jullie familie van hem waren.'

'Ja. Hij is de broer van mijn vader.'

'En wie is die dwerg met die pruik naast die wulpse blondine?'

De met een strik versierde bruine stok van mijn moeder werd de tuin in gepriemd om de ongelijke bodem af te tasten. Ik had mijn ouders maar één keer eerder in een vergelijkbare situatie gezien, op mijn bruiloft, en toen waren ze zo onder de indruk van de plechtstatige gelegenheid dat ze er op het moment zelf nauwelijks van konden genieten, en de fijne herinneringen die ze er misschien aan hadden bewaard, de kansen om er met terugwerkende kracht alsnog plezier aan te beleven, waren vrijwel onmiddellijk, meteen aan het begin van onze huwelijksreis, uitgewist. Dus ik begreep dat ze ditmaal vastbesloten waren alles uit dit feest te halen wat erin zat, glazen wijn van de bladen te pakken en de steel tussen hun vingers rond te draaien, ook al namen ze maar heel af en toe een slokje, en alles op te eten wat er voorbijkwam zonder eraan te ruiken en achterdochtig te informeren naar de ingrediënten en de bereidingswijze van alles wat er op hun bord lag.

Mijn vader zag me en glimlachte. Het was een glimlach van opluchting dat ze niet in een vreemd huis tussen totaal onbekenden waren.

'Kijk nou,' zei mijn moeder.

'Mooi,' zei mijn vader met tranen in zijn ogen. 'Onze dochter in deze omgeving – net een sprookjesland. Wij hebben iets moois van haar gemaakt, hè Berta? Kijk nou eens hoe zij daar staat te stralen, zelfs na die hele tragedie.'

Mijn moeder tilde haar stok met de strik op.

'Moet jij daar kijken.'

'Wat bedoel jij?'

'Heb jij jouw bril niet gepoetst voordat jij de deur uit ging? Kijk dan, dáár.'

De stok wees naar mijn oom, die met zijn arm om Eunice' middel met een paar mannen met bolle koppen in krap zittende blauwzwarte pakken stond te praten. Hun handen zagen eruit alsof ze nauwelijks een wijnglas konden vastpakken zonder het onbedoeld te vermorzelen.

Op dat moment kronkelde er een lange slang van schoolkinderen langs onder aanvoering van een vrouw die onmiskenbaar hun lerares was, want een van de kinderen zei: 'Juf, juf, ik moet naar de wc.' Mijn ouders drukten zich tegen de muur.

'Daar zijn zij!' riep Sándor uit. 'Eindelijk. Dan kan de plechtigheid beginnen. Nou, jongedame die vandaag vijfentwintig wordt, nu zul jij wat beleven!'

'Kom,' zei Eunice, en ze nam mijn pols in een bouwvakkersgreep. 'Kom maar met mij mee.'

Ik werd naar de troon gesleurd en de treden op geduwd. 'Zitten,' zei Eunice. De katrol begon te draaien en de kroon zakte op mijn hoofd. Een paar gasten klapten in hun handen. 'Bravo!' riep de plutocraat, en de ballerina trippelde naar de voet van de troon en maakte een knicksje, waarbij ze de rok van haar feestjurk ophield. Nog meer geklap. De kinderslang herschikte zich voor mij tot een halve kring en mijn oom stapte naar voren en stak zijn handen omhoog. Hij moest zijn uiterste best doen om zijn trillende onderlip in bedwang te houden.

'Hooggeboren aanwezigen, dames en heren,' riep hij. 'Kunnen jullie me horen? Ja? Ik roep zo hard als ik kan. Goed, ik geloof niet dat er hier vanavond iemand van adel is, maar als die er wel is, is hij van harte welkom. Dit is een grote dag voor mij. Sommigen van jullie kennen mij, anderen niet, weer anderen denken: wacht eens, waar ken ik die man van. Ja, ik bén het: Sándor Kovacs, de man over wie jullie in de kranten lezen, en niemand anders.'

Het was vele jaren geleden dat de naam van mijn oom voor het laatst in een krant had gestaan. Hij was een vergeten man. Het duurde even voordat mijn kameraden van de Anti-Nazi League weer wisten dat dit de onmens was die ooit arme immigranten had uitgezogen, maar activisten hebben altijd leuzen paraat, ze dragen ze bij zich als handgranaten, klaar om ze naar elke plotseling opduikende vijand te slingeren.

'VUILE RACIST!' schreeuwde Dave, en hij hief zijn gebalde vuist.

'Je hoeft niet meteen dat soort taal te gebruiken,' zei Jim sussend, maar Eunice had meer paraat dan leuzen.

Ze griste het bord met eten uit zijn hand en gooide het in een potpalm. 'Jij eet op iemands kosten en scheldt hem vervolgens in zijn gezicht uit?'

'Dat was goeie zalm,' zei Mickey. 'Zonde, hoor.'

'Pak het dan en eet het zelf op,' zei Eunice. 'En jij,' zei ze tegen Dave, 'hou je mond en luister wat hij te zeggen heeft, daar steek je misschien nog wat van op.'

Mijn oom liet zich niet van de wijs brengen. Hij had in zijn leven, voor en na de oorlog, vaak toespraken van demagogen gehoord. Hij wist dat je gewoon door moest gaan en de interrupties voor lief moest nemen, en hij had al van tevoren geweten dat hij zou worden geïnterrumpeerd. De enige gasten in wier reactie hij geïnteresseerd was, waren zijn broer en schoonzus, die hij achter in de tuin tussen de andere mensen niet goed kon zien, verblind als hij was door de schijnwerper die het toneel belichtte. Zij waren zijn publiek, en al die jonge mannen en vrouwen met hun belachelijke kleren en kinderachtige foldertjes waren gewoon stofjes die een goedgekleed man van zijn pak slaat. Het enige waar hij zich zorgen over maakte was het schoolkoor, want de lerares was doodsbleek geworden en probeerde haar kinderen stilletjes de tuin uit te loodsen zonder dat hij het merkte, maar ze vond haar weg versperd door Mickey Elf, die haar erop wees dat ze handje contantje betaald was voor deze klus en dat hij een hekel had aan mensen die zich niet aan hun afspraken hielden, ook al hadden ze dan een bril op en een leren muziektas in hun hand.

'Sinds ik uit de gevangenis ben ontslagen, zijn mij twee fantastische dingen overkomen,' vervolgde mijn oom. 'Ten eerste heb ik, voor het eerst van mijn leven, de liefde gevonden, de liefde van een goede vrouw die zelf het nodige geleden heeft. Ik werd verliefd op haar om haar schoonheid, haar elegantie en haar verfijnde smaak (behalve wat mij betreft dan, dat is verbijsterend, en niet alleen voor jullie, ha ha). Maar ik viel ook voor haar vanwege haar karakter, haar kracht, haar waardigheid en haar trouw.' Hij wees op Eunice. 'Daar staat zij. Kan iedereen haar zien?'

Ze zag er zoals altijd schitterend uit, ze droeg een zwarte cocktailjurk en schoenen met hoge hakken met strikjes erachterop. Maar haar gezicht, dat opkeek naar het podium, met een likje rouge op de wangen, straalde van een innerlijke glans, alsof er binnen in haar een robijnrode lamp brandde. Een dergelijk geluksgevoel ervaren mensen maar een- of tweemaal in hun leven, op momenten dat ze (meestal ten onrechte) menen dat ze eindelijk al hun problemen hebben overwonnen en dat hun toekomst zo zal zijn als ze altijd hebben gehoopt. Ik ben nooit vergeten hoe zij er die avond uitzag. En wat het voor haar betekende om publiekelijk erkenning te krijgen voor de eigenschappen die ze zich met zo veel moeite had eigengemaakt en die bij haar waren gaan horen: de manicure 's avonds laat, als ze zo moe was dat haar ogen bijna vanzelf dichtvielen en ze soms uitschoot met de nagellak, waarna ze alles er weer af moest halen en helemaal opnieuw beginnen; de spraaklessen; de modetijdschriften die ze in plaats van platen had gekocht en avond aan avond bestudeerd, zodat ze zonder aarzeling antwoord kon geven als een klant haar naar de nieuwste roklengtes vroeg.

Als mijn oom één ding goed heeft gedaan in zijn leven, dan was het die toespraak waarin hij de wereld vertelde over Eunice. Maar hij had nog meer te zeggen.

'Dat dus ten eerste. Hier voor al deze mensen verklaar ik mijn liefde aan Eunice, mijn mooie vriendin. Alleen is zij nu niet langer mijn vriendin, maar mijn verloofde, want ik heb haar vanmorgen ten huwelijk gevraagd en zij zegt ja, en wij hebben nog geen ring, maar daar komen wij zo op.'

Jim stond er opeens zwaar aangeslagen bij. Hij had zijn hand naar zijn hoofd gebracht en hield het vast alsof hij bang was dat het eraf zou vallen. Eunice zag voor het eerst wat ze allang had kunnen weten omdat het overduidelijk was, zelfs voor mij toen ik hem voor het eerst ontmoette op de tangoles, waar hij me vasthield onder het dansen maar ondertussen de hele tijd naar háár keek. Hoe kon hij ooit winnen van de man die dure cadeaus voor haar kocht en met haar naar chique restaurants ging?

Maar mijn oom was nog niet klaar met zijn onthullingen. 'Wat is het tweede dat wij hier vandaag vieren?' vroeg hij glimlachend. 'Kijk eens naar die andere dame, die hier als een prinses op de troon zit.'

Ik kon wel door de grond zakken.

'Dit is mijn nichtje, zij wordt vandaag vijfentwintig en zij is een mooi mens. Wat is zij voor iemand? Intelligent, nieuwsgierig, kritisch, hoge zedelijke beginselen en nog veel meer. Zij houdt niet van onrecht – dat probeert zij recht te trekken. Zo'n soort vrouw is zij. En ergens in deze tuin, in een donker hoekje, zoals altijd, staat mijn broer Ervin. Kijk eens wat jij op de wereld hebt gezet, kijk eens naar jouw mooie dochter Vivien! Een eerbetoon aan jou, een *eerbetoon*. En nu komt er een lied. Vooruit, kinderen! Zingen!'

De kinderen hieven hun hoofd op, deden hun mond open en kweelden in koor '*And I think to myself, what a wonderful world*'. Toen ze daarmee klaar waren, gingen ze naadloos over op '*Happy birthday to you*'. Het ging perfect. Er werd geklapt, en daarna stormden ze allemaal op de verjaarstaart af, die net op een karretje de tuin in werd gereden. Ik probeerde van de troon te klimmen. Opnieuw greep Eunice me bij mijn pols, als een lerares die een balsturig kind aan zijn oor trekt. 'En nu de taart aansnijden,' zei ze. 'En netjes graag.'

'Gefeliciteerd,' zei ik ademloos. 'Met de verloving.'

Mijn oom hield me een kartelmes voor. 'Snij het eerste stuk maar af,' zei hij.

Ik keek om me heen, op zoek naar mijn ouders. Ik had niet gedacht dat de verzoening zo zou verlopen. Ik had gehoopt hen rustig te kunnen voorbereiden, met een uitleg en smeekbeden vooraf. Ik had de woorden van mijn grootmoeder in herinnering willen roepen, haar hartstochtelijke wens om haar twee zoons herenigd te zien, en hen willen wijzen op alle schimmen die geen rust zouden kennen zolang er wrok tussen de twee broers in stond. In mijn fantasie had ik gezien hoe ze even aarzelden en elkaar vervolgens huilend van vreugde om de hals vlogen, zoals in tv-programma's waarin familieleden die elkaar uit het oog zijn verloren weer bij elkaar worden gebracht. Ondanks alles probeerde ik tegen mijn Kovacs-aard in te gaan – ik smachtte naar een happy end, terwijl ik inmiddels toch had kunnen weten dat het hoogst haalbare een tragikomedie is.

Ik sneed de taart aan en ging daarna haastig op zoek naar mijn ouders, maar Sándor was me voor.

'Ervin,' zei hij. 'Jij bent gekomen. Mijn kleine broertje.' Hij nam mijn vader in zijn armen en omhelsde hem.

Ineens schoot me te binnen dat ik had gesuggereerd dat mijn vader kanker had.

'Jij!' riep mijn vader.

'Ja. Ik ben het. Ik ben zo blij dat ik jou zie. Jij ziet...' Hij speurde op het gezicht van mijn vader naar tekenen van ziekte. 'Nee, jij ziet fantastisch uit, jij wordt stokoud, jij zult ons allemaal nog overleven. Jij weet het toch, krakende wagens rijden het langst.'

Mijn vader vatte dat begrijpelijkerwijs verkeerd op, maar Sándor daverde door.

'Is het echt al vier jaar geleden dat jij mij in de gevangenis kwam opzoeken en mij die foto bracht van Vivien die haar bul haalt? Ik wil jou graag aan Eunice voorstellen, mijn verloofde, en ik wil jou als broer vragen om haar verlovingsring te maken voordat jouw ogen te slecht worden.'

'Aangenaam kennis te maken,' zei Eunice, en ze stak haar hand naar hem uit.

Ik kende mijn vader wel zwijgend, maar ik had hem nog nooit sprakeloos gezien. Zijn ogen zwommen achter de glazen van zijn bril rond als haaien die op een prooi aasden.

'Ben jij de man met de bibliotheek?' vroeg mijn moeder.

'Wat voor bibliotheek?'

'Zij heeft tegen ons gezegd dat zij een catalogus moet maken voor een privébibliotheek.'

'Nee, geen bibliotheek, Berta, ik vertel haar mijn levensverhaal, zodat zij een boek van kan maken.'

'Een boek!' riep mijn moeder hevig ontsteld uit.

'Ja, ik heb geen dochter zoals jullie. Ik heb niets waardoor ik in de toekomst voortleef, en daarom wil ik vertellen hoe alles is gegaan.'

'Dat had jij beter in de rechtszaal kunnen doen.'

'Nee, écht alles, helemaal vanaf het begin.'

'Welk begin?' vroeg mijn vader, die eindelijk zijn spraak had teruggevonden.

'Weet jij dat zij mij dingen vraagt waarvan ik niet eens meer wist dat ik ze wist, over het dorp bijvoorbeeld. Herinner jij je het dorp nog, Ervin? Die keer dat vader ruzie had met grootvader? En herinner jij je die mooie sjoel nog? De stenen leeuwen? O, wat was het een heerlijk gevoel om terug te gaan naar de tijd dat we kinderen waren.'

Ik zag angst op mijn vaders gezicht. 'Welk recht heb jij om haar zulke dingen te vertellen? Wie heeft jou daar toestemming voor gegeven?'

'Hoezo? Het is geen geheim. Ik vond het fijn om eraan terug te denken en leuk om erover te vertellen.'

'Wat kan het voor kwaad om mij over het dorp te vertellen?' vroeg ik. 'Het was interessant.'

Mijn vader keek me aan. 'Wij hebben jou op de wereld gezet, wij hebben jou grootgebracht, wij hebben jou beschermd tegen alle monsters, alle vuiligheid van de wereld – zíjn vuiligheid.'

'Wat voor vuiligheid?'

'Heeft hij jou verteld waar hij zijn geld mee verdient?'

'Natuurlijk.'

'Dus u bent een van zijn meisjes?' zei mijn vader tegen Eunice. 'O nee, daar bent u een beetje te aftands voor. U bent misschien in ruste.'

Ik zag Eunice' gezicht asgrauw worden, alsof ze door vlammen verteerd werd en er niets anders overbleef dan koude, dode sintels.

236

'Jij kleine bloedlijer,' zei mijn oom, wiens gezicht ineens donker aanliep van het bloed.

'Jij met jouw gescheld altijd,' zei mijn vader.

De twee mannen maakten zich op voor een confrontatie. Ze draaiden om elkaar heen als worstelaars. Ik zag dat mijn oom al zijn krachten verzamelde – de littekens op zijn rug, de verwoeste longen, alles deed zijn best om zich weer tot een lijf te voegen dat het tegen een doodsvijand kon opnemen. En mijn vader zwol snel op, als omhoogschietend kwik in een thermometer dat er aan de bovenkant als een zilveren fontein uit spuit, niet in bedwang te houden door de glazen buis.

Ik geloof niet dat mijn vader ooit iemand anders dan zijn vrouw of dochter had aangeraakt sinds hij zijn moeder op het station in Boedapest een afscheidskus gaf. Zelfs iemand een hand geven was een kwelling voor hem, hij vond het verschrikkelijk. Sándor had zware jongens die het vuile werk voor hem opknapten, maar was zelf een zachtaardige man, een vrouwenliefhebber. En dus grepen deze twee levenslange vijanden nu naar het voornaamste wapen dat ze allebei tot hun beschikking hadden om de ander te straffen en schade toe te brengen.

'Ik vermoord jou. Ik stop jou onder de grond als een schat die niemand ooit vindt omdat er geen kaart is,' zo klonk de eerste aanval van mijn oom.

'Ja, ja, en jij mag groene wormen schijten terwijl jij aan het graven bent,' sloeg mijn vader terug.

'Ik hoop dat jouw sores zo erg zijn dat ze gaan bloeden.'

'Ik hoop dat jij jouw zaak in brand steekt maar vergeet je eerst te verzekeren.'

'Ik hoop dat de bliksem in jouw zij slaat.'

'Ik wens jou een klaagzang in jouw buik.'

'En ik wens jou peper in jouw neus...'

'Alsjeblieft,' riep ik, hevig geschrokken van dit spervuur van vervloekingen. 'Hou op. Ik wou alleen maar dat jullie weer vrienden werden, broers. Mijn grootmoeder wilde dat jullie herenigd zouden worden.'

'Wat weet jij van jouw grootmoeder?' vroeg mijn vader, en hij greep me bij mijn pols, die al pijnlijk was van Eunice' omklemming. 'Wat heeft hij jou verteld?'

'Hij zei dat ze...'

'Als iemand jou iets over jouw grootmoeder vertelt, dan ben ík dat.'

'Maar dat doe je nou juist nooit.'

'Jij had het mij kunnen vragen.'

'En wat zou je dan hebben gezegd?'

'Niets! Wat heb jij met haar te maken?'

'Tja, Ervin, en zo drijf jij haar dus in de armen van haar oom. Want zij is een pientere meid, en nieuwsgierig – zij wil alles weten.'

Mijn moeder stond over haar bruine stok gebogen en maakte het witte satijnen lint los. 'Hier,' zei ze tegen Eunice, die er zwijgend bij stond, nog steeds grauw in het gezicht. 'Voor jou.'

Eunice pakte het lint aan en stond er wat mee te draaien.

'Waarom geef jij dat aan haar?' vroeg mijn vader.

'Het is een mooi ding, en dit is duidelijk een elegante dame die van mooie dingen houdt. Wat moet ik met zoiets moois?'

'Berta, ben jij gek? Waar heb jij over?'

Maar mijn moeder wendde zich af en keek de tuin in, waar de gasten, die niets gemerkt hadden, zich nog steeds vermaakten. De troon werd net van het podium gehaald en Fabian was samen met een jonge vrouw de drie treetjes opgeklommen. Hij hief zijn arm, net als tijdens de les. Er begon muziek te spelen, het duistere nachtgeluid van de tango.

'Kijk,' zei mijn oom, 'de tangodemonstratie begint.' Mijn moeders gezicht was versteend, ze leek de Sfinx van Gizeh wel.

'Waarom geef jij dit feestje?' vroeg mijn vader. 'Om mij jouw seksleven onder de neus te wrijven?'

'Eruit,' zei mijn oom. Hij keek mij aan. 'Jouw vader heeft geen medemenselijke gevoelens. Nooit gehad. Jij kunt ons niet meer bij elkaar brengen. Maar aardig dat jij probeert.'

'Ja, wij gaan. Kom, Berta. En jij, Sándor, ik vervloek jou, ik hoop dat jouw bruiloft op een onheilsdag is.'

Mijn moeder pakte mijn vaders arm en wees met haar stok naar de deur. Ze bracht haar hand naar zijn revers, trok de gele roos eruit en gooide hem op de grond. Mijn oom bukte zich, raapte hem op en stak hem in zijn zak.

'De volgende keer dat wij elkaar zien, is in *jene velt*, in het hiernamaals. Vaarwel,' zei hij tegen mijn vader. 'En jij, Berta... wat een blok aan jouw been heb ik jou gegeven, en nu moet jij het jouw hele leven achter jou aan sjleppen terwijl jij jouw eigen last al te dragen hebt. Het spijt me. Als ik geweten had...'

Ik keek rond in de tuin, naar alle mensen die lachten, wijn dronken, zalm aten en met hun voet op de grond tikten, en naar de twee figuren op het kleine podium, naar elkaar toe gebogen in een omhelzing. De donkerrode glans op de gezichten werd steeds dieper en de rode hemel rimpelde zich boven ons. Er werden papieren lampions met kaarsen naar buiten gebracht en aangestoken. De oudere doden, ver weg in Hongarije, keken oplettend naar deze belangrijke scène waarvan ik het middelpunt was, en naar de schade die ik had aangericht.

Mijn ouders gingen weg, de gasten bleven, en ik ook. Ik liet Eunice weten dat ik het heel erg vond wat mijn vader tegen haar had gezegd. 'Onvergeeflijk,' zei ik.

Maar zij had ook iets wat haar hoog zat.

'Waarom heb je tegen Sándor gelogen? Waarom zei je niet meteen wie je was? Kwam je hem bespioneren?'

Ik kon haar niet uitleggen hoe het is om werkloos en eenzaam te zijn en het gevoel te hebben dat je leven al mislukt is voordat het goed en wel is begonnen. Ik dacht dat ze me zou uitlachen met mijn kleine verdrietjes en me mijn bevoorrechte leventje voor de voeten zou werpen, mijn studie in York en mijn masterscriptie die ik nooit had afgemaakt omdat ik er niet de ruggengraat voor had. Ik vertelde dus alleen van de bibliotheek, het boek en de foto.

'En vind je hem nu een slecht mens?' vroeg ze. 'Hoe denk je over hem?'

'Nee, ik vind hem geen slecht mens.'

'Mooi zo. Want wat weet jij nou van slechtigheid.'

Het feest was nog in volle gang. De mensen aten, dronken en dansten en in de lampions scheen het kaarslicht door het gekleurde papier heen. In de hoeken van de tent gingen kleine lampjes aan. De tangodansers gingen om beurten op de troon zitten en al snel waren de antifascisten door hun leuzen heen en begonnen ze mee te doen. Pas om middernacht begon het te regenen; de eerste druppels vielen geruisloos, maar al snel kletterden ze op het tentdak. We negeerden ze en dansten gewoon door. Het ging steeds harder regenen en het dak van de tent begon door te zakken onder het gewicht van grote plassen water, maar niemand ging weg. Mijn oom beklom het podium, ging op de troon zitten, trok Eunice op schoot en begon haar te zoenen. Iemand kwam op het idee met eten te gaan gooien. Als ijle engeltjes vlogen de schuimtaartjes door de lucht.

Eindelijk vertrokken de gasten, dronken, luidruchtig en vrolijk. Afgezien van de ontmoeting tussen de beide broers was het feest een groot succes geweest. Claude kwam aanfietsen, drijfnat van het zweet en de regen, met zijn haar plat tegen zijn voorhoofd geplakt. 'Hoe is het gegaan?' vroeg hij. 'Leuke avond gehad, jarige job?' Het werd tijd om hem te vertellen wie ik was, hoe ik echt heette en wat mijn familiebetrekking tot 'Mr K *special*' was.

'Ik wist best wie je was,' zei hij. 'Ik dacht al dat je familie van 'm was, en toen zag ik je bibliotheekpas met je echte naam in je portemonnee. Er was dan wel een lettertje verschil, maar het klinkt hetzelfde, dus dan moest het wel hetzelfde zijn.'

'Wilde je daarom met me naar bed?'

'Nee. Ik ga alleen naar bed met meisjes die ik spannend vind. Ik zou niet met een kakwijf kunnen neuken als ze er niet uitzag. Maar ik heb een cadeautje voor je. Hier. Ik hoop dat je 't mooi vindt, de kwaliteit is in elk geval beter dan van het mijne.'

Een leren jack.

'Trek 's aan, ik wil zien hoe het je staat. Ik weet niet of het wel de goeie maat is.' Het leer kraakte toen ik mijn armen aarzelend in de mouwen stak. 'Rits maar dicht. Ja, prachtig.' Die korte lach weer. Hij liet zijn handen eronder glijden en pakte mijn borsten vast. 'Doe maar weer uit.'

De lange avond had niet zo moeten eindigen, met mij glibberig van het zweet, helemaal geradbraakt, met mijn handen om zijn onderarmen geklemd, mijn nagels in zijn huid, zijn mond overal. Ik had aan de doden moeten denken, moeten nadenken over wat ik had aangesticht, de ramp die ik had veroorzaakt, de definitieve breuk tussen de broers en de beledigende taal tegen Eunice. Dit doordringende genot had ik niet verdiend. Toch nam ik het.

Dat jack heb ik nog steeds. Het ligt ergens bij me thuis, opgevouwen in een la. Het past niet meer, ik was vergeten hoe dun ik toen was. Ik weet niet wat ik ermee moet, ik kan het toch moeilijk weggooien? Een enkele keer trek ik het aan, met de rode hagedissenleren schoenen die ik van Alexander had gekregen, en dan denk ik: hoe is het mogelijk dat die kleren er nog zijn terwijl iedereen die er iets mee te maken had dood is of verdwenen, verblijfplaats onbekend.

Toen mijn vader met mijn moeder in zijn kielzog Sándors tuin uit was gelopen, donkerrood van woede alsof hij te dicht bij het hellevuur had gestaan en met het rood van het tentdak spiegelend in zijn brillenglazen, wist ik dat ik nooit meer één nacht in mijn oude kinderkamer zou doorbrengen. Ik ging naar Benson Court om mijn spullen op te halen.

Mijn moeder kwam naar de deur gelopen toen ze mijn sleutel in het slot hoorde. Het was vroeg in de middag, de tijd waarop ik normaal thuiskwam na een interviewsessie met Sándor.

'En nu?' vroeg ze.

'Ik kan hier niet meer blijven wonen.'

'Juist, ja.'

'Het schilderwerk schiet lekker op,' zei ik met een blik op de kruk en de drie keukenstoelen die met veel tumult uit hun bruinheid waren losgebroken en nu met hun dunne gelede poten wel wat aan krekels deden denken.

'Ja, jij had gelijk, groen is een levendige kleur.'

'Sorry.'

'Hoezo?'

'Ik had beter moeten nadenken. Ik had kunnen weten dat het niks zou worden.'

'Jij bedoelde zeker goed.'

'Hij zei dat oma wilde dat de broers herenigd werden, dus ik dacht...'

'Doe niet zo belachelijk. Jouw vader is Sándor altijd blijven opzoeken, hij wilde hem helpen, hij is hem van de trein gaan halen toen hij aankwam, wist je dat? Hij had zelfs een baan voor hem geregeld.'

'Wat voor baan dan?'

'In een fabriek. Voor jaloezieën, dacht ik. Hij wilde niet, hij ging liever door zoals vroeger, crimineel.'

'Hij is niet het soort man dat met zijn handen werkt.'

'Precies, te goed voor hem. Hij koos liever de opzichtige weg, koste wat kost.'

'Maar een fabríek.'

'Ja, nou? Dacht jij dat hij zomaar een baan achter het loket van de Bank of England had kunnen krijgen? Of dat jouw vader hem aan een bemiddelingsbureau voor getrouwde vrouwen had moeten helpen? Het was een goede fabriek, goed loon, op het industrieterrein bij Hackney Marshes, dacht ik. Als verfspuiter.'

'Maar zijn longen waren toch beschadigd? Kon hij dan wel tegen die chemische dampen?'

'Misschien heeft Ervin niet aan gedacht, maar Sándor had wel iets aardiger kunnen zeggen in plaats van wat hij toen zei.'

'Wat zei hij dan?'

'Waarom steek jij jouw neus in wat andere mensen zeggen? Hebben wij jou zo opgevoed? Ik zeg alleen dat jouw vader geen slechte broer voor hem is geweest, nooit. Hij heeft hem in de gevangenis opgezocht. Niet vaak, maar hij ging wel.'

'Waarom hebben jullie me dat nooit verteld?'

'Wij wilden jou alleen tegen hem beschermen. Wij wilden

dat jij een goede start in het leven kreeg, een nette familie. Dat wilden wij voor jou. Wij hebben zelfs papieren van de kerk voor jou geregeld zodat jij van kleins af aan een echte Engelse was.'

'Maar wat had hij me dan voor kwaad kunnen doen?'

'Het gaat niet om kwaad doen, maar om slechte invloed, en de mensen hadden kunnen denken dat wij niet netjes waren.'

'Nou, hij is nu aardig gekalmeerd. Wat vind je van Eunice?'

'O, die. Dat is een dame, dat ziet iedereen.'

'Behalve papa dan.'

'Ja, behalve papa.'

'Hoe kon hij zoiets nou zéggen? Vreselijk. Ik kon wel door de grond zakken, ik kon hem wel slaan, het was zó walgelijk...'

Maar mijn moeder haalde haar schouders op. 'Jouw vader is niet zoals andere mensen,' zei ze. 'Hij zegt alles wat in zijn hoofd opkomt. Hij is niet zoals jij, hij is geen mensen gewend. Wij gaan met niemand om, zoals anderen. Jij ziet hoe wij leven, wat verwacht jij?'

'Heb je er spijt van dat je met hem getrouwd bent?'

'Spíjt? Waar heb jij over? Natuurlijk niet, wat een krankzinnig idee. Ik hou van jouw vader.'

'Hoe bedoel je? Wat bedoel jij eigenlijk met "houden van"?'

'Dat ik hem ken, Vivien. Ik ken hem, met al zijn zwakke kanten. Dat is houden van.'

'En zijn sterke kanten? Wat zijn die trouwens?' In mijn ogen was mijn vader een groteske karikatuur, een kleingeestige misantroop. Ik walgde van hem.

'Probeer jij maar eens veertig jaar lang je werk te doen, dag in dag uit hetzelfde, totdat jouw ogen pijn doen en gaan tranen, tot jouw botten stram zijn, tot jij kramp in jouw handen krijgt en jij ze in een bak warm water moet houden, achter het atelier in de vuile gootsteen, voordat jij 's avonds naar huis gaat. Jij weet niet wat doodmoe betekent.'

Ze draaide zich om, liep abrupt de slaapkamer in en deed de

deur dicht. Ik bleef naar de groengeverfde keukenkruk staan kijken, en naar het raam dat op de overburen uitkeek, de dichte luiken van het raam tegenover het onze, de kranen, het fornuis, de potten en pannen.

Van mijn oom kreeg ik een kamer, gratis ('Denk jij dat mijn familie huur moet betalen?'), op zijn eigen appartement na de mooiste van het hele huis. Hij zal er wel iemand uit hebben geschopt om plaats voor mij te maken, met een oprotpremie of een bezoekje van Mickeys 'contacten'. Wie er ook gewoond had, hij of zij was overhaast vertrokken: er lagen kruimels in het onopgemaakte bed en de lakens waren vuil, alsof de bewoner midden in de nacht was verjaagd.

In die kamer begon ik weer met lezen. Een folder heb je zo uit, maar een heel boek zit vol gedachten en ideeën, je valt aan gecompliceerde gevoelens ten prooi; een roman is geen verdovend middel. Je kunt je er heel ongemakkelijk bij voelen, als de prinses op de erwt. De boeken die ik las gingen over vreemde oorden, landen met tempels, rijstvelden, koperen gongs, moordenaars die zich in de bergen schuilhielden en verre staatsgrepen.

Maar de geschiedenis van de familie Kovacs, onze voorgeschiedenis in Hongarije, spookte steeds door mijn hoofd, en al die doden en hun verleden verstopten zich in de donkere hoekjes van mijn kamer. In een paar weken tijd was ik van een meisje zonder geschiedenis iemand geworden met het soort verleden waar de leraren op doelden als ze het over geschiedenis hadden, dingen uit boeken. Door de sterk uiteenlopende keuzes van mijn oom en mijn vader – de een om tegen de verdrukking in te overleven, de ander om een schaduwbestaan te leiden – moest ik me nu afvragen wat ikzelf in hun situatie zou hebben gedaan. Ik was niet ter wereld gekomen met de keiharde instincten van mijn oom of met zijn berekenende, zakelijke brein dat hem in staat stelde overal een slaatje uit te slaan, ook uit mensen. Maar ik zou ook niet in staat zijn geweest tot de decennialange zelfopoffering die mijn vader zichzelf had opgelegd; zijn abjecte buigen voor iedere vorm van autoriteit maakte me razend. Ik wilde léven. Ik wilde gewoon leven.

En als dat betekende dat ik aan de ongewisse, wonderlijke zelfkant terechtkwam, waar de mensen zichzelf ten volle wilden uitdrukken, door hun manier van kleden, door seks of wat voor individueel profilerend gedrag ook, dan moest dat maar.

Ik bracht de ochtenden achter de cassetterecorder en de schrijfmachine door, 's middags lag ik op bed te lezen, 's avonds ging ik eerst folderen bij de pubs en daarna trok ik met Claude op, als hij tenminste dagdienst had. Ik hield mezelf niet voor de gek: we hadden geen relatie, alleen seks, meer niet – hoognodige, hete, haastige seks. Toch had hij een heel duur leren jack voor me gekocht, waarvoor hij het spaargeld voor zijn tattoo had moeten aanspreken. Hij wist dat ik best zelf een jack had kunnen kopen als ik had gewild, maar toen hij me met het zijne had gezien, kon hij het niet meer uit zijn hoofd zetten. Dat beeld van mij in het leer, dat had iets. 'In zo'n jack ben je ineens iemand anders,' zei hij. 'Dan zie je eruit alsof je je mannetje staat. In die schimmelige ouwe jurken niet.'

'Wat is er mis met mijn jurken?'

'Die stinken.'

'Waarnaar?'

'Ouwe dames. En ouwedamespis.'

Wat wilde hij toch van me? Ik had altijd in mijn achterhoofd dat hij misschien via mij bij het geld van Mr K Special dacht te komen. Ik had gezorgd dat hij een nieuw raam kreeg – misschien kon ik nog meer voor hem doen. Misschien gaf die ouwe me wel een enorme cheque, van een paar duizend pond, of hij ging een keer dood en liet alles aan mij na. Of misschien waren Claudes ambities veel bescheidener en vond hij het als jongen van Sheerness gewoon leuk om met een 'duur kakwijf' aan zijn arm door Londen te lopen.

Of misschien lag het nog eenvoudiger en was hij gewoon de speelbal van zijn hormonen. Jongens zoals hij zijn elke avond ongetwijfeld een hoop energie kwijt aan het zoeken naar een meisje dat het bed met ze wil delen, en als ze slim zijn, snappen ze dat ze het beste een regeling met iemand kunnen treffen. Ik beschouwde mezelf niet als zijn vriendin, maar als zijn slapie. Zijn bedvriendinnetje. Misschien had hij ook anderen, dat weet ik niet. Ik had het niet erg gevonden en dat wist hij ook wel. We hadden een afspraak die ons allebei goed uitkwam, die aan onze behoeften voldeed, een doel op zich was.

Met het voeren van zijn tropische vissen en het urenlang op bed liggen kijken hoe ze fluorescerend door het aquarium rond-zwommen, ging de tijd heen die hij niet gebruikte om te werken of te neuken. Hun nutteloze, korte leven en hun extreme kleu-ren en patronen fascineerden hem. Ze aten en zwommen rond achter het glas, doelloos. Terwijl hij naar zijn vissen keek, kon hij zijn fantasie intussen de vrije loop laten en het ontwerp van zijn tattoo uitwerken. Hij dróómde die tattoo, 's nachts en ook over-dag als hij naar zijn vissen keek of 's morgens vroeg door de lege Londense straten naar zijn werk fietste.

Voordat hij van Sheerness vertrok had hij een schetsboek ge-kocht, dat hij in zijn afgesloten koffer bewaarde. Ik mocht het niet zien en dat wilde ik ook niet, want ik hield niet van tatoea-ges en vond het een afschuwelijk idee dat hij zijn lijf met ge-kleurde inkt wilde laten verminken en een afbeelding in zijn huid zou laten prikken. Wat was er mis met een tattoo? vroeg hij. Ik vond het vulgair, maar dat kon ik natuurlijk niet zeggen, dus ik vroeg of zoiets geen pijn deed. Hij dacht van wel en gaf toe dat hij zich dat wel afvroeg en ook best bang was dat hij er niet tegen zou kunnen. Hij vond het belangrijk om goed voorbereid te zijn en zich niet te schande te maken door het uit te schreeuwen of zelfs te huilen (vooral vanwege de tatoeëerder, want hij dacht dat dat wel een heel stoere kerel zou zijn). Hij begon voorzichtig te experimenteren om te ontdekken waar zijn pijndrempel lag: hij drukte een sigaret uit op de rug van zijn hand om te kijken hoe lang het duurde voordat hij het uitschreeuwde. Ik mocht er niet bij blijven, ik moest op de gang wachten. Toen ik weer binnenkwam, was zijn huid geschroeid en had hij een zwart kringetje op zijn hand, die hij voor zich uit hield met een lach die klonk als een hond die met zijn poot in een klem zit.

Die nacht kreunde hij in zijn slaap en legde de brandwond tegen mijn borst aan alsof daar helende krachten van uitgingen.

Alleen doordat hij zijn koffer in brand stak, kreeg ik uiteindelijk de inhoud te zien. Hij had toen een pyromane periode en cremeerde dode vogeltjes die hij ergens had gevonden op brandstapels van dorre bladeren. Hij had het erover dat hij beroemde Londense monumenten in brand wilde steken. Ik vertelde hem over de grote brand van 1666 waarbij de hele stad in de as werd gelegd. Ik denk wel eens dat hij een reusachtige brand, zoals de vuurstorm na het bombardement op Dresden, wel mooi zou hebben gevonden: rondlopen door de zwarte, verkoolde resten van een lege stad. Hij was wel een tikje eigenaardig, maar ik was tussen eigenaardige mensen opgegroeid, dus voor mij was dat niets nieuws. En het was nog maar een paar weken geleden dat ik zelf glazen stukbeet.

Hij sleepte de koffer naar de tuin bij wijze van altaar voor een bergje brandoffers: zijn uniformpet, die hij op eigen kosten zou moeten vervangen, een onderbroek en een zijden blouse van mevrouw Prescott.

De kleren vlogen niet in brand zoals hij had gehoopt, maar begonnen zacht te smeulen en verspreidden een chemische stank, vooral de pet. Uiteindelijk verbrandde de blouse tot as, maar de pet bleef hardnekkig in vorm, al raakte hij wel bruin geschroeid en spatten er vonken van de klep. Het begon Claude te vervelen, zijn ogen vielen dicht en hij zakte weg. Ik bleef de offeranden in de gaten houden. Na een paar minuten vatte de koffer vlam.

Ik schudde hem wakker. 'Is het de bedoeling dat de koffer ook verbrandt?' vroeg ik lachend.

'O kut,' zei hij, en hij tilde de koffer op om het vuurtje eraf te schudden, maar het handvat was van metaal met leer eromheen en het was gloeiendheet geworden. Hij slaakte een kreet en liet los. Nergens was water in de buurt om het vuur te blussen.

We moesten bijna een uur wachten voordat de koffer genoeg was afgekoeld om hem naar binnen te brengen. Door de hitte was het slot verwrongen en hij moest het met zijn zakmes openwrikken. Hij had geen rust voordat hij wist of de inhoud veilig was. Wat zit er dan in vredesnaam in? vroeg ik. Is het zo belangrijk? Mijn spúllen, zei hij.

De koffer zat vol met kleine, verbijsterende schatten: een pocketeditie van *De laatste der Mohikanen* van James Fenimore Cooper met een versleten ruggetje – hij had het vaak gelezen, zei hij, en hij liet doorschemeren dat alle belangrijke levenslessen erin stonden. Maar ik had het nooit gelezen, ik wist alleen dat het over indianen ging. Een meisjesarmband van gekleurde plastic kralen die je met een drukkertje aan elkaar vastklikt. Een ansichtkaart van Edinburgh Castle. Een bosje merelveren met een elastiekje erom. Brieven met het poststempel van Sheerness. Een zak snoepjes.

Maar die brieven, die kaart, dat boek, die armband of de snoepjes waren niet de reden van zijn ongerustheid. Hij pakte meteen het schetsboek met de spiraalrug en controleerde alle bladzijden om er zeker van te zijn dat ze niet beschadigd waren. Daar stonden de ontwerpen voor zijn tattoo, van de eerste kinderlijke zeemansankers en rode harten met een naam erin (HELEN – zijn moeder, zei hij – niet dat hij sentimentele gevoelens voor het ouwe mens had, maar je moest er toch iets in zetten) tot steeds ambitieuzere, meer uitgewerkte schetsen die van een zeker talent getuigden: scholen vissen die om een bovenarm heen zwommen en waarvan ik er een paar herkende uit het aquarium. Totdat hij de laatste bladzijde omsloeg, en daar stond het, zijn definitieve ontwerp. De voltooide versie.

'Wat vind je ervan?' vroeg hij.

Ik kon mijn ogen er niet vanaf houden, hoe graag ik ook wilde wegkijken, naar zijn gezicht. Ik dacht dat ik me misschien vergiste, dat ik het van de verkeerde kant bekeek, dat de vorm er uit de juiste invalshoek misschien heel anders uitzag, veel onschuldiger, maar hoe lang ik mijn ogen ook over het vel papier liet dwalen, het bleef wat het was, met zijn vier hoeken aan het papier verankerd.

'Dat is een swastika.'

'Ja, weet ik.'

'Snap je niet wat dat is?'

'Een teken.'

'Niet zomaar een teken. Weet je wat een symbool is?'

'Ja natuurlijk, doe niet zo neerbuigend.'

'Een hakenkruis, het symbool van het fascisme.'

'Een swastika kan een symbool voor van alles zijn, maar het is inderdaad wel een beetje heavy. Er zit een hoop power in en het bestond al duizenden jaren voordat de nazi's het naar zich toe trokken. De Indiërs hebben het uitgevonden, in India bedoel ik, niet Indië. Ik vind het geweldig, echt mooi.'

'Doe niet zo naïef. Tegenwoordig betekent het nog maar één ding, dat weet je best.'

'Nou en?'

'Kan dat je dan niets schelen?'

'Hoezo? Wat maakt jou dat uit?'

Zo bleven we nog een hele tijd bekvechten. Hij sprong uit het raam de tuin in en ging onder de pas geplante bloeiende kersenboom staan roken. Door het open raam zag ik hem op de harde grond zitten met zijn handen om zijn magere knieën, dat broze en toch stoere lijf dat ik zo aantrekkelijk vond, die mond die ik moest kussen. Een symbool in de tuin, bloed en hormonen.

Ik ging hem niet alles over mijn oom vertellen, wie hij was, waar hij vandaan kwam, de dwangarbeid. Ik ging hem ook niet vertellen dat ik joods was, want ik voelde me helemaal niet joods. Het dorp in het Zempléngebergte, de overgrootvader met de lange krullen bij zijn oren, de synagoge die mijn oom en mijn vader zich herinnerden (al ontkende mijn vader dat), het leek allemaal wel iets uit een volksverhaal uit een voorbije eeuw.

Mijn ouders dachten dat dit eiland, Groot-Brittannië, een oase van tolerantie en fair play was en dat alleen aan de overkant van het Kanaal een wildgroei van grote ideeën in een ideologie kon ontaarden, maar als iemand eenmaal een ideologie had, ging hij op zoek naar vijanden. En als je de vijand was van iemand met een ideologie, dan was het uitkijken geblazen. Maar ik wist van het folderen dat doodgewone mensen die helemaal niet dachten en alleen hun gevoel volgden, minstens even gevaarlijk konden zijn.

Ik wist natuurlijk wel dat Claude geen nazi was, maar wat ik zo schokkend en angstaanjagend vond, was dat ik zijn gedachten niet kon beïnvloeden, dat hij immuun was voor logica, zelfs voor begrip. Hij leefde op zijn eigen planeet, waar hij de regels bepaalde. In Claude-land kon een swastika alles betekenen wat je maar wilde, het was aan jou om er je eigen betekenis aan te geven, zei hij – weliswaar niet in die woorden, maar dat bedoelde hij wel. Zijn tattoo had alleen voor hemzelf een symbolische betekenis. Hij was nihilistisch en solipsistisch, zei ik, en hij lachte langer dan ik hem ooit had horen lachen:

zulke grote woorden, over hém. Ik moest ze voor hem in zijn schetsboek opschrijven en hij schreef ze in allerlei verschillende artistieke letters na.

Maar ik wilde niet bij hem blijven slapen, en hij was verbaasd en kwaad omdat hem werd ontzegd wat hij elke nacht nodig had, alleen vanwege een paar tekeningetjes in een boek.

Na de triomf van het verjaarsfeest gingen mijn oom en zijn toe-komstige bruid plannen maken voor hun huwelijk. Zij had voor hem in Italië een zijden pak besteld, en voor zichzelf een jurk waarvan de details nog een groot geheim waren, maar die van een van de grote Franse modehuizen afkomstig zou zijn. Mijn oom hoefde alleen de cheque maar uit te schrijven en was daar dolblij om. De tent en het cateringbedrijf werden meteen weer geboekt voor eind september. Er was een datum vastgesteld. Het huwelijk werd werkelijkheid.

Eunice zou daarvoor al bij oom Sándor intrekken; ze zouden 'samenleven als man en vrouw', zoals ze zei. Ze brachten al drie nachten per week samen door, en in die nachten had mijn oom er diep over kunnen nadenken: dus zo was het om getrouwd te zijn, elke nacht in bed te liggen met een vrouw naast je en haar te kussen in haar slaap. Hoe kon iemand die het niet in zich had om ja tegen een baas te zeggen, zich aan een ander overgeven, ook al had ze prachtige borsten en rook ze naar bloemen en spe-cerijen? Maar haar lichaam verwarmde hem als hij sliep.

En dan was er die toestand met de skinheads in Wood Green die iedereen doodsangst aanjoegen met hun marsen, hun lelijke kaalgeschoren koppen en hun wanstaltige kistjes, waarboven ze hun broek tot de kuiten oprolden om het bruine leer en de oog-jes te laten zien. Als hij met haar trouwde, kon ze dat alles achter zich laten, dan zou hij alles regelen, hij zou zijn appartement doorbreken en de buurkamers erbij trekken – die zes pond huur per week kon hij wel missen.

'En wat vindt zij er zelf van?' had ik hem gevraagd toen hij me vertelde dat hij van plan was met haar te trouwen.

'Eunice staat niet erg positief tegenover het huwelijk. Zij heeft een keer geprobeerd, het werd een ramp. Zij is een onafhankelijke vrouw, dus wie haar wil binden, moet haar iets kunnen bieden wat zij nog niet heeft. En geld is niet genoeg, want zij verdient haar eigen brood.'

Maar uiteindelijk had hij haar toch weten over te halen en had hij ook zijn eigen angst voor het verlies van zijn vrijheid overwonnen. Voor hem was het een enorme stap – voorgoed verder leven als getrouwd man – maar hij wilde het toch, want hij kon haar niet onbeschermd in Wood Green laten wonen en hij durfde haar niet voor te stellen zomaar te gaan samenwonen. Zonder officieel huwelijk, al was het alleen maar voor de burgerlijke stand, zonder verlovingsring, jurk, bruidstaart en toespraak zou Eunice er nooit aan beginnen. Een ring was het bewijs dat hij het volstrekt serieus meende en geen loopje met haar nam.

'Ik zie geen ring,' had ze gezegd toen hij haar zijn aanzoek deed, bij de lunch in een Italiaans restaurant op de dag van mijn feest, een duur restaurant met echt tafelzilver, een dessertwagentje en obers die aan tafel het kalfsvlees kwamen flamberen. Mijn oom wist wel hoe je indruk op een vrouw maakt. Hij had geen gierige vezel in zijn hele lijf.

En om Eunice van de skinheads in Wood Green te redden moest hij nu een verlovingsring kopen, want mijn vader ging hem niet maken, dat stond wel vast.

Sándor had verstand van stenen, maar hij wilde de mening van een vrouw horen, dus vroeg hij me of ik meeging naar Harrods om een ring uit te kiezen. Hij ging hem daar niet kopen, want hij kon zich geen ringen van tien-, twintigduizend pond meer veroorloven; van de huuropbrengst van zijn twee huizen in

Camden kon hij prettig leven en af en toe uit de band springen, zoals met dat feest voor mij, maar zijn middelen waren beperkt.

Hij was van plan een paar ringen uit te kiezen en Mickey daarvan een uitgebreide beschrijving te geven, zodat die een week of twee kon uitkijken naar iets wat erop leek, of zelfs naar precies dezelfde ring – geen nepperd, geen sprake van, dat was helemaal niet nodig. Want Mickeys Londen, dat zich vanuit zijn berghok in Dalston vele kilometers in alle richtingen uitstrekte, tot in de noordelijke en zuidelijke voorsteden (maar niet buiten de ringwegen, want daar was van alles wat hij niet begreep en ook niet wilde begrijpen, zoals koeien, schapen en vogels), werd bevolkt door allerlei soorten mensen die alles konden regelen wat je maar wilde, van maansteen tot – later – stukken van de Berlijnse Muur.

Het was waar: mijn oom had gewild dat mijn vader de ring maakte. Hij was van plan geweest zijn broer genereus voor zijn tijd en moeite te belonen en had diens vakmanschap hoog geprezen, maar Ervin had de plannen onderuit gehaald. 'Ik zeg jou,' zei Sándor in de bus naar Knightsbridge, 'ik zie hem daarginds wel weer. Dan zullen wij praten.'

'Waar is "daarginds"?' vroeg ik.

'Waar de eindrekening wordt opgemaakt. Als de dagen geteld zijn.'

'En hoe denkt u daaruit te komen? Bent u bang?'

'Helemaal niet. De grote Deskundige maakt zich niet druk over de dingen waar de mensen zich in dit leven over opwinden. Hij ziet alles anders. Ik maak mij geen zorgen. Hij wil niet weten hoe je geleefd hebt, maar óf je geleefd hebt. Of je de gaven hebt verspild die de grote Deskundige je heeft meegegeven of dat je er zo goed mogelijk gebruik van hebt gemaakt.'

'Dus u gelooft in God?'

'Wie heeft het over God?'

'Daar hebben we het nu toch over?'

'Nee.'

Maar de vraag waar mijn oom dan wel in geloofde bleef onbeantwoord, want de bus sloeg Sloane Street in en we stapten uit en liepen naar Harrods; hij bleef in Brompton Road bij alle etalages staan om luidkeels de luxeartikelen te bewonderen.

De ringen lagen op bedjes van fluweel en satijn; ze hieven hun kopjes naar het licht en lieten hun platina en gouden bandjes diep in de blauwe en witte weelde van de mollige kussens wegzinken.

Ik kende alle stenen bij naam, ik was in deze branche opgegroeid. Er waren diamanten bij, en saffieren, smaragden en robijnen, en halfedelstenen – granaten, opalen, amethisten, topazen – maar mijn oom had alleen belangstelling voor de saffieren. 'Blauw is een aristocratische kleur, vind je niet?' zei hij. 'Die wijst op kwaliteit, maar misschien vergis ik mij. Welke stenen zitten er in de kroon van de koningin?'

De verkoper vond het prachtig dat hij de kans kreeg daarop in te gaan en begon een geleerde verhandeling over die kwestie, want er bleken meerdere kronen te bestaan. We bekeken de ringen aandachtig en mijn oom informeerde naar de prijzen, een formaliteit om aan te tonen dat we echte kopers waren, de kostbare tijd van de verkoper waard. We vroegen ons hardop af wat ze liever zou willen, een solitair of een zetting met een aantal kleinere stenen, en welk slijpsel. En de ring zelf, van welk edelmetaal moest die zijn?

Mijn oom riep uit: 'Zie jij nu mijn vloek en mijn zegen? Verliefd worden op een stijlvolle, elegante vrouw, en nu moet alles precies goed zijn, anders haalt zij haar neus op. Ik wil dat het volmaakt is, begrijp jij, Vivien? Ik wil dat zij het doosje openmaakt en dan *aaaahh* zegt omdat het iets is wat zij haar hele leven al heeft gewild, al toen zij een klein meisje op school in Tiger Bay was en verhalen over prinsessen leest.'

Toen fluisterde hij: 'Kijk. Die.'

Een platina ring met een carré geslepen ijsblauwe steen.

'Wat vind jij?'

'Volmaakt.'

'Elegant?'

'Ja, zeker.'

'We denken er nog even over na,' zei hij tegen de verkoper. 'Dank u, u hebt ons heel erg geholpen.'

'Hoe wilde u zoiets vinden?' vroeg ik toen we waren doorgelopen.

'Mickey zal zijn best moeten doen. Het zal hem lukken, hij heeft mij nog nooit teleurgesteld. Zullen wij koffie gaan drinken?'

'Gaat u er een foto van maken of zo?'

'Waarom? Niet nodig. Ik herinner mij precies. De foto zit al in mijn hoofd. Ik heb hem al.'

We gingen met de lift naar de tearoom. De tafeltjes stonden te wachten als jongedames in een balzaal die ten dans gevraagd hopen te worden.

'Dit is een heel goed tafeltje,' zei mijn oom. 'In een restaurant moet jij weten aan welke tafel jij best bediend zult worden, en ik weet dat omdat ik zelf als ober heb gewerkt. Ook hoe jij je tegen de ober gedraagt is heel belangrijk, als jij wilt dat hij de beste taartjes aanbiedt.'

De taartjes, stijve bakseltjes met room die er onder het te felle licht van de kroonluchters nu al ingezakt uitzagen, lagen op een zilveren schaal.

'Hebt u misschien vandaag een specialiteit?' vroeg mijn oom aan de serveerster, en hij schonk haar een glimlach, vooral met zijn ogen, die een hele toespraak tot haar leken te richten, vol warmte, medeleven en humor, een glimlach die alles weet van gezwollen voeten en ingeslikte replieken op beledigende opmerkingen.

'Ik zal eens voor u kijken, meneer,' zei ze met een knipoog. Ze kwam terug met een nieuw, kleiner blad vol verse patisserie. 'Ik kan u de chocola-frambozentaartjes aanbevelen.'

'Dan nemen we die,' zei mijn oom. 'Ik volg altijd het advies van de serveersters op. Want die weten er alles van, hè? Zij zijn de deskundigen, en nog mooie deskundigen ook. Allemaal. Dank je, lieve kind. Ik wens je een heerlijke dag. Zie je wel?' zei hij toen tegen mij. 'Een paar woorden en je krijgt de beste service.'

'Hebt u al een dag gekozen voor het huwelijk?' vroeg ik. Ik zal niet zeggen dat ik in de ban van mijn oom was, maar ik voelde me aangetrokken tot iemand die zijn eigen regels bepaalde en voor niemand bang was. Zulke mensen, wie het niets kan schelen wat anderen van hen vinden of over hen zeggen, barsten van de energie en houden de wereld draaiende. Mijn man was ook zo.

'Binnenkort. Maar Eunice wil tijd voor de voorbereidingen, zo zijn vrouwen, dat moet je accepteren. O, die taartjes! Dit is een lekkere. Die lag niet op dat blad, hè? Op dat eerste, grote blad, bedoel ik. Vivien, in het leven is er altijd een groot blad voor de gewone mensen, die niet weten dat er ergens iets bijzonders staat te wachten. Altijd. Daar ben ik al heel lang achter. Je moet op het exclusieve blad wachten.'

'Maar het leven bestaat niet uit taartjes.'

'Nee, natuurlijk niet, maar het principe blijft hetzelfde. Je moet altijd weten dat er nog iets anders, iets beters is, wat je niet te zien krijgt, want ze willen niet dat jij ervan weet, je moet er speciaal om vragen, en soms moet jij gewoon zelf pakken. Dat heeft jouw vader nooit begrepen, dat is zijn grote fout; zorg dat jij niet dezelfde fout maakt.'

'Mijn moeder vertelde me onlangs dat ze u al kende voordat ze mijn vader ontmoette.'

'Dat klopt. Ik ben blij dat zij dat nog weet. Dat arme meisje met haar stok, een mooi meisje dat niet besefte dat zij mooi was, die stok zou haar uit zichzelf hebben geslagen als zij aan zichzelf zou hebben bekend dat zij mooi was. En intelligent ook. Ik wist dat zij precies was wat Ervin nodig had.'

'Hebt u ze met opzet aan elkaar voorgesteld?'

'Natuurlijk. Alles was al bedacht. Ervin wist niet dat hij een meisje ging ontmoeten, ik had alleen gezegd dat hij koffie met mij moest komen drinken aan de Donau, maar ik was van plan hen bij elkaar te brengen. Hij had een meisje nodig en hij was te chagrijnig om zelf een te ontmoeten.'

Ik kreeg het gevoel dat alles al gebeurd was, dat wij, de levenden, niet meer waren dan schaduwen van de echte gebeurtenissen, zwakke contouren die lang geleden waren geschetst.

'Maar waarom?' riep ik. 'Waarom moest zij daarvoor worden opgeofferd? Verdiende ze niet beter?'

'Nee, nee, jij begrijpt niet. Zij verhief hem tot haar niveau, niet andersom. Zij heeft een mens van hem gemaakt.'

'Volgens mij niet. Ze heeft me eens verteld dat hij vroeger Amerikaanse liedjes uit de film voor haar zong.'

'O ja? Dat wist ik niet.'

'Ze zei dat hij vroeger anders was.'

'Ach, ze kent hem waarschijnlijk beter dan ik – ik ken hem alleen als broer. En als oudere man die zijn aanstaande schoonzuster beledigt. Opzettelijk, jij hebt gezien. Maar ik heb hem nooit een liedje horen zingen en ik heb ook nooit geweten dat hij naar de film ging. Maar altijd stel jij de vragen, niet ik. Wat doe jij tegenwoordig met jouw tijd?'

'Ik bestrijd het fascisme,' zei ik, niet zonder trots en in de hoop dat hij het zou waarderen dat ik mijn best deed om zijn jaren in slavernij een heel klein beetje goed te maken.

'Hoe?'

'Dat heb ik toch al gezegd, ik deel folders uit.'

'Folders. Héél goed. Wat staat er in die folders?'

Ik zette onze belangrijke politieke boodschap aan de Londense bevolking uiteen, over de nazidreiging die achter een leugenachtig masker van patriottisme schuilging.

'Daar zullen ze vast wel naar luisteren. Wie kan het nu met een folder oneens zijn? En die jongen, Claude, doet die ook mee?'

Ik had mijn relatie met hem geheim proberen te houden. Ik dacht dat mijn oom wel niet zou begrijpen wat ik met zo'n volksjongen moest, zo'n pummel, zoals hij zei, met zijn leren jack en zijn baantje onder de grond. Maar hij moet ons toch samen hebben gezien, op weg naar huis van de pub of als ik 's morgens heel vroeg uit zijn kamer naar de mijne sloop. En dan die swastika's. Ik schaamde me dood.

'Maakt u zich zorgen over Eunice?' zei ik om maar snel over iets anders te beginnen.

'Ja, natuurlijk. Daarom heb ik ook zo'n haast om met haar te trouwen, dan zegt ze die flat op en komt bij mij wonen, waar ze veiliger is. Het is geen goede buurt.'

'Waarom gaat u trouwens altijd met zwarte vrouwen om?'

'Waarom?' Hij keek me aan met hetzelfde soort glimlach als daarnet tegen de serveerster, een innemende glimlach, en het Hitchcock-profiel met die onderlip verzachtte zich tot het gevoelige gezicht dat ik nog maar een enkele keer van hem had gezien. Hij kon de koude zakenman zijn, het beest dat om zijn winst brult, de man die achteloos op krediet de smakeloze troep koopt waar hij behoefte aan heeft omdat hij ooit slavenarbeid heeft moeten doen en omdat zijn ballen kapot zijn geslagen, maar heel soms smolt zijn gezicht en nam het even een andere vorm aan.

'Pas na de oorlog zag ik voor het eerst van mijn leven een donkere vrouw. Ik wist nauwelijks dat zulke mensen bestonden, behalve misschien in die Amerikaanse films die jouw vader beweert te hebben gezien, wat ik betwijfel. Maar toen ik te lang had gewacht en niet meer uit Hongarije weg kon, toen het communisme ons had beslopen terwijl we even niet oppletten, waren we van de rest van Europa afgesneden. De grote bands, Tommy Dorsey, de zangers, Frank Sinatra en zo, die kwamen nooit in het Oostblok. Wij hadden broederliefde, wij hadden kameraden, en daar waren ook Amerikanen bij. Amerikaanse communisten. En in het café waar ik als ober moest werken, kwam een Amerikaanse levensliedzangeres, een communístische zangeres.'

Hij gooide zijn hoofd in de nek en lachte. 'Wat een idee, hè, maar toch – dat was ze. Ze heette Elvira. Ze had een jurk met lovertjes en schoenen met hoge hakken aan in een tijd dat de vrouwen in Boedapest mannenjasjes en leren laarzen droegen tegen de bittere winterkou. Elvira uit Kansas City. De mooiste vrouw die ik ooit heb gezien, in mijn hele leven. Ik weet niet hoe het haar verder is vergaan, ik heb naar platen van haar gezocht, maar ze heeft waarschijnlijk nooit een plaat gemaakt. Een rasechte communiste – ze was partijlid. Ik zorgde dat ze altijd de beste taartjes kreeg, van het exclusieve blad, speciaal voor partijbonzen en bezoekers uit Moskou. Daarna heb ik nooit meer kunnen warmlopen voor blanke vrouwen. Haar grootmoeder was nog slavin geweest, en ik vertelde haar dat ik nog maar vier jaar geleden zelf ook slaaf was. Ik dronk tokayer uit haar schoenen. Ik zal het nooit vergeten, in mijn appartementje met een fles wijn van de wijngaarden van de Zemplén, en die dronk ik uit de hiel van haar schoen, die naar haar zweet en al haar andere geurtjes rook, en het was de heerlijkste drank van de hele wereld.'

Als de laatste trein vertrekt, als de passagiers bij het eindstation zijn uitgestapt en de lichten van de trein even knipperen en dan doven, rollen de wagons naar de plek waar ze de nacht doorbrengen.

Wat doen ze daar, 's nachts in het donker?

'Ik wil het in een trein met mijn meisje doen,' zei Claude.

'Hè? Op klaarlichte dag?'

'Nee, als we niet meer rijden. Ik neem je mee naar de remise.'

'Mag dat wel?'

'Nee, maar daarom kun je het nog wel doen, toch?'

We hadden geen gemeenschappelijke interesses, geen gezamenlijk sociaal leven; meestal lagen we maar wat in bed en keken naar zijn minivisjes met hun speldenknopoogjes. Soms kreeg een vis een witte schimmel en stierf langzaam, en een enkele keer sprong er een vanuit het aquarium op het kookplaatje, uiteraard met suïcidale bedoelingen: het was een erg beperkte wereld daarbinnen.

Van de dood van een vis was Claude dagenlang uit zijn doen. Hij wikkelde het lijfje in een tissue en begroef het in een ondiepe kuil die hij met een theelepeltje in de tuin had gegraven, maar na ongeveer een week groef hij het weer op en bestudeerde het skelet voordat ook dat tot stof uiteenviel. Hij was verdrietig dat de beestjes in de koude Engelse aarde moesten liggen terwijl ze uit verre zeeën en warme streken kwamen.

De avond na de dag dat ik met mijn oom naar Harrods was geweest om te kijken wat er op het gebied van verlovingsringen te koop was en over het exclusieve blad had geleerd, trok ik mijn spijkerbroek en mijn leren jack aan en begaf me tegen middernacht naar station Camden om de laatste trein naar het noorden te nemen.

De laatste passagiers waren op weg naar huis, bleke feestgangers en vermoeide avondwerkers hingen lusteloos tegen de muren; de laatste trein is een eenzame bedoening, de deur van de dag wordt achter je dichtgesmeten. Er blies een harde wind door de tunnel, die aangaf dat de trein in aantocht was. De treinaanwijzer lichtte op en doofde weer, treinen reden af en aan totdat de allerlaatste kwam. De deuren gingen open en Claude sprong zwierig naar buiten, liet zijn blik onderzoekend langs alle aanwezigen gaan en wenkte dat ik aan boord kon komen. Ik stapte in op mijn verende kistjes, de deuren gingen achter ons dicht en de trein zette zich in beweging.

'Kom hier,' zei hij, 'ik zal je knuffelen, zo te zien heb je het koud. Heb je lang staan wachten?'

'Het gaat wel, hoor.' We stonden in de nauwe ruimte tussen twee ratelende wagons, op de heen en weer schuivende vloerplaten boven de koppeling, waar je voelt dat je in tweeën getrokken kunt worden, de helften van je lichaam steeds verder uit elkaar.

'Mag ik op je fluitje blazen?' vroeg ik.

'Jawel – hier, ga je gang.'

Ik stak het fluitje, dat nog warm was van zijn lippen, in mijn mond en blies lang, hard en snerpend.

We stoven naar het noorden. Claude draafde door de wagons, zijn pet vlak boven zijn ogen, zijn uniformjasje los om zijn schouders en grijs van de as. Echt knap was hij niet: zijn neus was te spits, zijn haar te dun, alles aan hem was puntig behalve die mond, die lippen die eruitzagen alsof ze achteraf in zijn gezicht waren gemonteerd, niet om te praten, maar om te zuigen, te kussen. Maar de meisjes die na een avondje uit op weg naar huis waren, keken hem onbeschaamd met brutale pretogen aan.

Hij zei dat ik zijn meisje was en ik lachte. Ik zei dat we alleen neukmaatjes waren. Dus je vindt me toch te ordinair, zei hij plagerig. Ik bén er toch? zei ik. Kijk maar, je hebt je ordinaire handen op mijn borsten. Jij wilt gewoon eens lekker ruig, zei hij. En wat wil jíj? vroeg ik. Waar ben jij op uit?

'Op je geld natuurlijk, wat dacht jij dan?'

'Dat mag je hebben,' zei ik. 'Mijn fortuin bedraagt acht pond per dag, ik zal je alles geven.'

'Het lijkt me wel leuk om te worden onderhouden, het speeltje van een rijke ouwe vrouw te zijn. Zoals jij.' Zijn plotselinge, abrupte lach. 'Leuk, toch?' Hij kon niet van mijn haar afblijven. 'Kom, laat me je 's aaien, oudje. Je lijkt op de koningin van Sheba. Uit de bijbel, de koning gaf haar goud en geschenken. Ik zou jou ook goud geven als ik daar geld voor had.'

Ik wou dat ik hem mijn kamer in Benson Court kon laten zien, het balletschilderij, het porseleinen hondje, de paardjes die de boeken ondersteunden, de vreselijke tweedehandsjes in de klerenkast, maar hij zou Benson Court nooit vanbinnen zien. Dat was zijn aantrekkingskracht. We waren twee lichamen in vrije val.

Bij Golders Green doken we op uit de diepe tunnel. Op het bovengrondse traject leek de trein fragieler en kwetsbaarder, als een onderaards wezen dat zich een weg naar het oppervlak had gebaand en nu aan al zijn natuurlijke roofvijanden overgeleverd was.

De trein stopte in Hendon, Colindale, Burnt Oak en bereikte het eindstation Edgware. Slapende passagiers werden wakker gemaakt; ze strompelden door de draaihekjes en gingen op weg naar huis. 'Maar jij stapt niet uit,' zei hij tegen mij. 'Wij zijn er nog niet.'

We wachtten een hele tijd; de wagons stonden stil en leeg in het donkere station. Toen kwamen ze weer in beweging, hobbelden in zuidelijke richting over een wissel en maakten vaart. Vanaf de spoordijk zagen we de zwarte silhouetten van bomen en huizen, en daarboven een zwoele zomermaan.

'Ze zeggen dat er treinen zijn waarin het spookt, wist je dat?' zei hij. 'In die treinen gaan de hele tijd passagiers dood, en sommige treinen hebben mensen doodgemaakt, dat zijn de killers, maar je weet nooit welke het zijn, ze veranderen steeds van nummer.'

'Hoe doen ze dat, mensen doodmaken?'

'Zelfmoordenaars gooien zich ervoor, en dan loopt het bloed over de rails.'

We reden de remise Golders Green binnen. Ik hoorde de voetstappen van de machinist, die naar huis ging, in het gangetje weergalmen. We waren alleen met de stilte. Buiten slopen er volgens Claude vossen in de bosjes rond, hij zag ze wel eens.

'Zo, nou ben ik alleen met m'n meisje,' zei hij, en hij zette zijn pet af en deed zijn jasje uit. 'Ik wou dat we het onder het rijden konden doen, maar dat risico kan ik niet nemen.'

We konden nergens anders gaan liggen dan op de grond, die bezaaid was met lege chipszakjes, gescheurde kranten, plastic zakken, peuken, snoeppapiertjes, een fopspeen, een portemonnee waar niets meer in zat, een pet, een schoen, een shirt, verscheurde kaartjes. Hij deed de ramen open om de nachtlucht binnen te laten.

'Doe je rits open,' zei hij. Hij maakte zelf ook zijn gulp open, stak zijn hand uit, trok mijn onderbroek omlaag tot op mijn heupen en stak zijn handen daarna door de lussen die aan het dak van de wagon hingen. Het was zo donker dat ik hem nauwelijks kon zien, hij was een omtrek en een weerkaatsende stem. 'Eerst effe zoenen en dan stop je 'm erin.' Ik trok mezelf omhoog totdat mijn knieën zijn smalle heupen omklemden. Zo hingen we daar, hij aan het dak en ik aan hem. Toen het voorbij was, veegde hij mijn dijen af met zijn jasje.

Ik zei niets. Het was zijn fantasie, niet de mijne. Ik had het gevoel dat we te ver waren gegaan: net als de metrotrein, die van de op de plattegrond aangegeven route was afgeweken, hadden we ons op duister, onbekend terrein begeven. Hij draaide een sjekkie in het donker. Ik ging zitten.

'Vind je het goed als ik even op je schoot kom zitten?' vroeg hij.

'Ja hoor.'

Hij was zo licht als een vogeltje, of een spook.

'Wat ben je mager,' zei ik, en ik pakte hem voorzichtig vast, zodat hij niet zou breken. 'Je eet niet genoeg om in leven te blijven,' zei ik terwijl ik zijn gezicht streelde.

'Ik lééf toch?' zei hij, en hij wendde zijn hoofd af.

'Je kwijnt weg, van het voorjaar was je veel sterker. Die pillen die je slikt zijn om af te slanken, wist je dat? Daarvoor schrijven de artsen ze voor, daarom heb je geen trek in eten.'

'Ik leef van de lucht,' zei hij. Zijn stem kwam van achter het gloeiende kooltje in het donker. 'Dat zei mijn oma een keer. Zij stamde af van de kampers, en die zijn familie van de elfen.' Hij lachte. 'Ik zou best een wezen uit de andere wereld willen zijn. Ik denk wel eens dat ik in deze niet thuishoor.'

Ik wist dat het bijna voorbij was, maar dat betekende niet dat ik ooit zou ophouden naar hem te verlangen, of dat de tederheid die hij soms liet zien me niet zou blijven ontroeren of mijn hart niet raakte, dat al bezig was zich te pantseren met onzichtbare laagjes eelt.

'Zullen we elkaar allebei een geheim vertellen?' zei hij. 'Daar is de nacht toch voor, om verhalen te vertellen?'

'Ik vind het best.'

'Wie eerst?'

'Het was jouw idee.'

'Oké, daar gaat-ie.' Hij begon zacht en haastig te praten, alsof hij zijn gedachten najaagde om ze te doden. 'Dit is gebeurd toen ik nog een jongetje was en net naar de middelbare school ging.

We moesten daar grijze kniekousen hebben. Zo wist je dat je op de middelbare school zat, door die kousen. Toen ik na de eerste schooldag thuiskwam, moest ik van mijn vader de etensbakken van de honden schoonmaken achter het huis.'

'Wat voor honden?' Ik wist hoe bang hij voor ze was. Hij had me al eerder verteld dat hij misselijk werd van de lucht van die beesten.

'Twee grote vuilnisbakken met scherpe tanden en een doffe vacht. En ze hadden zwarte lippen en hun ogen traanden altijd. Ik weet niet waarom mijn vader ze hield, want hij ging nooit met ze lopen of zo, hij liet ze de hele dag aan de ketting liggen, maar hij kwam uit Ierland, ergens van het platteland, en zei dat een echte man nou eenmaal een hond moet hebben.

Goed, ik buk me om die bakken op te pakken, en een van de honden – mijn vader noemde hem Alf, naar een jongen uit onze straat – tilt zijn poot op en pist over me heen. Ik voelde de pis over mijn kousen druipen, warm en nat en donkergeel, en ik rook de ammoniakstank. Ik holde brullend het huis in, maar mijn moeder stond te lachen. Ze gaf me een kusje, trok de kousen uit, waste ze en hing ze die nacht voor de kachel te drogen. Maar toen ik de volgende dag naar school ging, stonk ik nog steeds en alle kinderen scholden me uit, dus in de pauze liep ik weg.'

'Waarnaartoe?'

Hij legde zijn gezicht tegen mijn wang en ik gaf hem een kusje, zoals je met een kind doet.

'Naar de haven, naar een paar schuren waar ik vaker was geweest. Daar sliep ik bij de zwervers, en ze gaven me cider. Ik was nog maar elf, maar ik vond het lekker, ook dat gevoel als het in je bloed kwam. Ze waren oké, ik had niks tegen ze, ook al stonken ze natuurlijk, maar ik stonk zelf ook. Ik was net een zwerfkat, snap je? Heb jij dat gevoel ooit gehad? Dat je bij niets en niemand hoort? Ik dacht dat ik daar wel altijd kon blijven en nooit meer naar school hoefde, maar na een poosje kwamen ze me zoeken, met een agent en een maatschappelijk werkster, en toen moest ik weer naar huis. Mijn moeder gooide de kousen weg en kocht nieuwe, maar ik dacht altijd dat mensen die hondenpis toch nog roken, dat ik die stank nooit meer kwijt zou raken.'

'Je ruikt heerlijk,' zei ik. 'Wist je dat niet?'

'Ja, dat hebben meer meisjes tegen me gezegd. Maar ik geloof ze nooit helemaal. Ik was me maar vaak, voor de zekerheid.'

De deuren gingen open en een eindje verderop gingen de schoonmakers aan de slag met vuilniszakken, bezems en dweilen. Hij stond op.

'We moeten hier weg,' zei hij. 'Anders verlinken ze me misschien. Ik vond het fijn om bij je op schoot te zitten, dat moeten we nog eens doen.'

Het was nog maar halftwee, we hadden nog een lange nacht voor ons.

'Waar gaan we nu naartoe?'

Hij zei dat we wel naar huis konden lopen als het licht werd, maar dat we eerst een kop thee gingen drinken in de kantine. 'En nou moet jij míj wat vertellen. Ik hoop dat je met iets goeds komt!'

Ik herinner me de betegelde kliniek, de groene wachtkamer, de bange meisjes, de hand van mijn moeder die het zweet uit mijn hals wegveegde, de bus, de lucht van de plastic zittingen, de gruwelijke pijn. Maar wie herinnert zich hoe pijn werkelijk was? Dat is onmogelijk, dat herinner je je niet, je bent alleen bang voor herhaling. Die gedachten zijn als hechtingen – je naait er een herinnering van en de huid en het slijmvlies sluiten zich eroverheen en vormen een litteken. Dat litteken is de herinnering.

Mijn moeder bracht me thee op bed. 'Je moet oppassen met wassen,' zei ze, 'anders krijg je een infectie. Het is daar beneden aan de lucht opengesteld geweest.'

De thee smaakte naar ijzervijlsel. 'Ik krijg dit niet weg.'

'Een glaasje water dan?'

'Ja, liever water.' Maar toen ik dat kreeg, smaakte het vettig en muf.

Wat weet een lichaam? Het begrijpt heel goed dat er een indringer is binnengevallen, of dat nu een cel is of een curette die het klompje levende materie wegzuigt. Het zal je nooit de kans geven dat te vergeten. Er zaten gaten in mijn lichaam. Hiaten, ontbrekende stukken. Ik deed mijn best ze te negeren.

'Godverdomme, hou je kop, ja? Een baby doodmaken, dat mág niet.'

'Ik heb geen baby doodgemaakt.'

'Jawel. Hij is toch dood? Waar is-ie anders? Waar is die baby dan, Viv, laat kijken dan.'

'Hou op.'

'Waar moet ik mee ophouden? Jij maakt zo'n kleintje dood en nou moet ik zeker medelijden met je hebben?'

'Maar ik heb toch verteld hoe het ging, je snapt toch wel dat ik niet anders kon? Ik had geen keus.'

'Ja, er zit altijd wel een verhaal achter, ze hebben altijd een excuus. Je hoort niet anders. Hij zei dat hij met me zou trouwen, ik dacht dat het van de eerste keer niet kon. Stomme wijven.'

Hij smeet een opengescheurd zakje suiker door de kantine; de suiker regende neer op de plastic stoelen, het bruine vinyl op de grond, het formica tafeltje. 'Kijk nou wat ik doe. Jouw schuld.' Zijn gezicht zag er in het tl-licht ziek uit, half verhongerd, gestoord.

Ik herinnerde me de hand van zijn vader die hem de helling op duwde, naar de kerk.

'Je bent gehersenspoeld door jullie priester,' zei ik.

'De hel bestaat echt. Als de priester dat zegt, betekent dat nog niet dat het niet waar is.'

Ik kende hem helemaal niet. Ik begreep niets van hem, hij was een ondoorzichtige massa materie in een t-shirt en een leren jack. Achter zijn ogen ging een gecompliceerd mens schuil. Ik had hem helemaal nooit geraakt.

'Ik ga,' zei ik. 'Ik loop wel naar huis. Jij bent echt gek.'

'Oké. Doei.' Hij begon een sjekkie te draaien, maar zijn vingers trilden. Toen ik bij de poort omkeek, stond hij me voor het raam na te kijken alsof hij plotseling bij een andere tijd, een andere dimensie hoorde, ingelijst in het kozijn met het licht achter zich, een rechthoek van licht in de aardedonkere remise, net als de geesten waarvan hij geloofde dat ze 's nachts door de lege treinen rondwaarden, de geesten van zelfmoordenaars.

De hemel werd geleidelijk lichter en het donker trok op boven

Londen. Stad van stompe en spitse torens, spoorlijnen, overal ondertunneld, en hoe dichter ik bij huis kwam, hoe sneller ik ging lopen, totdat ik op het laatst door Chalk Farm rende terwijl het helemaal licht werd en de zon boven de riviermonding opging.

Ik rende langs fabrieken, werkplaatsen en bergingen. De energie van Londen deelde zich aan me mee, alle energie en vitaliteit van de ontwakende stad nam bezit van me en liet mijn gedachten nog harder rennen dan ikzelf.

Als ik de baby had gehouden, zou ze nu al bijna alles hebben wat ze nodig had om een echt mens te worden. Een hoofd, armpjes, beentjes, handjes, haar. Haar voetjes en vingerafdrukken zouden zich nu ongeveer gaan vormen. Haar hersentjes zouden al boodschappen ontvangen en herinneringen aan haar beginperiode in de baarmoeder vormen die ze later weer zou vergeten, want dat doet iedereen. Ze zou zich ingenieus aan het ontwikkelen zijn, helemaal gericht op degene die ze later zou worden, en haar DNA had al beslist of ze Alexanders lange, rijzige bouw en zijn blonde haar kreeg of mijn kleine lijf en mijn donkere dons op de bovenlip. Het DNA zou beslissen wat er naar de toekomst werd doorgestuurd – misschien reikte de codestreng wel tot in het dorpje in de Zemplén met de rabbijnen en de pruimenbomen, of naar de kleine stadjes in West-Engeland met de kerken en de eikenbomen. Mijn lichaam zou nu een machine zijn geweest, druk bezig met het voortbrengen van een gloednieuw mensje.

Volgend jaar om deze tijd zou ik met haar in de kinderwagen door Regent's Park hebben gelopen, langs de rozentuin. Dan had ik haar de vijver laten zien, met de eendjes en de ganzen, en haar verteld over het innerlijk leven van de gans zoals haar vader dat zag. Ik werd overspoeld door een hevige golf van spijt, een hartverscheurend gevoel dat ik een verkeerd besluit had genomen en dat Claude op zijn simpele, rechtlijnige manier gelijk had, en zijn harde woorden deden me pijn tot in het diepst van mijn wezen.

Eindelijk was ik thuis, in mijn kamer; ik liet me ongewassen in mijn kleren op bed ploffen en viel meteen in slaap. Ik droomde over mijn baby. Ze heette Gertrude. Wat een achterlijke naam! Haar oogjes waren blauw en ze had een fluwelen jurkje aan. Ze pakte me bij mijn hand. 'Mama,' zei ze. 'Ja, schat?' 'Hoe heet jij?' Ik probeerde antwoord te geven, maar mijn tong leek wel van hout. Ik probeerde mijn naam met mijn lippen te vormen en hoe meer ik mijn best deed, hoe beter het lukte. Ja, nu hoorde ik mezelf duidelijk.

'Vivien,' zei mijn oom. 'Vivien! Het is tien uur. Slaap je nu nog?'

'Jij hebt ruzie gehad met die jongen,' zei hij. 'Ik zie aan jouw gezicht.'

Ik knikte, en zijn gezicht klaarde op. Hij zei dat hij hem eruit zou gooien. Hij zou hem een paar pond geven, en dan kon hij de volgende dag opkrassen. Maar ik zei dat Claude het recht had daar te wonen, en toen sloeg mijn oom natuurlijk zijn blik ten hemel.

'Jij met jouw recht,' zei hij. 'Wat zag jij eigenlijk in die figuur? Hij was beneden jouw stand, jij bent een vrouw met een academische graad.'

Hoe kon ik mijn oom de erotische aantrekkingskracht uitleggen die me in Claudes armen had gedreven?

'O, ik begrijp wel, hoor, daar hoef jij je niet voor te schamen. Verstop dat gedeelte van jouw leven niet, doe het niet in de ban zoals mijn broer heeft gedaan. Jij had recht op een speeltje na alles wat jij hebt meegemaakt. Maar nu is dat speeltje kapot, dus gooi het weg en begin aan iets nieuws.'

'Gaat u zo met vrouwen om?'

'In het verleden wel, ja. Maar ik ben veranderd. Ja, echt, zelfs een ouwe kater als ik kan zijn streken verliezen.'

'Vos.'

'Hè?'

'"Een vos verliest wel zijn haren maar niet zijn streken", zo is het spreekwoord.'

'Dat weet ik niet, ik ken geen vossen, dus ik durf niet te zeggen of zij hun streken verliezen of niet. Maar wat ik wou zeggen, ik ben veranderd. Ik word een totaal ander mens, jij zult zien.'

We zaten koffie te drinken in zijn kamer, onder de muurschildering, hij op zijn rotan pauwentroon en ik tegenover hem in T-shirt en spijkerbroek, met opgetrokken benen en mijn handen om mijn knieën, alsof ik mijn buik tegen een aanval van buitenaf wilde beschermen.

We waren niet aan het opnemen; hij zag dat ik doodmoe was en hij wilde dat ik mijn krachten spaarde voor een gunst die hij van me moest vragen – of ik de volgende dag naar Wood Green wilde gaan om Eunice te helpen met inpakken. Ze trok nu dan toch eindelijk bij hem in. De verhuisdozen waren bezorgd, de verhuiswagen kwam morgen en ze had een dag vrij genomen van haar werk, maar ze had met tegenzin moeten toegeven dat ze het in haar eentje niet zou redden.

'Waarom uitgerekend ik?' vroeg ik. 'Ze mag me niet.'

'Dat komt alleen maar omdat zij jou niet kent, en om eerlijk te zijn is het ook niet zo makkelijk om jou te léren kennen, jij lijkt op jouw vader in dat opzicht – maar ook alleen in dat opzicht, hoor, begrijp mij goed. Jij hebt godzijdank een totaal ander karakter.'

'Waarom is het zo moeilijk om mij te leren kennen? Dat snap ik niet.'

Hij glimlachte. 'Hoe zal ik jou noemen? Miranda? Vivien? Nou? Weet je, jij bent een vrouw die graag om de vijf minuten een ander gezicht opzet, alsof jij een nieuwe jurk aantrekt, terwijl dat helemaal niet hoeft, want jij bent zo mooi van jouzelf, met jouw eigen gezicht. En dat allemaal omdat jij onzeker bent, jij vertrouwt jouw eigen instinct niet, jij bent bang dat het jou de verkeerde kant uit stuurt, recht op een ramp af. Ik wéét dat jij dat denkt. Ik kijk goed naar jou als wij aan het opnemen zijn. Jij bent vanbinnen heel onzeker, jij moet voortdurend vragen stellen. Waarom, waarom, waarom. Daar verstop jij je achter, achter al die vragen. Jij denkt tijd te winnen als jij waarom vraagt. Was jij als kind ook zo? Want ik herinner me jou nog wel, hoor, hoe jij als klein meisje bij die deur stond, met grote ogen, en ik wou jou chocola geven, maar jouw vader griste het uit mijn hand alsof het vergif was.'

'Ja, dat weet ik ook nog goed, het is de duidelijkste herinnering die ik aan mijn jeugd heb.' Ik was nog druk bezig de opmerkingen over mijn persoonlijkheid op te bergen om ze later, als ik rustig de tijd had, goed te bestuderen. Ik vond ze erg verrassend en zelfs verontrustend, omdat ik mezelf zag als iemand die zich voortdurend wanhopig vastklampte aan rede en logica ten overstaan van mijn onberekenbare ouders met al hun oude grieven, onzekerheden, neuroses en bizarre meningen.

'Meen jij dat? Wat herinner jij je van mij?' Hij boog zich enthousiast naar voren op de rotan troon.

'Ik herinner me uw blauwe pak, uw suède schoenen en uw horloge met diamantjes, en dat meisje dat bij u was, met haar luipaardjas en haar hoed. Ik keek u na toen u met haar wegging, u liep met haar over de stoep en zij had chocola om haar mond.'

Hij glimlachte. 'Ach ja, dat meisje. Ik weet niet hoe haar is vergaan, zij komen en gaan. Ik weet ook niet waar dat pak gebleven is, of dat horloge. Maar wat was jij een lief kind. Ik heb nooit kinderen gehad, niet dat ik weet tenminste.'

'Zou u willen dat u een kind had?' vroeg ik, want ik wist toen nog niet dat hij onvruchtbaar was. Zijn gezicht verstarde een beetje. Er verschenen grijze schaduwen in de groeven van de huid.

'Ik heb jarenlang over een zoon gefantaseerd. Het is normaal dat een man een zoon wil, maar dan blijkt een dochter te zijn en wens je iets heel anders. Je beseft dat jij vrouwen op een bepaalde manier behandelt en dat jouw dochter later ook zo door mannen zal worden behandeld. Dat besef kan je treffen als een dreun tegen je hoofd met een zware plank. Ach, ik heb vrouwen nooit onaardig behandeld, alleen maar nonchalant. Maar zo mag je niet met mensen omgaan. Ik wil niet dat jij nonchalant met mensen omgaat, en daarom zag ik jou niet graag met die jongen. Hij was een speeltje voor jou. Maar ik hou op, het gaat me niks aan, ik geef alleen maar mijn mening, meer niet. Het is tijd voor het journaal.'

Hij zette de tv aan. Ze interviewden John Tyndall, de leider van het National Front, die het over het 'blanke ras' had. Ik keek naar mijn handen om te zien welke kleur ze hadden. Een vuil olijfbruin. Hij werd geflankeerd door aanhangers, allemaal mannen met witte overhemden en donkere dassen, en hun hoofden leken wel gekookt, al het bloed was naar de oppervlakte gekomen.

'Moet je dat miezerige stuk dreck zien,' zei mijn oom. 'Ach, ik maak me geen zorgen over mijzelf, maar wel over Eunice. Ik lig er 's nachts wakker van – hoe moet zij zich redden? Die lui met die zware veterschoenen zitten overal, wie zal ze onder de duim houden?'

'Ik ga volgende week aan een demonstratie meedoen,' zei ik trots.

Hij lachte, zijn slappe onderlip trilde en zijn bruine ogen fonkelden van cynisch vermaak. 'Ik heb demonstraties gezien. Mensen trekken massaal door de stad met borden in hun hand, ik heb het in Boedapest gezien in '56. Heeft dat ooit geholpen?'

Maar ondanks zijn bravoure was hij bang. Ik zag zijn gezicht wit wegtrekken in het koude licht van de beeldbuis, en zijn handen omklemden de leuningen van de rotan pauwentroon.

'Eunice!' riep hij uit terwijl de racisten over het scherm marcheerden. 'Hoe moet nou verder?' zei hij, en hij keek me aan. 'Wat ga jij doen?'

Ik vertelde hem dat het soms eindeloos duurde voordat ik al mijn folders kwijt was, terwijl de mensen ze op andere dagen zo graag wilden hebben dat ze ze bij wijze van spreken uit mijn handen rukten en me ook nog bedankten, me prezen puur omdat ik daar stond, omdat ik liet zien dat er mensen waren die pal stonden als het er echt op aankwam.

'Dwaze meid,' riep mijn oom wanhopig. 'Jij met al jouw hersens en jouw Shakespeare, kijk toch eens naar jouzelf, jij kleedt je als een jongen en al jouw mooie haar is eraf.'

'Ik laat het weer groeien,' zei ik. 'Ik wil geen punk meer zijn.'

'Mooi zo. Daar ben ik blij om. En gaan wij nog door met de opnames? Ik heb jou nog niks belangrijks verteld, het echte verhaal moet nog komen, over wat ik heb gedaan en wat zij mij hebben aangedaan. Jij hebt geen idee, jij kent alleen het begin. Krijg ik een kus van jou?'

'Natuurlijk.' Ik kuste hem zachtjes op zijn voorhoofd, en hij pakte mijn hand en bracht hem naar zijn lippen. Ik voelde die natte lippen tegen mijn huid en de druk van zijn vingers om mijn pols, zag de nagels wit worden. Mijn oom, mijn vlees en bloed, die had geleden en anderen had laten lijden. Weerzin en empathie, dat voelde ik. Hij plukte een wit stukje stof of kalk uit mijn haar. 'Jij bent stoffig,' zei hij, en hij raakte aarzelend mijn wang aan. 'Laat het alsjeblieft weer groeien, dat prachtige haar van jou. Laat het groeien zoals het wil – toen ik jou als klein meisje zag had jij van die lange spiraalkrullen. Net als mijn moeder, precies zo. Zij probeerde haar haar ook te ontkrullen, net als jij, maar het deed nooit helemaal wat zij wou. Ik vind vrouwen met krullen de mooiste.'

We keken verder naar het journaal, maar hij had zijn belangstelling verloren. Ik schreef Eunice' adres op en hij bedankte me. Ik verlangde ernaar eindelijk het sappigste deel van het verhaal te horen, hoe hij die huizen in West-Londen had gekocht en ze was gaan verhuren. Ik wilde hem een heleboel vragen over wat hij had gedaan en hoe hij dat meende te kunnen verantwoorden, maar ik wist niet dat dit ons allerlaatste gesprek zou zijn, daar in zijn kamer bij die muurschildering, onder de zwaaiende palmbomen en de zon op het geschilderde zand.

Hij had een bord in zijn hand met een stuk kwarktaart met aardbeien en rood glazuur dat hij bij Swiss Cottage had gekocht, maar hij had er haast niets van gegeten, want hij had het dan wel vaak over taart en deed veel moeite om eraan te komen, maar het was volgens mij vooral het *idee* van taart dat hem dreef, omdat zijn spijsverteringsstelsel niet tegen zulke grote hoeveelheden suiker en vet kon. Nu, dertig jaar later, zie ik hem nog steeds met dat stuk kwarktaart bij die muurschildering zitten, ik zie de verlegen, liefdevolle en verlangende blik waarmee hij me aankeek, zijn bruine ogen waar langzaam een waas over trok, en de zakdoek waarmee hij de glazen van zijn leesbril met het nepschildpadmontuur poetste.

Ik had verwacht dat Eunice wel in een popperig flatje met allerlei bibelots zou wonen, en ze had inderdaad een paar aardige
dingetjes gekocht – schilderijtjes, ornamentjes, fluwelen gordijnen en plastic potten met Kaapse viooltjes, maar haar huis leek
nog het meest op een nette hotelkamer, alsof ze er alleen kwam
om even te eten, tv te kijken en te slapen, en haar echte leven zich
in het openbaar afspeelde, in de winkel of aan de arm van mijn
oom. Ze had het soort huis waar de mooiste pop zorgvuldig in
roze vloeipapier in de originele doos wordt opgeborgen. Ze
woonde in een victoriaans rijtjeshuis, achter een voordeur met
een stoffig, gebarsten glas-in-loodruitje. Voor haar was alleen die
deur belangrijk, de barricade tussen haar en de buitenwereld.

Ze wees naar de overkant, waar flatgebouwen stonden. 'Daar
woont een ander soort mensen,' zei ze. 'En geen prettig soort.'
Veel jongens die niet wilden deugen, zei ze, crimineeltjes, in-
sluipers, helers en brutale straatkinderen die voor niemand respect hadden. Een keer toen ze naar de metro liep was er eentje
weggerend met haar handtas, met alles erin: haar portemonnee,
sleutels, lippenstift, verzekeringspas. Nadat ze de hele buurt had
uitgekamd, vond ze hem uiteindelijk op de vuilnisbelt terug; alles was eruit gehaald en ze moest voor veel geld alle sloten laten
vervangen.

'En daarna is het nog erger geworden,' zei ze, 'toen kwamen

die witte jongens met die kistjes en die kaalgeschoren koppen.'

Ik vertelde dus over mijn activiteiten voor de Anti-Nazi League in de hoop dat ze daar waarderend op zou reageren en me aardig zou gaan vinden, al had ik er weinig vertrouwen in dat ze er positiever tegenover zou staan dan mijn oom. 'Tja,' zei ze, 'het is mooi dat je principieel bent, we moeten elkaar steunen, jullie joden en wij. Maar die jongens met die kistjes worden niet heet of koud van zo'n foldertje.'

'Wat vindt u dan dat we moeten doen?' vroeg ik. Want ik stónd er tenminste, buiten op straat, in plaats van me in huis te verstoppen.

Ze haalde haar schouders op. 'Ach, weet je, dit is het enige waarvoor mensen als Mickey Elf hun nut hebben.'

Ik vond hem een vreemde figuur en begreep niet hoe mijn oom zo dik met hem kon zijn, maar zij bracht me in herinnering dat ze al heel lang met elkaar optrokken, al sinds Sándor pas in Londen was en mijn vader helemaal niet aardig of hartelijk was geweest, want hij had hem een baan als arbeider aangeboden, in een fabriek, terwijl hij toch duidelijk een zakenman was. Mickey had zijn zaak op poten gezet. Mickey had de contacten, Mickey had hem uitgelegd wat hij kon doen, wat iedereen kon doen als hij wilde of als hij, zoals mijn oom, weinig keus had.

Maar, vroeg ik, hoe kon uitgerekend Mickey iets betekenen in de strijd tegen het fascisme? Nou, zei ze, hij had Jim geholpen met de kerels die hem in zijn winkel lastigvielen, en die waren niet meer teruggekomen.

Had die dwerg met zijn rare pruik dan skinheads in elkaar geslagen? vroeg ik verbijsterd. Nee, nee, zei ze, Mickey zélf natuurlijk niet, zijn *contacten*. Hij kende iedereen. Ze zei niet dat dat de beste manier was. Natuurlijk niet, maar het was een manier, en soms de enige manier.

Ze had al van tevoren op alle dozen een etikel geplakt, zodat duidelijk was wat waarin moest. Ze deed alles volgens het systeem dat ze in de loop der jaren in de winkel had geleerd, maar ik mocht alleen banale dingen als lakens, theedoeken, kussens, bestek, blikjes en pakjes droge soep inpakken. Haar kleren deed ze zelf; ze vouwde ze met haar vaardige vingers op, legde ze eigenhandig in de koffers en behandelde ze alsof het kwetsbare kinderen waren.

Het eentonige werkje had iets kalmerends en al doende kon ik in het reine komen met alle tegenstrijdige gedachten die sinds de ruzie met Claude door mijn hoofd raasden. Hij had die ideeën ongetwijfeld van zijn Ierse vader – een ouwe hypocriet, want Claude was enig kind, dus ze moesten toch op de een of andere manier de regels van de katholieke kerk aan hun laars hebben gelapt. Hoe had ik kunnen vermoeden dat hij zo over de rooie zou gaan van mijn verhaal over de dood van Alexander in dat restaurant in Nice en mijn abortus na mijn terugkeer in Londen? Hij leek wel krankzinnig, daar in die kantine.

Ik wist dat het met Alexander totaal anders zou zijn gegaan. We zouden rustig samen aan de keukentafel zijn gaan zitten om het rationeel te bespreken, en hij zou waarschijnlijk vriendelijk hebben gezegd: 'Tja, Vivien, het is jouw beslissing, jouw keuze. Ik heb er natuurlijk wel een mening over, maar het is jouw lichaam, niet het mijne.' Die platitudes zouden de wielen zijn geweest waarop we door ons leven reden, de dingen waarover we het eens waren, de taal van welopgevoede, hoogopgeleide mensen. Maar dat alles had ik nu allang achter me gelaten.

Toen we klaar waren met pakken en ik helemaal uitgeput was, pas toen ging Eunice thee voor me zetten. 'Ik heb er geen taart bij, zoals Sándor,' zei ze. 'Ik let op mijn lijn.' Maar toen bood ze me iets aan wat me zo verraste dat ik mijn beeld van deze vrouw met haar soepel vallende beige broek, haar geborduurde fluwelen slofjes en haar mokkakleurige zijden blouse, die thee dronk uit een porseleinen kopje met roosjes erop, helemaal moest bijstellen.

'Wil je ook een blowtje?' Ze haalde een stukje hasj uit het zilverfolie en begon een joint te bouwen. 'Ik neem 's avonds graag een jointje, dat ontspant, beter dan een glas wijn. Sándor houdt er niet van. Hij heeft het één keer geprobeerd, een paar trekjes van mij, maar hij werd er alleen maar misselijk van, hij heeft er de conditie niet voor.'

Mijn oom maakte vaak laatdunkende opmerkingen over drugsverslaafden – junkies, zoals hij zei. Hij hield de touwtjes graag strak in handen en vond het gevaarlijk zich te laten gaan, behalve dan met patisserie en vrouwen, want als je je liet gaan, liet je de controle aan anderen over, en daar was hij alleen bij Eunice toe bereid. Maar dit was haar enige ondeugd, dus die kon hij haar wel vergeven; ze nam nooit meer dan een paar slokjes wijn en lette heel precies op wat ze at.

Het werd Eunice' laatste joint. Ze had besloten dat er in haar nieuwe huis geen drugs zouden binnenkomen, want de politie zocht altijd een aanleiding om haar aanstaande man, die nog in zijn proeftijd zat, te arresteren; niet omdat hij iets had gedaan, maar gewoon om hem te pesten, zei ze. Eunice had net zo weinig met de politie op als mijn oom.

We blowden in stilte. Ik deed mijn uiterste best om me te ontspannen en me te concentreren op de rozenknopjes op het theekopje dat ik nog steeds in mijn rechterhand hield; ze schenen steeds groter te worden en hun kleur steeds intenser, totdat het wel bloemen uit een cartoon leken met gigantische dorens, een beetje lachwekkend. Maar nog steeds klonken de gedachten aan mijn ongeboren kind door mijn hoofd, als een doorlopend achtergrondcommentaar. Of ik het nu echt helemaal verkeerd had gedaan, of het kind koppig zou blijven weigeren weg te gaan en om me heen zou blijven hangen, in mijn gedachten, als een geest. En toen keken Alexanders kleine blauwe ogen uit de hemel op me neer en zijn lippen plooiden zich tot een glimlach. De doden dromden samen, mijn baby'tje, mijn grootmoeder met de knobbel in haar borst, mijn grootvader in de kuil met ongebluste kalk. Ze spraken in vreemde talen; zelfs Alexander begon Latijn tegen me te praten en de baby brabbelde beschuldigend.

'Sterk spul is dit,' zei Eunice. 'Zou er opium doorheen zitten?'

'Ik voel me niet lekker.'

'Je ziet er inderdaad ziek uit. Ga maar even liggen.'

Ze nam me mee naar haar slaapkamer en legde een deken over me heen. 'Ga maar even lekker slapen,' zei ze. 'Ik maak je over een paar uur wel wakker.'

Ik viel uitgeput in een slaap vol felgekleurde dromen en werd gewekt door het bevel naar de keuken te komen voor een toastje met gepocheerd ei. Het gele oog keek me vanaf het bord aan, maar toen ik het op had voelde ik me stukken beter, alert en energiek. Tijd om naar huis te gaan. Eunice wilde me naar het metrostation brengen, maar ik zei dat dat niet hoefde.

'Dankjewel,' zei ze. 'Ik weet wel dat het Sándors idee was dat je kwam helpen. Hij wilde dat we elkaar leerden kennen. Ik heb gezien dat je een harde werker bent en dat je het hart op de juiste plaats hebt, al vertrouw je op foldertjes. Als ik morgen niet ging verhuizen zou ik zeggen dat je hier altijd welkom bent.'

'Morgen worden we buren,' zei ik.

'Ja.'

'En ik wil nog een keer zeggen dat ik het heel erg vind wat mijn vader tegen u zei.' Maar ik begreep meteen dat ik dat niet had moeten zeggen, want die belediging hoorde nu bij de categorie gebeurtenissen waar je niet over sprak, en ze dacht blijkbaar dat ik die weer ophaalde om haar een ongemakkelijk gevoel te bezorgen. Ze knikte kort en deed de deur open.

Ik zei dat ik de volgende dag naar Camden zou komen om haar te helpen met uitpakken, maar ze zei dat dat niet nodig was, 'want dan is Sándor er ook en meer hulp heb ik niet nodig'.

Toch probeerde ik haar een zoen op haar wang te geven; ze bleef stijfjes staan en liet het toe, maar zoende niet terug.

Toen ik aan het eind van haar straat op het lawaaiige, rommelige kruispunt bij het metrostation de hoek omsloeg, kwam er van de andere kant een groepje jongens aan, vier naast elkaar. In de ogen van een buitenstaander die de kledingcodes van de late jaren zeventig niet kende zagen we er waarschijnlijk hetzelfde uit, maar toch niet helemaal, want ik had Claudes vrijetijdspunkstijl overgenomen en die vertoonde bepaalde veelbetekenende verschillen met de manier waarop de skinheads zich kleedden. Zo droegen zij bijvoorbeeld leren kistjes en wij hoge canvas schoenen; zij sloegen hun broekspijpen om tot de kuiten en wij droegen strakke jeans met smalle pijpen; zij droegen bretels en wij niet; ons haar stond in rechte stekels overeind en werd die zomer steeds hoger totdat de hanenkam in zwang kwam, en we verfden het roze en blauw, zij schoren zich bijna helemaal kaal; wij droegen veiligheidsspelden bij wijze van sieraad en zij hadden geen sieraden. Al die verschillen zag je in één oogopslag en we wisten dan ook direct dat we vijanden waren.

Ik had nog nooit een skinhead van zo dichtbij gezien. Ik rook het leer van hun kistjes en zag hun roze hoofdhuid.

Ze grepen mijn tas, rukten hem uit mijn hand en kieperden de inhoud op straat. Misschien had er in Eunice' hasj nog meer gezeten dan alleen de opium waaraan wij dachten, want in plaats van op die straathoek stilletjes voor dood te gaan liggen of terug te rennen naar haar huis begon ik ze luidkeels uit te schelden voor smerig tuig en fascisten. Ik griste mijn tas weer uit hun handen en begon een van de jongens ermee op zijn hoofd te timmeren. De metalen sluiting kwam tegen zijn wang en liet een schram achter. Ik bloed, riep hij, en hij pakte een zakdoek en drukte die tegen zijn gezicht. De anderen lachten hem uit en riepen dat hij een huilebalk was die zich druk maakte om een schrammetje van een damestasje. Ze lieten zich op een knie zakken om hun veters strakker aan te trekken. Ik raapte mijn spullen op die over de stoep verspreid lagen en deed ze weer in mijn tas.

Terwijl ik gebukt stond, voelde ik de neus van een kistje in mijn rug en viel met mijn gezicht op het beton. Mijn handen raakten ontveld door het contact met de stoep en er welden bloeddruppels uit mijn huid op.

De skinheads stonden te lachen, pakten toen mijn tas en propten mijn portemonnee in mijn mond, want ik was een vuile jodin en die zijn gek op geld, zeiden ze. Maar het kon me niets schelen wat ze zeiden, want zodra ik mijn mond weer leeg had gemaakt begon ik ze weer uit te schelden voor alles wat mooi en lelijk was, totdat het ze begon te vervelen en ze doorliepen, maar ik rende achter ze aan en ze draaiden zich om en begonnen weer te meppen. Maar in mijn woede voelde ik er nauwelijks iets van en ik bleef tegen ze tekeergaan, uit wraak voor wat hun grote voorbeelden mijn oom hadden aangedaan. Hoe meer ik riep, hoe harder zij schopten, maar mijn benen waren van ijzer en ik voelde niets. Mijn mond braakte vurige banvloeken uit, als God die al zijn plagen over zijn vijanden afroept.

Toen mijn oom me binnen hoorde komen klopte hij op mijn deur, maar ik deed niet open. Ik wilde echt niemand zien, ik was hondsmoe en met stomheid geslagen, alles deed me zeer. Ik was beschaamd naar huis gelopen, vlak langs de tuinhekken, trillend als een geslagen dier. 'Vivien?' riep hij. 'Ben jij thuis?' 'Ja, ik ben thuis,' zei ik, met een stem van gebarsten blik. 'Alles goed?' 'Ja hoor, prima.' 'Wat is er, heeft iemand jou pijn gedaan?' 'Nee.' 'Weet jij zeker?' 'Ja.' 'Goed, goed, dan zie ik jou morgen.'

De voordeur ging de hele avond open en dicht. Ik hoorde Claude binnenkomen, zijn leren jack kraakte, hij hoestte, aarzelde even voor de deur van mijn kamer. Ik hoorde hem de deur van zijn kamer open- en dichtdoen. Een paar uur later kwam hij weer de gang op, en ik hoorde hem naar boven gaan en op Sándors deur kloppen. Ik hoorde ze praten, maar kon niet verstaan wat ze zeiden; even later kwam Claude terug. Het bed kraakte toen hij ging liggen. Ik zag hem voor me zoals hij daar lag, kijkend naar zijn vissen met hun simpele leventjes.

Een tijd later, nadat ik een paar uur onrustig had geslapen, zag ik pas dat de ene knie van mijn spijkerbroek kapot was en dat er een scheur in mijn leren jack zat. Ik kleedde me uit – op mijn armen en benen, die bedekt waren met korte, stugge, donkere haartjes, waren enorme blauwe plekken aan het opkomen, en een van mijn nagels was zwart. Ik ging in bad, maar werd vreselijk slaperig van het warme water. Ik zat een hele tijd te dommelen terwijl het water afkoelde, totdat er iemand op de deur bonsde die vroeg of ik soms verdronken was, waarna ik me met tegenzin uit het water hees, het dunne handdoekje om me heen sloeg en me afdroogde. Mijn naakte lijf zag er zo kwetsbaar en gehavend uit dat ik meende dat het in opgevouwen toestand wel in een lucifersdoosje zou passen. Ik huilde.

Het werd eindelijk nacht. Ik ging op bed liggen en begon een sonnet te lezen, maar ik viel al na een paar woorden in slaap. De vochtige warmte van de handdoek omvatte me. Ik was diep in slaap, in dromen verzonken. Ik droom veel, dat deed ik als kind al, de dromen waaien me vanzelf aan. Ik vind dromen heerlijk.

Sándor in het donker. Zijn ogen wijd open. Hij denkt na over wat hij heeft gezien, de beelden laten hem maar niet los. Ze glinsteren met een metalige schittering.

Hoe bescherm je je dierbaren? Hij weet het niet, hij heeft het nooit eerder hoeven doen. Zijn kleine broertje vluchtte voor hem weg, zijn vader zat altijd met zijn neus in de boeken, zijn moeder was ver weg en veiliger dan hij, als je erover nadenkt, zelfs als ze in gevaar was. Nu is iedereen opeens kwetsbaar: zijn nichtje, zijn geliefde – wat kan een man als hij eraan doen?

Mijn oom is een berekenende man. Het is waar dat hij rouwdouwers had om zijn huurders in elkaar te slaan als ze niet konden of wilden betalen, maar die rekruteerde hij altijd uit hun eigen gelederen; zelf heeft hij een afkeer van geweld, hij was er nooit bij als ze iemand ervanlangs gaven. Hoe ze aan het geld kwamen was hun zaak, dat wilde hij niet weten: niks mee te maken, ik zie niet wat jullie doen. Zo zei hij het tegen Mickey, de man met de contacten.

Maar nu is er binnen in hem iets aan het wegebben; de heftige drang die hij zijn leven lang heeft gehad om zijn hoofd boven water te houden, het instinct tot zelfbehoud waardoor hij veertig jaar lang zijn huid heeft gered – hij weet opeens niet meer zeker of het er nog wel toe doet. Hij denkt terug aan de decembermiddag dat hij Mickey voor het eerst op straat zag, aan de felverlichte etalages van de winkels, vol met mooie spullen die je in het communistische Hongarije niet kon kopen, en aan de opwindbeertjes die over de stoep heen en weer dribbelden alsof ze het verschrikkelijk druk hadden. Die beertjes zou ik graag nog eens willen zien, zegt hij in gedachten tegen mij. Zo'n beertje had ik niet toen ik als kind in de Zemplén opgroeide. Ons speelgoed was van hout en het bewoog nooit, je moest het zelf met je hand bewegen, soldaatjes en zo. Paarden met staarten van stro. Een opwindbeertje, dat zou een sensatie zijn geweest.

Hij mist het dorp, de stille straten, de karren, de pruimen in de boomgaarden en de druiven die rijpen aan de wijnstokken, de geur van zijn moeders handen op wasdag, de loogzeep: al die herinneringen die vele jaren in hem hebben gesluimerd en nu weer wakker zijn geroepen, zich als naar lucht happende vissen naar het oppervlak hebben gevochten dankzij het apparaat met de snorrende cassettes, de schrijfmachine en het papier.

Maar wat kun je eraan doen? Je ziet het allemaal voor je, nog steeds in die metaalachtige glans. Het laat je niet met rust, het is een kwelling. Zelfs een gezonde geest haalt streken met je uit, dat heeft hij in de gevangenis geleerd, want zoals alles wat hij weet is ook dit hem op de hardhandigst denkbare wijze duidelijk gemaakt.

Toen ik me had gebaad en afgedroogd en eindelijk in bed lag te slapen, toen de natriumlampen op straat hun schijnsel tussen de niet dichtgetrokken gordijnen door wierpen en de takken van de bloeiende kersenboom in de tuin tot zwarte, mysterieuze silhouetten maakten, toen de verkeerslichten in de uitgestorven straat op rood, oranje en groen sprongen en ik van kermissen en bokkende houten paarden met gouden manen lag te dromen – hoorde ik mijn naam. Hij prikte me als een hete naald.

Vivien help waar ben je Vivien.

Was hij gevallen?

Ik schoot iets aan, drukte de tijdschakelaar van het ganglicht in en strompelde naar hem toe. Zijn deur stond open. Help, riep hij.

In de kamer was het elektrische peertje in stukken gesmeten; het licht van de gang verlichtte het vertrek even, maar toen sloeg de schakelaar uit en was alles donker. Ik zag iets op de grond liggen bij het bed, een bult van een of meer in elkaar gezakte lichamen. Het aquarium was aan scherven gevallen en de vissen lagen in plassen water naar adem te happen en te sterven. Daarnaast lag mijn oom op de grond en Claude zat boven op hem, maar Claude was degene die mijn naam riep. *Pak het mes*, kermde hij, en er reutelde bloed in zijn luchtpijp.

Ik zag een mes op de grond liggen, ongeveer een decimeter verwijderd van de hand van mijn oom. Ik bukte me om het op te rapen – het lemmet was zwart en besmeurd. De vorige keer dat ik dat mes in handen had gehad, was om mijn verjaarstaart aan te snijden.

'Wat is dit allemaal?' vroeg ik.

'Die klootzak heeft geprobeerd me te vermoorden, ik lag te slapen, hij kwam binnen en stak me in mijn hals, moet je kijken wat-ie heeft gedaan – help me!'

'Niet de politie bellen,' zei mijn oom. 'Alsjeblieft, Vivien, geen politie.'

'Nee,' zei ik. 'Wat is hier gebeurd?'

'Viv, ik lig hier dood te bloeden, bel gauw een ambulance, alsjeblíeft.'

Mijn oom keek naar me op; zijn onderlip trilde onbeheerst en zijn pyjamajasje was tot aan zijn schouders opgestroopt. Ik zag de beroemde littekens op zijn rug, witte strepen die elkaar voortdurend kruisten, begraven onder zijn gespikkelde grijze vel.

'Wat hebt u gedaan?' riep ik vol afgrijzen uit, want Claude verloor het bewustzijn en het bloed maakte borrelende geluiden in zijn keel.

'Ik heb teruggeslagen,' zei mijn oom. 'Ik heb gezien hoe hij werkelijk is. Hij mag niet verder leven. Ik heb het gezien, Vivien, ik heb het gezíen.'

'Ik weet niet wat u hebt gezien. Ik ga een ambulance bellen.'

'Geen politie!'

Ik ging naar de gang, waar de munttelefoon hing, en belde het alarmnummer.

'Er moet een ambulance komen,' zei ik. Ik hoorde gelach op de achtergrond, ik denk dat iemand net een mop had verteld voordat ik verbinding kreeg.

'Wat is de aard van de verwonding?'

'Iemand heeft zich gesneden.'

'Waar?'

'In zijn rug en zijn hals, geloof ik.'

'Is hij neergestoken?'

'Ja.'

'Wilt u dat ik de politie waarschuw?'

'Ja, graag.'

Ik stond nog steeds met het mes in mijn hand. Ik liep naar de voordeur, deed die open en ging op de stoep zitten. Na een poosje hoorde ik de sirenes in de verte, ze kwamen steeds dichterbij totdat ze ten slotte allemaal in de straat waren, en er renden mensen de stoeptreden op en het huis in, een heleboel geüniformeerde mannen en vrouwen, ze zagen me met dat mes in mijn hand zitten en de angst kwam terug, de duistere doodsangst voor de wereld buiten mijn kamertje die ik me uit mijn jeugd herinnerde.

Mijn oom zat in de cel, en zodra ik hem zag begreep ik dat het met hem afgelopen was. Ik wist dat hij dit niet zou overleven en ik kreeg gelijk. De kramp van woede die hem in zijn greep had gekregen, die hem met een mes in zijn hand de trap af had gedreven om het beest af te maken – het beest dat onder zijn dak verbleef en de huid van zijn nichtje, zijn vlees en bloed, had aangeraakt – die redeloze, uitzinnige prop woede werd niet alleen het lichaam van Claude noodlottig, maar ook dat van hemzelf: drie beroertes binnen vierentwintig uur.

In een ander gedeelte van het ziekenhuis werd Claude opgelapt. Zijn familie kwam over van Sheerness, de moeder, de vader en een meisje van zijn eigen leeftijd dat een baby bij zich had die ze hem toestak, en Claude kuste het kindje op de wang. Het meisje zat naast zijn bed, hield zijn hand vast en vroeg of hij nu mee naar huis ging, want ze zouden het wel redden, toch?

Niet weglopen, zei ze tegen hem, niet weer weglopen. Hij is ons kind, we vinden wel een manier om geld te verdienen, ik weet wel dat je bang was, maar alles komt goed. Kijk dan naar ons zoontje, hij wil je terug, hij heeft zijn vader nodig.

Ik kreeg hem maar heel even te zien. Het meisje stond buiten te roken en keek me woedend aan. Ze was heel mooi.

'Ik weet nog steeds niet wat ik nou verkeerd heb gedaan,' zei Claude. 'Ik ging alleen maar naar boven om mijn kamer op te zeggen. Toen jij weg was heb ik een lading pillen genomen en ik was jullie allemaal spuugzat. Ik wilde naar het zuiden van de stad of zo, kijken of ik in een andere remise kon werken. Maar er is geen onvertogen woord gevallen.'

'Ik snap het ook niet,' zei ik. 'Ik had alleen tegen hem gezegd dat we ruzie hadden gehad. Daarvoor zal hij je toch niet hebben proberen te vermoorden.'

'Claude wil je niet meer zien,' zei het meisje, dat de kamer weer binnenkwam. 'Hij gaat met mij mee naar huis, hè schat?'

'Kweenie,' zei hij, 'moet ik nog eens over nadenken.' Maar het meisje hield de baby omhoog.

'Kijk nou,' zei ze. 'Kijk eens wat je gemist hebt. Zie je dat-ie al een tandje heeft?'

Hij keek me vanaf het kussen hulpeloos aan, en ik wist dat ik hem niet kon redden, net zomin als mijn oom. Hij zou zijn tattoo nooit krijgen, die zou ongezien in zijn schetsboek blijven staan totdat het meisje hem op een dag zou vinden en stilletjes weggooien terwijl hij naar zijn werk was. Hij zou er nog jarenlang af en toe aan terugdenken, totdat het beeld uiteindelijk in zijn herinnering zou vervagen. En zijn gestoorde trekjes zouden uiteindelijk verdwijnen, in de drank of in een depressie. Wat op het eiland Sheppey niet zo moeilijk was.

Toen ik de volgende dag terugging, waren ze allemaal weg. Ik heb hem nooit meer gezien, alleen in mijn dromen, waarin hij, getooid met zijn pet en zijn uniformjasje, door de trein rent, de deuren opent en dichtdoet, op en neer, heel Londen door, onder de rivier, in die lange roetzwarte metalen buis. Of die nacht op de rivier, op de trage baggerschuit, toen de lijken uit het water werden opgehaald en zijn handen op mijn borsten lagen.

'Ik maak je wel warm,' had hij gezegd.

Mijn vader was Sándors naaste familie als je mij niet meetelt, dus hij moest alles regelen. Mijn ouders gingen naar het huis en keken rond in zijn appartement, naar de wandschildering, de pauwentroon, de rotanmeubels. 'Dus zo woonde hij,' zei mijn moeder. Mijn vader zei niets.

Na een tijdje kwam Mickey Elf ook opdagen, met een verfomfaaide pruik en rode ogen. 'Tja,' zei hij, 'ik ben natuurlijk geen familie, dus het gaat me niks aan, maar als je het mij vraagt...'

'Ja, wie vraagt jou wat?' zei mijn vader.

Maar Mickey was niet bang voor mijn vader, hij hield vol, vasthoudend, met zijn hand tegen zijn hoofd om zijn haar glad te strijken. 'Ik weet wat hij gewild had. Ik weet precies hoe hij het wilde hebben. Vertrouw mij nou maar, ik weet het.'

'Ach,' zei mijn vader, 'wij mogen iemand zijn laatste wens niet misgunnen.' Maar alleen omdat hij zo gauw niets beters wist.

Hij was helemaal stilgevallen toen ik het hem vertelde. Hij wendde zich af. Even later zag ik hem zijn bril poetsen met het rafelige uiteinde van zijn das. 'Hij is dus dood,' zei hij. 'Zo moest het wel aflopen – een moordenaar in de familie.'

Het werd een grote begrafenis. Mickey en zijn connecties hadden alles tot in de kleinste details geregeld. Hij werd op de joodse begraafplaats in Bushey begraven. Ik had nog maar één eerdere begrafenis meegemaakt, die van Alexander, met een anglicaanse dienst in dezelfde kerk waar we getrouwd waren, een mooie mahoniehouten kist met koperen handvatten die werd gedragen door zes mannen uit de gemeente en die op het altaar stond terwijl wij gezangen zongen en zijn vader de grafrede uitsprak, beheerst, elegant en vol citaten uit het leven en de woorden van Jezus. In Bushey kwamen we bijeen in een gebouwtje dat daar speciaal voor bedoeld was, geen kerk of iets anders wat ik kende, en kreeg mijn vader een gebedenboek aangereikt om het gebed voor te lezen dat het naaste familielid volgens de traditie voor de dode uit moest spreken, maar dat kon hij niet lezen.

De grenenhouten kist met de handvatten van touw werd naar het graf gedragen. Er waren veel onderwereldfiguren bij en de pers kwam natuurlijk ook, om de volgende dag een kort stukje te schrijven met die oude foto van hem erbij, *het gezicht van het kwaad.*

Eunice was alleen en in het zwart, met een zwarte hoed met een korte zwarte voile. Ze zag er voor het eerst breekbaar uit.

'Die goede man,' zei ze. 'Die lieve man, die zoveel heeft geleden. In zijn graf.'

Wie wordt er begraven? vroegen mensen die andere graven kwamen bezoeken. Een huisjesmelker, een pooier, zei een journalist gniffelend.

Eunice haalde met haar paraplu uit naar zijn benen. 'Niemand heeft hem gekend zoals ik,' zei ze achter haar voile.

'Ik heb hem het langst gekend van allemaal, op je vader na,' zei Mickey Elf tegen me. 'Ik heb hem ontmoet toen hij net uit de trein was gestapt, toen hij pas uit zijn vaderland kwam, ik heb hem in voor- en tegenspoed meegemaakt, door dik en dun.'

'Ik heb de wonden op zijn rug gewassen,' zei Eunice. 'Ik heb gezien wat die arme kerel is aangedaan, de verschrikkelijke dingen die hij heeft moeten doorstaan, ik heb gehoord wat hij in zijn slaap riep. Ik heb die man, die grote sterke man, in tranen gezien, huilend als een kindje in de wieg.'

'En ik heb hem gekend toen hij koning was, koning Kovacs, toen hij het huis in Bishops Avenue nog had en al dat chique volk op zijn feesten kwam. Hij had een zwembad en een balzaal en alle hoge pieten kwamen er, filmsterren, de adel, hij had alles.'

'In moeilijke tijden leer je iemand pas kennen,' zei Eunice, en ze wees met haar bruine vinger naar hem.

De mensen gooiden om beurten een schep aarde op de kist. Mickey haalde iets uit zijn zak en gooide het in de kuil. Er werd gemompeld: 'Wat gooit hij er nou in?' Ik zag een bruin berenoortje langsvliegen. Een paar onderwereldfiguren hadden op gezamenlijke kosten de grootste grafkrans gekocht die er maar te krijgen was, maar die moesten ze van Mickey bij de poort achterlaten. 'Geen bloemen op een joodse begrafenis,' zei hij. 'Dat doen wij niet.' Later zijn ze teruggekomen om hun krans op de

berg aarde te leggen, waar hij die vroege herfst in de zon en regen bleef liggen verleppen en wegrotten totdat we een paar
maanden later de steen kwamen plaatsen en het frame van ijzer-
draad aantroffen. Jaren later ben ik nog eens naar Bushey gegaan, en het graf was er nog; er lagen steentjes op, zoals het joodse gebruik wil, en ook een bosje verwelkte irissen.

Na afloop was er niets meer om naartoe te gaan, dus iedereen
ging zijns weegs. Ik ging met mijn ouders mee naar Benson
Court. We gingen met de lift naar boven, en voor de zoveelste
keer ging ik dat appartement binnen, met de luchtjes en het
oude behang en de ouderwetse, vooroorlogse keuken, maar in
mijn afwezigheid was mijn moeder flink tekeergegaan met de
groene verf. Ze had alles geschilderd waar maar verf op wilde
blijven zitten. Waar je ook keek, overal werd je blik pijnlijk getroffen door iets groens.

Ik deed de deur van mijn kamer open. Daar had de verfpot
niet durven binnendringen. 'Jij ziet, ik heb alles gelaten zoals het
was,' zei ze. 'Ik wilde dat jij zag dat niets was veranderd, als jij terugkwam.'

'Dat is nou net het probleem,' zei ik.

'Wat?'

'Dat er nooit iets verandert.'

'Maar wat moet dan in vredesnaam veranderen?'

'Alles. Het leven moet voortdurend veranderen.'

'Waarom vind jij dat?'

'Kijk nou eens, jij en papa, jullie wonen in een museum, jullie
zijn totaal gefossiliseerd.'

'Wat betekent dat woord, gefossiliseerd? Dat ken ik niet. Jouw
vader en ik zijn hier als vluchtelingen gekomen, we hebben een
fatsoenlijk leven opgebouwd. Wat kun jij nog meer van ons verlangen?'

'Hoe is het mogelijk dat jullie niet willen leven?'

'Leven? Zoals hij, die arme stakker in zijn graf?'

'Ik wil leven,' riep ik, en ik begon machteloos te huilen.

296

'Natuurlijk, jij zult leven. Wat dacht jij? Dat dit eeuwig ging duren, deze tijd, met al die doden? Het is maar een moment, begrijp jij niet? Het gaat voorbij en jij gaat leven, geloof mij, jij gaat leven.' Ze leunde even tegen de muur, zette toen haar stok neer, gebruikte mijn schouder als steun, kuste mijn gezicht en streelde mijn kortgeschoren haar.

Later die avond vroeg ik haar of ze me alles wilde vertellen wat ze zich over oom Sándor herinnerde uit de tijd dat ze hem pas kende, voordat ze uit Boedapest vertrokken. Ze knikte.

'Het was een charmante, gevaarlijk man,' zei ze bij haar kop koffie. 'Een man die meisjes aan het lachen kon maken, die meelevend naar ze luisterde, die ze al hun geheimen ontlokte om er zijn voordeel mee te doen. Een man die niets van diepere gevoelens begreep, dat kwam pas na de oorlog; daarna begreep hij er wel wat van, geloof ik. Misschien heeft hij er in zijn latere jaren iets meer van geleerd. Misschien kreeg hij zulke gedachten pas de laatste tijd en wist hij niet wat hij ermee aan moest. Ik was heel verbaasd toen ik die keurige vrouw op dat feest zag. Helemaal niet zijn gewone type. Hij had altijd liever sletjes.'

Mijn vader heeft nooit meer een woord over zijn broer gezegd. Hij heeft het onderwerp tot zijn dood vermeden, maar mijn moeder vertelde me over zijn bezoeken aan de gevangenis in de loop der jaren, om foto's te laten zien waarop ik naar York ging om te studeren, en waarop ik afstudeerde en me met Alexander verloofde. Hij schepte op over alles wat ik had bereikt en wilde mijn oom laten weten dat hij, de kleine, stille, ijverige, gehoorzame van hen tweeën, dít had voortgebracht, en triomfantelijk kijken naar zijn grote, flamboyante broer die nu aan een tafeltje in de bezoekruimte van een gevangenis zat. Toch kwam mijn vader altijd onvoldaan terug, liet mijn moeder doorschemeren, alsof het Sándor op de een of andere ongrijpbare manier toch weer was gelukt hem af te troeven.

Ik ging weer naar het huis in Camden Town en besloot mijn intrek te nemen in het appartement van mijn oom, waar ik nog twee maanden bleef wonen, totdat het er te ranzig werd.

Na een paar dagen vond ik de sleutel van Claudes kamer. De meeste van zijn spullen waren weggehaald. De resten van het kapotgevallen aquarium lagen over de vloer verspreid, maar de vissenlijkjes waren weg. Alleen de kleren hingen nog in de kast. Zijn uniform, zijn pet, zijn spijkerbroeken, zijn t-shirts en zijn leren jack.

De geur van dat leren jack hoorde bij hem, bij zijn jonge lijf. Ik draaide het naar voren en bekeek de ritsen, de kraag, de zakken. Ik keerde het om. En toen zag ik wat hij had gedaan. Wat hij had bedacht om me uit te dagen. Hij was naar Camden Market gegaan, naar zo'n winkeltje waar ze dat doen, en had een patroon op de rug van zijn jack laten aanbrengen, een patroon dat hijzelf had ontworpen en dat ik herkende, de vier armen die de metalen klinknagels samen vormden, zijn eigen decoratieve swastika.

In de Talmoed staat dat er negenhonderddertig manieren bestaan waarop een mens kan sterven. De zwaarste is difterie, de lichtste een kus. De dood door een kus, de *mise binesjike*, is de manier om de zes mensen te laten sterven op wie de Engel des Doods geen vat heeft – zij sterven door de mond van God. De negenhonderdeenendertigste doodsoorzaak is speciaal voor mijn oom geschapen. Hij stierf door zijn eigen oog.

Het verhaal van mijn oom, in zijn eigen woorden

Moet een mens opgejaagd worden? Moet hij minder zijn dan een hond? Als je een hond slaat, draait hij zich misschien om en bijt hij jóu – ik waarschuw maar even.

Ja, ik ben Sándor Kovacs, ik ben het echt. De man over wie u hebt gelezen. Die afschuwelijke kerel.

Wat waren mijn misdaden? Laat mij de aanklacht zien.

Instinctief maar sluw handelen? Ja. Ik beken.

Eerst mijn eigen hachje redden en dan pas dat van anderen? Uiteraard.

En daarom moest ik worden gehaat en opgejaagd, moesten mijn woorden worden verdraaid, moest ik tot een afschrikwekkend voorbeeld worden gemaakt?

Destijds, in 1964, vlak voor ik naar de gevangenis ging, stonden er allerlei verhalen over mij in de krant, en zelfs op straat werd er over mij gepraat. Om sommige van die verhalen moest ik zo hard lachen dat ik moest gaan zitten om mijn longen wat rust te gunnen, want sinds ik tb heb gehad doen zij het niet meer zo goed, en dat ik mij in die tijd graag met een sigaar liet zien maakte de zaak er niet beter op.

Eerst zeiden zij dat ik was begonnen als bokser in Chicago. Of misschien als stuwadoor in Polen, of als sterke man in een circus in Peking. Daarna maakten zij er echt een potje van, want ik hoorde dat ik de liefdesbaby van Joe Louis en Sophie Tucker was.

Het werd een sport om de meest absurde combinaties te bedenken – Benito Mussolini en Fay Wray, Jozef Stalin en Wallis Simp-
son, prinses Margaret en Lobby Ludd.

Later probeerden zij zich er allemaal uit te kletsen, zij wilden
niet als idioten te kijk staan en zeiden dat het grapjes waren waar
ik zelf mee was begonnen en die door mijn compagnons werden
rondverteld. Maar hoe zouden die iets van mij kunnen weten?
Zij zeggen dat ik mij nooit door kranten liet intervieuwen. Nee,
en weet u waarom niet? Omdat niemand mij er ooit om heeft gevraagd. Daarom.

Wie ook niet wilden praten, waren degenen die zij mijn
slachtoffers noemden. Mooie slachtoffers waren dat! Maar één
man heeft met de pers gepraat en die heeft mij zelfs nooit ontmoet: een politicus, een lid van het hooggeachte parlement – Cli-
ve Parry-Jones, die eenzame kruisridder uit Wales, wat legden zij
hem in de watten, dat miezerige stuk dreck met zijn daverende
stem en zijn geleuter over Jezus.

Ook las ik een heleboel leugens in de kranten over mijn huizen. Hij – die Parry-Jones dus – zegt dat ik families uit het Caraïbisch gebied met z'n dertienen op een kamer liet wonen,
zonder keuken of wc. Hij heeft het over ratten. Over kakkerlak-
ken die over de gezichtjes van slapende kinderen liepen. Hij
schrijft over een rat die zich op de keel van een driejarig kind
stortte en zijn tanden erin zette; hij beweert dat ik de familie
zwijggeld betaalde en een begrafenis regelde met een prachtige mahoniehouten kinderkist en een steelband bestaande uit
mannen uit Trinidad in wit rokkostuum en met witte hoge
hoed die voor de rouwstoet uit door Kensal naar de begraafplaats liepen.

Al die dingen zijn nooit gebeurd.

Ik kwam hier in december 1956, uit Hongarije. Ik was er
slechter aan toe dan die lui, die negers, ik was een vluchteling en
de ijzeren deur was achter mij dichtgegooid, ik kon alleen maar
vooruit, ik had geen verleden meer, alleen een toekomst. Ik her-

inner mij alles van die dag nog precies, álles, hoe mijn broer mij van het station haalde, hoe hij mij beledigde. Ik liep door de straten, hoorde nergens mijn eigen taal, ik zwierf zes uur rond, kriskras door de stad. Ik kwam bij de rivier, de bruggen, niemand bleef staan, niemand zei iets aardigs tegen mij, niemand schold mij uit. Ik was moederziel alleen en moe van het lopen, ik wilde de hoop al opgeven. Ik had een regenjas, een sjaal en een leren schoudertas, dat was alles. Ik zag mannen met bolhoeden en vrouwen met bontjassen, een winkel waar pijpen, tabak en sigaren werden verkocht, theaters, en alles was koud, onbekend en vreemd en ik had honger.

Na een hele tijd hoorde ik mijn eigen taal; zij brachten mij naar een pension voor vluchtelingen. Daar kreeg ik koffie, soep, vlees, groente en een bed. Nu was ik er. Londen was mijn thuis. Ik heb geen ander thuis.

Als immigrant ben je iets heel anders dan iemand die hier geboren is. Niemand is jou iets verschuldigd, je verwacht niets. Je moet pakken wat je pakken kan, zodra je de kans ziet. Je kunt niet rondlummelen. Op mijn leeftijd zeker niet. Ik was al veertig toen ik in Londen kwam, maar ik had een heel scherpe blik en oog voor kansen om geld te verdienen. Die instincten waren niet verdwenen door het leven in het Oostblok. Geen communistisch heropvoedingskamp was in staat mij, Sándor Kovacs, te indoctrineren met liefde voor het proletariaat en mijn medemensen.

Ik kwam hier met niets, en binnen een paar weken begon ik met mijn zaken. De mensen vergeleken mij met de Kray-tweeling, die schurken, die idioten. Dat waren gewoon boerenpummels, mannen die anderen graag pijn deden, en zo ben ik niet. Ik kan niet tegen lijden. Het is tegen mijn principes. De Krays hadden alles, een familie, een kast van een huis, een buurt waar zij waren opgegroeid. Ik heb geen van die dingen ooit gehad.

Ik weet nog dat het arrestatiebevel tegen mij werd uitgevaardigd. Ik liep over de Strand om sigaren te gaan kopen, het was een prachtige zonnige lentedag, net als nu: de warme zon op je gezicht, de bomen sappig groen. Ik herinner mij zulke dagen van lang geleden, de tijd dat je de zon haatte omdat hij scheen, omdat hij anderen vreugde bracht, maar je moest toch toegeven dat hij jou ook vreugde bracht, en daarom haatte je hem nog meer.

WAAR HOUDT KOVACS ZICH SCHUIL? Dat stond op een plakkaat van de *Evening Standard*. Ik lachte. Mij schuilhouden? Waar zou ik mij moeten schuilhouden? Een journalist is een geboren leugenaar. Hij is een man met fantasie, hoe is anders al die flauwekul te verklaren die zij over mij schreven? Ik zou in een landhuis in Buckinghamshire wonen, bewaakt door kwijlende Duitse herders die te weinig te eten kregen. Nee, nee, zei een ander. Ik woonde in een penthouse in Chelsea met een stalen voordeur. Heb jij het gehoord van Kovacs? zei een derde. Hij houdt zich schuil op een luxe woonboot midden op de Theems, stroomopwaarts, ergens in de buurt van Chiswick, of was het nou bij de Teddington-sluis? Hoe dan ook, zij moeten speciale politieboten op af sturen om hem op te pakken.

En op een avond zei iemand van wie ik nog nooit had gehoord, Kenneth Tynan – hij doet iets bij het theater, geloof ik, hij heeft in ieder geval een bul van de universiteit van Oxford – op tv dat ik nergens woonde, dat ik helemaal niet bestond, dat ik aan de fantasie van het volk was ontsproten, net als het monster van Loch Ness.

Dat was het allerergste. Ik voelde mijn ziel verschrompelen toen ik het hoorde. En ik haatte hem. Maar ik begrijp nog altijd niet waarom iemand zoiets zegt, het is een van de dingen die ik wil onderzoeken. Die ik tot op de bodem wil uitzoeken.

Toen ik een jaar geleden uit de gevangenis kwam, wist niemand meer wie ik was. In de bus hoorde ik een keer iemand over mij praten. Is die Kovacs niet in de gevangenis gestorven? Nee, nee, hij is ontsnapt, jij weet wel, net als die treinrover, die Ronnie

Biggs, en hij neemt het er nu goed van, ergens in Zuid-Amerika.

Was het maar waar.

Want waar het op neerkomt, is dat iedereen mij gewoon is vergeten. Het lijkt wel of ik een rage was, net als de hoelahoep of de jojo. Een *Zeitgeist*, zoals zij dat noemen – dat is Duits, die taal kende ik vroeger. Dus misschien had die Tynan tot op zekere hoogte toch gelijk.

Als je nu iets over mij leest, wat bijna nooit meer voorkomt, word ik een huisjesmelker genoemd. De krotten die van mij waren (de *zogenaamde* krotten – het waren mooie huizen in hun tijd), zijn afgebroken en de regering heeft op die plek gloednieuwe huizen gebouwd. Betonnen torenflats. Heel mooi. In mijn ogen waren het al krotten toen de bouwvakkers er nog mee bezig waren. Gevangenissen waren het, dat kon iedereen zien die in de gevangenis heeft gezeten.

Dat was het lot van koning Kovacs. De mensen praatten over datgene waar ik voor stond, maar niemand begreep hoe het was om mij, Kovacs, te zíjn. Hoe zouden zij dat ook kunnen begrijpen? In Engeland heersen rechtvaardige wetten en niet de wetten van de jungle – de enige die ik ken. En een regering die gelooft in sociale vooruitgang, in het hervormen van de ziel om te zorgen dat iedereen zuiver en gezond is, vrij van ziektes. Dat hadden wij na de oorlog in Hongarije ook toen de communisten kwamen, maar zij deden het met tanks en hier doen zij het vanaf de kansel.

Zij zeiden: die Kovacs, die interesseert dat allemaal niks. Hij is bot en meedogenloos. Hij staat de vooruitgang in de weg. Wij moeten ons van hem ontdoen als wij ons Jeruzalem willen bouwen, onze redelijke, rechtvaardige samenleving.

Er bestaat een Japans papierspel dat origami heet, in de gevangenis heeft iemand mij het een keer laten zien. Je kunt een stuk papier tot een willekeurige vorm vouwen als je handig genoeg bent: een vogel, een beer, een draak. Dat hebben zij met mij ook geprobeerd. Maar ík ben geen stuk papier, ik ben een man van vlees en bloed, en wat er ook van komen mag, ik weiger mij te laten opvouwen.

Dan wat betreft het soort man dat ik in mijn persoonlijk leven ben. Ik acsepteer dat ik geen betere zoon ben geweest

Ik was niet van plan geweest om de hele dag in de leunstoel van mijn vader in het lege huis naar de bandjes te zitten luisteren zonder iets te eten, zelfs bijna zonder iets te drinken. Ik had niet verwacht na al die jaren dat schrapende accent weer te zullen horen, waarbij de hangende onderlip zich om de woorden heen probeerde te sluiten, en die hartelijke lach, dat cynisme. Ik hoorde ook mijn eigen stem van dertig jaar geleden, en verbeeldde ik me dat nu of was mijn uitspraak toen een tikje anders? Praatte ik toen echt zo, was ik wat Claude zei, een kakkertje?

Op de bandjes stond het bewijs van het grote geschenk dat ik van mijn oom had gekregen: een verleden. Hij had me mijn grootouders gegeven, en het dorp in de Zemplén, de pruimenbomen, de wijngaarden, de paardenvijgen op de weg, de cafés in Boedapest, mijn moeder met haar stok in een café aan de Donau, haar gezicht dat werd omlijst door haar bruine haar, haar ogen als druiven, het kuiltje in haar kin. Of dat alles werkelijk zo geweest is of niet (en ik heb geen reden om dat te betwijfelen), het is het enige verleden dat ik heb, een ander ken ik niet.

Toen ik klaar was ruimde ik op, zette de bandjes en de recorder in een kartonnen doos, ging de deur uit en sloot af. Ik wachtte tot het rammelende hek van de lift openging, zette de doos op het leren bankje en ging naar beneden. In de gang haalde ik het kaartje met de naam van mijn ouders van de koperen plaat boven de brievenbus en vroeg me af hoeveel laatste keren er nog voor me in het verschiet lagen, en voor dit huis, dit appartementengebouw van rode baksteen dat ik nog een heel leven lang kon mijden door elke keer een andere route en een andere bestemming te verzinnen.

Het was een zonnige middag, even over halfzes; lange schaduwen, sirenes in de verte, nerveuze opwinding op de gezichten van de voorbijgangers. *Ze hebben een terrorist opgepakt, heb je het gehoord?* Het was nog warm, verzenuwd, koortsig in de stad, de mensen wilden liever niet met het openbaar vervoer, maar ze moesten wel – in de metro of in de bus, als ze willen krijgen ze je toch wel te pakken. Ik liep naar Seymour Street, naar de winkel, met de doos in mijn armen. De laatste klanten werkten zich met verbeten concentratie door de uitverkooprekken heen.

De plafondspots verlichtten haar haar en toverden glittertjes op haar aanplakwimpers. Ik snapte niet hoe ze dat masker in stand hield, dag in dag uit, het gezicht van de professionele verkoopster voor wie de klant altijd gelijk heeft, ook al slaat ze de plank overduidelijk mis en zit de jurk die ze aanpast te strak, en al stel je tactvol voor dat het heel mooi is, o zeker, maar dat je misschien toch iets beters voor haar hebt.

Ik bewonderde haar geduld, haar nooit aflatende beleefdheid, haar tolerantie voor mensen die haar tijd verdeden en alleen even wilden rondkijken, maar ze had eens tegen me gezegd: 'Als een jong meisje een cocktailjurk past die ze niet kan betalen en trouwens ook nooit voor een party wordt uitgenodigd, laat ik haar toch rustig passen. Want je weet nooit wat het leven nog voor je in petto heeft, en misschien komt dat arme hardwerkende meisje ooit terug met een diamanten ring aan haar vinger, en dan herinnert ze zich de aardige verkoopster van wie ze jurken mocht passen die ze zich niet kon veroorloven, zodat ze zich nu op haar gemak voelt op een cocktailparty. Daarom is verkopen een beroep, maar leg dat maar eens uit aan die kinderen in de winkels aan Oxford Street, die zich omdraaien zodra ze een klant zien.'

Ik keek hoe ze het laatste verkochte artikel van die dag op-vouwde, gladstreek en in vloeipapier verpakte; haar handen met de zilveren nagels waren nog behendig, maar als niemand keek, masseerde ze haar ellebogen. Ik herinnerde me hetzelfde gebaar van mijn moeder.

'Dus daar ben je weer,' zei ze toen de laatste klant weg was.

'Ja, ik heb iets voor je.'

'Wat – wat zit er in die doos?'

'Herinner je je de bandjes nog die we toen hebben gemaakt?'

'Heb je die nog? Sándors stem?'

'Ja.'

'Sándor, levend op die bandjes! O, ik zou er een lief ding voor over hebben om zijn stem nog eens te horen, die schat.'

'Ze zitten er allemaal in, en de cassetterecorder ook, en de tekst die hij zat te schrijven toen ik hem in het park ontmoette. Zijn eigen woorden.'

'Dank je,' zei ze. 'Dit betekent heel veel voor me.' Ze keek op haar horloge. 'Bijna zes uur,' zei ze, en ze deed de deur op slot. 'Wacht, ik sluit even af, dan kunnen we praten. Je ziet er moe uit, kind, moet je jezelf eens zien. Ga zitten.' Ze wees naar een stoel met een geelfluwelen zitting en vergulde armleuningen.

'Maar je bent vast doodmoe, ga jij liever zitten.'

'Ik ga zitten als ik thuis ben. Eerder niet.'

'Zal ik je even laten zien hoe je die recorder aan de praat krijgt?' vroeg ik. 'Dat kan in het begin nogal lastig zijn.'

Ze stond bij de toonbank bonnen te controleren. 'Dat kan ik wel, maak je geen zorgen. Ik ben handig met apparaatjes. Ik doe alle creditcards met dat nieuwe pinapparaat en ik had meteen door hoe dat werkte.'

'Ik heb de bandjes vanmiddag zelf afgeluisterd,' zei ik. 'Ze hielden opeens abrupt op, ik heb hem nooit horen uitleggen hoe hij begonnen is met huizen verhuren of wat hij...'

'Misdadig wat ze die man hebben aangedaan. Die rechter, díe hadden ze in de gevangenis moeten zetten.'

'Maar hij...'

'Maar, maar. Je moet niet geloven wat ze in de krant schrijven. Ik lees die rommel nooit. Iemand die de striemen van de zweep op zijn rug heeft, die slaaf is geweest zoals zijn volk voor de uittocht uit Egypte, die is voor mij een koning.'

'Maar die huurders, die hij...'

'Ik ga even naar achteren om thee te zetten, en als ik terugkom, zal ik eens over die huurders vertellen.'

'Zal ik je helpen?'

'Nee. Blijf jij maar zitten. Niet ongeduldig worden, ik ben zo terug.'

Ik keek om me heen. Ze had de spotjes uitgedaan, de deur afgesloten en het bordje met GESLOTEN opgehangen. Het was een erg kleine ruimte om het grootste deel van je leven in door te brengen – de nijlgroene muren die heel modieus waren toen de winkel vijftig jaar geleden openging, de fluwelen stoeltjes, de glazen vitrines, de marmeren tafel met alleen een vaas vroege bronskleurige chrysanten erop (bloemen die er zelfs in de grond al uitzien alsof ze ernaar hunkeren te worden afgesneden), de paskamers met een gordijn ervoor en met haakjes voor je jas en een plankje voor je tas, oude parfumgeuren in de lucht, een mengeling van talloze merken, op vrouwenhuid aangebracht. Shalimar. Poison. L'Air du Temps. Magie Noire. Blue Grass. Chanel No. 5.

En al die jaren dat Eunice in die dierbaar onveranderlijke winkel werkte, had ik zoveel meegemaakt, waren er zo veel verwikkelingen, wederwaardigheden en onderbrekingen op mijn pad gekomen.

Ik wilde leven, en geleefd hád ik. Ik wilde uit Benson Court ontsnappen, en ik wás ontsnapt. Op een dag zat ik aan een tafel-

308

tje in de Fountain Room bij Fortnum & Mason een sorbet te eten, alleen. Aan het tafeltje tegenover me keek mijn toekomstige man, die een kop Earl Grey dronk, op van zijn krant, zag dat er ijs op mijn kin zat en dat ik juist een rode geglaceerde kers in mijn mond stak, en schoot in de lach. Ik keek op van mijn Knickerbocker Glory. Waar moest hij zo om lachen? De oorzaak van zijn vrolijkheid was de ernstige concentratie waarmee ik op mijn sorbet aanviel en het witte slagroomsnorretje in het donkere dons op mijn bovenlip. Een donker, ernstig wezentje met een kinderijsje, zei hij. Een tenger meisje dat in haar eentje in een café haar ijs zit te verslinden alsof er niemand bij is. 'En toen je het op had, haalde je een pakje shag tevoorschijn en begon een sigaret te draaien, met die handen die te groot voor je polsen leken, en je rammelde met je doosje lucifers. Daar zit een verhaal achter, dacht ik.'

Mijn leven is banaler verlopen dan ik had verwacht, want het leven ís nu eenmaal banaal, heb ik ontdekt.

Er werden wat recensies van me gepubliceerd, ik kreeg een baan bij een klein tijdschrift, trok in bij Vic, die een etage in Clapham had, ging me kleden als een vrouw van tegen de dertig, kreeg mijn eerste kind en toen mijn tweede. Dochters! Een versnelde leerervaring. We kochten een groot huis aan de Common, en toen kreeg Vic, die al software ontwierp toen nog niemand wist wat dat precies inhield, een baan in Amerika. We hebben vijf jaar in St. Louis gewoond en ik heb een paar kinderboeken geschreven die heel goed liepen, ze worden nog steeds herdrukt; ik kijk elke paar maanden op Amazon hoeveel er worden verkocht. Vic kreeg een grote bonus toen zijn bedrijf door Microsoft werd overgenomen en we verhuisden naar Deya, een rotsachtig dorpje op Mallorca, om zijn grote droom in vervulling te laten gaan: we begonnen een restaurant. Hij was dol op koken.

We hadden een gelukkig leven, onderbroken door een paar verhoudingen – een van hem en een van mij – maar daar kom je wel overheen. Toen kreeg hij een hartaanval terwijl hij een lams-rack voor de lunch uit de oven stond te halen; het vet liep uit de braadslee op zijn schoenen. Toen de ambulance uit de stad arriveerde, was hij al dood. Afgelopen.

Ik heb het restaurant verkocht en acht maanden geleden ben ik teruggegaan naar Londen. En het is waar, ik heb mezelf verwaarloosd, de meisjes zeggen het aldoor – mijn dochters, die blonde, mollige Engelse meisjes die niet één van mijn angsten en onzekerheden hebben geërfd en al hun hele leven steeds weer onbekommerd hun grenzen verleggen. Ik kijk hoe ze zich kleden, ik zie welke keuzes ze maken als ze voor de spiegel staan. Ze zijn nu uit de puberteit, ze zijn de fase ontgroeid waarin ze met alle geweld een spijkerbroek aan wilden die een stuk buik bloot laat, alleen omdat hun vriendinnen die ook droegen; ze beginnen zich nu steeds zelfverzekerder te ontwikkelen, elk in hun eigen, ietwat verschillende richting, Lillian en Rose, elk voorbestemd voor hun eigen kleine grootsheid.

De kleren die je draagt kunnen je transformeren. Ze veranderen je, van buiten naar binnen. Iedereen is wel ergens mee behept: dikke kuiten, hangborsten, een ingevallen ribbenkast of een uitgezakte kaaklijn. Een mens wordt door duizenden onvolmaaktheden ontsierd. De allergrootste schoonheidsfouten kunnen door het mes van de chirurg worden gecorrigeerd. Maar meestal is een nieuwe jurk of een andere das het enige wat je eraan kunt doen. We proberen voortdurend iemand anders te worden en kunnen nooit vergeten dat er altijd iemand anders naar ons kijkt.

Eunice kwam terug met een blad met een porseleinen theepot, kopjes, schoteltjes, een pot suiker en een kannetje melk. 'Hopelijk verwachtte je geen koekjes,' zei ze. 'Ik eet alleen zoetigheid als ik naar een goed restaurant ga. Sándor nam me altijd mee naar heerlijke restaurants, waar ze met een dessertwagentje aan je tafel kwamen zodat je iets kon uitkiezen. Maar vertel eens. Hoe is het jou sindsdien vergaan?'

'Dat heb ik al gezegd.'

'Ja, die eettent in Spanje waar alle rijkelui kwamen, dat weet ik. Dat heb ik in de krant gelezen. Ik bedoel: waarom ben je toen zo snel gevlucht?'

'Hoe bedoel je?'

'Waarom ben je niet in Sándors huis blijven wonen en de huur voor hem blijven innen? Waarom heb je alles zo laten versloffen totdat het in verval raakte en die huizen echt krotten waren, net als toen hij ze kocht, voordat hij er al dat geld en die tijd in had gestoken om ze op te knappen?'

'Wat had ik daarmee te maken?'

'Jij hebt toch alles geërfd? Jij was zijn nichtje.'

'Ik heb niets geërfd.'

'Wie dan wel?'

'Mijn vader.'

'O, die! En waarom heeft hij de zaak dan niet overgenomen?'

Ik moest glimlachen bij de gedachte dat mijn vader met een leren tas over zijn schouders bij al die onbekenden zou aanbellen en hun de les zou lezen als ze achter waren met de huur.

'Daar was hij de man niet naar. Hij had geen talent voor geldzaken, en sociaal was hij ook niet bepaald handig.'

'Nee,' zei ze, 'dat herinner ik me nog maar al te goed.' Ze keek me met haar oude ogen doordringend aan. 'Maar wilde hij het geld niet?'

'Nee, hij wilde er niets mee te maken hebben.'

'Wat schandalig. Waarom wilde hij de erfenis van zijn eigen broer niet hebben?'

'Hij vond het besmet geld. Hij vond iedere wetsovertreding verkeerd, wat de reden ook was.'

'En wat vind jij?'

'Waarvan?'

'Van de wet.'

'Ik maak me niet zo druk over de wet, maar wel over de huurders.'

'O ja, die huurders. Nou, je moet weten dat die het in Jamaica wel anders gewend waren. Een wc in huis of een keuken met aanrecht kenden ze niet, en toen ze hier pas waren, hielden ze de nette mensen 's nachts uit de slaap met hun lawaai en hun feesten. En sommigen wilden niet werken, die lagen de hele dag maar wat te blowen en moeilijkheden te maken. Begrijp me niet verkeerd, ik heb niets tegen een blowtje op zijn tijd, maar er komt vaak meer bij kijken. En de fatsoenlijke mensen die hier geboren waren, moesten hun kinderen bij hen uit de buurt houden, want die lui hadden een slechte invloed op ze.'

'Is dat met jouw zoon ook gebeurd?' vroeg ik.

'Wat?'

'Jouw zoon. Hebben ze op hem ook zo'n slechte invloed gehad?'

'Mijn zoon is dood,' zei ze kort, en ze nam een grote slok thee alsof ze hem in haar binnenste wilde verdrinken.

'Ach, dat wist ik niet, wat erg.'

'Waarom zou jij dat erg moeten vinden?'

'Het is voor een moeder toch verschrikkelijk om een kind te verliezen.'

Ze haalde haar schouders op. 'Dood is dood.'

'Wanneer is hij overleden?'

'Nog niet zo lang geleden.'

'Wie was zijn vader?' vroeg ik; ik had het gevoel dat ik binnendrong in een gebied dat ze zo vastberaden verborgen hield achter die pakjes en die haarlak en die valse wimpers dat het wel in ondoordringbaar duister gehuld leek.

'Wil je dát weten?' vroeg ze. 'Uitgerekend dat?' Ze lachte. Ik geloof dat ik haar nog nooit had horen lachen, een giechellachje, diep in haar keel.

Ik wachtte even of ze nog antwoord zou geven, maar kennelijk was ze nu toch eindelijk met stomheid geslagen, want ze nam alleen nog een slok thee en keek uit het raam naar de stroom voorbijgangers die naar het metrostation liep. Wat zagen die mensen er hulpeloos en kwetsbaar uit in hun zomerkleren, in die dunne stof, met sandaaltjes die hun voeten nauwelijks bedekten; wat liepen ze licht langs – ze zweefden bijna en leken te verdampen in de vochtige hitte van de vroege avond.

En Eunice bleef zwijgend van haar thee drinken, met een rimpel tussen haar ogen en haar hoofd steeds dieper gebogen naarmate haar kopje leger raakte, en toen maakte ze weer de beweging die ik haar die ochtend door het raam ook had zien maken: ze duwde met haar hand haar kin omhoog, de lucht in.

'Jerome,' zei ze plotseling. 'Het is lang geleden dat ik voor het laatst aan hem heb gedacht.'

Ik wachtte op het vervolg.

'Ja, weet je, het was oorlog, ik was een jong meisje, in Cardiff, en er waren daar natuurlijk veel Amerikanen, GI's. Op een avond in de dancing ontmoette ik Jerome. Ik weet nog dat ik een korte, hemelsblauwe jurk aanhad met een rok van mousseline, zelf gemaakt van lapjes stof die ik zo hier en daar op de kop had getikt, want in de oorlog kon je niet veel krijgen. En Jerome leerde me de nieuwste Amerikaanse dans, de Lindy Hop, hij kwam meteen naar mij toe omdat ik er zo leuk uitzag met die jurk en alle andere meisjes zo saai gekleed waren. Hij moest naar het front, maar goddank is hij niet gesneuveld en hij kwam terug. We zijn getrouwd en ik ging mee naar Mississippi. Maar dat was wel heel anders dan ik had verwacht. Anders dan ik gewend was.'

'In welk opzicht?' Eunice in Amerika. En ik had altijd gedacht dat ze nooit het land uit was geweest.

'Ik had nog nooit een huis zonder wc gezien, met overal varkens en honden, en blanke mensen die je aankeken alsof je geen mens was, maar familie van die beesten. Voordat ik naar Amerika ging, had nog nooit iemand de hand tegen me opgeheven. Iemand slaan, met een bézem, met een kétting waar je de hond aan vastlegt! Ik moest vluchten met mijn kindje, en het was hier heel zwaar, helemaal in mijn eentje, ik moest een behoorlijk bestaan zien op te bouwen met een zoon die geen vader had en met een natte vinger te lijmen was. Ik begrijp nog steeds niet hoe dat kwam, hij was een schattig mollig kindje en opeens werd hij een magere jongen met ogen in zijn hoofd die alles zagen maar niets begrepen. Zo heb ik Sándor leren kennen: ik ging bij mijn jongen op bezoek en stond met Mickey Elf in dezelfde rij. De stakker kreeg helemaal geen bezoek, alleen van die vent. We maakten kennis, en op het laatst ging ik voor hém, want mijn zoon wilde me niet meer kennen.

Ik heb jarenlang achter de toonbank gestaan voordat ik deze baan in deze mooie winkel kon krijgen. En ik weet nog precies hoe ik hier afsloot, de avond dat Sándor vrijkwam, en dat hij buiten op de stoep stond te wachten; hij had de hele tijd in het café aan de overkant gezeten. En toen stapte hij op me af met een bos rozen, en hij boog. Hij bóóg voor me. Iemand als ik, die als een koningin werd behandeld nadat ik eerst was geschopt en geslagen en op straat aangekeken alsof ik niet eens een méns was! Begrijp je? Dát is waardigheid, dát is respect.'

'Ja, dat begrijp ik.'

'Ja? Bij jou weet ik het nooit.'

'Ik ben je vijand niet, Eunice. Ik was gewoon een onvolwassen meisje, ik voelde me eenzaam en verdwaald en wist niet wat ik met mijn leven aanmoest.'

'Nou, je leek anders precies te weten wat je wilde, met je achterbakse gedoe.'

Ik stond op en pakte het blad met de lege kopjes. 'Ik help wel even,' zei ik.

Ze knikte snel. Achter het gordijn was een soort keukentje annex kantoortje met een waterkoker, een aanrecht, bonnen en inventarislijsten. Er stond een vaasje met viooltjes op een kanten kleedje.

'Wat is dit?' vroeg ik, en ik pakte een fotolijstje op.

Ze keek geschrokken. 'Dat mag niemand weten,' zei ze, 'daarvoor kan ik worden gearresteerd.'

'Dat heb je uit een boek geknipt, hè?'

'Uit de bibliotheek. Ik had het geleend en toen zag ik thuis die foto. Ik heb een schaar gepakt, dat zagen ze vast niet, dacht ik, maar het is een misdrijf, toch, als je opzettelijk een bibliotheekboek beschadigt?'

Ik keek naar de foto. Een rij mannen met hoeden, jasjes met een dubbele rij knopen en broeken met omslag, koffers, karbiezen, aktetassen, leren boekentassen. Hier en daar iemand met een zonnebril, want de zon scheen waarschijnlijk fel, te oordelen naar de schaduwen op de grond. Mijn oom was naar voren gestapt, naar de camera, met een glimlach – die onderlip herkende je meteen, zelfs in het gezicht van een jongeman. Ik zag wat iedereen in hem moet hebben gezien: die sexy zelfverzekerdheid, die begerige, lachende, twinkelende ogen, die samenzweerderige blik, de onmiddellijke herkenning van de pasgeborene die iedereen diep vanbinnen altijd blijft en die krijsend het leven opeist, gulzig de hele wereld tegemoet treedt.

Want dat kleine naakte wezentje met zijn verschrikkelijke honger huilt ook in mij.

We gaven elkaar voor het laatst een hand. Ze liet me uit en bleef me in de deuropening van de winkel staan nakijken terwijl ik de straat uit liep. Voor de kiosken hingen kranten die met grote koppen de tijdige arrestatie van een terrorist bekendmaakten. Ik dacht aan de bommen van vorig jaar, toen ik nog maar pas weer in Londen was, de flarden gescheurd textiel op de rails.

Ik liep door het park met tussen mijn vingers de koordjes van de draagtas met de nieuwe jurk. Het was een prachtige namiddag en de ganzen vlogen op in de zwoele lucht boven de vijver. Ik hoorde het zoemen van de motorzaag waarmee een tak werd afgezaagd en zag de boom die zich als een eenarmige man tegen de dichttrekkende hemel aftekende. Een nieuwe jurk. Is dat alles wat je nodig hebt voor een nieuw begin, zo'n lapje geverfde stof in de vorm van een vrouwenlichaam? De mensen liepen haastig langs met gezichten die leken te gloeien van spanning en opwinding. Ik werd plotseling getroffen door onze kwetsbaarheid, onze verschrikkelijke zwakte die we overal met ons meenemen, alleen beschermd door een jasje, een rok, een paar schoenen.

Woord van dank

Ik heb gebruikgemaakt van een beschrijving van Tewerkstellingscompagnie 110/34 van Zoltan (Csima) Singer in Randolph L. Berman (red.), *The Wartime System of Labor Service in Hungary: Varieties of Experience*, Columbia University Press, New York 1995.

Het personage van Sándor Kovacs is geïnspireerd op Peter Rachman, een huisjesmelker in Notting Hill die werd geboren in Lvov in Polen in 1919, de oorlog in een werkkamp in Siberië overleefde, in 1946 als vluchteling naar Engeland kwam en in 1962 in Londen stierf. Ten tijde van zijn dood was hij nog altijd op zoek naar overlevende familieleden. Voor informatie over huisvesting in Londen in de periode na de oorlog heb ik gebruikgemaakt van zijn door Shirley Green geschreven biografie *Rachman*, Michael Joseph, Londen 1979.

Ik wil mijn hartelijke dank uitspreken aan George Szirtes voor alles wat hij me heeft verteld over het joodse leven in Hongarije en voor het inzicht dat hij me via zijn familie bood in de gruwelen van de dwangarbeiderseenheden. Eventuele fouten komen uitsluitend voor mijn rekening.

Mijn oprechte dank gaat tevens uit naar Antony Beevor en Artemis Cooper, die hun huis in Kent gastvrij voor me openstelden gedurende de periode dat ik aan dit boek werkte. In dat huis, opmerkelijk genoeg in een slaapkamer met uitzicht op de tuin, doken Ervin en Berta Kovacs voor het eerst op. Verder wil ik Gillian Slovo en Andrea Levy bedanken omdat ze zo vriendelijk waren een eerdere versie te lezen en er zinnig commentaar op te geven.

Zoals gewoonlijk ben ik ook veel dank verschuldigd aan mijn agent Derek Johns, die me al zo vaak uit netelige situaties heeft gered, aan Susan de Soissons en Elise Dillsworth van Virago, en bovenal aan mijn redacteur Lennie Goodings, die het nooit maar dan ook nooit opgeeft.